Felice Stevens

Der Weg durch das Feuer

Through hell and back Band 1

Aus dem Englischen von Susanne Scholze

Impressum
© dead soft verlag, Mettingen 2020
http://www.deadsoft.de

Titel der Originalausgabe:
A Walk through Fire
Through hell & back series 1

Übersetzung: Susanne Scholze

Cover: Irene Repp
http://www.daylinart.webnode.com
Bildrechte:
© Dean Drobot – shutterstock.com

1. Auflage
ISBN 978-3-96089-384-4
ISBN 978-3-96089-385-1 (epub)

Widmung

Für meine Kinder. Lasst euch von niemandem etwas vormachen. Jeden Tag zur Arbeit zu gehen, ist einfach. Eure Mutter zu sein, ist der härteste Job, den ich immer voller Liebe übernehmen werde. Ich bin stolz auf die Menschen, zu denen ihr heranwachst und glücklich, dass ihr eure Freuden und Sorgen noch immer mit mir teilt. Ich liebe euch über alles.

Für Marcia Miller-Rogers. Hier ist dein Ash – ich hoffe, ich konnte ihm für dich gerecht werden. Danke, dass du ihn ebenso liebst wie ich und dass du meinen Tag schöner machst, wann immer du über ihn sprichst. Ich werde immer an dich denken, wenn ich dieses Buch in die Hand nehme.

Danksagung

Vielen Dank an meine Lektorinnen Hope und Jessica von *Flat Earth Editing*, dass ihr Ashs und Drews Geschichte aufpoliert habt. Ihr seid die Besten. Ich habe es geliebt, die Jungs wiederzusehen und hoffe, die überarbeitete Story wird euch allen gefallen. Sie enthüllen mir jedes Mal etwas Neues, wenn ich sie besuche.

Ein Dankeschön all meinen Lesern da draußen, die ich Online und persönlich kennengelernt habe, ihr seid wunderbar. Ich liebe euch alle.

Kapitel 1

Der Tod hat viele Gesichter. Scheidungspapiere oder Trennungsvereinbarungen durchzusehen, ließ Asher Davis normalerweise nicht so morbide oder nachdenklich werden, aber die Auflösung einer Ehe nach nur sechs Monaten erschien selbst einem Zyniker wie ihm deprimierend. All die Träume, die das glückliche Paar bei der Hochzeit gehabt hatte, mussten in einem so verheerenden Inferno aus Schmerz und Wut untergegangen sein, dass jeder Gedanke an eine Versöhnung unmöglich war. Ash sah aus dem Fenster seines Büros, der unendlich blaue Horizont wurde nur von wenigen fluffigen, weißen Wolken unterbrochen. Der strahlende Sonnenschein und die Frische eines klaren Aprilmorgens hätten seine Laune heben sollen, aber zu dieser Jahreszeit war das nie der Fall. Die Schönheit dieses Frühlingsmorgens schaffte es lediglich, ihn an all jene zu erinnern, die er verloren und zurückgelassen hatte.

„Lass dir das eine Lehre sein, Walker." Ash schob die Akte zu dem Kollegen hinüber, der ihm am Konferenztisch gegenübersaß. „Wahrscheinlich wäre es früher oder später sowieso passiert. Aus irgendeinem Grund beharren Männer und Frauen darauf, sich zu binden und einander treu zu bleiben, ungeachtet der Gegenbeweise, dass das nicht normal ist."

Der neueste Mitarbeiter von *Frank & Davis* lächelte ihn unsicher an und Ash fiel plötzlich wieder ein, dass Walker sich erst kürzlich verlobt hatte.

Auch wenn er nie verheiratet gewesen war, um genau zu sein, nicht einmal einer Beziehung nahegekommen war, hatte Ash genug grauenhafte Geschichten gesehen und gehört, um zu wissen, wie hart man arbeiten musste, um eine erfolgreiche Ehe zu führen. Kompromisse, Vertrauen, und dieses Ding, das man Liebe nannte. Er schauderte und schluckte trocken.

Das war nicht sein Problem. Er war hier, um dafür zu sorgen, dass seine Klientin, die junge und hübsche Jackie Klein, bei der Scheidung alles bekam, was sie herausholen konnten, damit ihr reicher Daddy den Vorschuss für die Kanzlei bezahlen konnte. Das Gerücht über ihre direkt nach der Hochzeit eingegangene Affäre beunruhigte ihn überhaupt nicht. Er wurde nicht dafür bezahlt, sich für irgendetwas zu interessieren.

„Sind Sie damit fertig, die Akte durchzusehen?"

„Ja, Mr. Davis. Scheinbar wurde Mrs. Klein mehrfach gesehen, wie sie das Haus von David Westlake verließ. Diese Treffen fanden zu willkürlichen Zeiten des Tages statt, während ihr Ehemann bei der Arbeit war."

„Walker." Über den Tisch hinweg trafen sich ihre Blicke. „Mrs. Klein ist unsere Klientin. Es ist mir völlig egal, wen sie gefickt hat."

Walker errötete, und er schluckte. „Äh, genau. Also, nachdem, was wir in Erfahrung bringen konnten, ging Drew Klein jeden Morgen zur gleichen Zeit zur Arbeit, kam jeden Abend zur gleichen Zeit nach Hause und blieb die ganze Nacht dort, mit Ausnahme eines Abends in der Woche, an dem er mit Freunden ausging."

„Hört sich nach einem furchtbaren Langweiler an", meinte Ash. „Kein Wunder, dass sie ihn betrogen hat." Er ließ seine Finger über die Papiere in der Akte gleiten. „Reden Sie weiter. Erzählen Sie mir etwas Interessantes. Irgendwas."

„Ich fürchte, das ist alles, Sir."

„Dann ist es im Grunde eine verschuldensunabhängige Scheidung. Sie haben die magischen sechs Monate hinter sich gebracht, und jetzt dürfen wir, das gierige Anwaltsteam, all die tollen Sachen in der Scheidungsvereinbarung ausarbeiten. Wenn wir fertig sind, kann sie sich quer durch die Stadt vögeln, er wird das betrügerische Miststück los und wir bekommen unser Geld." Er stand auf und lächelte auf Walker hinab, der die Akten schloss und in Vorbereitung auf das Treffen mit ihrer Mandantin aufeinanderstapelte. „Dann mal los, beenden wir diese Farce. Wir sehen uns in fünf Minuten im Konferenzzimmer."

Er sah Walker nach, der den Flur zu dem Konferenzraum hinunterging, in dem sich die Parteien treffen sollten. Wie vor jedem Meeting zog sich Ash kurz in das private Badezimmer seines Büros zurück, um seine Erscheinung im Spiegel zu überprüfen. Marineblauer Anzug, weißes Hemd und eine hellgrüne Krawatte. Alles todschick, sauber und frisch. Auch wenn das hier seine Firma war und sein Name jetzt neben dem von Jacob Frank an der Tür stand, musste er sich immer noch selbst etwas beweisen. Dass er nicht mehr das arme, kleine, schwule Kind aus dem Armeleuteviertel war, das seine Eltern verlassen hatten.

Er war Asher Davis und kein unbedeutender Niemand.

Er zog den einzigen Schnappschuss aus seiner Brieftasche, den er je besessen hatte. Das Foto war am Tag der Abschlussfeier seines Jurastudiums aufgenommen worden und zeigte ihn und Jacob Frank, den Gründer der Firma. Er überragte den winzigen Mann, aber er übertraf Mr. Frank nur physisch. Der Mann war in jeder Hinsicht besser als er. Asher hatte es geschafft, das Stipendium zu ergattern, das Mr. Frank seiner juristischen Fakultät gestiftet hatte, und wie ein Irrer geschuftet, um sicherzugehen, dass er nach seinem Abschluss einen Platz in Jacob Franks Kanzlei bekommen würde. Kein Anwalt konnte Jacob Frank das Wasser reichen, wenn es um Verhandlungen oder Gerichtsverfahren ging, und es gab keinen, für den er lieber gearbeitet hätte.

Warum Jacob Frank ihn sympathisch fand, würde Ash nie erfahren. Mr. Frank hatte oft gewitzelt, dass Asher der Sohn war, den er nie haben wollte, aber er sagte es mit so viel Zuneigung in seinen warmen, braunen Augen, dass Ash einen ungewohnten Stich in der Brust verspürte. Dann hatte Mr. Frank ihn immer brüsk aufgefordert, die Fakten seines nächsten Falls vorzutragen und mit ihm gelernt, um dafür zu sorgen, dass er immer auf die Vorlesungen vorbereitet war.

Asher sah auf das Bild in seiner Hand hinunter und blinzelte gegen die überraschende Feuchtigkeit in seinen Augen an. Auch wenn er jetzt seit zwei Jahren nicht mehr lebte, war Jacob Franks noch immer so präsent, als wäre er gerade eben von seinem Stuhl aufgestanden. Und Asher würde nie die letzten Worte vergessen, die Mr. Frank an ihn gerichtet hatte.

„Asher, mein Sohn. Lass deine Vergangenheit hinter dir. Nur so kannst du die Kontrolle über deine Zukunft übernehmen. Erhebe dich über deinen Schmerz. Werde nicht allein und ungeliebt alt, so wie ich. Finde jemanden, mit dem du dein Leben teilen kannst. Du hast mir unfassbar viel Trost und Freude geschenkt. Ich wünsche dir ein Herz voller Liebe und Frieden.“

„Ich werde mich immer bemühen, Sie stolz zu machen, Mr. Frank.“ Mit dem Daumen strich er über das abgegriffene Foto, zeichnete das Gesicht seines Mentors nach. „Aber Sie sind allein prima zurechtgekommen, und das werde ich ebenfalls.“

Sorgsam steckte er das Bild zurück, strich sein schwarzes Haar glatt und ließ wie ein Chamäleon jegliche Anzeichen von Sorgen und Einsamkeit von seinem Gesicht verschwinden, setzte stattdessen sein selbstsicheres, sorgloses Lächeln auf. Er verließ sein Büro, schloss die Tür hinter sich und schritt den Flur hinunter.

Als Ash die Tür des Konferenzzimmers aufstieß, ließ er den Blick über die Gesichter der Anwesenden schweifen. Selbstverständlich hatte er seine Mandantin und ihren Vater, Richard Sachs, bereits getroffen. „Hallo, Jackie, Richard.“ Er küsste Jackie Klein auf die Wange und schüttelte ihrem Vater die Hand, dann wandte er sich ihrem Noch-Ehemann, Dr. Drew Klein, und dessen Anwalt Peter Dent zu.

„Peter, wie zum Teufel geht's dir?“ Sie schüttelten sich die Hände und Ash erlaubte sich zum ersten Mal an diesem Tag ein ehrliches Lächeln. Er und Peter waren an der juristischen Fakultät unzertrennlich gewesen. Sie saßen in ihrem Bereich nebeneinander, und keiner hätte es ohne die Hilfe des anderen durch dieses entsetzliche erste Jahr geschafft. „Wir haben uns viel zu lange nicht gesehen.“ Als Sohn eines der führenden Anwälte für Familienrecht der Stadt, hatte nach seinem Abschluss schon ein Job auf Peter gewartet. Da Ash dieser Luxus nicht zuteilwurde, hatte er gute Noten erzielen müssen, um sein Stipendium behalten und an der Universität bleiben zu können.

„Ash, mein Freund, ich wollte dich anrufen, aber du weißt ja, wie das mit Frau und Kindern so ist.“ Eine leichte Röte überzog Peters Wangen, aber Ash ging darüber hinweg. Er missgönnte Peter sein Familienglück nicht. Zum Henker, er mochte seine Frau Lisa sogar, auch wenn sie glaubte, sie wäre dazu berufen, schwule Männer zu verkuppeln.

Ashs Blick glitt zu dem bleichen, niedergeschlagenen Mann an Peters Seite, und er streckte die Hand aus. „Dr. Klein, nehme ich an? Ich bin Asher Davis.“

Drew Klein sah ihm in die Augen und es fühlte sich an, als würde eine eiserne Faust Ash in den Magen boxen. *Heilige Scheiße.* Der Mann war umwerfend. Zu dünn und zu blass, aber selbst das konnte die hohen Wangenknochen, die gerade Nase und das ausgeprägte Kinn eines perfekt geformten Gesichts nicht verbergen. Traurigkeit und Ablehnung strahlten in Wellen von ihm aus. Doch Kleins trockene Hand ruhte warm und fest in der seinen, und aus unerfindlichen Gründen schlug Ashs Herz schneller, als sie sich die Hände schüttelten.

„Hallo, Mr. Davis.“ Weder lag auf Kleins Lippen ein freundliches Lächeln, noch war in seinen grünen Augen auch nur der geringste Funken Leben zu entdecken. Seine angenehme Stimme klang erschöpft, als hätte er weder die Kraft noch das Verlangen, irgendwelchen Aufwand zu treiben. Offensichtlich nahm er die Scheidung wesentlich schwerer als seine Noch-Ehefrau, die angeregt mit ihrem Vater plauderte, während sie zeitgleich eine Textnachricht auf ihrem Handy schrieb.

Ziemlich verblüfft von seiner ungewöhnlichen Reaktion auf diesen Mann, *diesen offensichtlich heterosexuellen* Mann, räusperte sich Ash und wich zurück. „Sollen wir anfangen?“ Seine Stimme zitterte und er ging zum Sideboard und schenkte sich ein Glas Wasser ein. Nachdem er die kalte Flüssigkeit hinuntergestürzt hatte, war seine Kehle nicht mehr ganz so zugeschnürt und er fühlte sich wieder mehr wie er selbst. Vielleicht hatte die dritte Tasse Kaffee ihn aus dem Gleichgewicht gebracht.

„Wie ich das sehe, sollte alles recht problemlos ablaufen. Mrs. Klein ficht die Scheidung nicht an, und Peter, ich denke, dein Mandant ist sich darüber im Klaren, dass laut den Konditionen des Ehevertrags die Parteien die Ehe mit dem wieder verlassen, was sie eingebracht haben.

Dr. Klein schnaubte und Ash sah ihn an. Er legte den Kopf schräg. „Dr. Klein?“

Klein hob eine dunkle Augenbraue. Verdammt, der Mann war unsagbar sexy. „Was ist mit unseren Hochzeitsgeschenken? Wir haben gerade mal ausgepackt und ein gemeinsames Konto eröffnet. Ich vermute, alles wird gleichmäßig aufgeteilt werden?“

Zum ersten Mal zeigte Jackie Klein Interesse. „Auf keinen Fall. Wir haben von meinen Freunden bessere Geschenke bekommen als von deinen lausigen Freunden und deiner Familie. Der ganze billige Mist kommt von deiner Seite.“ Ihr Hohn ließ Ash erschauern und er fragte sich nicht zum ersten Mal, ob es das Honorar, das er in Rechnung stellte, wirklich wert war, sich mit Klienten wie dieser verwöhnten Göre abgeben zu müssen.

„Du wirst keinen Cent vom Geld meines Vaters bekommen, um es für dein dämliches Zentrum zu verschwenden. Du bist Arzt, verdien es dir selber. Ich will da raus." Sie grabschte nach Ashs Ärmel. „Ich dachte, das hier würde einfach werden, aber er macht es kompliziert, wie alles andere auch."

Instinktiv tätschelte er ihre Hand. „Machen Sie sich keine Sorgen, Jackie. Es ist mein Job, dafür zu sorgen, dass alles ordnungsgemäß abgewickelt wird." Er wandte sich wieder Dr. Klein zu, der mit ruhiger Intensität dem lauschte, was auch immer Peter ihm ins Ohr flüsterte. Als sie fertig waren lächelte Ash beide an.

„Die Hochzeitsgeschenke werden nach Schenkern aufgeteilt. Die von der Seite des Bräutigams gehen an Sie zurück, Dr. Klein, die von der Seite der Braut an diese. Was von gemeinsamen Freunden kam, wird gerecht geteilt. Das sollte annehmbar sein, korrekt?"

Als Dr. Klein nickte, fuhr Ash fort. „Das Appartement läuft auf Jackies Namen, daher haben Sie sechs Monate Zeit, sich eine neue Wohnung zu suchen. Dr. Klein, vermutlich haben Sie, seit der Antrag eingereicht wurde, sowieso nicht mehr dort gewohnt?"

Dr. Klein schüttelte kurz den Kopf, und Ash bemerkte, dass Peter seine Schulter drückte. Er nahm sich vor, sich mit Peter zum Mittagessen zu verabreden und mehr über den Mann herauszufinden.

Den Rest des Nachmittags verbrachten sie damit, die Wertpapiere und Aktien des Paares durchzugehen und sie mit den offiziellen Papieren abzugleichen. Nach zwei äußerst strapaziösen Stunden wurden die Dokumente aufgesetzt und die Ehe von Jackie und Drew Klein würde spätestens heute in sechs Monaten offiziell und rechtsgültig geschieden sein.

Jackie und ihr Vater hatten das Büro bereits verlassen, sie war mit einem Winken hinausgeeilt und hatte dabei lautstark ihre Abendplanung mit ihrem neuen Freund hinausposaunt, die ein Essen und einen Theaterbesuch beinhalteten und zuvor einen Trip zu einer angesagten Edelboutique und ihrem Friseur erforderlich machten.

Peter und sein Mandant waren noch da, er unterhielt sich mit ihm in diesem freundlichen, brüderlichen Tonfall, den er immer benutzte, um jemandem Mut zuzusprechen. Ash erinnerte sich von der Zeit an der juristischen Fakultät nur zu gut daran. Bei den seltenen Gelegenheiten, als er von Arbeit und Einsamkeit überwältigt worden war, und Herzschmerz und Wodka seine Zunge mehr gelöst hatten, als sie es sollten, war Peter derjenige gewesen, dem gegenüber Ash unabsichtlich einiges aus seiner Vergangenheit ausplauderte. Wenn jemand Dr. Drew Klein aus seinem Elend herausholen konnte, würde Ash auf Peter setzen. Er ließ sie allein und erledigte einige Telefonate.

Eine halbe Stunde später schlenderte Ash unter dem Vorwand, eine Akte vergessen zu haben, wieder in den Konferenzraum. Eigentlich war er nur neugierig darauf, ob Peters Magie an seinem Mandanten gewirkt hatte. Wieder einmal hatte sein Freund ihn nicht enttäuscht. Der Wandel Dr. Kleins war nicht zu übersehen. Statt dem besiegten, mürrischen Gespenst ihrer vorangegangenen Begegnung, stand Ash einem attraktiven, charmanten, wenn auch immer noch irgendwie ernsten Mann gegenüber. Kleins Gesicht war von seiner guten Laune gerötet und seine grünen Augen leuchteten, als er mit Peter über etwas lachte. Während Ash verblüfft die völlige Wandlung des Mannes zu verarbeiten suchte, beschleunigte sich sein Puls und sein Körper wurde von Erregung überschwemmt.

Scheiße. Das war ihm noch nie passiert. Natürlich hatte er Männer begehrt, Männer mit sehr viel mehr sexueller Raffinesse als der ruhige Dr. Klein. Aber das Verlangen, das in ihm tobte, übertraf jegliche physische Reaktion, die je ein anderer Mann ihn ihm hervorgerufen hatte. Noch schlimmer war allerdings, dass Peter es wusste. Verdammt sollte er sein! Ash konnte es an dem blöden Grinsen erkennen, das der Mistkerl nicht einmal zu verbergen versuchte.

„Oh, Ash, kannst du mal herkommen?" Peter, der Unschuldige, winkte ihm von der anderen Seite des Konferenztisches zu, seine großen blauen Augen leuchteten.

Ash schüttelte den Kopf und ließ sich auf einen Stuhl fallen, um die plötzliche Enge in seiner Hose zu verstecken. „Was gibt's, Dent?" Er warf seinem Freund einen finsteren Blick zu und wünschte ihm die schlimmsten Magenprobleme in einer überfüllten U-Bahn an den Hals. Im Hochsommer. „Ich hab heute noch andere Meetings. Und ich vermiete dir mein Konferenzzimmer nicht. Hast du kein eigenes Büro mehr?"

Peter hörte auf zu lachen und verließ Dr. Kleins Seite, um sich neben ihn zu setzen. „Ash, reg dich ab. Ich wollte mit dir über ein Projekt sprechen, das Drew leitet."

Wider besseren Wissens schaute er kurz zu Dr. Klein hinüber, aber der Mann war damit beschäftigt auf sein Handy zu sehen. Mit einem verärgerten Schnauben wandte er seine Aufmerksamkeit wieder seinem Freund zu. „Worum geht es, und warum sollte mich das interessieren?" Er wusste, dass er sich wie ein grummeliges, bockiges Kind anhörte, aber es war ihm egal. Es war zu lange her, seit er das letzte Mal flachgelegt worden war, und da das mit Dr. Hetero und Jämmerlich nicht passieren würde, musste er den Juckreiz anderweitig beseitigen lassen.

Peter war ausnahmsweise einmal ernst und trat ihn gegen den Fuß. „Asher. Komm schon. Lass das und hör auf, dich wie ein Arsch zu benehmen. Drew eröffnet eine Beratungsstelle für benachteiligte Kinder und ich helfe ihm. Er hat zu viele gesehen, die am falschen Ende einer Faust standen, und mit bleibenden Verletzungen im Gesicht endeten. Er stellt seine Dienste kostenlos zur Verfügung und hat zwei seiner Freunde, einen Zahnarzt und einen Orthopäden, dazu überredet, ebenfalls zu helfen." Die beiden Freunde sahen einander in die Augen.

Fuck.

Er wollte Peter Dent wirklich gegen sein hübsches, kantiges Kinn boxen und ihm sagen, dass er zur Hölle fahren sollte, denn er wusste, was Peter wollte. Aber das war das Problem mit Peter. Ash würde ihn nicht wie alle anderen behandeln. Peter kannte Ash – zumindest den kleinen Teil, den Ash ihn sehen ließ.

Ash versteifte sich. Seine Finger gruben sich so tief in den Stoff des Stuhls, dass er unter seinen Nägeln zerriss. „Was …" Er räusperte sich, sein Mund war plötzlich staubtrocken. „Was willst du von mir?" Blöde Frage. Er wusste, was Peter wollte. Und er sollte verdammt sein, Peter wusste, dass Ash ihn oder diese Kinder auf keinen Fall abweisen konnte.

Denn auch er hatte Kinder gesehen, die auf der falschen Seite der Wut und der Fäuste eines Erwachsenen gewesen waren. Von Erwachsenen, die Kinder beschützen sollten und die, wenn sie sie schon nicht liebten, zumindest dafür sorgen sollten, dass ihnen kein Leid zugefügt wurde. Zu viele Erwachsene nahmen Pflegekinder auf, nicht, weil sie sie liebten oder ihnen ein besseres Leben ermöglichen wollten, sondern nur wegen des Geldes, das der Staat ihnen dafür bezahlte. Und Gott möge den Kindern beistehen, die bei diesen Menschen landeten, wenn sie ihre Zimmer nicht aufräumten, oder nicht kochten, oder …

Ash schüttelte den Kopf, um diese beklemmenden Gedanken loszuwerden und konzentrierte sich auf die verständnisvolle Miene seines Freundes. Unter Peters mitfühlendem und gleichzeitig wissendem Blick zog sich sein Magen zusammen. „Ja, zum Teufel mit dir. Du weißt, dass ich ihm helfen werde. Sag mir, wofür du mich brauchst."

Warum hatte er das Gefühl, dass er den größten Fehler seines Lebens begangen hatte?

Kapitel 2

Gott sei Dank war er Zuhause und dieser Scheißtag lag hinter ihm. Nach ihrer letzten erbitterten Konfrontation hatte es Drew davor gegraut, Jackie erneut gegenüberzustehen.

Wer konnte ihm das verdenken? Als er sie das letzte Mal gesehen hatte, hatte sie vor seinem ehemaligen Freund und Kumpel gekniet, der auch an den immer mittwochs stattfindenden Pokerabenden teilnahm, und ihm einen spektakulär aussehenden Blowjob verpasst.

Das vertraute Gefühl der Übelkeit stieg in Drews Kehle auf, aber er drängte es zurück, als er seine Wohnung betrat. Er warf seine Schlüssel in die Schale auf dem Tisch neben der Tür, hielt inne und ließ den Blick durch das spartanische Zweizimmerappartement schweifen, das er in Brooklyn gemietet hatte, nachdem er Jackies luxuriöses Loft in Tribeca verlassen hatte. Er hatte sich dort nie wohlgefühlt. Es war immer Jackies Wohnung gewesen, nie ihre gemeinsame.

Aus dem Augenwinkel erhaschte er einen Blick auf seinen Kater, der von seinem Kratzbaum neben dem Fenster heruntersprang und zu ihm kam, um ihn mit einem lauten Schnurren zu begrüßen. Domino, schwarzweiß mit großen, gelben Augen, hatte sich in den zwei Monaten, seit er ihn aus dem Tierheim gerettet hatte, als wesentlich liebevolleres Familienmitglied erwiesen, als seine Frau es je gewesen war. Nachdem er seinem pelzigen Freund erlaubt hatte, sich an seinen Beinen zu reiben, nahm Drew Domino auf den Arm und trug ihn ins Schlafzimmer, wo er ihn auf dem Bett absetzte.

„Was hast du heute zerstört, Kumpel?" Als er Domino unter dem Kinn kraulte, wurde er mit noch lauterem Schnurren und fordernden *Streichle mich, kratz mich unter dem*

Kinn-Kopfstößen belohnt. Er gönnte das dem Tier von Herzen. Die Angestellten hatten ihm gesagt, dass der Kater, als er bei ihnen abgegeben wurde, halb verhungert, mit pinker Farbe besprüht und so voller Flohbisse gewesen war, dass sie nicht dachten, dass er überleben würde. Als er mit den Händen durch Domionos jetzt dichtes, glänzendes Fell strich, konnte er die Rippen des Tieres kaum spüren. „Hmm, vielleicht sollte ich dich auf Diät setzen, Kumpel."

Als hätte er das verstanden, hörte Domino abrupt auf zu schnurren und schlug sanft nach Drews Hand. „Okay, okay, ich hab nur Spaß gemacht." Nachdem er ein paar Minuten damit verbracht hatte, den Kater weiter unter dem Kinn zu kraulen, wechselte Drew in Jeans und T-Shirt, hängte seinen Anzug auf und ging in die Küche, um sich ein Bier aus dem Kühlschrank zu holen. Glücklicherweise hatte er sich Anfang der Woche damit eingedeckt, da er gewusst hatte, dass seine Freunde nach dem heutigen Termin vorbeikommen und ihm helfen würden, das Ganze zu verdauen.

Wie aufs Stichwort klingelte das Telefon. Es war allerdings keiner seiner Freunde. „Hey, D. Wie geht es meinem großen Bruder?"

Seit sie ein Baby gewesen war, rief seine Schwester Rachel ihn beim ersten Buchstaben seines Vornamens, und alle die ihm nahestanden hatten das übernommen. Obwohl jünger als er, hatte sie, wenn es um Beziehungen ging, immer wie eine Glucke über ihn gewacht und ihm Ratschläge erteilt, egal ob er darum gebeten hatte oder nicht.

„Bist du ihr heute begegnet? Hat sie die Frechheit besessen, dort aufzutauchen?"

Er konnte nicht anders, als zu lächeln. „Ja, Rach. Sie war da. Es ist alles in Ordnung und in sechs Monaten werde ich wieder frei sein. Es ist vorbei." Er trank einen Schluck Bier, dann ließ er sich auf das Sofa fallen, schnappte sich die

Fernbedienung, schaltete den Fernseher ein und suchte nach dem Spiel der *Yankees* zu suchen.

„War es schlimm?"

Als er die Besorgnis in ihrer Stimme hörte, zog sich sein Magen zusammen. Er wollte absolut nicht, dass seine kleine Schwester sich Sorgen um ihn machte. „Ich bin erwachsen. Ich denke, ich kann damit umgehen. Ich hätte sie nie heiraten sollen. Du hattest Recht."

Rachel, die derzeit ihren Doktor in Kinderpsychologie machte, war so anständig, auf das *Ich hab's dir ja gesagt* zu verzichten.

„Dann hör jetzt auf mich. Lass dir Zeit damit, wieder in der Dating-Szene mitzumischen. Ich denke, du brauchst vor allem deine Freunde und deine Familie."

„Mach dir keine Sorgen. Mich wieder mit einer Frau einzulassen, ist das letzte, wonach mir der Sinn steht. Seh ich dich am Wochenende bei Nana?" Gemeinsam besuchten sie jeden Sonntag ihre Großmutter. Als er in seinem letzten und Rachel in ihrem ersten Jahr am College gewesen waren kamen ihre Eltern auf dem New York State Thruway bei einem Frontalzusammenstoß mit einem betrunkenen Fahrer ums Leben. Von diesem Tag an hatte ihre Großmutter sich um sie gekümmert. Jetzt war sie weit über achtzig, aber aufgrund ihrer äußerst eigensinnigen Natur durften sie nur Kleinigkeiten für sie erledigen. Doch sie verpassten nie einen der sonntäglichen Besuche. Eine weitere Sache, über die sich Jackie beschwert hatte.

„Natürlich. Liebe dich."

„Liebe dich auch." Er legte auf und war dabei, es sich bequem zu machen und den *Yankees* zuzusehen, die am Schlag waren, als seine Türglocke läutete. Drew wappnete sich, bevor er öffnete, in dem Wissen, dass dies der Beginn einer langen Nacht in der Gesellschaft seiner Kumpel war, ob er das wollte oder nicht.

Vor der Tür standen seine besten Freunde. Einer hatte zwei Pizzen von *Grimaldi's* in der Hand. Der andere trug einen Karton Bier, auf dem Tüten lagen, die nach den *Meatball-Hero*-Sandwiches ihres Lieblingslokals in Carroll Gardens rochen.

„Heilige Scheiße, Jungs. Wir sind nur zu dritt." Er winkte sie herein, und Mike, der die Sandwiches und das Bier trug, ging schnurstracks in die Küche.

„Hör zu, D. Wir sind so glücklich, dass du dieses betrügerische Miststück loswirst, dass wir nicht wussten, wie wir das zuerst feiern sollten." Mike schob den Bierkarton neben die Flaschen, die bereits im Kühlschrank lagen. „Aber Bier, Pizza und *Heroes* sind okay, oder?" Er grinste ihn an.

„Danke, Mann." Drew schlang ihm einen Arm um den Hals und sprach in sein gesundes Ohr. Mike Levin war seit einer Verwundung bei seinem Einsatz im Irak auf dem linken Ohr fast taub.

Drew warf Jordan, der damit beschäftigt war, die Pizzakartons zu öffnen und die *Heroes* auf Papptellern zu arrangieren, einen liebevollen Blick zu. Alle drei waren schon ihr Leben lang beste Freunde, seit dem Tag ihrer Kindheit, an dem ihre Mütter sich auf dem Spielplatz kennengelernt hatten. Sie hatten alles gemeinsam durchgestanden: von Mikes beinahe tödlicher Verletzung im Irak und seiner langen Genesungszeit, über Jordans Coming-out als Teenager bis hin zu seiner eigenen katastrophalen Ehe. Nichts konnte sie je trennen.

„Danke, dass ihr beide für mich da seid. Es ist tatsächlich besser gelaufen, als ich angenommen hatte. Ja, sie war natürlich mit ihrem Vater da, aber mein Anwalt und ihrer sind wirklich gute Freunde, also haben sie eine Lösung gefunden. Heute in sechs Monaten werde ich ein freier Mann sein und jetzt kann ich mich darauf konzentrieren, das Zentrum auf den Weg zu bringen."

Sie nahmen ihr Essen mit und ließen sich auf dem Sofa beziehungsweise dem Fußboden nieder. Nachdem sie eine Weile zugesehen hatten, wie die *Yankees* den *Red Sox* in den Hintern traten, stellte Drew den Ton ab. „Ihr Jungs seid noch immer mit an Bord, oder? Es wird einen so großen Unterschied im Leben dieser Kinder machen, zu wissen, dass sie medizinische und zahnärztliche Hilfe bei allen Fragen bekommen können, denen sie gegenüberstehen."

Jordan aß den letzten Rest seiner Pizza auf und spülte ihn mit Bier hinunter, bevor er antwortete: „Haben wir es hauptsächlich mit Teenagern zu tun? Und du sagtest, viele von ihnen sind schwul?" Jordan Peterson war ein hochangesehener, aufstrebender orthopädischer Chirurg in der Stadt. Er und sein Partner Keith Hart, ein Detective beim New York Police Department, verbrachten viele Stunden bei örtlichen Anlaufstellen mit LGBTQ Programmen, um Jugendlichen bei Problemen in ihren Familien und wegen Mobbings zu helfen. Jordans Eltern hatten ihren Sohn immer vollkommen unterstützt und seinen Partner Keith wie ein weiteres Kind in ihrer Familie aufgenommen. Keiths Eltern, gottesfürchtige Christen aus dem sehr konservativen Teil der USA, hatten ihn verstoßen, als er ihnen eröffnete, dass er schwul war. Er hatte sie seit Jahren weder gesehen noch mit ihnen gesprochen.

„Teenager, junge Erwachsene – viele bezeichnen sich als queer, aber einige haben immer noch zu viel Angst, um sich zu outen. Ich glaube, deshalb werden sie misshandelt. Entweder in der Schule oder Zuhause bekommen sie die volle Wucht von jemandes Wut oder Übergriffe ab. Rachel sagte, sie wird mit allen Kids sprechen, die das möchten, und ihnen Möglichkeiten aufzeigen, wo sie Hilfe finden können, wenn sie welche brauchen."

„Und ich hab die mobile Zahnklinik soweit fertig, um bei beschädigten oder ausgeschlagenen Zähnen sowie Kronen und Brücken zu helfen", sagte Mike. „Was immer benötigt wird. Es ist großartig, was du da tust."

Drew steckte sich ein paar Chips in den Mund. „Ich werde nie die Dokumentation vergessen, die über die Pflegekinder in diesem Haushalt berichtete, wo die Kinder fast wie Sklaven schuften mussten, anstatt von ihren Pflegeeltern umsorgt zu werden."

Er sah das auf seinem Teller liegengebliebene Essen an und erinnerte sich daran, dass einer der Jungen im Interview gesagt hatte, er hätte oft tagelang nur Wasser und Brot bekommen. Aber das war das geringste der Probleme des Jungen gewesen. „Viele von ihnen wurden auch sexuell missbraucht. Das hat mich so aufgeregt, dass ich Rachel angerufen und ihr gesagt habe, dass ich nun weiß, was ich mit einem Teil der Abfindungssumme aus dem Gerichtsverfahren wegen des Unfalltodes unserer Eltern machen will."

„Das ist toll, Mann. Mir tun diese Kids auch leid. Es ist schon schlimm genug, keine Familie zu haben und Teil des Systems zu sein." Jordan streichelte Domino, der sich auf seinem Schoß niedergelassen hatte. „Sie sollten eine Möglichkeit haben, diese Mistkerle, die sie missbrauchen, auf dem Rechtsweg zur Verantwortung zu ziehen."

„Jordy, ich hab mit Keith gesprochen, und er sagt, wenn die Kids zustimmen, eine Aussage zu machen, wäre das Police Department mehr als bereit darauf hinzuarbeiten, diese Bastarde zu verhaften." Drew mochte Jordans Partner Keith, einen blonden, blauäugigen Riesen mit einem beißenden Humor. Das einzige, das Keith allerdings nie lustig fand, war Kindesmissbrauch – eine Sache, der er in seinem Job ständig begegnete.

„Noch etwas, was wirklich gut ist: Ich hab heute mit meinem Anwalt Peter Dent gesprochen. Ihr habt ihn schon kennengelernt." Beide nickten bejahend. „Nun, er und sein Freund, der Anwalt der Gegenseite, haben zugestimmt, dem Zentrum und den Kids kostenlose Rechtsberatung zur Verfügung zu stellen. Das wird allen eine große Hilfe sein, die Anzeige erstatten wollen."

„Wer ist der andere Anwalt?" Jordan hatte die Hände in Dominos Fell vergraben, während er zusah, wie der Werfer der *Yankees* einen Grand Slam Homerun vergab. „Nein, verflucht nochmal. Das darf doch nicht wahr sein. Verdammte *Sox*."

Empört schüttelte Drew in Richtung des Fernsehgeräts den Kopf. „Äh, ich glaube, sein Name ist Davis? Ich hol mal seine Karte." Er nahm seine Brieftasche vom Tisch und zog die Visitenkarte heraus, die Peter ihm gegeben hatte und auf deren Rückseite die Handynummer des Mannes stand. „Ja, er heißt Asher Davis."

Domino protestierte mit lautem Miauen, als Jordans Hände sich in sein Fell gruben. „Scheiße. Autsch. Tut mir leid, Dom." Er löste die Krallen des Katers aus seinen Schenkeln, hob ihn von seinem Schoß und setzte ihn auf dem Sofa ab. „*Fick sie und dann kick sie*-Davis? Oh Mann, das ist jetzt ein Witz, oder?"

Drew sah ihn überrascht an. „Du kennst ihn?" Er hatte dem anderen Anwalt nur wenig Aufmerksamkeit geschenkt und konnte sich an nichts erinnern, womit der Mann bei seinem Freund eine derart heftige Reaktion ausgelöst haben könnte.

Jordan schnaubte und nahm ein weiteres Bier von Mike entgegen, der neben dem Kater auf dem Sofa saß. Domino hatte seine Gunst jetzt auf Mike übertragen und streckte sich auf dessen Brust aus.

Er stöhnte. „Mann, dieser Kater wird riesig. Du musst aufhören, ihn zu füttern."

Drew warf einen Chip nach ihm. „Er ist nicht fett, er ist gesund." Er stieß Jordan mit dem Fuß an, wollte die Geschichte über den anderen Anwalt hören. „Jetzt erzähl weiter, warum der Kerl diesen Ruf hat."

Jordan rieb sich mit den Händen über die Oberschenkel und ließ dann die Knöchel knacken. „Öhm, tja, man könnte sagen, ich kenne ihn irgendwie."

„Klingt nach einer Story. Raus damit", forderte Drew.

Jordan schnitt eine Grimasse. „Während meiner Zeit als Assistenzarzt, bevor ich Keith kennenlernte, musste ich unter Eid in einer Verhandlung wegen eines ärztlichen Kunstfehlers aussagen. Davis war der Anwalt der Gegenseite. Er sah gut aus." Jordans blassblaue Augen glänzten. „Und zuerst war ich interessiert, aber irgendetwas an ihm ging mir gegen den Strich, daher habe ich abgelehnt, als er mit mir ausgehen wollte."

„Oh Mann, das muss ihn angepisst haben." Drew lachte leise und nahm sich noch ein Stück Pizza. „Er scheint ziemlich eingebildet zu sein. Irgendwie arrogant und anmaßend." Domino ließ Mike links liegen und tauchte neben ihm auf. Drew fütterte ihn mit etwas Käse von seiner Pizza.

„Ahh, könnte man so sagen." Jordan zupfte am Etikett seiner Bierflasche herum. „Er ist verdammt scharfsinnig und akzeptiert kein *Nein.* Ich vermute, das macht ihn zu einem guten Anwalt, aber nicht zu dem, wonach ich als Partner gesucht habe."

„Was war dann das Problem?", fragte Mike. „Du hast abgelehnt, und das war's, oder?"

Jordan rutschte auf seinem Platz herum, was Drew noch mehr verblüffte. Jordan ließ sich nie von irgendjemandem zu etwas treiben, das er nicht wollte.

„Äh, nicht ganz. Später an diesem Abend ging ich mit einigen anderen Assistenzärzten in einen Club, und Davis war auch dort. Er bestand darauf, mir einen Drink auszugeben, und ich lehnte ab, was ihn noch mehr verärgerte."

„Herrgott, hat er dich gestalkt?" Drew beugte sich zu Jordan hinüber. „Das hört sich an, als wäre er ein Jäger."

Jordan zuckte die Schultern. „Irgendwie ist er an meine Nummer gekommen und hat alle paar Tage angerufen oder ist da aufgetaucht, wo ich nach der Arbeit rumgehangen habe, und wollte sich mit mir verabreden. Ich kannte ein paar der Jungs, mit denen er damals ausging, und alles was er tat, war, sie um den Verstand zu vögeln und dann abzuhauen." Er trank einen großen Schluck seines Biers. „Er hat sie nie angerufen, um ein zweites Mal mit ihnen auszugehen oder ist auch nur über Nacht bei ihnen geblieben. Du weißt, dass das nichts für mich ist."

Drew schob Domino mit dem Fuß zur Seite und nahm sich ein weiteres Stück Pizza. Vielleicht sollte er doch damit aufhören, dem Kater extra Futter zuzustecken. „Kann doch sein, dass er seitdem ruhiger geworden ist. Er kam mir bei dem heutigen Treffen ziemlich zurückhaltend vor."

Jordan prustete in seine Bierflasche. „Unwahrscheinlich. Vor ein paar Jahren hab ich ihn dabei erwischt, wie ihm während eines Empfangs, an dem wir beide teilgenommen haben, einer der Gäste einen Blowjob verpasste. Ich hatte mein Jackett im Speisesaal vergessen und bin nochmal zurückgegangen, Und da war Asher Davis, er lehnte an der Wand, die Hosen bis zu den Knien heruntergelassen und ließ sich vom Chefarzt der Chirurgie einer der besten Kliniken im Mittelwesten den Schwanz lutschen." Er lachte in sich hinein. „Die Jungs hatten wohl gedacht, dass sie hinter den großen Topfpflanzen nicht gesehen werden würden, aber das ist nichts, was man verstecken kann. Weißt du, was ich meine?"

Heilige Scheiße.

Mike stöhnte, aber Drew wollte den Rest der Story hören. „Was ist passiert? Hat er dich gesehen? Es muss ihm ein bisschen peinlich gewesen sein." Wenn er dachte, dass er selbst sogar zu schüchtern gewesen war, ein Mädchen in der Öffentlichkeit zu küssen, und dieser Kerl … Wow. Unversehens stellte er sich den Mann vor, den er heute getroffen hatte, wie er den Kopf zurückwarf, während ein

Orgasmus über ihn hinwegfegte. Hastig rieb er sich über die Augen und verbannte das Bild aus seinem Kopf.

„Absolut nicht. Er hat mir direkt in die Augen gesehen und gegrinst." Empört über den Ausgang des Spiels schaltete Jordan zu dem der *Mets* um, wo der Spielstand darauf hinwies, dass diese ebenfalls dabei waren zu verlieren. „Wenn ich mich recht erinnere, glaube ich, er hat mir sogar zugezwinkert."

Drew konnte sich die nächste Frage nicht verkneifen. „Meine Güte, Jordy, hast du wirklich dort gestanden und zugesehen?" Mike sah sie beide verblüfft mit offenstehendem Mund an.

Zumindest hatte Jordan den Anstand, ein bisschen verlegen dreinzuschauen. „Ja, ich geb's zu, das hab ich eine Weile getan." Er zuckte die Schultern und seine Stimme bekam einen defensiven Unterton. „Hey, das war heiß. Was soll ich sagen? Ich war jünger und kannte Keith noch nicht. Aber wie auch immer, jetzt kennst du Davis' Ruf. Nach dem, was ich über ihn gehört habe kam er als Stipendiat aus dem Nichts und Jacob Frank hat sich seiner angenommen und ihn zu dem gemacht, der er heute ist. Hat ihm, als er starb, in seinem Testament sogar die Kanzlei vermacht. Der Mann ist ungemein clever und im Gerichtssaal knallhart, aber in seinem Privatleben ein totales Arschloch." Er streckte die Hand aus und griff sich das letzte *Meatball-Hero*-Sandwich. "Er sieht verdammt gut aus, hat es aber nur darauf abgesehen, so viele Schwänze wie möglich abzubekommen. Ich habe ihn nie mit einem festen Partner bei irgendeiner Veranstaltung gesehen. Soweit ich weiß, lebt er nur für seine Arbeit."

Mike lachte. „Außer, wenn er sich von irgendeinem Kerl einen blasen lässt."

Jetzt lachten sie alle. Drew liebte seine Freunde. Bei ihnen musste er sich nicht zurückhalten, oder sich Sorgen machen, dass er etwas Falsches sagen könnte.

Sein Handy vibrierte. Er scrollte, um die Nachricht zu lesen und gluckste.

„Tja, wo wir gerade vom sprichwörtlichen Teufel sprechen… Das ist Mr. Asher Davis. Er will sich morgen mit mir treffen, um über die Beratungsstelle und den Part, den ich für ihn vorgesehen habe, zu sprechen." Da er nur Schweigen erntete, sah er vom Display auf und entdeckte zwei Augenpaare, die besorgt auf ihn gerichtet waren. „Was guckt ihr so?"

Mike sah Jordan an und Drew kniff die Augen zusammen. „Was zum Teufel ist hier los?"

„Äh, schau, versteh das nicht falsch, aber du hast dich eben erst von Jackie getrennt und du bist derzeit irgendwie verwundbar." Jordan spielte mit Dominos Schwanz. „Meiner Meinung nach hat Asher Davis sich nicht geändert. Wenn er etwas haben will, dann macht er vor nichts Halt, bis er es bekommt. Wenn er es dann einmal benutzt hat, wirft er es weg."

Drew saß mit offenem Mund da. Das war vollkommen verrückt. „Wollt ihr mir sagen, dass Davis mich anmachen würde? Im Sinne von er würde mich ficken wollen?", sprudelte es aus ihm heraus und er wartete darauf, dass seine Freunde ihn korrigieren und ihm sagen würden, wie falsch er lag.

Das taten sie nicht.

„Ihr seid wahnsinnig. Erstens bin ich nicht schwul. Zweitens schlafe ich nicht mit Männern und drittens, was soll der Scheiß?" Meinten die Jungs das tatsächlich ernst? Er und ein Mann? „Wie kommt ihr überhaupt auf die Idee, dass das eine Option sein könnte?"

„Seien wir mal ehrlich, du bist nicht ich. Ich bin stärker als du. Der Mann verfolgt seine Ziele unerbittlich, wenn er etwas will. Er deckt auch die kleinste Schwachstelle eines Menschen auf. Ich hab ihn im Gerichtssaal in Aktion gesehen. Und wenn er nur eine Sekunde lang denkt, dass er dich erwischen kann, dann schlägt er zu." Jordan schaltete das Spiel im Fernsehen aus und warf die Fernbedienung zur Seite. Alles Lachen war aus seiner Stimme verschwunden. „Ich will nicht, dass er dich ins Visier nimmt."

Wieder einmal versuchte Jordan ihn zu beschützen, wie er es sein ganzes Leben lang getan hatte. „Jordan, das macht doch überhaupt keinen Sinn. Du bist doch derjenige, der immer sagt, dass man niemanden schwul machen kann, dass man so geboren wird. Also wie kann mich ein Treffen mit ihm verwundbar machen, wenn ich nicht so fühle?"

Drew schaute seinen Freund fragend an und entdeckte tatsächlich Angst in Jordans Augen. „Weil du – und werd jetzt nicht sauer auf mich – als wir vorhin darüber sprachen, wie Ash den Blowjob bekam, einen wirklich seltsamen Gesichtsausdruck bekommen hast. Als ob… ich weiß auch nicht." Drew erstarrte und hörte fassungslos weiter zu. „Es sah aus, als würdest du dir vorstellen, wie es wohl wäre."

Sein Gesicht brannte, während er sich sofort vehement zu verteidigen begann. „Kommt schon, Jungs, das ist lächerlich. Peter Dent ist mein Freund, und Ashers ebenfalls. Er wird auch dabei sein, also müsst ihr euch keine Sorgen machen." Einen Moment lang herrschte Schweigen.

„Okay, hört zu. Warum kommst du morgen nicht mit zum Abendessen, Jordan, wenn du keine anderen Pläne hast? Dann siehst du ja, wie sehr du dich irrst."

Jordan sagte zu und seine Freunde entspannten sich wieder, aber Drew war immer noch völlig durcheinander. Jordans Bemerkung war der Wahrheit gefährlich nahegekommen. Drew *hatte* sich Asher beim Sex vorgestellt. Er sollte besser lernen, seine Gedanken vor anderen Menschen zu verbergen.

Kapitel 3

„Meine Güte, Asher, was hast du für ein Problem?“ Peter warf vor dem Restaurant dem Angestellten des Parkdienstes seinen Autoschlüssel zu. „Komm mal runter und entspann dich.“

Ash zeigte seinem Freund den Mittelfinger und betrat die Bar, seine Augen stellten sich auf das Dämmerlicht ein. Ein Lächeln spielte um seine Lippen, verschwand aber schnell. „Autsch.“ Er rieb sich die Seite, wo Peter ihm von hinten den Finger hineingerammt hatte. „Was ist los mit dir?“

Mit überraschend festem Griff und gleichermaßen überraschend ernster Miene schubste Peter ihn auf einen Stuhl an einem nahen Tisch im vorderen Bereich. „Jetzt hör mir mal zu. Ich kenne dich besser als jeder andere, und das heißt nicht viel. Aber du spielst gern Spielchen – du nimmst die Kerle durch und servierst sie wieder ab, sobald du deinen Spaß hattest.“

„Hey, danke, dass du so große Stücke auf mich hältst, mein Freund“, protestierte Ash, wenn auch nicht sonderlich heftig. Es wäre nicht das erste Mal, dass Peter ihn wegen seinem Mist zur Rede stellte. Und er hatte Recht.

„Halt den Mund und hör zu, Ash. Drew ist ein Freund, und ihm wurde übel mitgespielt. Er ist im Augenblick sehr verletzlich, und ich erlaube nicht, dass du das mit ihm anstellst, was du dir in deinem sexbesessenen Hirn gerade vorstellst.“

Peters ungewohnt barscher Ton und seine strenge Miene empörten Ash. „Wer zum Geier bist du?“ Wutentbrannt feuerte er ihm die Worte entgegen. „Was zum Teufel denkst du dir eigentlich dabei, so mit mir zu reden? Du bittest mich um einen Gefallen, und hier bin ich. Abgesehen davon hast du mir nicht zu sagen, wie ich mein Leben zu führen habe, also lass mich in Ruhe.“ Ash war nicht bereit, Peters Blick zu begegnen, daher starrte er auf den Fußboden. Tief im Inneren wusste er, dass sein Freund recht hatte.

Nach ein paar Minuten unangenehmen Schweigens fuhr sich Ash mit der Hand durch das Haar und wandte sich Peter mit einem verlegenen Grinsen zu. „Okay, schau, selbst wenn ich vielleicht etwas Derartiges gedacht habe, ziehe ich mich aus Rücksicht auf dich zurück.“ Es machte ihm nichts aus, Peter die Diskussion gewinnen zu lassen, Ash wusste, dass er überall in der Stadt einen schnellen Fick finden konnte. Einen Freund wie Peter konnte er nicht finden, und eine Nummer mit Klein war es nicht wert, dafür ihre Freundschaft aufs Spiel zu setzen. Abgesehen davon war Klein höchstwahrscheinlich ein langweiliger Hetero, der nicht daran denken würde, seine Komfortzone zu verlassen.

Vanilla. Und Vanille war genau das, was er am Wenigsten mochte, außer es wurden ein paar interessante, spezielle Zutaten beigemischt, um der Sache etwas mehr Würze zu verleihen.

Peter grinste, seine gute Laune war wiederhergestellt. „Ich bin froh, dass ich mich auf dich verlassen kann. Ah, da ist er ja.“ Er winkte dem Mann zu, der neben dem Eingang stand und den Blick über die Menge schweifen ließ.

Ash schenkte Peter wenig Aufmerksamkeit, da er sich auf die schlanke Gestalt von Dr. Klein konzentrierte, der den Raum durchquerte. Wenn Ash Drew bei ihrer ersten Begegnung für gutaussehend gehalten hatte, lief ihm heute bei seinem Anblick regelrecht das Wasser im Mund zusammen. Ash konnte seine Bewunderung nicht unterdrücken, als er Drew Klein in einem grünen Hemd, das das Funkeln seiner Augen betonte, und einer maßgeschneiderten Hose sah, die seinen ansehnlichen Hintern umschmeichelte. „Verdammt.“

Peter drückte kräftig seine Schulter und warf ihm einen warnenden Blick zu. „Benimm dich." Er ging los, um Klein auf halber Strecke zu begegnen. Als Ash sah, wer Drew begleitete, kamen ihm sowohl sein Grinsen wie auch die angenehmen Gedanken abhanden. Scheiße. Jordan Peterson. Ash ging sofort ihre erste Begegnung vor ein paar Jahren durch den Kopf. Peterson war Assistenzarzt gewesen. Ash hatte an einem Kunstfehler-Fall gearbeitet und war bei den eidesstattlichen Aussagen dabei gewesen, um Mr. Frank zu unterstützen. Er hatte sich sofort zu dem selbstsicheren Arzt mit den blonden Haaren und blauen Augen hingezogen gefühlt, der seine Aussage machte, und daraufhin alles versucht, um den Mann in sein Bett zu bekommen, war aber bei jedem Anlauf zurückgewiesen worden. Soweit er sich erinnern konnte, war dies das erste Mal, dass er bei einem Mann abgeblitzt war, den er haben wollte.

Während Ash die drei Männer beobachtete, entsann er sich, dass Dr. Peterson seine Gefühle nicht nur nicht erwidert hatte, sondern ihm auch deutlich gesagt hatte, was er von ihm hielt.

Du bist ein Aufreißer, Davis. Leute wie dich erkenne ich von weitem. Ich bin nicht an einem schnellen Fick interessiert und ich bin nicht leicht zu haben. Dafür achte ich mich selbst viel zu sehr.

Ash rieb sich über das Kinn, diese Unterhaltung fraß auch nach so vielen Jahren noch an ihm. Demnach war dies einer von Kleins Freunden, der mit ihm an diesem Projekt arbeiten würde. Interessant. Er fragte sich, ob der scheinheilige Arzt sich überhaupt an ihn erinnerte. Als sie sich ihm näherten stand er auf, ein unbekümmertes Lächeln auf den Lippen, das nichts von seinem inneren Aufruhr verriet.

„Dr. Klein, schön, Sie außerhalb eines Konferenzzimmers wiederzusehen."

„Ja, ich bin froh, das hinter mir zu haben, und ich trage Ihnen nichts nach, Davis. Sie haben getan, wofür Sie bezahlt wurden." Er wandte sich an seinen Freund. „Ich möchte Ihnen Dr. Jordan Peterson vorstellen, einen meiner besten Freunde, der ebenfalls am Klinikprojekt mitarbeiten wird."

Die offensichtliche Abneigung auf Petersons attraktivem Gesicht ließ in Ash keinen Zweifel darüber aufkommen, dass der gute Doktor sich nur zu gut an ihn erinnerte. „Dr. Peterson."

„Davis. Es ist Jahre her, nicht wahr?" Ihre Blicke trafen sich, und Ash konnte nicht sagen, was sich hinter dem spöttischen Grinsen verbarg. Hatte er ihre kurze Bekanntschaft Klein gegenüber erwähnt? Hatte er Klein erzählt, wie Ash versucht hatte, ihn zu verführen?

Warum zur Hölle kümmerte Ash das überhaupt?

Ehe er antworten konnte kam die Empfangsdame, und sie folgten ihr in den Speisesaal des Restaurants, wo sie zu einem runden Tisch in der Ecke geführt wurden.

Nachdem sie alle ihre Speisekarten in der Hand hielten, schob Ash seinen Unmut beiseite und setzte ein breites Lächeln auf. „Ja, unsere Begegnung ist schon etliche Jahre her. Schön, Sie wiederzusehen."

„Ich war überrascht zu hören, dass Sie an diesem Projekt beteiligt sind. Schien nicht recht zu Ihnen zu passen."

Er bemerkte den warnenden Blick, den die beiden Männer tauschten, und ja, Peterson hatte definitiv mit Klein über ihn gesprochen und das machte ihn wütend.

„Peterson, Sie wissen nichts über mich, und das wird auch so bleiben. Es genügt zu sagen, dass ich meine eigenen Beweggründe habe, mich hier einzubringen, und ich schulde Ihnen keine Erklärung dafür. Wenn Sie ein Problem damit haben, dass ich im Zentrum mitarbeite, dann ist das Ihr Pech. Kommen Sie damit klar. Ich werde keinen Rückzieher machen, nur weil sie seit Jahren sauer auf mich sind." Er rief den Kellner zu sich und bestellte einen Wodka auf Eis. Normalerweise würde er mit dem gutaussehenden, schmalhüftigen jungen Mann flirten, aber im Moment war er zu wütend dazu. „Können wir uns jetzt über das Geschäft unterhalten oder wollen sich alle am Tisch weiter mit meinem Sexualleben beschäftigen?"

Peter lachte laut auf, Peterson verdrehte die Augen und Klein sah lediglich einen Moment verwirrt drein, bevor er bei dem errötenden Kellner etwas zu trinken bestellte. Sie saßen in unbehaglichem Schweigen da, bis ihre Getränke gebracht wurden.

Klein nippte an seinem Bier, dann zog er mehrere Schriftstücke aus der ledernen Aktenmappe, die er auf den Tisch gelegt hatte. „Das ist das, was ich mir vorstelle. Offensichtlich habe ich keine Ahnung von den rechtlichen Auswirkungen, das ist der Grund, warum du und Davis hier seid, Peter." Er verteilte mehrere beschriebene Blätter, damit sie sich diese ansehen konnten. „Wir müssen dafür sorgen, dass alles rechtmäßig ist und wir brauchen euch beide an Bord, um diesen Kids zu helfen, sollten sie Anzeige wegen Missbrauch, Diskriminierung oder sexueller Belästigung erstatten wollen."

Ash studierte die Papiere. Es sah nach einem soliden Plan aus – einem, um den man sich jede Menge Gedanken gemacht hatte. Wenn nur Luke, Brandon und er damals auch jemanden gehabt hätten, , der sich etwas aus ihnen machte, und einen Ort, an den sie flüchten konnten, als alles den Bach hinunterging.

Er trank einen weiteren Schluck von seinem Wodka und wartete, bis das Brennen in seiner Brust nachgelassen hatte, bevor er weitersprach. „Darf ich fragen, warum Sie das tun? Ich meine, Sie sind ein erfolgreicher plastischer Chirurg, der einen Haufen Geld mit Gesichtsstraffungen und falschen Brüsten verdienen könnte. Was hat Sie dazu veranlasst, diesen Kindern helfen zu wollen?" Er war ehrlich neugierig darauf, warum jemand wie Dr. Klein – jung, offensichtlich wohlhabend und scheinbar unberührt von der Hässlichkeit, die diese Welt zu bieten hatte – sich um die Kids sorgte, die die Gesellschaft so problemlos auf den Müll warf.

„Weil jeder Mensch wichtig ist. Und jeder sollte seinem Leben so etwas wie eine Bedeutung geben, welchen Grund hätte man sonst, am Morgen aufzustehen? Als meine Eltern getötet wurden, wollte ich nicht mehr leben, aber nach einer Weile erkannte ich, dass ich mich nur selbst bestrafte." Klein rieb mit dem Daumen über den Rand seines Glases, und Ash konnte seinen Blick nicht von dieser sinnlichen, streichelnden Bewegung losreißen. „Sie wären entsetzt gewesen, hätte ich mein Leben aufgegeben, um ihren Tod zu betrauern. Ich hatte das Glück, dass meine Großmutter sich um mich und meine Schwester gekümmert hat. Diese Kids haben niemanden, der dafür sorgt, dass sie am Morgen aufstehen und etwas haben, auf das sie sich freuen können."

Ashs Blick klebte noch immer an Kleins langen Fingern, als diese das Glas umfassten und es an seine Lippen hoben. Ja, diese Kinder hatten Glück, jemanden zu haben, der sich um sie sorgte, selbst wenn es ein Fremder war. Die meisten von ihnen hatten diesen Grund am Morgen aufstehen zu wollen nicht.

Als er sich räusperte, unterbrach Petersons barsche Stimme Ashs Gedankengänge. „Können Sie dafür Zeit in Ihrem Terminkalender freischaufeln, oder wird das Ihr umtriebiges Sozialleben beschneiden? Wir brauchen Leute, die sich für diese Kids engagieren und Zeit dafür aufbringen wollen. Peter steht uns großzügigerweise als Rechtsbeistand zur Verfügung, aber er sagte auch, dass Sie sich mit dem Familiengericht und den Feinheiten des Verfahrens auskennen." Er hob eine blonde Augenbraue, als würde er diese Aussage anzweifeln.

„Das tue ich, ja." Da er keine Notwendigkeit sah, diese Unterhaltung weiterzuführen, wandte er seine Aufmerksamkeit wieder Klein zu. „Dr. Klein, ich werde Sie bei diesem Vorhaben unterstützen. Ich bin gerne bereit, Ihnen auf jede mögliche Art zu helfen. Haben Sie angedacht, eine Notfallnummer einzurichten, die die Kids anrufen können? Manchmal könnte das Wissen, dass jemand da ist, der sich sorgt, selbst wenn es nur eine anonyme Person am anderen Ende der Leitung ist, die Rettungsleine sein, die sie brauchen."

„Bitte sag Drew zu mir. Und ja. Meine Schwester schließt gerade ihren Doktor in Kinderpsychologie ab und hat Freiwillige rekrutiert, die in Vierundzwanzigstunden-Schichten die Telefone besetzen. Sie versucht es für uns in das Beratungssystem der Uni aufnehmen zu lassen." Er machte sich ein paar Notizen, dann lächelte er Ash an. „Das war eine gute Frage, Davis."

„Wenn ich dich Drew nenne, dann sag bitte Ash." Er erwiderte das Lächeln des Mannes und ignorierte das empörte „Das soll doch wohl ein Scherz sein." Von Peterson. „Wo wird sich die Beratungsstelle befinden? Ich kenne mich in Brooklyn nicht aus."

„In Red Hook. In der Nähe gibt es ein Familiengericht, also können wir mit den Kids arbeiten, die dort durch das System geschleust werden. Die Bauarbeiten werden bald abgeschlossen sein. Wir werden zwei Untersuchungszimmer haben, einen ambulanten Operationssaal für kleine Eingriffe und einen Raum für Beratungsgespräche. Mike, unser anderer Freund, ist Zahnarzt und er wird eine mobile Zahnklinik in einem Transporter einrichten, um sich um alle eventuell auftretenden Probleme zu kümmern, die mit Mundgesundheit zu tun haben."

Ash wusste nur zu gut, auf welche Weise Zähne gelockert oder ausgeschlagen und Kiefer gebrochen werden konnten. Ganz zu schweigen von den Infektionen und anderen Krankheiten, die Kinder sich wegen mangelnder Mundhygiene oder Schlimmerem zuziehen konnten. Seine Hand umklammerte das Glas fester, als ungebetene Erinnerungen an die Oberfläche drängten, von denen er geglaubt hatte, dass er es geschafft hätte, sie zu begraben. Eine Welle der Benommenheit und Übelkeit brach über ihn herein und seine Sicht verschwamm.

Scheiße.

„Bist du okay?", murmelte Peter ihm ins Ohr. „Vielleicht brauchst du eine kurze Pause."

Schweißperlen bildeten sich auf seiner Stirn. „Ja." Er brachte es fertig, das Wort herauszuquetschen, als er aufstand und seinen Stuhl zurückschob. Ohne jegliche Erklärung floh Ash, und schaffte es, sich in einer Kabine einzuschließen, bevor er sich in der Öffentlichkeit noch mehr blamieren konnte. Ungeachtet der Tatsache, dass er sich auf einer Toilette befand, sank er zu Boden und presste den Kopf gegen die kühlen Wandfliesen.

Nach einer Weile verschwanden die Übelkeit und das Zittern, er wischte sich das Gesicht mit Papiertüchern ab und stand mit wackeligen Beinen auf. Es war Monate her, dass er eine derartige Panik verspürt hatte. Beschämt, was die anderen am Tisch von ihm denken mussten, öffnete er die Tür der Toilettenkabine und sah sich Peter gegenüber.

„Geht's dir wieder besser?" Peter reichte ihm eine Flasche mit kaltem Wasser, die er dankbar annahm. Nachdem er sie zur Hälfte leergetrunken hatte, stellte Ash sie auf das Regal und stützte sich mit den Händen auf dem Waschbecken ab. „Ja, danke." Er schloss einen Moment die Augen, dann begegnete er Peters finsterem Blick im Spiegel. „Was meinen sie da draußen? Du kannst es mir sagen." Sein bitteres Lachen hallte laut durch den engen Vorraum der Toilette. „Ich bin sicher, Peterson hat einen Heidenspaß damit, mich schlecht zu machen."

Peter machte einen unbehaglichen Eindruck. „Er ist nicht dein größter Fan, aber ich glaube nicht, dass Drew ihm allzu viel Beachtung schenkt. Ich schlage vor, du gehst zurück und tust so, als wäre nichts gewesen."

Nach einem weiteren Schluck Wasser und ein paar tiefen Atemzügen, fühlte sich Ash ruhig genug, um wieder an den Tisch zu gehen. Er drückte Peters Schulter. „Danke. Zumindest weiß ich, dass ich *einen* Freund habe."

„Jederzeit, Kumpel."

Nachdem sie an den Tisch zurückgekehrt waren, reichte Drew ihm lediglich einen frischen Drink und nahm das Gespräch wieder auf, als wäre es völlig normal, dass jemandem der Schweiß ausbrach und er vom Tisch flüchtete, nur um einige Minuten später ohne eine Erklärung wieder aufzutauchen.

„Ich habe mir die Freiheit genommen, eine Vorspeise zu bestellen." Drew reichte ihm eine Speisekarte und sah ihm über das feste Büchlein hinweg in die Augen. „Mit dem Hauptgericht haben wir noch gewartet."

Es war kein Schaden entstanden, und da sein Selbstvertrauen wiederhergestellt war, suchte Ash einmal mehr Zuflucht in seiner großspurigen, selbstsicheren Fassade. „Danke Drew. Ich schätze, ich habe vergessen zu Mittag zu essen, und das hat mich plötzlich eingeholt."

„Kein Problem. Passiert uns allen mal."

Der gleiche niedliche Kellner kam mit den zuvor bestellten Vorspeisen zurück, und Ashs Interesse wurde von mehr als dem Essen geweckt. Als Ash an der Reihe war, sein Hauptgericht zu bestellen, wählte er das Chili nach Art des Hauses, extra scharf. Der Kellner riss die Augen auf.

„Äh, Sir, ich möchte nur darauf hinweisen, dass unser Koch sein Chili schon reichlich scharf macht."

Ash lachte in sich hinein und zwinkerte dem Kellner zu, woraufhin dessen helle Wangen sich röteten. Wie bezaubernd. Eine Welle der Begierde floss durch Ash. „Ich mag es besonders heiß und scharf." Er leckte sich die Lippen und beobachtete, wie die Augen des Mannes sich weiteten und sich dann vor unverkennbarem Verlangen verdunkelten. Perfekt. Seine Unterhaltung für diese Nacht war jetzt gewährleistet. „Trotzdem vielen Dank für Ihre Besorgnis."

Als der Kellner soweit war, ihm die Speisekarte abzunehmen, achtete Ash darauf, mit den Fingern über die Hand des Kellners zu streichen, und beobachtete, wie dieser sich auf die Lippe biss, wobei er sich vorstellte, wie sich der üppige Mund um seinen Schwanz schloss. Wenn es nach ihm ging, würde er das Restaurant nicht verlassen, ehe er nicht dem Kellner einen persönlichen Besuch abgestattet hatte, um ihm seine Wertschätzung für gute Arbeit zu bekunden.

Das Abendessen nahm ohne weitere Vorkommnisse seinen Lauf, und Ash war immer noch beeindruckt, wie schnell Drew das Zentrum aufgebaut hatte. Peterson war ihm immer noch ein Dorn im Auge, da er damit fortfuhr, bissige Bemerkungen zu machen oder ihm einfach finstere Blicke zuzuwerfen, was Ash alles völlig ignorierte.

Ehe er es bemerkte, war es nach Mitternacht und das Restaurant hatte sich geleert. Peter hatte sich vor ungefähr einer Stunde verabschiedet, da er nach Hause zu Frau und Kindern musste. Ash begegnete dem Blick des hübschen Kellners, der neben der Bar herumlungerte, und grinste vor sich hin.

Showtime.

„Nun, meine Herren, es war ein netter Abend und ich freue mich darauf, mit euch zusammenzuarbeiten und euren anderen Freund kennenzulernen." Er schüttelte ihnen die Hände. „Ich mache mich besser auf den Weg, da ich morgen früh raus muss, um einen Mandanten zu treffen."

Peterson nickte, abgelenkt durch eine Nachricht, auf die er antwortete, während Drew ihm die Hand schüttelte.

Erneut genoss Ash die Festigkeit und Wärme der Hand des Mannes in der seinen, aber er hielt an seinem Plan für ein Rendezvous mit dem hinreißenden Kellner fest, der ihm mit seinen schönen Augen signalisiert hatte, ihm den dunklen Flur in Richtung der Toiletten zu folgen. „Gute Nacht, Drew. Wir sprechen uns bald."

Er stieß die Schwingtür auf und ging den spärlich beleuchteten Flur hinunter. Als er um die Ecke bog, erspähte er den jungen Mann. „Ja, hallo. Habe ich dich etwa warten lassen?" Mit zwei großen Schritten drückte Ash ihn gegen die Wand, er liebte das Gefühl, wie der schlanke Körper des Mannes sich bewegte, um sich dem seinen anzupassen. Der sanfte Atem an seinem Ohr schürte das Feuer in ihm.

„Ja. Ich weiß allerdings nicht mal deinen Namen."

Ash umfasste die Taille des Mannes und hörte ihn lustvoll stöhnen. Ihre Erektionen rieben durch den Stoff ihrer Hosen gegeneinander, als Ash seine Hüften bewegte. Der Kellner versuchte, Ash auf den Mund zu küssen.

„Du brauchst nichts zu wissen, außer, wie du meinen Reißverschluss öffnest und mir einen bläst." Ash zog sich zurück und legte die Hände fest auf die Schultern des Mannes. Er hatte noch nie jemanden geküsst. Nie. „Bist du dabei?" Ash tauschte mit dem Kellner den Platz, lehnte sich gegen die Wand und zog den jungen Mann näher heran, während er wieder die Hüften bewegte. Die Augen des Kellners waren verschleiert, in ihnen lag unverhüllte Lust, und er streckte die Hände nach Ashs Hose aus.

„Oh Gott, ja."

Mit zitternden Fingern löste der Kellner Ashs Gürtel, öffnete den Hosenknopf und zog den Reißverschluss auf. Seine Erektion beulte hart und heiß seine Boxershorts aus.

„Das ist es, was du küssen wirst. Nicht meinen Mund. Das hier." Er legte die Hand auf seinen Schwanz und strich darüber, als seine Hose zu seinen Knöcheln hinunterrutschte. Ash lehnte mit gespreizten Beinen an der Wand und wartete.

Der Kellner sank vor ihm zu Boden und zog mit ungeduldigen, ungeschickten Fingern Ashs Boxershorts herunter. Der Kick, die Tatsache, dass sie sich in der Öffentlichkeit befanden, trug zu seiner Erregung bei und stachelte Ash weiter an. Der Mann hatte überhaupt keinen Würgereflex und schluckte Ashs Schwanz bis zur Wurzel.

Scheiße. Nichts fühlte sich so gut an, wie die Lippen eines Mannes auf ihm. Ash lehnte den Kopf gegen die Wand, als der gierige Mund sich über seinen Schwanz bewegte, an ihm leckte und saugte, als wäre er eine verdammte Eistüte. Er schnappte nach Luft und krallte seine Finger in die Haare des Mannes. „Fuck, Mann. Du bist wie dafür geschaffen."

Zu lange viel zu lange war es her. Ash konnte sich nicht erinnern, wann er das letzte Mal Sex gehabt hatte, bei all der Arbeit, die sich vor ihm auftürmte. Aber jetzt, eingetaucht in die feuchte Hitze und mit einer talentierten Zunge an seinem Schwanz, fragte er sich, wie er ohne hatte leben können. Er fickte den Mund des Kellners härter. „Oh Gott, das ist es." Die Anfeuerung war ein Anzeichen für den verdammt heftigen Orgasmus, der sich in seinem Körper anbahnte. „Genau so. Hör nicht auf." Fasziniert beobachtete er, wie sein Schwanz zwischen den Lippen des Kellners verschwand und wieder auftauchte.

Der Mann, der vor ihm kniete, stöhnte, als er Ash tiefer aufnahm, während er seine eigene Länge rieb. Innerhalb kürzester Zeit wusste Ash, dass er soweit war. Er kam mit einer so überwältigenden Intensität, dass er seinen wollüstigen Aufschrei dämpfen musste, indem er sich seine Faust gegen den Mund presste. Er schauderte unter den Nachwirkungen und sein Schwanz pulsierte noch ein paar Mal, ehe er aus dem Mund des Mannes rutschte. Der Kellner spannte sich an, stöhnte dann und ergoss sich in Schüben vor Ash auf den Fußboden, wobei er knapp Ashs Schuhe verfehlte.

Minuten vergingen, bevor Ash wieder zu Atem kam. Er zog seine Hose hoch, steckte sein Hemd hinein und schloss den Reißverschluss. Der junge Mann stand schwer atmend auf, seine Lippen waren geschwollen und glänzten feucht im diffusen Licht des Flurs. Mit der Spitze seines Daumens fuhr Ash die Kontur der vollen Lippen des Mannes nach. „Du warst großartig. Vielen Dank."

„Sehe ich dich wieder?" Der hoffnungsvolle Unterton in der Stimme des jungen Mannes ließ kurz Bedauern in Ash aufkommen, als der Junge über Ashs Daumen leckte und ihn dann in seinen heißen Mund saugte. Der Kerl hatte eine sehr talentierte Zunge.

„Sollte ich wieder hier essen, werde ich sicher nach dir Ausschau halten." Es war nur fair, dem Jungen keine falschen Hoffnungen zu machen. Er war nicht für Beziehungen gemacht.

Ein Geräusch aus dem hinteren Teil des Flurs riss Ash aus seiner postorgastischen Wonne und rief ihm ins Bewusstsein, wie exponiert und töricht sie gewesen waren. Auch wenn außer seinem Tisch im Restaurant keiner mehr besetzt gewesen war, war das Servicepersonal noch da. Ash bezweifelte, dass das Management es schätzen würde, dass sich ein Angestellter dort mit einem Gast vergnügte, wo jeder vorbeigehen konnte. Ihm war egal, wer ihn sah, aber er wollte nicht, dass der Junge gefeuert wurde. Entgegen dem, was die Leute von ihm denken mochten, hatte er ein Gewissen.

„Na dann, man sieht sich." Er klopfte dem jungen Mann auf die Schulter, bevor er ging. Als er den Eingang des Flurs erreichte, bemerkte er, dass sich die Schwingtürenbewegten, so, als wäre vor Kurzem jemand hindurchgegangen.

Waren der Kellner und er etwa gesehen worden?

Kapitel 4

Nachdem Jordan das Restaurant verlassen hatte, blieb Drew noch ein paar Minuten sitzen, nippte an seinem Kaffee und ließ sich die Gespräche der letzten Stunden noch einmal durch den Kopf gehen. Soweit er es beurteilen konnte, war der Abend ein Erfolg gewesen und alle wussten nun, was sie zu tun hatten. Kurz dachte er über Ash und dessen Verschwinden vom Tisch nach, aber Peter war diesbezüglich ziemlich verschlossen gewesen und Drew wollte nicht nachhaken, für den Fall, dass es etwas sehr Persönliches war. Außerdem schien er als er zurückkam wie immer zu sein, er hatte sogar mit dem Kellner geflirtet. Das war nicht unbemerkt geblieben. Zumindest von ihm nicht. Jordan hatte recht. Der Mann war unverbesserlich, er flirtete was das Zeug hielt.

Es war Zeit, nach Hause zu gehen. Da er noch zur Toilette musste, bevor er zur U-Bahn ging, machte Drew sich auf den Weg dorthin, wo er Ash früher am Abend hatte verschwinden sehen. Er benutzte das Urinal und wusch sich die Hände. Als er die Toilette verließ, hörte er ein Geräusch, das nach einem schmerzerfüllten Ächzen klang. Drew blieb stehen und lauschte. Jemand könnte verletzt sein und ärztliche Hilfe brauchen. Erneut hörte er den Laut, wie ein langgezogenes Stöhnen, dann brach es abrupt ab.

Besorgt darüber, was er vorfinden könnte, eilte Drew den düsteren Flur hinunter und bog um die Ecke. Seine Augen weiteten sich vor Schreck, angesichts des Anblicks, der sich ihm bot. Statt einen womöglich Verletzten vorzufinden, der sich vor Schmerzen auf dem Boden krümmte, lehnte da Ash Davis an der Wand und bekam einen hingebungsvollen Blowjob von dem Kellner, mit dem er zuvor geflirtet hatte.

Drew blieb wie angewurzelt stehen. Die Luft schien dicker zu werden, und die kleinen Geräusche – schweres Atmen, Stöhnen und Keuchen – hallten durch die Dunkelheit, verstärkten den illegalen Charakter dieser Begegnung. Seine Blicke wurden von dem Akt angezogen, besonders von dem Mund des Kellners um Ashs Schwanz. Er konnte sehen, wie er nass und hart zwischen die Lippen des Mannes glitt, und seine Reaktion auf das nicht jugendfreie Bild vor seinen Augen verblüffte Drew.

Heilige Scheiße. Das war eine Wiederholung der Szene, von der Jordan erzählt hatte. Und verdammt, wenn Jordan nicht recht hatte. Zum Teufel, Drew mochte hetero sein, aber dieses erotische Schauspiel zu beobachten, war höllisch sexy und machte ihn an. Verschwunden war der Mann, der bleich und schwitzend vom Tisch geflüchtet war. An seine Stelle war ein Mann getreten, der sich inmitten einer sexuellen Handlung befand, und der, seinen Geräuschen und dem Gesichtsausdruck nach zu urteilen, an der Schwelle eines gewaltigen Orgasmus stand.

Drew schüttelte den Kopf. Warum zur Hölle stand er hier? Er musste verschwinden, bevor Ash die Augen öffnete und ihn beim Starren erwischte. Er riss den Blick von der Szene los, drehte sich auf dem Absatz um und hastete erneut den düsteren Flur entlang und aus dem Restaurant.

Er war nicht in der Stimmung, auf den Zug zu warten und hielt stattdessen ein Taxi an. Kurz darauf raste es den Broadway hinunter. Ein plötzlich auftretendes Gewitter ließ große Regentropfen gegen die Scheiben prasseln, sodass sie neblig-grau beschlugen und er abgeschieden von der Welt da draußen seinen Gedanken nachhängen konnte.

Gedanken, die sich um Ash drehten. Wer war er? Welche Art Mann hatte willkürlichen Sex auf einem Flur? Er mochte von seinem bestechenden Geschäftssinn beindruckt gewesen sein, aber Ashs Privatleben entsetzte Drew. Und doch konnte er nicht anders, als sich zu fragen, wie

Ash tickte, insbesondere, nachdem er in offensichtlicher Panik vom Tisch geflohen war. Ash wollte vielleicht helfen, aber er musste zuerst sein eigenes Leben in Ordnung bringen, bevor er daran denken konnte, andere zu unterstützen.

Je näher er seiner Wohnung kam, desto entschlossener wurde er. Bei diesem Projekt musste der Fokus einzig und allein auf dem Zentrum liegen, und Ashs Probleme schienen in eindeutigem Widerspruch zu den Aufgaben der Beratungsstelle zu stehen. Was, wenn er nur helfen wollte, um Leute für schnellen Sex kennenzulernen? Drew zog die Visitenkarte heraus und wählte die Nummer des Büros anstatt Ashs Handynummer, wohl wissend, dass er sich um die Konfrontation drückte.

„Äh, hallo. Hier spricht Drew Klein. Ich habe nachgedacht, und ich bin nicht sicher, ob du für unser Zentrum geeignet bist, daher entbinde ich dich von deinem Angebot. Aber ich weiß deine Hilfsbereitschaft zu schätzen. Also, uh, danke und tschüss."

Klasse, Drew. Tja, er war mit Worten noch nie gut gewesen. Deshalb war er Arzt geworden. Er bezahlte den Taxifahrer und rannte in sein Gebäude, wobei er kaum nass wurde. Sobald er die Tür öffnete, begrüßte ihn Domino und strich um seine Beine.

„Hey, Großer, hast du mich vermisst?" Er nahm den Kater auf den Arm, der mit dem Kopf gegen sein Kinn stieß. Schon seltsam, wie sehr er es genoss, ein Haustier zu haben, zu dem er nach Hause kommen konnte. Trotz seinem beschissenen Start ins Leben war Domino ein liebevolles Geschöpf und freute sich immer, ihn zur Tür hereinkommen zu sehen.

Drew streichelte den Kater noch einmal und setzte ihn dann auf den Fußboden. Domino tat sein Missfallen laut miauend kund. Drew, der dem Kater nichts abschlagen konnte, kratzte ihn noch ein paar Mal unter dem Kinn, dann stand er auf und warf seine Schlüssel in die Schale auf dem Tisch neben der Wohnungstür. Als er durch das Wohnzimmer zu seinem Schlafzimmer ging, ließ er sein Jackett auf das Sofa fallen. Er konnte es nicht erwarten, Anzug und Krawatte loszuwerden. Nachdem er T-Shirt und Jogginghose angezogen hatte fühlte Drew sich wohler und loggte sich in seinen Laptop ein, um seine Mails zu checken. Die erste, die ihm ins Auge fiel, kam von *Mallory Construction.* Jason Mallory ließ ihn in seiner Mail wissen, dass sie am Montag fertig werden würden und er Drew für einen Rundgang auf der Baustelle treffen wollte.

Drew war begeistert. Die Arbeiten waren nicht nur früher als geplant erledigt, sie gingen auch über das hinaus, was er ursprünglich geplant hatte. Mallory hatte sich besonders angestrengt, um sicherzustellen, dass das Haus einladend aussah und ein Ort wäre, den schutzlose Jugendliche gern aufsuchen würden, wenn sie Hilfe brauchten.

Nachdem Drew mit Mallory über den Grund für das Zentrum gesprochen hatte, hatte der Mann ihm anvertraut, bisexuell zu sein, und dass er während seines Coming-Outs mit einigen Familienmitgliedern Probleme hatte. Das schien allerdings hinter ihm zu liegen, da er Drew seinen Partner Ryan vorstellte, den er im kommenden Sommer heiraten wollte.

Drew schloss das Postfach, lehnte den Kopf an die Sofakissen und schloss seine Augen. Hatte er Jackie wirklich geliebt, oder war es nur sein verzweifelter Wunsch danach gewesen, jemanden zu haben, zu dem er nach Hause kommen, den er berühren und halten konnte? Seine Eltern so unversehens zu verlieren, hatte ein Loch in seinem Herzen hinterlassen, das er nie wieder hatte schließen können. Er hatte sich durch Beziehungen treiben lassen, seinen Freunden erlaubt, ihn mit einer Frau nach der anderen zu verkuppeln, aber da war nie diese Anziehung oder dieser Funke gewesen, sich ernsthaft auf eine davon einzulassen. Sie waren nur an seinem Beruf interessiert gewesen. Als er älter wurde und sich wieder in seinem Schneckenhaus isoliert hatte, war es nur zu einfach geworden, sein Privatleben von seiner Schwester und seinen Freunden dirigieren zu lassen.

Jordan hatte Keith, Mike war ein Partylöwe mit mehr Frauen als Verstand, und Rachel … nun ja, Rachel war eine Glucke, die darauf bestand, dass sie wusste, was das Beste für ihn war. Und Drew war es irgendwann einfach gleichgültig geworden.

Als er sich hinausgewagt und Jackie kennengelernt hatte, hatte er geglaubt, sie wäre *Die Eine*, hatte die Warnungen seiner Freunde und seiner Familie nicht beachtet, dass sie nur die Ehefrau eines plastischen Chirurgen mit einer lukrativen Karriere sein wollte. Während sie miteinander ausgingen war sie liebevoll gewesen und hatte ihn unterstützt. Alles war wunderbar gewesen, bevor sie geheiratet hatten. Er hatte sich schnell und heftig in sie verliebt und ihr nach nur sechs Monaten einen Antrag gemacht. Aber schon kurz nach ihren Flitterwochen hatten sich die Dinge geändert, alles war rasant den Bach hinuntergegangen. Sobald er ihr von seinen Plänen, eine Anlaufstelle für missbrauchte Teenager und junge Erwachsene zu eröffnen, erzählt hatte, hatte sie sich von ihm distanziert. Sie hatte sich weder für dieses noch irgendein anderes Thema interessiert, das er ins Gespräch brachte. Am Ende wollte sie aus der Ehe raus.

Er hatte keine drei Monate mit Jackie zusammenleben müssen, um zu erkennen, was für eine eitle, egozentrische Person sie tatsächlich war. Scheiße, offensichtlich hatte er eine sehr schlechte Menschenkenntnis. Sie auf den Knien mit dem Schwanz eines Freundes im Mund vorzufinden, hatte ihn vollkommen überrascht. Wieder einmal dankte er Gott, dass die Ehe so kurzlebig gewesen war und sie keine Kinder hatten.

Tja, egal, für eine neue Beziehung oder dazu, auch nur mit jemandem auszugehen, war er nicht bereit. Seine Schwester hatte recht. Er hatte die Klinik und diese Kinder, über die er sich Gedanken machen musste. Hoffentlich konnte er einen anderen Anwalt finden, um Davis zu ersetzen. Jason Mallory war mit einem Rechtsbeistand befreundet, der vielleicht bereit wäre, zu helfen. Vielleicht würde Drew diesen Anwalt anrufen, da die anfallende juristische Arbeit wahrscheinlich zu umfangreich war, als dass Peter sie allein schaffen konnte.

Sein Handy vibrierte, als ein Anruf einging. „Hey, Rach. Was gibt's? Ich hab grad an dich gedacht."

„Zwei Doofe und so, großer Bruder. Hast du Lust, dich am Samstag mit mir auf einen Kaffee zu treffen? Ich hab dich schon eine Weile nicht gesehen, da ich nicht in der Stadt war und letzte Woche nicht zu Nana kommen konnte. Wir brauchen einen Tag, um die Seele baumeln zu lassen."

Drew wurde die Brust eng. Ganz egal, wie beschissen er sich fühlte, wenn er mit seiner Schwester sprach, ging es ihm immer besser. Nicht, dass er das ihr gegenüber je zugeben würde. „Klar. Wann und wo?"

„Wie wäre es mit dem neuen Café am Union Square? Das auf der Achtzehnten beim Park? Wir können danach über den Bauernmarkt gehen."

Ihm kam eine Idee. „Klingt perfekt. Ich werde frisches Obst kaufen und Nana für Sonntag eine Fruchtpastete backen." Er hatte seiner Leidenschaft zu Kochen seit seiner Heirat nicht nachgehen können, da Jackie so gut wie nichts aß. Sie war immer auf irgendeiner Diät gewesen.

„Oh, lecker." Ihr Stöhnen zog sich in die Länge. „Ich liebe deine Fruchtpastete. Vielleicht bist du ja ein netter großer Bruder und machst eine ganz allein für mich? Bitte, bitte?"

„Du wirst mir helfen müssen, das Obst nach Hause zu tragen." Wem versuchte er hier etwas vorzumachen? Sie wusste, dass er eine für sie backen würde.

„Kein Problem. Ist gleich eine gute Gelegenheit für mich, um Domino zu besuchen. Wie fett ist er geworden?"

„Er ist nicht fett; er ist gesund."

Nachdem sie aufgehört hatte zu lachen, einigten sie sich darauf, sich am Mittag zu treffen. „Heb mir einen Platz auf und bestell mir einen Haselnuss-Latte, falls du zuerst dort bist."

„Falls? Falls ich zuerst dort bin? Wann warst du je pünktlich?" Er lachte leise, selbst als sie verächtlich schnaubte und auflegte.

Er trank den letzten Schluck seines Bieres aus, klappte den Laptop zu und legte ihn auf die Couch. Als er aufstand folgte ihm der Kater, wartete vor dem Bad, bis er fertig war und lief dann hinter ihm her ins Schlafzimmer. Es hatte keinen Sinn, Domino vom Bett zu schubsen; er würde direkt wieder hinaufspringen.

„Na komm schon. Hoch mit dir." Domino musterte ihn mit diesen großen, gelben Augen, sein Schwanz zuckte hin und her, dann sprang er, tapste zum Fußende des Bettes und rollte sich zusammen. Glücklicher als er sich seit langem gefühlt hatte, schlüpfte Drew ins Bett und streckte sich. Er krümmte die Zehen, spannte die Muskulatur an, hob die Arme über den Kopf und genoss es, seinen ganzen Körper zu dehnen, bevor er sich entspannte. Es war ein langer Tag mit vielen Patienten gewesen, anschließend noch das bizarre Treffen zum Abendessen. Seine Nackenwirbel knackten. Tja, er war definitiv keine Zwanzig mehr. Nachdem er dreißig geworden war, hatte er angefangen zu Laufen, um dafür zu sorgen, dass er trotz seiner langen Arbeitstage und der unregelmäßigen Mahlzeiten in Form blieb.

Sein Handy vibrierte auf dem Nachttisch. *Du lieber Himmel.* Hoffentlich war das kein Notfall. Er griff danach und blinzelte, als das helle Licht des Displays ihn im dunklen Raum ein wenig blendete. *Scheiße.* Asher Davis.

Was zur Hölle sollte diese Nachricht, Klein? Ruf mich zurück.

Scheiß auf ihn. Er war Ash Davis nichts schuldig. Er warf das Handy auf die andere Seite des Bettes und vergrub den Kopf unter dem Kissen. Natürlich bekam Drew jetzt, nachdem der Kerl ihm geschrieben hatte, den Anblick von Ash, dem einer geblasen wurde, nicht mehr aus dem Kopf. Er verstand, was Jordan gemeint hatte, als er sagte, es wäre heiß gewesen, zuzusehen. Er würde es nie vor irgendjemand zugeben, aber es hatte ihn, während er die Szene beobachtet hatte, einen winzigen Moment lang … Verdammt sollte er sein, wenn es ihn nicht erregt hatte. Nur ein bisschen.

Scheiße. Da machte sein Schwanz sich wieder selbstständig. *Fuck.* Das sollte nicht passieren. Um Himmels willen, er mochte Frauen. Auch wenn niemand außer ihm im Zimmer war, schoss sein Blick lauernd hin und her. Drew berührte sich durch den dünnen Stoff seiner Jogginghose und stöhnte, als er spürte, wie sein praller Schwanz unter seiner Hand zuckte.

Das Bild des dunkelhaarigen Ash mit dem Gesicht eines sündhaften Engels, den Kopf zurückgeworfen und nach Atem ringend, erweckte eine Fantasie zum Leben, von der Drew nicht gewusst hatte, dass sie im hintersten Winkel seines Gehirns existierte. Er rief sich das schmatzende Geräusch in Erinnerung, das vom Mund des Kellners um Ashs Schwanz verursacht worden war, und auch Ashs raues Stöhnen, und beides war der Impuls, den Drew brauchte, um über seinen Schatten zu springen. Er konnte es nicht glauben, aber er schob eine Hand in seine Hose, packte seinen Schwanz und umfasste die tropfende Spitze, rieb hart über seine Länge. Nach nur kurzer Zeit und mehreren festen Strichen erstarrte er und kam, ergoss sich in seine Hand, während sein rauer, erstickter Schrei von den Wänden seines Schlafzimmers widerhallte.

Einen Moment lang bekam er kaum Luft und war erschüttert darüber, was soeben passiert war. Hatte er sich tatsächlich einen runtergeholt und dabei an einen anderen Mann gedacht? *Un-fucking-fassbar.* Was zur Hölle war mit ihm los?

Sein Handy klingelte. Scheiße, Anrufe mitten in der Nacht bedeuteten immer schlechte Nachrichten. Was, wenn Nana etwas passiert war? Ohne auf das Display zu schauen, nahm er den Anruf an. „Hallo? Wer spricht da?"

„Klein? Hier ist Davis. Asher Davis. Du schuldest mir eine Erklärung, warum du mich kurzerhand aus dem Projekt geschmissen hast."

„Es ist kurz vor zwei Uhr morgens. Ich schulde um zwei Uhr früh niemandem eine Erklärung. Dir am allerwenigsten." Ja, ihm war bewusst, dass er unhöflich klang, aber die Tatsache, dass er sich zu der Vorstellung, wie Ash einer geblasen wurde, einen runtergeholt hatte, war ihm dermaßen peinlich, dass ihm das scheißegal war.

Ein tiefes Ausatmen war ein Anzeichen dafür, wie angepisst Ash war. „Warum benimmst du dich wie ein Arschlosch?" Jetzt klang er nur noch verwirrt. „Können wir drüber reden?"

Schuldete er dem Mann eine Erklärung? Nicht wirklich. Aber vielleicht war er es Peter schuldig, da Peter den Kontakt zu Ash hergestellt hatte. „Okay. Komm am Samstagvormittag um halb zwölf in das neue Café Ecke Achtzehnte und Broadway." Er legte auf und stellte das Handy auf lautlos. Nachdem er sich im Bad gesäubert hatte, ging Drew wieder ins Bett, rollte sich unter der Decke zusammen und zwang sich dazu endlich zu schlafen.

Am Samstag betrat Drew das Café ein paar Minuten bevor er Ash treffen sollte, bestellte sich einen *Iced Coffee* und suchte sich einen Sitzplatz. Während er seine Beine unter dem winzigen Tisch ausstreckte, fragte er sich, warum er diese Verabredung getroffen hatte. Er wollte mit dieser Anlaufstelle die Kids vor den Jägern schützen. Auch wenn Ash vielleicht nicht so schlimm war, konnte sich Drew nicht ständig von dem Gedanken ablenken lassen, ob Asher Davis sich benahm oder nicht doch genau die Menschen verführte, die sie beschützen wollten.

Ein Schatten fiel auf sein Gesicht. „Okay, Klein." Ash ließ sich auf den Stuhl ihm gegenüber fallen, seine silberfarbenen Augen glitzerten wie Eisstückchen. „Was zum Teufel ist zwischen dem Abendessen und deinem Eintreffen bei dir zuhause passiert, dass es so unbedingt erforderlich gemacht hat, um halb zwei Uhr morgens in meinem Büro anzurufen und mich abzuservieren?"

Drew spielte mit dem Deckel seines Kaffeebechers und nahm Ashs aufgewühlte Stimmung wahr, bevor er antwortete. „Ich verstehe beim besten Willen nicht, warum du dich so aufregst. Ich habe meine Meinung geändert." Er zuckte mit den Schultern. „Vielleicht möchte ich nicht mit dem Anwalt meiner Exfrau zusammenarbeiten."

„Das ist doch Schwachsinn. Das war kein Problem für dich, als wir drüber gesprochen haben. Dir haben sogar meine Ideen gefallen."

Warum sollte einem Mann wie ihm dieses Projekt so wichtig sein? Stand er immer noch auf Jordan und hoffte, auf diese Weise an ihn heranzukommen? „Dir ist schon bewusst, dass Jordan jetzt in einer festen Beziehung ist."

Ash machte kurz einen verwirrten Eindruck, bevor sich seine Lippen zu einem spöttischen Grinsen verzogen. „Du glaubst, ich will das wegen Peterson tun? Hat er dir das weisgemacht?"

Nervös lehnte Drew sich von Ash weg und reckte den Hals, um die Menschen zu mustern, die durch die Tür hereinkamen. Konnte seine Schwester nicht ein einziges Mal in ihrem Leben früher als geplant auftauchen? Sein Blick kehrte zu dem wütenden Mann zurück, der ihm gegenübersaß. „Nein, aber ich weiß, dass du mal eine Schwäche für ihn hattest."

Ash schnaubte. „Hör mal zu. Sag deinem Freund mit dem übersteigerten Selbstbewusstsein, nur weil ich ihn vor vier oder fünf Jahren mal angemacht hab, heißt das nicht, dass ich immer noch an ihm interessiert bin. Geschmäcker ändern sich."

Rachel kam herein. Halleluja! Sie winkte ihm zu, bevor sie ihn fragend musterte. Ehe er ihn unterdrücken konnte, entkam ihm der abfällige Kommentar. „Ja, ich weiß. Mittlerweile stehst du auf Kellner, richtig? Oder sollte ich lieber sagen, sie stehen auf *dich*?" Er stand auf und begrüßte seine Schwester. „Hey, Rach, wie geht's dir?"

Ihr Blick schoss von ihm zu Ash, der fassungslos wie festgewachsen dasaß. „Äh, möchtest du mir deinen Freund vorstellen?"

„Ich denke nicht. Wir sind nicht befreundet, er ist nur ein Bekannter. Ich glaube nicht, dass wir uns nach dem heutigen Tag nochmal begegnen werden." Als er Ash über die Schulter hinweg ansah überkam ihn ein kurzer Anflug von Reue. „Bis dann, Davis. Man sieht sich." Er legte die Hand auf Rachels Rücken und manövrierte sie in Richtung Tür, wobei er kaum auf ihre Beschwerde achtete, dass sie sich keinen Kaffee hatte holen können.

„Vergiss es, Rachel. Ich kaufe dir eine Limo. Lass uns jetzt gehen. Ich muss das Obst für die Fruchtpastete besorgen, die ich Nana morgen mitbringen will. Später sind nur noch die lädierten Reste übrig."

Als er am Fenster des Cafés vorbeiging, schaute er hinein und sah den leeren Tisch, an dem er und Asher gesessen hatten. Schätzungsweise hatte er die Botschaft verstanden.

„Drew."

Oder auch nicht. Er drehte sich um und stand Asher gegenüber, der ihm dicht auf den Fersen gewesen war und ihn verlegen ansah.

„Können wir darüber reden?"

„Da gibt es nichts zu reden."

Natürlich wollte Miss Aufdringlich auch mitreden. „Hi, ich bin Rachel, seine sehr viel wohlerzogenere Schwester."

In einer überraschend altmodischen Geste hob Ash Rachels Hand an seine Lippen und küsste sie. „Wie schön, Sie kennenzulernen. Vielleicht können Sie Ihren Bruder davon überzeugen, dass ich wirklich in dem Zentrum mithelfen möchte, das er aufbaut."

Drew stand da und beobachtete die Interaktion zwischen seiner Schwester und Ash. Kurzerhand entschied er sich dafür, dass sie sich selbst eine Meinung über den Mann bilden sollte. Abgesehen von seiner Großmutter besaß sie von allen Menschen, die er kannte, die beste Menschenkenntnis. Nicht, dass er ihr das je sagen würde. Manche Dinge sagte ein Bruder seiner Schwester auf keinen Fall.

Sie gingen weiter den Broadway zur achtzehnten Straße hinunter und überquerten diese, um den Park und den gut besuchten Bauernmarkt aufzusuchen. Drew ließ sich zurückfallen, damit Rachel sich mit Ash unterhalten konnte. Später würde er sie fragen, worüber sie gesprochen hatten, aber im Moment war er damit zufrieden, hinter ihnen herzugehen und über den Mann nachzudenken.

War Ash ehrlich an dem Projekt interessiert, wie er es behauptet hatte, oder sah er es als Möglichkeit, um Männer zu treffen? Es erschreckte Drew, so über einen anderen Menschen zu denken, aber Jordans kritische Bemerkungen und die sexuelle Handlung, bei der er Ash erwischt hatte, gaben ihm zu denken. Sein Gesicht wurde heiß, als er sich erneut an den Blowjob im dämmrigen Flur des Restaurants in Erinnerung rief. In all den Jahren, die er und Jordan schon befreundet waren, hatte er sich nie sexuell von ihm angezogen gefühlt, lediglich zugehört und Rat angeboten, wann immer sein Freund eine Beziehung begonnen oder beendet hatte. Jordan war ein Kumpel, ein Freund. Da war absolut nichts Sexuelles dran.

Bei Ash Davis verhielt sich die Lage anders. Drew konnte die Erinnerung an Ashs seligen Gesichtsausdruck nicht aus dem Kopf bekommen. Obendrein musste er sich eingestehen, dass er den Anblick von Ashs Schwanz im Mund des Kellners genauso wenig vergessen konnte.

Er stolperte. Scheiße. Wann war er das letzte Mal flachgelegt worden? Er konnte sich nicht einmal mehr daran erinnern. Es war einige Monate her. Das musste der Grund dafür sein, dass er von Ashs Sexualleben so befremdlich fasziniert war.

Er riss sich zusammen und hörte Rachel über etwas lachen, das Ash ihr zugeflüstert hatte.

„Rach. Wir müssen das Obst holen." Ihr Lächeln verblasste, als sie seine ungewohnt barsche Stimme hörte.

„Äh, okay." Sie sah ihn mit einem bösen Blick von der Seite an. „Es war nett, Sie kennenzulernen, Ash. Vielleicht sieht man sich mal wieder." Sie schüttelte ihm die Hand.

„Ich vermute, das kommt ganz auf Ihren Bruder an."

Drew verzog mürrisch das Gesicht. „Wir werden sehen. Ich melde mich diese Woche bei dir und teile dir meine endgültige Entscheidung mit."

„Können wir kurz reden?" Ash deutete mit dem Kopf auf eine freie Bank. „Rachel, würden Sie uns entschuldigen?"

„Sicher." Ganz kurz huschte ein unsicheres Lächeln über ihr Gesicht. „Uh, ich fang mal an, das Obst für dich auszusuchen, D."

Er nickte und folgte Ash zu der Bank, wo er sich so weit von ihm entfernt wie möglich hinsetzte, ohne dass es zu offensichtlich war. „Du hast meine Schwester um den Finger gewickelt, was nicht leicht ist. Aber …“

„Aber du siehst in mir nur den Mann, der sich in einem Restaurant mit einem Kellner vergnügt hat, stimmt's?“

Ashs glänzende Augen reflektierten das Grün der Blätter, das Blau des Himmels und das Braun der Bäume. Sie schienen die Emotionen widerzuspiegeln, die er in sich verschlossen hielt, was es Drew unmöglich machte, den Blick abzuwenden.

„Gibt's da denn mehr zu sehen?“ Drew hielt den Atem an. Um sie herum waren die Schritte vieler Menschen zu hören und ihr Lachen wurde durch die laue Luft des Spätfrühlings getragen. Niemand schenkte ihnen Aufmerksamkeit. Für Drew wurde die Unterhaltung plötzlich so notwendig wie zu atmen, auch wenn er den Grund dafür nicht erfassen konnte.

„Schau, wir kennen uns kaum und du hast dein Urteil bereits gefällt. Einerseits wegen deines Freundes und andererseits, weil du mich in dieser Situation gesehen hast. Mir ist aber wichtig, dass du weißt, dass ich meine Gründe habe, diesen Kindern zu helfen.“ Er wandte den Blick ab und starrte konzentriert auf den Gehweg. Sein glattes Haar fiel nach vorn, verdeckte den Ausdruck in seinen Augen. „Es ist zu persönlich, um das jetzt zu vertiefen, aber ich würde nie im Leben etwas tun, was diese Kids verletzt.“ Er strich die Haare zurück, wodurch seine gequälte Miene sichtbar wurde. „Sie verdienen jede Chance auf ein besseres Leben.“

Der unverhüllte Schmerz in seiner Stimme berührte Drew zutiefst und verlieh Ashs Worten Glaubwürdigkeit. Ob Ash jetzt seine Vergangenheit offenbarte oder nicht, es war für Drew eindeutig, dass er selbst einiges durchgemacht und den Schmerz in seinem Inneren verschlossen hatte. Alles ergab jetzt Sinn – der anonyme Sex mit Männern, die er kaum kannte, das Bedürfnis, gemocht zu werden, und der Hauch unbeschreiblicher Einsamkeit, der ihn umgab.

„Hey." Drew legte Ash eine Hand auf die Schulter, aber zu seiner Überraschung wich Ash zurück. Doch diese kurze Berührung rief so intensive Gefühle hervor, dass es Drew bis ins Mark erschütterte.

Was zum Teufel?

„Schon okay. Du musst nicht darüber sprechen. Ich gebe zu, dass es falsch war eine vorschnelle Entscheidung zu treffen, ohne dir die Chance zu geben, dich zu verteidigen. Ich muss zu Rachel zurück, aber ich werde mir die Zeit nehmen, nochmal über alles nachzudenken. Kann ich dich anrufen?"

Seine Frage hing in der Luft, während Ash damit fortfuhr, den Boden vor seinen Füßen zu mustern. Kurz darauf bemerkte Drew eine schwache Kopfbewegung von Ash, mit der er wortlos seine Zustimmung gab.

„Gut. Wir sprechen uns. Bis dann, Ash."

Ohne auf eine Antwort zu warten, ließ er Ash auf der Bank zurück. Allein, umgeben von Fremden.

Kapitel 5

„Trinken wir auf meine Eltern und die Verwirklichung eines Traums.“ Drew hatte den Arm um Rachel gelegt, hob sein Glas und lächelte den Menschen zu, die diesen Abend erst möglich gemacht hatten. „Auf das *Audrey and Maxwell Klein Home away from Home*-Zentrum.“ Er leerte sein Champagnerglas und schenkte sich sofort nach. Wenn er allein war, mochte seine Wohnung klein und öde sein, aber heute Abend waren die Menschen hier, die ihm auf der Welt am meisten bedeuteten. Seine Schwester. Seine Großmutter, die dasaß, sich Tränen aus den Augen wischte und ihn liebevoll anlächelte. Seine beiden besten Freunde, Mike und Jordan – der natürlich von seinem Partner Keith begleitet wurde. In ihren Kreis waren jetzt auch Peter und seine Frau Lisa aufgenommen worden, wie auch Asher Davis. In den beiden vergangenen Monaten hatten Peter und Ash bei allen Rechtsfragen geholfen, und der Einfluss von Peters Vater hatte dazu beigetragen, dass die nötigen Genehmigungen schnell erteilt worden waren. Sein Bauunternehmer Jason Mallory und dessen Partner Ryder Daniels waren ebenfalls zur Party gekommen.

Drew schlängelte sich an seinen Freunden vorbei, um sich mit seiner Großmutter zu unterhalten. Als er bei ihr ankam, saß zu seiner Verwunderung ausgerechnet Ash neben ihr und sie schien sich köstlich zu amüsieren.

„Drew, Liebling, warum hast du mir diesen gutaussehenden Mann noch nicht vorgestellt?“ Ihre blauen Augen funkelten, als sie die Lippen zu einem Lächeln verzog. „Er war so lieb, sich zu mir zu setzen und mir unanständige Witze zu erzählen.“

Ash nahm ihre Hand und drückte einen Kuss darauf, dann legte er einen Finger auf seine Lippen. „Pscht, Esther.

Das sollte eigentlich unter uns bleiben." Er zwinkerte ihr zu und sie lachte laut auf.

„Junger Mann, Sie sind das, was wir zu meiner Zeit einen Filou nannten." Sie zwinkerte ihm ebenfalls zu. „Ich hatte immer eine Schwäche für die Bad Boys."

„Nana?" Drew stand wie vor den Kopf geschlagen da, konnte kaum glauben, was sich da gerade vor seinen Augen abspielte. Flirtete seine unerschütterliche, unabhängige Großmutter gerade mit einem Mann, der über fünfzig Jahre jünger war als sie?

„Ja, Schatz. Kann ich irgendwas für dich tun?" Sie wandte den Blick nicht von Ash ab, und aus irgendeinem Grund ärgerte ihn das. Er stellte sein Glas ab und verschränkte die Arme.

„Na ja, nein. Ich wollte dich begrüßen und dich zu einer persönlichen Führung ins Zentrum einladen."

Das erregte ihre Aufmerksamkeit. Sie umfasste seine Hände mit ihren kleineren und drückte sie. „Deine Eltern wären so stolz auf dich und ich weiß, dass sie voller Liebe auf dich und deine Schwester herunterschauen."

Sein Herz schmerzte. Körperlich. Er hustete, versuchte dadurch den Druck in seiner Brust zu mildern, aber es half nicht. Der Inhalt seines zweiten Glases Champagner rann durch seine zugeschnürte, trockene Kehle. „Danke Nana. Ich vermisse sie immer noch. An jedem einzelnen Tag." Er ließ den Kopf hängen, und sie streichelte über sein Gesicht.

„Ich auch. Aber sie sind hier bei uns, geben uns Kraft. Wenn ich das nicht glauben würde, könnte ich morgens nicht aufstehen."

Ash reichte ihm einen frischen Drink. „Hier, nimm. Sieht aus, als würdest du ihn brauchen. Lass ausnahmsweise mal los."

Drew hielt den Blick seiner silbernen Augen fest und lächelte. „Danke, Mann. Ich denke, ich brauche den tatsächlich und ich werde auf den Rat meines Anwalts hören."

„Stimmt es, dass Sie tatsächlich der Anwalt dieser fürchterlichen Frau sind? Derjenigen, die meinem Enkel das Herz gebrochen hat?“ Sie sah Ash streng an und Drew musste lachen. Er tätschelte ihr die Hand.

„Mach dir keine Sorgen, Nana. Sie hat mir wohl kaum das Herz gebrochen. Es war eine unkomplizierte Übereinkunft, ohne Streiterei, und in ein paar Monaten wird alles vorbei sein.“

„Sie war eine abscheuliche Person, oder?“, flüsterte Nana Ash zu, der überraschenderweise mit dem Kopf nickte.

„Ja, allerdings. Meiner Meinung nach nicht annähernd gut genug für Drew.“

Ein spekulatives Funkeln erschien in den Augen seiner Großmutter. „Kennen Sie nette Mädchen, mit denen er ausgehen könnte, Mr. Davis? Vielleicht kennt Ihre Freundin jemanden.“

Junge, Junge. Um Himmels willen, das letzte was er wollte, war, mit seiner Großmutter über Ashs sexuelle Orientierung zu sprechen. Er trank einen großen Schluck seines Champagners. Ash kam ihm jedoch zu Hilfe.

„Mrs. Klein, ich habe keine Freundin. Ich bin schwul. Deshalb war ich so erpicht darauf, Drew bei diesem Projekt zu unterstützen. Damit niemand jemals darunter leiden muss, anders zu sein.“

Nana saß einen Moment nur da und ihr Blick wanderte zwischen Ash und ihm hin und her. Ein nicht zu deutender Ausdruck erschien kurz auf ihrem Gesicht. „Ich verstehe. Nun, ich konnte nie verstehen, was die Leute für einen Wirbel darum veranstalten. Ich meine, was geht es jemand anderen an, wen man liebt? Sehen Sie sich die Ehemänner und Ehefrauen an, die ihre Kinder umbringen. Die sind eine Schande für die Gesellschaft, nicht jemand wie Sie.“

Sie schockierte Drew damit, dass sie sich zu Ash hinüberbeugte und ihn auf die Wange küsste. „Wenn eines meiner Enkelkinder kommen und mir sagen würde, er oder sie ist homosexuell, könnte ich sie deshalb nie weniger lieben. Nehmt euch das beide zu Herzen. Gebt euch nie mit weniger als wahrer Liebe zufrieden.“ Sie stand auf und wehrte ihre helfenden Hände ab. „Jetzt hole ich mir was zu essen. Drew, du musst mich nicht bemuttern. Mr. Davis, ich hoffe, wir werden uns wiedersehen.“

Ash, der nach ihrem flüchtigen Kuss wie erstarrt auf seinem Platz gesessen hatte, berührte kurz seine Wange. Er schreckte aus seinem Tagtraum auf, ergriff erneut ihre Hand und küsste sie. „Dann müssen Sie mich Ash nennen.“

Sie drückte seinen Arm und ging weg. Drew trank sein Glas leer und bemerkte, dass ihm ein wenig schwindlig war und es ihn kein bisschen interessierte. „Sie ist der Knaller. Und sie hat dich wirklich ins Herz geschlossen. Das bedeutet eine ganze Menge. Meine Großmutter ist eine hervorragende Menschenkennerin.“ Sein Blick folgte ihr durch den Raum, während sie immer wieder stehenblieb und sich mit den anderen Gästen unterhielt. Zu schade, dass er nicht auf ihre Meinung über Jackie gehört hatte, statt steif und fest darauf zu beharren das zu tun, was er wollte.

Jordan und Keith zogen ihn mit sich, um sich mit anderen Gästen zu unterhalten. Er sah über die Schulter zu Ash zurück, der mit einem Drink in der Hand blieb wo er war, und formte ein *Danke* mit den Lippen.

Ash liebte Lisa, das tat er wirklich, aber bevor die Party zu Ende war, würde er Peter sagen müssen, dass er weder am schwulen Friseur seiner Frau noch an ihrem Innenarchitekten interessiert war. Er wollte nur einen einzigen Mann, und daran hatte sich nichts geändert, seit er ihn über den Konferenztisch in seinem Büro hinweg zum ersten Mal gesehen hatte. Er wollte Drew Klein in seinem Bett und unter sich. Er wollte sich in den Mann gleiten lassen und sich sozusagen bis zum Anschlag in ihm versenken. Stattdessen saß er hier fest und musste ihr zuhören, wie sie die Vorzüge der blonden Haare und der gebräunten Haut ihres Innenarchitekten pries, wo er doch nur blasse Haut und weiche, dunkle Locken berühren wollte.

„Lisa, Schätzchen. Ich weiß, du meinst es gut, aber ich bin nicht interessiert. Ich halte nichts von Verabredungen oder Beziehungen.“ Er lächelte auf die hübsche Rothaarige hinunter. Ihre grünen Augen verengten sich zu Schlitzen und er wappnete sich für ihre Standpauke.

„Oh, komm schon. Du kannst nicht dein Leben lang nur One-Night-Stands haben. Ich mache mir Sorgen um deine Gesundheit. Abgesehen davon brauchst du jemanden, den du lieben kannst. Jeder braucht so jemanden.“

Er lachte laut auf. „Oh bitte. Schau dir Peters Freunde an. Keiner dieser Männer ist gebunden. Na ja, abgesehen von Peterson. Aber du weißt, was ich sagen will.“

Sie sah ihn böse an. „Du lachst über mich, aber eines Tages wirst du verstehen wovon ich spreche, und dich nicht mehr ziellos durchs Leben treiben lassen wollen.“

Er küsste sie auf die Wange. „Mir wurde gesagt, dass ich sehr zielstrebig bin, Schätzchen – wo es drauf ankommt. Wenn du möchtest, kann ich dir Referenzen bringen. Jetzt hole ich mir noch was zu trinken. Bis nachher.“ Er ignorierte ihr entrüstetes Schnauben und ging. Um ihn herum unterhielten sich die anderen Gäste und er hörte nur mit halbem Ohr zu, während er sich einen weiteren Wodka einschenkte. Er bemerkte, dass Drew auf einem Höhenflug und in Gegenwart seiner Freunde albern und ausgelassen zu sein schien. Seine Lippen verzogen sich zu einem Lächeln. Vielleicht konnte er die Feier doch noch mit einem Fick beenden. Beiläufig ging er zu einem kleinen Tisch neben dem Fenster hinüber und schob seine Sonnenbrille hinter ein paar Blumentöpfe mit verschiedenen Kakteen.

Am Ende des Abends waren nur noch ein paar wenige Gäste da. Rachel hatte ihre Großmutter nach Hause gebracht. Die Lady war wirklich ein Schatz und sie hatte ihn überrascht, als sie ihn zum Abschied geküsst hatte. „Lassen Sie mal von sich hören, junger Mann. Meine Enkelkinder und ihre Freunde besuchen mich jeden Sonntag. Ich erwarte, Sie eines Tages ebenfalls zu sehen." Sie bedachte ihn mit einem herausfordernden Blick und ehe er es verhindern konnte, hatte er zustimmend genickt.

Peter und Lisa waren vor einer Stunde gegangen, um ihren Babysitter zu erlösen und Mike behauptete Pläne für die Nacht zu haben und ging ebenfalls. Jetzt war nur noch Drew übrig – der ein bisschen angetrunken war –, Jordan und Keith. Ash war klar, dass Jordan ihm immer noch nicht völlig vertraute, und er zollte dem guten Doktor Anerkennung dafür, so scharfsinnig zu sein. Kurz fühlte sich sein neuentdecktes Gewissen ein wenig schuldig, aber Ash ignorierte es. Alles, was er wollte, war eine Kostprobe von Drew Klein, und dann wäre er zufriedengestellt.

„Also. Drew, es sieht aus, als müsstest du deinen Rausch ausschlafen, deshalb gehen wir jetzt, stimmt's, Davis?" Peterson deutete mit dem Kopf vehement in Richtung Tür. „Drew muss ein paar Aspirin einwerfen und ins Bett."

Er würde dafür sorgen, dass Drew ins Bett ging, aber wenn Ash dabei etwas zu sagen hatte, würde der Mann nicht allein dort landen. „Sicher. Trink viel Wasser, Drew, und wir sehen uns Montag bei der großen Eröffnungsfeier."

Drew schlang seinen Arm um Ashs Taille. „Ja. Danke für all deine Hilfe. Und Mann, meine Großmutter liebt dich, Ash. Sie konnte gar nicht aufhören über dich zu sprechen." Er schob die dunklen Locken zurück, die ihm in die Stirn fielen, ein schiefes Lächeln ließ ihn jugendlich und verletzlich aussehen. Allerliebst. Ash schluckte schwer. Ein fremdartiges Gefühl, Beschützerinstinkt und Lust zugleich, breitete sich in ihm aus. Er klopfte Drew auf den Rücken.

„Sie ist wirklich reizend. Tja, Leute, wir sehen uns im Zentrum. Habt noch einen schönen Abend.“ Er ging, und nachdem er das Gebäude verlassen hatte, hing er ein bisschen im gegenüberliegenden Lebensmittelgeschäft herum, suchte nach Pfefferminzbonbons und Kaugummi, bis er Jordan und Keith aus dem Haus kommen, in ihr Auto einsteigen und wegfahren sah.

Er bezahlte seine Einkäufe, steckte sie in die Tasche, dann verließ er den Laden und eilte zurück über die Straße. Er drückte auf die Klingel von Drews Appartement.

„Ja?“

„Hey, hier ist Ash. Ich glaube, ich habe meine Sonnenbrille liegengelassen. Kann ich raufkommen und nachschauen?“

„Klar.“ Eine Sekunde später ertönte der Summer. Er öffnete die Sicherheitstür und sprang, immer zwei Stufen auf einmal nehmend, die Treppe hinauf. Binnen einer Minute stand er vor Drews Tür. Sie war nur angelehnt, Ash schob sie weiter auf und sah Drew, der ein wenig schwankend im Flur stand.

„Komm rein.“ Drew machte eine einladende Geste. „Schau dich überall um. Ich bin ein bisschen betrunken, also wäre ich keine große Hilfe bei der Suche.“

Da war wieder das entzückende schiefe Lächeln, bei dem Ash das Blut direkt in den Schwanz fuhr. Er musste diesen Mann berühren. Bald. Ash betrat die Wohnung und schloss die Tür hinter sich. „Wie wäre es, wenn ich dir ein Glas kaltes Wasser bringe und dann nach meiner Brille suche?“

„Okay.“ Drew gähnte und kratzte sich am Kopf, während er in einem der Zimmer verschwand. Nachdem er etwas Eis aus dem Gefrierschrank geholt hatte, goss Ash Drew ein Glas Wasser ein. Sein Puls raste vor lauter Vorfreude.

Als er das Wohnzimmer betrat, fand er Drew mit geschlossen Augen auf dem Sofa liegend vor.

„Hey, Drew. Da ist dein Wasser."

„Mhmm. Danke." Seine Augen blieben geschlossen, aber er lächelte.

„Brauchst du Hilfe dabei, dich aufzusetzen?"

„Sicher, ja."

Drews Kater, der ihn nur böse angestarrt hatte, war nirgends zu sehen. Gespannte Erwartung schien in der Luft zu liegen. Ash ließ sich auf der Couch nieder, legte einen Arm um Drews Schultern und zog ihn an sich. Er erstarrte erschrocken, als Drew die Augen öffnete und seinen Kopf an Ashs Schulter lehnte. „Soll ich dir was Verrücktes erzählen?" Drews Mund war ihm nahe genug, dass sich ihre Lippen berühren würden, sollte Ash den Kopf drehen.

Er schluckte, kämpfte gegen den ungewohnten Drang an, seinen Mund auf Drews zu drücken. „Klar, lass hören."

Drews ein wenig unkoordinierter Blick begegnete seinem, das süße, unwiderstehliche Lächeln geriet nie ins Wanken. „Als ich dich in der Nacht mit dem Kellner erwischte, war das das Heißeste, was ich je gesehen hatte."

Oh Scheiße.

Es erforderte all seine Willenskraft, seine Stimme ruhig und gleichmäßig zu halten. „Tatsächlich? Ich dachte, du warst schockiert."

Drew gluckste und rieb wie eine Katze das Gesicht an Ashs Schulter. Ash erwartete schon fast, dass der Mann zufrieden schnurren würde, und legte seinen Arm fester um ihn.

„Nö. Jordan hatte recht. Es war heiß. Du warst heiß. Ich bin nach Hause gegangen und hab mir einen runtergeholt, also schätze ich mal, es hat mir gefallen, huh?" Aus dem Reiben wurde ein Ankuscheln und Ashs Blut geriet in Wallung. Drew lachte immer noch. „Das war wohl ein bisschen zu viel Information, wie?“ Er hickste, schloss die Augen und ließ sich mit einem Seufzen an Ashs Brust sinken.

Ash sah auf den Mann hinunter, der gewissermaßen in seinen Armen lag. Was zur Hölle tat er da? Mit zitternden Fingern strich er die feuchten, lockigen dunklen Strähnen aus Drews Gesicht. Drew öffnete die Augen, und obwohl sie gerötet und die Lider schwer waren, blieb ihr Blick fest auf Ashs Gesicht gerichtet.

„Ich bin so einsam.“ Die grünen Augen fielen wieder zu und Drews Kopf sank erneut auf Ashs Schulter. Sein Murmeln war über dem Rauschen in Ashs Kopf fast nicht zu hören. „Ich glaube nicht, dass du so schlimm bist, wie Jordan behauptet. Bloß auch einsam, so wie ich.“

Verdammt, er konnte ihn nicht ausnutzen, wenn der Mann so betrunken war. Nicht einmal er war so selbstsüchtig. Wenn es um Sex ging, hatte er zu viele Fehler begangen, um noch den Überblick darüber zu behalten. Höchstwahrscheinlich könnte er Drew ficken und sie würden es beide genießen, aber zum ersten Mal in Ashs Leben hielt er sich zurück und weigerte sich, seinen Nutzen aus der Situation zu ziehen. Es schien ihm nicht richtig zu sein.

Was zur Hölle dachte er da?

Ein leises Schnarchen erklang. Voller Bedauern sah er auf den schlafenden Mann hinunter, wünschte sich, er könnte sich neben ihm ausstrecken. Zum zweiten Mal an diesem Tag erschrak er über sich selbst. Er hatte nie die Nacht mit jemandem verbracht. Er war, nachdem er jemanden gefickt hatte, nie länger geblieben, als er brauchte, um den Reißverschluss seiner Hose zu schließen und sein Hemd zuzuknöpfen. Eine Art Jaulen ertönte vom Eingang, als Drews großer, schwarzweißer Kater in den Raum stolzierte. Nach ein paar knurrenden, warnenden Tönen sprang der Kater auf das Sofa, streckte sich dort aus und ein böser Blick aus seinen unheilverkündenden, gelben Augen durchbohrte Ash, als wüsste er, dass Ash die Lage ausgenutzt hatte.

Wachkater im Einsatz.

Scham breitete sich in ihm aus, als Drew sich umdrehte und es sich in seinen Armen bequem machte. Wie hatte er nur daran denken können, die Situation auszunutzen? Außerdem, nun da er darüber nachdachte, war es irgendwie nett mit Drew zu kuscheln. Ein weiters Novum. Er kuschelte nicht. Normalerweise wäre er mittlerweile angezogen und aus der Tür, hätte das Gesicht des Mannes bereits vergessen.

Jetzt wollte er nicht gehen. Dieses Gefühl, das Aufflackern eines unerwarteten Beschützerinstinkts erschreckte ihn fürchterlich – wo kam das her? Ehe ihm bewusst wurde, was er tat, berührte Ash mit den Fingern seine Lippen und drückte sie dann auf Drews Mund.

„Gute Nacht, Dr. Klein."

Es war kein Überwurf auf der Couch und Drew sah süß und verletzlich aus wie er da lag, also machte Ash sich auf die Suche, entdeckte ein Plaid im Schlafzimmer und deckte ihn zu. Er rieb sich mit den Händen über das Gesicht und verließ leise die Wohnung, fühlte dabei den bösen, anklagenden Blick des Katers, der sich in seinen Rücken bohrte.

Kapitel 6

Das Ende der Welt war gekommen! Sein Kopf stand kurz davor zu explodieren wie eine Melone, die von einer Bazooka getroffen wurde. Ganz zu schweigen von seinem aufgewühlten Magen, der sich wahrscheinlich nie wieder beruhigen würde. Selbst das fröhliche Zwitschern der Vögel vor seinem Fenster schmerzte. Warum war Domino nicht da draußen und verarbeitete sie zu Snacks? Drew überlegte, wer sich dazu überreden lassen könnte, ihn mit einem sauberen Schuss von seinem Elend zu erlösen.

Was um alles in der Welt war gestern in ihn gefahren, dass er so viel getrunken hatte? Normalerweise trank er nie mehr als zwei Bier. Irgendetwas tief in ihm hatte ihn dazu angestachelt, sich nach all den Jahren der Zurückhaltung, endlich einmal gehenzulassen. Etwas Neues und anderes zu fühlen.

Vielleicht überhaupt etwas zu fühlen.

Ein Stupser gegen sein Kinn, begleitet von einem tiefen, grollenden Schnurren, machte ihm die schmerzvolle Realität bewusst, dass es nicht mehr nur um ihn ging. Dominos Überleben hing jetzt von ihm ab, und so kitschig das auch klingen mochte, es fühlte sich gut an von jemandem gebraucht zu werden, auch wenn dieser Jemand vier Beine und Fell hatte.

„Okay, Kumpel." Es erwies sich als monumentale Anstrengung und erforderte mehrere abgebrochene Versuche, die Augen zu öffnen. Aber als er klar sehen konnte, landete Drews Blick auf den großen, gelben Augen seines Katers, der nicht sonderlich geduldig an seiner Seite saß.

„Miau." Dominos Schwanz zuckte, und er leckte mit seiner kleinen Reibeisenzunge über Drews Hand.

„Ich weiß. Ich stehe jetzt auf." *Scheiße.* Bis jetzt war ihm nicht einmal aufgefallen, dass er auf der Couch eingeschlafen war, geschweige denn, dass er sich zugedeckt hatte. Das kam ihm merkwürdig vor, aber gestern war ein merkwürdiger Tag gewesen – voller Emotionen, Sentimentalität und dem unvermeidlichen Schuldgefühl, als er die Namen seiner Eltern an der Fassade des Zentrums gesehen hatte. Gewöhnlich versuchte er nicht zu oft an sie zu denken, da ihn der Schmerz und das Schuldgefühl über ihren Tod auch nach all den Jahren noch sehr mitnahmen.

Er rieb mit den Händen über sein Gesicht, atmete tief durch und setzte sich auf. Zum Glück fühlte es sich nicht so an, als wenn er sich übergeben müsste, was er als Erfolg betrachtete. Als er auf seine Armbanduhr sah, stellte er fest, dass es erst zehn Uhr morgens war. Immerhin hatte er nicht den ganzen Tag verschlafen, insbesondere, da er noch so viel für die große Eröffnung des Zentrums vorzubereiten hatte.

Es schien ein warmer Tag zu sein, da die Somme schon hell vom Himmel strahlte und der blaue Himmel sich endlos ausbreitete. Er steckte den Kopf aus dem Fenster, um etwas frische Luft zu schnappen. Das schöne Wetter und ein starker Kaffee würden seinen Tag rasch in Schwung bringen. Nachdem er Domino gefüttert hatte, kochte er eine Kanne und stürzte direkt eine Tasse des heißen, aromatischen Kaffees hinunter. Dazu warf er sich zwei Aspirintabletten in den Mund und spülte sie mit hinunter. Nicht unbedingt die richtige Art, ein Medikament einzunehmen, aber dies waren eindeutig verzweifelte Zeiten. Den Rest stellte er samt der Glaskanne in den Kühlschrank, damit er ihn später kühl genießen konnte.

Er versuchte noch immer, den Nebel in seinem Kopf zu durchdringen, als er durch das Wohnzimmer schnurstracks ins Bad trottete und den Wasserhahn in der Dusche aufdrehte. Nachdem er sich ausgezogen hatte, stand er mit geschlossenen Augen unter dem warmen Wasserstrahl. Wie schon seit Wochen fixierten sich seine Gedanken auch heute auf Asher Davis. Aus irgendeinem Grund taten sie dies mit einer Hartnäckigkeit, die er nicht loswerden konnte.

Seit er ihn kennengelernt hatte, war ihm der Mann unter die Haut gegangen. Da war mehr an ihm, als Jordan anfangs behauptet hatte. Inzwischen war ihm egal, was sein Freund dachte. Asher ging es nicht nur um Sex und Rumgeficke. Man konnte es nennen wie man wollte, aber zwischen ihnen hatte sich eine Art von Kameradschaft entwickelt. Drew spürte die Einsamkeit des Mannes und konnte sie nachempfinden. Gestern hätten sich hunderte von Menschen in seiner Wohnung aufhalten können, Drew hätte sich trotzdem allein gefühlt. Nichts durchbrach die Leere in seinem Inneren, egal, wie sehr er sein Leben mit Freunden und Familie ausfüllte.

Gestern allerdings … sein Verstand strengte sich an, etwas zu fassen, das am Rand seiner Erinnerung entlangtanzte. Die Augen immer noch geschlossen, tastete Drew nach der Seife. Er schäumte sich ein und rieb seinen Schaft, während er überlegte, ob er anfangen sollte, gelegentlich wieder auszugehen. Vielleicht konnte Peters Frau ihn mit einer Freundin zusammenbringen. Doch statt einer blonden oder brünetten Frau hatte sich die Erinnerung an Ash Davis auf dem Flur, zusammen mit diesem Kellner, in seinem Kopf festgesetzt. Sein Schwanz wurde steif und das Geräusch seines rauen Atems hallte in der kleinen, gefliesten Dusche wider. Mit einer Hand stützte er sich an der Wand ab, mit der anderen, glitschig vom Seifenschaum, fuhr er an seiner Erektion auf und ab. Warum machte ihn diese Szene so verdammt an, wie nichts anderes zuvor? Er rieb sich härter, hatte nur noch Ash vor Augen, der an der Wand lehnte, während sein dicker, glänzender Schwanz wieder und wieder im Mund des Kellners verschwand.

Was zur Hölle? Verdammter Ash Davis! Der Mann war ein notorischer Aufreißer. Eine lebende, atmende Erektion auf Abruf. Er vögelte wahrscheinlich jeden Mann, der auch nur das geringste Interesse zeigte. Ihn zu verfluchen nützte allerdings nichts, denn Drews Körper hatte seinen eigenen Willen und sein Orgasmus rauschte über ihn hinweg. Flecken tanzten vor seinen Augen, als er sich auf die Fliesen der Duschwand ergoss und sein Sperma durch den Abfluss verschwand. Er drehte das Wasser ab und wickelte sich in ein Handtuch, während seine Gedanken rasten und sich in tausend verschiedene Richtungen bewegten.

Heilige Scheiße. Was ging in seinem beschissenen Verstand vor, dass ihn plötzlich ein Mann erregte? Er war nicht schwul. Oder doch? Man wurde nicht einfach schwul oder bi, sondern so geboren. Er hatte vorher nie daran gedacht, etwas mit einem Mann anzufangen. Selbst die wilde Zeit auf dem College, nach dem Tod seiner Eltern, bestand nur aus verschwommenen Namen und Gesichtern. Möglicherweise hatte er Dreier sowohl mit Frauen wie auch Männern, aber keiner hatte etwas bedeutet. Nichts spielte eine Rolle. Er wollte nur den Schmerz für kurze Zeit vergessen. Wie war ihm egal.

Das jetzt war etwas anderes. Wollte er mit einem Mann zusammen sein? Mit Ash? Er hätte vielleicht über diesen Gedanken lachen können, aber postorgastisch in seinem Badezimmer zu stehen und über diese Fragen nachzudenken, warf ihn aus der Bahn. Ja, denn die Tatsache, dass er sich einen runtergeholt und dabei erneut an Ash Davis gedacht hatte, ließ ihn vollkommen durchdrehen. Scheiße, er hatte Kopfschmerzen.

Er zog Jeans und ein ausgebleichtes Stones T-Shirt an. Vielleicht würde er ein paar Kekse für seine Großmutter backen, sie später am Nachmittag besuchen und alles wäre wieder in Ordnung. Seit dem Tod seiner Eltern hatte er sich angewöhnt, sich abzuschotten und Dinge, über die er nicht nachdenken oder reden wollte, zu verdrängen. Dazu gehörte, dass er sich bei dem Gedanken an Ash mehr als einmal einen runtergeholt hatte.

Er fühlte sich besser, nachdem er seine Gefühle unter den sprichwörtlichen Teppich gekehrt hatte. Seine Wohnung nach der Party letzte Nacht ein bisschen auf Vordermann zu bringen half dabei. Während er Blumen goss, blieb er bei den Kakteen stehen, die er auf einem Tisch arrangiert hatte und kontrollierte die Erde. Da sie knochentrocken waren, gönnte er jedem Topf ein kleines bisschen Wasser. Zwischen den Töpfen fiel ihm etwas auf. Er griff danach und zog eine teure Sonnenbrille heraus. Einen Moment später wurde ihm bewusst, dass es sich um Ashs Brille handelte.

Gedankenverloren schob er sie in seine Gesäßtasche, ging in die Küche und nahm das Backblech und alles Zubehör heraus, um die Lieblingskekse seiner Großmutter zu backen. Nachdem er den Teig zusammengerührt hatte, fügte er extragroße Schokoladensplitter sowie kleine Stücke Buttertoffee hinzu. Während er darauf wartete, dass der Ofen aufheizte, wusch er sich die Hände. Als der Ofen piepste, schob er die Backbleche hinein und stellte den Timer auf fünfzehn Minuten.

Er trank eine weitere Tasse, von dem jetzt kalten und erfrischenden Kaffee, und schlenderte zurück ins Wohnzimmer. Da er nichts weiter zu tun hatte, als darauf zu warten, dass die Kekse fertigbuken und dann abkühlten, streckte er sich auf dem Sofa aus und schaltete den Fernseher an. Draußen war es ruhig für einen frühen Sonntagnachmittag. Es waren keine spielenden Kleinkinder zu hören, die den Gehweg hinunterrannten, oder Autos, die auf der Straße beschleunigten. Die Stille fühlte sich seltsam an. Er schüttelte über seine merkwürdigen Gedankengänge den Kopf. Vielleicht war er immer noch ein wenig betrunken.

Er zappte durch die Sender und fand eine Wiederholung des Spiels der *Yankees* vom Vorabend. Als er es sich bequem machen wollte, um es sich anzusehen, überkam ihn das eigenartige Gefühl, dass gestern nach der Party noch jemand mit ihm hier gewesen war. Die Sonnenbrille in seiner Gesäßtasche piekte ihn in den Hintern und da er sie nicht zerbrechen wollte, nahm er sie heraus und legte sie auf den Tisch. Ein Gedanke schoss ihm durch den Kopf und er klappte seinen Laptop auf, dann gab er die Webadresse der Datingseite ein, die er im Fernsehen gesehen hatte: *Big Apple Meet Ups*. Sie boten eine kostenlose Probemitgliedschaft für sieben Tage an, also erstellte er einen Account und plötzlich füllten die Gesichter hunderter Frauen den Bildschirm, die laut Website alle darauf brannten, ihn kennenzulernen.

Nach drei Seiten bekam er glasige Augen. So viele Frauen. Lieber Himmel. Jede schien perfekt für ihn zu sein. Aber andererseits hatte er auch von Jackie gedacht, sie wäre perfekt, doch wenn er genauer hingeschaut hätte, hätte er vielleicht die Warnsignale gesehen, auf die seine Familie und Freunde ihn hinzuweisen versucht hatten. Im Nachhinein war man immer klüger. Was für eine Verschwendung. Ja, der Sex war okay gewesen, aber er konnte sich nicht verzeihen, dass er sich so leicht hatte hinters Licht führen lassen. Schätzungsweise war seine Menschenkenntnis nicht so gut, wie er angenommen hatte. Entweder das oder sie war eine verdammt gute Schauspielerin.

Er hatte seiner Schwester und seinen Freunden beweisen wollen, dass er seine eigenen Entscheidungen für sein Leben treffen konnte und ihre wohlmeinenden Einmischungen, oder in Jordans Fall dessen anmaßende Beurteilungen, nicht brauchte.

Jackie hatte von der ersten Sekunde an, als sie sich in der Bar auf der Dachterrasse des *Tribeca Grand* kennengelernt hatten, keinen Zweifel daran gelassen, dass sie ihn wollte.

Unbedingt. Wenn er der Typ Mann wäre, der beim ersten Treffen vögelte, hätte er sie in jener Nacht in seinem Bett haben können. Er erinnerte sich an ihre Versuche im Taxi, ihn zu sich nach Hause zu locken und ihm wurde bewusst, dass sie mehr als willig gewesen war. Vielleicht war das sein Problem. Er nahm Sex nicht auf die leichte Schulter und konnte Menschen wie Jackie und Asher Davis nicht verstehen, die damit umgingen, als wäre er bedeutungslos.

Aber nun wollte er keine Gedanken mehr an die Vergangenheit verschwenden. Er hatte sich schnell und schmerzlos von ihr befreit und sein Herz war nur ein bisschen lädiert, nicht gebrochen. Glücklicherweise war Jackie nicht schwanger geworden. Sie wollte keine Kinder bekommen und er hatte immer sein Interesse an einer Adoption bekundet. Er musste keine eigenen Kinder haben. Nicht wenn es zu viele Kinder gab, die unter Missbrauch und Vernachlässigung durch Pflegeeltern litten. Viele der Menschen, die helfen wollten, waren gute, anständige Leute. Aber wie bei allem anderen auch, konnten die Konsequenzen verheerend sein, wenn das System versagte. Vielleicht würde er in naher Zukunft darüber nachdenken, ein alleinerziehender Vater zu werden.

Der Timer des Ofens pingte und er ging wieder in die Küche, um die Kekse herauszunehmen. Es roch wunderbar, als er die Bleche zum Auskühlen auf die Küchentheke stellte. Domino beschnupperte seine Zehen und schlug nach seinen Knöcheln. Es schien so, als würde jemand ein Leckerli wollen. Drew nahm eines aus einer der Schalen, die er extra für diesen Zweck auf der Theke stehen hatte, und beugte sich hinunter, um den schnurrenden Kater zu füttern und zu streicheln.

Aus dem Wohnzimmer erklang ein Piepston. „Komm mit, Mieze. Schauen wir mal, wer etwas von mir will.“ Er ließ sich auf das Sofa fallen und spähte auf den etwas verschwommenen Computerbildschirm. Verdammt. Vielleicht musste er sich doch die Brille besorgen, von der sein Augenarzt behauptete, dass er sie brauchte. Bis dahin würde er sich damit behelfen müssen, die Augen zusammenzukneifen.

Oh wow. Wie sich herausstellte hatte er eine Chatnachricht von einer Frau. Das war schneller gegangen, als er erwartet hatte.

Hi. Ich bin Alyssa. Wie geht es dir?

Hm, diese Vorgehensweise war ein wenig seltsam, aber er zuckte die Schultern. Heutzutage wurde alles technisch gelöst, das war wohl der Lauf der Dinge, es würde schon klappen.

Mir geht's gut, danke der Nachfrage. Und dir?

Großartig. Ich hab dein Profil gesehen und wohne in deiner Nähe, daher hab ich mich gefragt, ob du Lust hast, dich diese Woche mit mir auf einen Kaffee oder einen Drink zu treffen?

Genau in diesem Moment meldete sich die Klingel der Haustür. Er erwartete niemanden. Domino sprang von der Couch und rannte ins Schlafzimmer.

Kannst du kurz warten? Es hat an der Tür geklingelt.

Klar. Kein Problem.

Er sprach in die kleine Gegensprechanlage. „Wer ist da?"

„Ich bin's. Ash. Kann ich raufkommen?"

Lustig, ihm war nie Ashs leichter Südstaatenakzent aufgefallen. Ein unerwarteter Schauer durchlief ihn. „Sicher", sagte er und drückte den Türöffner.

Innerhalb von Sekunden erklangen Schritte auf der Treppe und er öffnete die Tür, um zuzusehen, wie Ash die letzten paar Stufen heraufkam. Ash schob sich die Harre aus der Stirn, dann begegnete er Drews Blick und grinste. „Verdammt. Warum kannst du nicht im Erdgeschoß wohnen?"

Kurz tauchte vor seinem geistigen Auge das Bild auf, wie Ash sich auf dem Sofa über ihn beugte, löste sich aber sofort wieder auf. Das ergab keinen Sinn. Drew blinzelte ein paarmal, um einen klaren Kopf zu bekommen und hielt die Tür weit auf. „Komm rein. Hast du noch was vor?“

Ash hob eine Augenbraue und folgte ihm in die Wohnung. „Nein, warum?“

Drew zeigte mit dem Kinn auf ihn. „Keine Ahnung, du hast dich für einen Sonntagvormittag ziemlich herausgeputzt.“ Er musterte den Mann, der ein weißes Hemd und eine schwarze Hose trug. „Im Vergleich zu dir sehe ich aus wie ein Penner.“ Er lachte und rieb sich das Kinn.

Plötzlich hing eine unangenehme Stille in der Luft, als würde man den Atem anhalten und nur darauf warten, dass etwas umfiel und Schaden und Chaos verursachte. Ashs funkelnde Augen sahen ihn prüfend an, sein Blick wanderte bedächtig und akribisch über Drews Körper. Drew war, als könnte er den Druck von Ashs Fingern auf seinem Rücken und den Hauch seines Atems auf seinem Gesicht spüren. Seine Haut prickelte von der Hitze, die durch seinen Körper strömte. Er bekam sein Erröten nie unter Kontrolle. Es trieb ihn in den Wahnsinn.

„Sei kein Idiot. Du bist perfekt.“

Dieser leichte Südstaatenakzent ließ jedes Wort wie eine Aufforderung zum Sex klingen. Drew stieß ein verlegenes Lachen aus. „Ah ja. Das muss der Grund dafür sein, dass die Frauen mir die Tür einrennen.“

Ashs Miene wurde abweisend, verschlossen und finster. „Vielleicht suchst du nach der falschen Person.“

Ihre Blicke trafen sich und erneut vibrierte die Luft vor deutlich spürbarer Anspannung. Drew leckte sich über die Lippen. „Ähm, komm und setz dich. Möchtest du einen Eiskaffee, ein Bier oder etwas anderes?“

„Der Kaffee klingt gut, danke.“ Ash schlenderte ins Wohnzimmer, während Drew den Kaffee zubereitete. Er brachte beide Tassen herein, aber sie hatten keinen Platz, um sich hinzusetzen, da die Decke noch auf dem Sofa lag.

Ash stellte seine Tasse auf dem Tisch ab, nahm die Decke und faltete sie zusammen. „Wenn du möchtest bringe ich sie wieder ins Schlafzimmer zurück.“

Verblüfft schaute Drew von der Decke zu Ash, der auf dem Weg zum Schlafzimmer war. „Woher weißt du, wo sie hingehört?“

Ash blieb wie angewurzelt an der Tür zum Schlafzimmer stehen, er machte einen schuldbewussten Eindruck und errötete. „Ich, äh …“ Er sah an die Decke, wieder zu Boden, überall hin, nur nicht zu Drew.

„Du *bist* hierher zurückgekommen, stimmt's? Ich dachte, ich würde verrückt werden, mit all den Gedanken, die mir durch den Kopf gingen.“ Drew presste sich die Handballen fest gegen die Augen. „Scheiße. Ich kann mich an absolut nichts erinnern. Ich trinke kaum Alkohol, daher vertrage ich nicht viel.“

Ash kam ins Wohnzimmer zurück und schenkte ihm ein überraschend charmantes Lächeln. „Ja, das war offensichtlich. Du warst sternhagelvoll.“

Es hatte keinen Sinn, so zu tun, als wäre er beleidigt; stattdessen begann Drew zu grinsen. „Ja, ich bin irgendwie ein Leichtgewicht, wenn Alkohol im Spiel ist.“ Er leckte sich die Lippen, seine Nerven flatterten, angesichts der Frage, die er stellen wollte. „Uh, also was ist passiert, während du hier warst?“

Ash kehrte zur Couch zurück und setzte sich neben ihn. Seine leise Stimme löste eine verwirrende, heiße Reaktion in Drews Adern aus. „Warum glaubst du, dass etwas passiert ist?“

Wenn jetzt ein Löschzug der Feuerwehr in seine Wohnung gedonnert wäre, hätte er es nicht geschafft, seine Aufmerksamkeit von Ashs kräftigem Kiefer und seinen festen Lippen abzulenken. Oder von dem kleinen Stück Haut oberhalb seines geöffneten Hemdkragens, das trotz der dunklen Brusthaarlöckchen, die herauslugten, so weich zu sein schien. Der Mann roch wie warmer Sonnenschein und Kaffee. Himmel und Sehnsucht.

„Ich, äh, ich hatte ein paar seltsame Träume“, brachte Drew erstickt heraus, er war verlegen, jetzt, wo Ash vor ihm saß. Aber der Mann lächelte nicht. Tatsächlich sah er entsetzlich ernst aus.

„Hattest du?“ Es schien absolut nicht merkwürdig zu sein, dass Ash die Hand ausstreckte und die Locken zur Seite strich, die Drew immer wieder in die Augen fielen. „Warum erzählst du mir nicht von ihnen?“

Er schüttelte unsicher den Kopf, weil er nicht wusste, wo er beginnen sollte und Angst hatte, dass er zu viel von der Verwirrung preisgeben könnte, die in ihm herrschte.

Das Klingeln des Computers brach den hypnotisierenden Zauber zwischen ihnen. „Scheiße. Ich hab sie ganz vergessen.“ Widerstrebend wandte er seine Aufmerksamkeit dem Computer und einer Reihe von Chatnachrichten der Frau zu, mit der er sich unterhalten hatte. Wie hieß sie nochmal? Ah ja, Alyssa. Wow, sie hatte eine Menge zu sagen.

Hallo, hallo?

Bist du noch da?

Ich schätze, du bist nicht sonderlich interessiert.

Warmer Atem streifte sein Ohr, sandte einen Schauer seine Wirbelsäule hinab. „Bist du? An ihr interessiert?“

Es fiel Drew schwer zu schlucken. Ashs Lippen, sein Mund, waren nur einen Hauch davon entfernt, seine Haare zu berühren. So sehr sein Verstand das auch zu ignorieren versuchte, sein Körper reagierte darauf. Wenn er sich dafür entschied, sich nur ein winziges Stück zu drehen … mit größter Anstrengung riss sich Drew von Ashs magnetischer Anziehung los und klappte den Laptop zu, womit er die Unterhaltung mit der armen Alyssa effektiv beendete.

„Uh, keine Ahnung. Ich hab das zum ersten Mal gemacht.“ Er wusste beim besten Willen nicht, warum er so defensiv klang. Es war ja nicht so, als würde er Ash eine Erklärung schulden. Und apropos Erklärungen …

„Du hast mir noch gar nicht gesagt, warum du gestern nach der Party nochmal zurückgekommen bist.“

Ash runzelte die Stirn und starrte ins Leere. „Um meine Sonnenbrille zu holen, die ich hier vergessen hatte.“

Einer Eingebung folgend, platze Drew mit der Frage heraus: „Willst heute mit mir meine Großmutter besuchen? Ich muss ihr die Kekse bringen, die ich gebacken hab …“ Er verstummte, als Ash ihm einen ungläubigen Blick zuwarf. „Oh, entschuldige. Das war dumm von mir. Ich bin sicher, du hast Besseres zu tun, als den ganzen Tag mit meiner Familie zu verbringen.“

Aber zu seiner vollkommenen Erschütterung und Überraschung erhellte ein breites Lächeln Ashs Miene. Es war, als wäre in seinem Inneren ein Schalter umgelegt worden. „Ich könnte mir keine bessere Art vorstellen, meinen Sonntag zu verbringen, als Esther wiederzusehen. Es war mir eine Freude, sie kennenzulernen.“ Sein Lächeln verblasste für einen Moment. „Bist du sicher, dass sie nichts dagegen hat, wenn ich mitkomme?“

„Was sollte sie dagegen haben? Du erinnerst dich doch daran, was sie sagte. Sie wird begeistert sein. Ein neuer Flirtpartner.“ Er schlug Ash auf die Schulter. „Hilf mir die Kekse einzupacken, dann können wir los. Normalerweise bin ich gegen eins dort. Ich muss zuvor noch zum Feinkostladen und ihr ein Corned Beef Sandwich holen.“

Ashs Augen leuchteten auf. „Es geht nichts über ein gutes Corned Beef Sandwich. Mr. Frank hat immer welche mitgebracht, wenn wir noch spät an einem Fall gearbeitet haben.“ Und so schnell, wie sich sein Gesicht vor Freude gerötet hatte, war alle Fröhlichkeit schlagartig wieder verschwunden.

„Du vermisst ihn, stimmt's?" Ashs niedergeschlagener Gesichtsausdruck schmerzte Drew. Es war offensichtlich, dass der Mann Ashs Ein und alles gewesen war.

„Jeden verdammten Tag." Es war mitleiderregend, den Schmerz in Ashs Stimme zu hören.

Drew drückte Ashs Arm mitfühlend. „Dann wird es dir helfen, den Tag mit meiner Großmutter zu verbringen." Er tätschelte Ash den Rücken, wobei er das Spiel der Muskeln unter dem dünnen Stoff des Hemdes bemerkte. Warum fielen ihm plötzlich diese kleinen, intimen Details von Ashs Körper auf?

Ash erstarrte unter seiner Berührung, und Drew stellte fest, dass er sich nicht von ihm lösen konnte. Ihre Blicke trafen sich. Drew ging schnell auf Abstand, zog seine Hand zurück. Beunruhigt, runzelte er die Stirn. Was zur Hölle passierte hier? „Uh. Wir müssen langsam los." Sie packten die abgekühlten Kekse ein und verließen das Appartement. Drew fuhr, das Schweigen zwischen ihnen sagte mehr, als Worte es könnten.

Kapitel 7

Die Fahrt zu einem ihm unbekannten Stadtteil gab Ash Zeit, darüber nachzudenken, was zum Teufel er da tat. Wenn er einen Funken Verstand hätte, würde er Drew befehlen, anzuhalten. Er würde aussteigen und ihm sagen *Wir sehen uns, hab einen schönen Tag mit deiner Großmutter* und verschwinden. Üblicherweise verbrachte er seine Sonntage damit, den Kater auszuschlafen, den er sich Samstagnacht eingehandelt hatte. Es kam selten vor, dass er vor zwei oder drei Uhr nachmittags aufstand. Er lag in seiner Wohnung auf der faulen Haut, las die Zeitung, und ging anschließend in ein Restaurant Essen. Manchmal landete er danach noch in einem Club, wo er sich je nach Stimmung mit irgendeinem bereitwilligen Kerl in eines der Privatzimmer zurückzog, oder sich alternativ dafür entschied, einen schnellen, heißen Fick in einer Toilettenkabine durchzuziehen.

Nichts davon war von Bedeutung. Weder die Männer noch der Sex. Er hatte keine Ahnung, ob sie gute Menschen waren, wie Drew, oder schlechte, wie er selbst. Es war egal. Wenn er nach Hause kam, ertränkte er seinen Schmerz und die Verzweiflung in genügend Wodka, dass die Trostlosigkeit des Abends in wundervolle Vergessenheit geriet.

Jetzt saß er mit einem Mann in einem Auto, der ihn vom ersten Moment an durcheinandergebracht hatte, auf seinem Schoß eine Dose Kekse und freute sich tatsächlich darauf, den Nachmittag mit einer älteren Dame zu verbringen. Seine Gegner im Gerichtssaal würden ihn auslachen und seine nächtlichen Spielgefährten ihn nicht wiedererkennen. Zum ersten Mal in seinem Leben machte Ash sich keine Gedanken darüber, was jemand anderer von ihm halten könnte. Drews Großmutter gestern Abend kennenzulernen, hatte etwas in ihm berührt, das er glaubte, für immer verloren gehabt zu haben. In Esther hatte er einen Menschen voller Unverdorbenheit und Liebe gesehen, und für einen flüchtigen Moment hatte er sich daran erinnert, wie es sich anfühlte, wieder jung und unschuldig zu sein.

Was passierte nur mit ihm?

„Du bist sehr schweigsam."

Drew fuhr mal rechts, mal links, über mehrere Abzweigungen bis sie auf dem Highway gelandet waren und Ash völlig die Orientierung verloren hatte. Er sah Hochhäuser und dann Mehrfamilienhäuser, vor denen Kinder spielten. „Ich sehe mir die Gegend an. Abgesehen von den Besuchen im Zentrum komme ich nie nach Brooklyn – ich halte mich meist in der Innenstadt auf."

„Aber du bist nicht von hier."

Ash erstarrte. „Wie kommst du darauf?"

Drew runzelte die Stirn und warf ihm einen schnellen Blick zu. „Kein Grund, in Abwehrhaltung zu gehen, ich wollte nicht in deiner Vergangenheit schnüffeln. Du hast nur einen leichten Südstaatenakzent, das ist alles."

„Oh." Er dachte, er hätte sich antrainiert, mehr wie ein *Nordstaatler* zu sprechen, gestand sich aber ein, dass ihm ab und zu ein Ausrutscher passierte. „Ich lebe schon lange hier."

„Warum begleitest du mich? Ich bin ehrlich neugierig. Ich kann mir nicht vorstellen, dass ein Mann wie du daran interessiert sein könnte, seinen freien Tag mit einer älteren Dame zu verbringen, auch wenn sie meine Großmutter ist."

„Ein Mann wie ich? Wie kommt es, dass du und deine Freunde zu wissen glauben, wen oder was ich mag oder was mich interessiert?", schoss er sofort zurück.

Neugierig wartete er ab, ob Drew antworten würde. Ash bemerkte sein rot angelaufenes Gesicht und genoss es, dass er ihn aus der Fassung gebracht hatte. Geschah ihm recht, wenn er so voreingenommen war. Schweigend fuhren sie eine Weile weiter, und Ash rief sich wieder in Erinnerung, was Drew ihm gestanden hatte, als er in der vergangenen Nacht in sein Appartement zurückkam. Wie einsam er war, und dass er glaubte, Ash könnte ebenfalls einsam sein. Drew hatte keine Ahnung, wie nahe er Ashs geheimer Wahrheit gekommen war. Einsamkeit war sein Leben lang sein ständiger Begleiter gewesen, außer in den Jahren mit Luke und Brandon, und dann mit Mr. Frank. Konnten sie beide sich ähnlicher sein, als er gedacht hatte? Warum würde Drew sich einsam fühlen, wo er doch immer eine liebevolle Familie und Freunde an seiner Seite hatte?

„Es tut mir leid, Ich habe es nicht so gemeint, wie es geklungen hat. Und du hast recht, ich kenne dich nicht gut genug, um dir das zu unterstellen. Vielleicht können wir nochmal von vorne anfangen? Ich bin bereit, meine vorgefasste Meinung aufzugeben, die ich, dank Jordan und der Situation nach unserem ersten Abendessen, über dich hatte. Wie du deine Zeit verbringst, hat nichts mit unserer Freundschaft zu tun."

Freundschaft? Ash hatte nicht gedacht, dass Drew und er Freunde waren, aber als er es ihn sagen hörte, breitete sich ein warmes Gefühl in Ash aus. Als wäre er Teil von etwas Besonderem. Was durchaus der Fall war, wie er jetzt feststellte, nachdem er Drew ein wenig besser kannte. Drew war ein besonderer Mann, der die Bedürfnisse Anderer über seine eigenen stellte. Ash hatte noch nie einen so außergewöhnlichen Menschen wie ihn getroffen. Zu seinen Freunden zu gehören, war etwas, wovon Ash bisher nicht gewusst hatte, dass er es sich wünschte.

„Ja, ich bin dabei. Um der Freundschaft willen und so."

Drew bog auf die Einfahrt eines kleinen Hauses aus Holz und Backsteinen ein und stellte den Motor ab. „Man kann nie genug Freunde haben, weißt du?" Er öffnete die Autotür, nahm die Keksdose an sich und deutete auf den

Rücksitz. „Gibst du mir die Sandwiches?“ Er schlug die Tür zu.

Nein, das wusste er nicht. Peter war der einzige Mann geblieben, den er jemals nahe genug an sich herangelassen hatte, um einen Bruchteil des Menschen zu sehen, der er war. Doch selbst in dieser Freundschaft wahrte er eine gewisse Distanz, wie eigentlich allen Menschen gegenüber. Ash vermutete, dass das, wenn er mit Drew befreundet wäre, nicht möglich sein würde. Drew war ein Mann, der ein Geben und Nehmen erwartete, während Ash sein Leben damit verbrachte zu nehmen. Er hatte bereits vor Jahren alles gegeben.

„Klar.“ Ash reichte Drew die Tüte und folgte ihm über den gepflasterten Fußweg. Er war unerklärlicherweise nervös und blieb ein paar Schritte hinter Drew, bereit die Flucht zu ergreifen. Familie und alles, was damit zu tun hatte, verunsicherte und verwirrte ihn. Er beschloss, Esther guten Tag zu sagen, ein paar Minuten zu bleiben und dann unter dem Vorwand seiner großen Arbeitsbelastung schnell den Rückzug anzutreten.

Die gläserne Eingangstür schepperte, dann wurde sie geöffnet und Esther begrüßte Drew.

„Hallo, Schätzchen. Komm rein.“

„Nana, ich hab dir außer den Keksen noch eine Überraschung mitgebracht.“ Drew schob die Tür noch weiter auf und Ash beobachtete, wie sich in Esthers Augen etwas abzeichnete, dass er so gut wie nie in den Augen anderer Menschen entdeckt hatte, wenn sie ihm begegneten – echte Freude.

„Asher? Oh, ich freue mich so Sie zu sehen, mein lieber Junge. Kommen Sie rein. Drew, lass ihn nicht wie einen Fremden auf der Veranda warten.“

Drew trat ein und Ash ging an Esther vorbei, wobei er sich zum ersten Mal in seinem Leben unbeholfen fühlte. Sollte er sie auf die Wange küssen oder nur freundlich zur

Begrüßung lächeln? Er hatte keine Ahnung, was angemessen war, wenn es um ältere Damen ging.

„Hallo, Esther." Er entschied sich, sie wie die großartige Lady zu behandeln, die sie war, hob ihre Hand an seine Lippen und küsste sie. Sie errötete, ließ aber ihre Hand in seiner liegen und drückte sie leicht, als sie in den hinteren Teil des Hauses gingen. Er hörte ihrer sanften Stimme zu, die so leise war, dass nur er sie hören konnte. Drew hatte mit dem Essen bereits die Küche betreten.

„Ich freue mich sehr, dass Sie zu Besuch kommen. Als ich Sie gestern kennenlernte, wusste ich sofort, was für ein besonderer Mann Sie sind."

„Ich?" Er lachte nervös und fuhr sich mit einer Hand durch sein Haar. „Ich bin ein Nichts. Niemand Besonderer."

Sie blieb stehen, wandte sich ihm zu und legte die Hand auf seinen Arm. Er zitterte ein wenig, aber er zog sich nicht zurück.

„Reden Sie niemals so über sich selbst. Sie sind kein Niemand. Sehen Sie sich all das Gute an, das Sie tun. Sie arbeiten mit Drew zusammen, helfen diesen armen Menschen. Würde ein Niemand das tun?"

Ash bewunderte die Beharrlichkeit in ihrer Stimme, aber er glaubte es immer noch nicht. Jahrelang hatte ihm sein Pflegevater Beleidigungen entgegengeschleudert und ihm gesagt, wie wertlos er war. Es hatte ihm ein Selbstempfinden eingebracht, das er zwar vor anderen, aber nicht vor sich selbst verstecken konnte. Er konnte von Sonnenaufgang bis Sonnenuntergang etwas vortäuschen, aber wenn er mit den Narben allein war, die seine Vergangenheit hinterlassen hatte, kannte Ash die Wahrheit.

„Ich müsste ein herzloser Mensch sein, um nicht zu helfen. Ich tue, was ich kann."

Esther schnaubte missbilligend und drückte erneut seine Hand. „Ich weiß, was ich sehe. Und ich habe mich noch nie geirrt."

Mit diesen rätselhaften Worten führte sie ihn in eine Küche, in der es nach gebratenen Zwiebeln, Knoblauch und köstlichen Gerichten duftete. Ashs Magen knurrte und er zuckte von dem Geräusch unangenehm berührt zusammen.

„Mach dir keine Gedanken, dieses Geräusch ist Musik in den Ohren meiner Großmutter, stimmt's, Nana?"

Ash warf Drew einen Blick zu. „Ich bin nicht hungrig."

Drew schnaubte. „Diese vier Worte darfst du in diesem Haus nicht aussprechen."

Esther hatte sich eine Schürze über ihr Kleid gebunden, hastete zu ihm herüber und zeigte zum Tisch. „Setzt euch. Ich bringe eure Teller. Es gibt Kartoffelpüree und einen Schmorbraten, den ich vor einer Weile aus dem Ofen genommen habe."

All das war zu heimelig für ihn; das liebevolle familiäre Beisammensein machte ihn nervös. Es erinnerte Ash an die große, gähnende Kluft zwischen ihm und Drew. Ash konnte in dieser anderen Welt nur eine gewisse Zeit etwas vortäuschen, bevor er der Dunkelheit in seinem Inneren erlag, weil es zu kräftezehrend wurde, seine Dämonen in Schach zu halten.

„Ich denke, ich sollte gehen. Sie und Drew können den Besuch genießen. Sie brauchen keinen Fremden, der sich aufdrängt."

„Ich habe irgendwo gelesen, dass Fremde Freunde sind, denen man noch nicht begegnet ist. Ich lebe schon viel zu lange und habe schon zu viel verloren, um Menschen aus meinem Leben verschwinden zu lassen." Wieder einmal berührte ihn Esther, legte ihm eine Hand auf den Arm. Er kämpfte dagegen an, sie abzuschütteln und in Schweiß auszubrechen. Stattdessen biss er sich heftig auf die Innenseite seiner Backe, um den Schmerz zu fühlen. Er hieß ihn wie immer willkommen, weil er ihm half, sich zu erden.

„Bitte, Asher. Leisten Sie uns Gesellschaft. Man kann nie zu viele Freunde haben."

Sie wiederholte Drews Worte von vorhin. Jetzt sah Ash, woher Drews angeborene Güte stammte. Und wenn er Drew vielleicht hätte zurückweisen können, konnte er Esthers Bitte nicht abschlagen. Etwas an ihr berührte einen Teil von ihm, von dem er gedacht hatte, er wäre schon vor Jahren verdorrt und gestorben.

„Okay. Für ein Weilchen." Er setzte sich an den runden Tisch und Drew ließ sich ihm direkt gegenüber auf einem Stuhl nieder.

Während Esther herumfuhrwerkte, sah sich Ash die Bilder an der Wand hinter Drew an. Er sah eine viel jüngere Esther und einen gutaussehenden Mann, groß und mit breiten Schultern – höchstwahrscheinlich ihr Ehemann –, der ihre Hand hielt. Er sah sie mit einem liebevollen Ausdruck an, den Ash sogar auf dem mehr als ein halbes Jahrhundert alten Foto erkennen konnte. Da waren verschiedene Bilder von ihnen mit einem Baby, dann das der Hochzeit einer jungen Frau, von der Ash annahm, dass sie Drews Mutter war. Anhand der kurzen Treffen mit Drews Schwester, konnte er feststellen, dass sie ihrer Mutter ähnelte, was die Form des Gesichts und der Brauen anging, während Drew nach seinem Vater kam. Beide hatten die grünen Augen ihres Vaters geerbt.

Drew ertappte ihn dabei, wie er die Bilder anstarrte. „Nach ihrem Tod habe ich Jahre gebraucht, bis ich in der Lage war, Bilder von ihnen anzuschauen. Ich habe es nicht ertragen, sie zurücklächeln zu sehen, nachdem …" Er hielt inne und schüttelte den Kopf. Fasziniert beobachtete Ash, wie Drew sich zusammennahm. Er wollte mehr von der Geschichte hören, aber er spürte, dass dies weder die Zeit noch der Ort war, um über die Tragödie zu sprechen.

Esther kam mit zwei Tellern zum Tisch, die den köstlichsten Duft eines Rinderschmorbratens verströmten. Dieses Mal wurde er nicht verlegen, als sein Magen knurrte. Sie stellte die Teller vor ihnen ab. Dünne Scheiben frischen, englisch gebratenen Roastbeefs lagen neben einem Berg lockeren Kartoffelbreis, dem kleine Stücke gebratener Zwiebeln beigemischt waren.

„Deine Eltern wären so stolz auf dich, Liebling. So viele Menschen sprechen davon, anderen zu helfen. *Du* tust etwas dafür. Ich bin stolz auf euch beide."

Sie reichte ihnen Besteck und gestikulierte in ihre Richtung. „Fangt an. Wartet nicht auf mich. Ich esse das nicht."

Ash war verwirrt, er verstand es nicht. „Aber Sie haben so viel gekocht. Wer kommt denn noch?"

Sie lachte. „Oh, ich koche jeden Sonntag eine große Mahlzeit. Eins der Kinder kommt immer vorbei, und ich gehe sicher, immer für alle genug zu essen zu haben. Aber ich freue mich immer auf das Corned Beef Sandwich, das Drew mir jede Woche mitbringt."

„Hier ist es, Nana." Drew reichte es ihr, während er mit vollem Mund weitersprach. „Ash und ich haben es auf dem Weg hierher besorgt."

„Hier Esther. Ich gebe Ihnen einen Teller." Ein Stapel stabiler Pappteller stand auf dem Tisch und Ash nahm einen und reichte ihn ihr, zusammen mit Plastikbesteck. „Möchten Sie nicht lieber von einem richtigen Teller essen?"

„Nachdem die Kinder anfingen mich zu besuchen, habe ich gemerkt, dass ich mich nicht mit schmutzigem Geschirr aufhalten wollte. Ich hab mir nie einen Geschirrspüler zugelegt, da ich ja allein lebe. Das hier reicht völlig aus, aber vielen Dank."

„Wie lange sind Sie schon allein?" Ash erstarrte, sein Gesicht brannte. Indem er Esther diese Frage stellte, zur Hölle, schon damit überhaupt hierher zu kommen, hatte er seine Kardinalregel gebrochen, nie jemandem zu nahe zu kommen oder zu persönlich zu werden. „Es tut mir leid, ich wollte nicht neugierig sein.“

„Reden Sie keinen Unsinn. Das waren Sie nicht. Mein Sy ist vor siebzehn Jahren gestorben und ich vermisse ihn jeden Tag. Aber ich habe mich selbst nie für allein gehalten, oder für einsam.“

Während er in dieser wohlriechenden Küche saß, so weit von seiner Jugend entfernt wie er nur hatte kommen können, griffen die Geister der Vergangenheit mit flüchtigen Fingern nach ihm, wie um ihn daran zu erinnern, dass sie nicht verschwunden waren. Egal mit wie vielen Menschen er sich umgab, blieb Ash doch allein, gefangen in seiner persönlichen Hölle.

„Meine Großmutter ist der stärkste Mensch, den ich kenne, egal ob Mann oder Frau“, sagte Drew, den Blick auf das Foto seiner Eltern fixiert. „Nachdem meine Eltern starben, konnte ich mich wochenlang zu nichts aufraffen, aber sie hat mich gedrängt, jeden Morgen aufzustehen und wieder zum Unterricht zu gehen. Und wenn ich Probleme hatte, damit fertig zu werden, habe ich bei ihr Hilfe gesucht. Ohne sie hätte ich es nicht geschafft.“

Ester legte die Sandwichhälfte ab, in die sie eben beißen wollte. „Du bist stärker, als dir bewusst ist. Ich glaube, du könntest jetzt mit allem fertig werden, das auf dich zukommt, ohne klein beizugeben.“

Drew zuckte die Schultern, aber er erwiderte nichts. Er war auch nicht in der Lage weiter zu essen, obwohl er die Mahlzeit zuvor genossen hatte. Stattdessen saß er da, schob das Fleisch auf seinem Teller herum und spielte mit dem Berg Kartoffelbrei. Alle paar Minuten bemerkte Ash, wie Drew über seine Schulter sah, sich sein Blick immer wieder auf die Bilder seiner Eltern richtete. Seine Lippen zitterten und in seinen Augen glänzten ungeweinte Tränen.

Tief in Gedanken versunken kaute Ash sein Essen und fragte sich, was Drew vor seiner Großmutter verbarg. Die fast unmerklichen Anzeichen, die ihm aufgefallen waren, ließen Ash denken, dass Drew beinahe so geübt darin war, seine Gefühle zu verbergen wie Ash selbst. Es war das nervöse, nicht wirklich vorhandene Lächeln und wie er Esther nicht in die Augen sehen konnte. Chamäleon, das er war, war es Ash zur zweiten Natur geworden, zwischen den Rollen des leistungsfähigen Anwalts und des Mannes, der nach sexueller Befriedigung suchte, hin und her zu wechseln. Drew war nicht wie er. Er hatte die Kunst, in einem schützenden Panzer zu leben, der Welt nur zu zeigen, was man sie sehen lassen wollte, nicht perfektioniert. Sein Gesicht verriet jede Emotion, betonte seine unglaubliche Verletzlichkeit. Ash wollte ihn schütteln und ihm von all den schlechten Dingen auf der Welt erzählen, die Menschen wie ihm passieren konnten. Menschen, die sich um andere sorgten.

Drew letzte Nacht zu halten und von seinem geheimen Schmerz zu erfahren, zeigte Ash eine Seite von ihm, von der er instinktiv wusste, dass keiner von Drews Freunden sie je gesehen hatte. In einem vom Alkohol verursachten Nebel hatte Drew, ohne sich dessen bewusst zu sein, das Chaos in seinem Inneren mit dem schmerzhaften Eingeständnis einsam zu sein, offenbart. Dies ergab ein anderes Bild des Mannes, von dem Ash ursprünglich angenommen hatte, dass er nichts als ein reicher Kerl war, der in seinem Leben nie Qualen erlitten hatte.

Drews Schmerz erwischte Ash kalt, überraschte ihn mit der Erkenntnis, dass niemand unbehelligt durchs Leben ging, trotz der sorglosen Fassade, die man der Welt zeigte. Ash lebte sein Leben als Einzelgänger, aber nicht, weil er sich das so ausgesucht hatte. Er wünschte sich verzweifelt, seine Brüder an seiner Seite zu haben. Drew blieb in einer selbstgewählten Isolation, obwohl er das Glück gehabt hatte, die Unterstützung einer Familie und wunderbarer Freunde zu haben, bestrafte sich damit für etwas, das Ash nicht verstehen konnte.

„Schmeckt es dir, Asher? Du hattest eben einen seltsamen Gesichtsausdruck."

Esthers besorgte Stimme riss ihn aus seinen Gedanken. Er wollte Drew immer noch, aber sein Verlangen war von der rein körperlichen Lust auf Sex zu etwas tiefergehendem geworden. Er musste wissen, wie Drew tickte, was er vor allen verbarg – vor seiner Familie und seinen Freunden – und warum. Wer war der Mann hinter dem Spiegel? Er scheute sich davor, zu tief zu graben, was den eigentlichen Grund anging, warum Drew nach all den Jahren voller namenlosem, gefühllosem Sex sein Interesse geweckt hatte. Daher setzte Ash sein Pokerface auf und ließ das Lächeln aufblitzen, das er für Richter reserviert hatte oder benutzte, um neue Mandanten an Land zu ziehen.

„Es ist köstlich; ich kann mich nicht erinnern, wann ich etwas Besseres gegessen habe. Ich habe nur über etwas nachgedacht."

Esther sah ihn über den Rand ihrer Brille hinweg an, schenkte ihm ein besorgtes Lächeln, dann wandte sie sich wieder ihrem gigantischen Corned Beef Sandwich zu, das sie bereits in vier Teile geschnitten hatte. Drew warf ihm einen merkwürdigen Blick zu, dann schüttelte er den Kopf und stocherte in seinem Essen herum, während er die Fragen seiner Großmutter über das Zentrum beantwortete.

Wenn es etwas gab, das Ash genoss, dann war es eine Herausforderung, und so eng mit Drew zusammenzuarbeiten würde die Herausforderung seines Lebens werden. Er war nie zuvor jemandem begegnet, den er mehr in seiner Nähe haben und mehr berühren wollte als Drew. Das brachte ihn in die ungewohnte Lage, keine Ahnung zu haben, wie er weiter vorgehen sollte. Er wusste nur, dass er dafür sorgen würde, Dr. Klein so oft wie möglich zu sehen.

Kapitel 8

Nachdem er aus dem Taxi ausgestiegen war, stand Ash auf dem Bürgersteig vor dem Zentrum und beobachtete die Aktivitäten. Teenager und junge Männer und Frauen Anfang Zwanzig betraten und verließen das Gebäude. Diejenigen, die gingen machten oft einen entspannten, hoffnungsvollen Eindruck, als hätten sie die Lösung für das Problem gefunden, das sie beunruhigt hatte. Mit etwas Glück hatte das Zentrum seine Aufgabe erfüllt.

Er trank seinen Kaffee, und wie so oft, seit er Drew Klein kennengelernt hatte, wanderten seine Gedanken zu dem Arzt. Er kam beim besten Willen nicht dahinter, woran das lag. Die dunklen Locken des Mannes, seine grünen Augen und sein herzliches Lächeln waren natürlich sehr anziehend, aber eigentlich hatte es Ash in seinem Bett nie an gutaussehenden Männern gemangelt.

Es ging ihm um mehr als um Drews knackigen Hintern und seine schlanke Figur. Auch wenn Ash sich bereitwillig eingestand, dass sein Hauptkriterium bei der Auswahl seiner Bettgefährten recht oberflächlich darin bestand, dass sie nett anzusehen waren. Drews angeborene Herzensgüte und Hingabe, mit der sich ins Zeug gelegt hatte, um das Zentrum zu gründen, übertrumpften seine äußere Erscheinung. Ash hatte nie zuvor jemanden getroffen der so liebenswürdig war, und wusste nicht, was er von ihm halten sollte.

Ash stieß die Tür auf und begrüßte Marly, eine Jugendliche, die so viele Piercings im Gesicht hatte, dass es schon beim Hinsehen wehtat. Er legte eine kleine Bäckertüte vor ihr auf den Empfangstresen. „Guten Morgen."

„Hi, Mr. Davis." Ihr Blick landete auf der Tüte. „Was haben Sie mir heute mitgebracht?" Ein Funkeln in ihren blassblauen Augen wies darauf hin, dass sie sich bereits sicher war, dass sie sein Mitbringsel mögen würde.

Ash lehnte sich über die Theke und zerzauste ihr Haar. „Ich bin mir sicher, dass es dir schmecken wird.“ Sein Blick hielt den ihren fest, und wartete auf ihre Zustimmung. Die sechzehnjährige Marly war eine der ersten Jugendlichen im Zentrum gewesen. Als sie zu ihnen kam, war sie halb verhungert gewesen und sexuell missbraucht worden. Ohne ein Wort darüber zu verlieren, hatte Ash es auf sich genommen, dafür zu sorgen, dass er alle rechtlichen Möglichleiten ausschöpfte, um ihren Vater für lange Zeit hinter Gitter zu bringen. Der Fall ging immer noch durch die Instanzen. Gott sei Dank hatten sie sie aus ihrer missbräuchlichen häuslichen Umgebung herausholen und in einer wundervollen Pflegefamilie unterbringen können.

Sie war Fremden gegenüber immer noch ziemlich misstrauisch, aber ihm gegenüber hatte sie sich geöffnet – verwandte verlorene Seelen erkannten einander. Niemand im Zentrum konnte die ungewöhnliche Freundschaft zwischen ihm und dem verängstigten, ungepflegten Teenager nachvollziehen, aber es ging sie einen Scheißdreck an. Er hatte seine Gründe, und einer davon war, wie ihre Lippen sich jetzt zu einem Lächeln verzogen, ihre Augen vor Lachen strahlten und keine Angst in ihrem Blick lag, als sie in die Tüte spähte, um das Buttercremetörtchen anzusehen.

Angst war ein weiterer Wegbegleiter, mit dem er aufgewachsen war und mit dem er jede Nacht seines Lebens verbracht hatte, bis er achtzehn wurde und seiner Pflegefamilie endgültig entkommen konnte. Er hatte sichergestellt, dass ihm seine Flucht gelang und konnte nur hoffen, dass seine Pflegebrüder Luke und Brandon es ebenfalls geschafft hatten, zu entkommen. Er musste die beiden zurücklassen, weil sie zu jung und verängstigt gewesen waren, um mit ihm zu gehen. Er hatte nie aufgehört, nach ihnen zu suchen, aber der Privatermittler, den er seit Jahren auf sie angesetzt hatte, landete immer wieder in einer Sackgasse.

„Oooh, Mr. Davis, das wäre nicht nötig gewesen." Aber während sie das sagte, versank ihr Finger bereits in der fünf Zentimeter dicken Buttercreme und tauchte mit einem großen Batzen wieder auf, den sie in den Mund steckte. Sie verdrehte genüsslich die Augen. „Lecker. Das ist so gut. Danke schön."

„Achte darauf, alles aufzuessen und pass auf, dass dir niemand was davon stibitzt." Er deutete mit dem Kopf auf Javier, den anderen Jugendlichen, der mit ihr die Rezeption besetzte. Der Teenager schnaubte und schüttelte den Kopf.

„Mann, ich werde ihr kein Essen klauen. Vor allem nicht, wenn sie es mit ihren ekligen Fingern schon angefasst hat."

Empört biss Marly ein großes Stück ab, wobei ein Stück Glasur auf ihrer Nase kleben blieb. „Meine Hände sind sauber, Freundchen. Anders als deine, die wahrscheinlich heute Morgen in der Hose irgendeines Kerls gesteckt haben."

Javiers Gesicht lief knallrot an. „Stimmt nicht. Marquez und ich haben Schluss gemacht."

Auf der Stelle hörte Marly auf ihn zu necken und wurde ernst. Ash freute sich, zu sehen, dass die beiden ehemals skeptischen Teenager ohne Freunde, eine Bindung zueinander aufgebaut hatten, als Marley ihm Trost zusprach. „Mistkerl. Du wirst einen besseren als ihn finden; mach dir keine Sorgen, Baby."

„Okay, Kids. Hab ich heute Vormittag Termine?" Ash griff nach dem ausgedruckten Terminplan.

„Äh, ja, aber erst später. Mit dem Jungen, der letzte Woche in ziemlich schlechter Verfassung hier auftauchte", erklärte Marly ihm.

Stevie North. Ashs Magen zog sich zusammen. „Danke." In, wie er hoffte, beiläufigem Tonfall fragte er: „Ist der Boss da?"

Marly schenkte ihm nicht sonderlich viel Aufmerksamkeit, sie war zu sehr damit beschäftigt, für Javier ein Stück von ihrem Törtchen abzuschneiden. „Ja, Dr. Drew ist vor ungefähr einer halben Stunde gekommen und Dr. Rachel ist auch da."

Ash stöhnte innerlich. Obwohl er Drews Schwester für niedlich und lustig hielt, liebte sie es, ihn ohne Ende zu analysieren, wobei sie der Wahrheit manchmal unangenehm nahekam. Meistens ging er ihr und ihren freundlichen, neugierigen Fragen aus dem Weg.

„Danke, wir sehen uns später."

Er bekam keine Antwort, denn beide hatten den Mund voll Törtchen.

Als er den Flur entlangging, grüßte er die anderen ehrenamtlichen Mitarbeiter, die sich jeden Samstag und Sonntag, um die Kids kümmerten, die auf einen Sprung vorbeischauten. Dieses Angebot hatten sie Rachel zu verdanken. Zehn Mitstudenten aus ihrem Psychologiekurs hatten sich bereiterklärt, mit denjenigen zu reden, die auf der Suche nach Beratung oder Hilfe hierherkamen. Ihre Probleme erforderten nicht immer Therapie oder Intervention. Meistens ging es schlicht um Missverständnisse zwischen ihnen und ihren Eltern oder Geschwistern, oder darum, dass Teenager eben Teenager waren. Sie erzählten eine Weile und verschwanden wieder, wenn sie sich Rat geholt hatten, wie sie besser mit ihrer Familie klarkommen konnten.

Sie gehörten zu den Glücklichen, die erfreulicherweise den Großteil der Fälle ausmachten.

Aber dann gab es da Fälle wie Marly oder den fünfzehnjährigen Stevie, die das, was Drew hier auf die Beine gestellt hatte, so wichtig machten.

Ash war so in Gedanken versunken, dass er nicht auf den Weg achtete und direkt in den Mann hineinlief, um den sie die meiste Zeit kreisten.

Uff. Sie stießen zusammen und Ashs Kopf kollidierte schmerzhaft mit Drews, etwas Hartes bohrte sich tief in seine Schläfe, als ihre Körper aneinandergepresst wurden. Er sah einen Moment lang Sterne.

Etwas Warmes rann bis zu seinem Kinn hinunter. „Autsch." Instinktiv berührte er seine Wange, und als er seine Hand wieder zurückzog, war sie blutbefleckt. „Was zum Teufel?" Er verstummte, als er Drew wahrnahm, der mit besorgter Miene vor ihm stand. Er hatte eine Brille auf der Nase, mit der er verdammt heiß aussah. Ashs schmerzender Kopf war mit einem Mal vergessen, er wollte nichts mehr, als Drew gegen die Wand zu drücken und ihn um den Verstand zu küssen.

„Seit wann trägst du eine Brille, Doc?" Der Mann sah aus wie ein sexy Professor, außer dass keiner seiner Professoren an der juristischen Fakultät je ein Gesicht oder einen Körper wie Drew gehabt hatte. Verlangen prickelte in ihm und er wurde hart, selbst als ihm das Blut über das Gesicht rann.

Drew hörte auf, sich den Kopf zu reiben. „Scheiße Ash. Komm mit ins Untersuchungszimmer. Ich muss nachsehen, ob du genäht werden musst." Er deutete auf die Tür rechts von ihm. „Der hier ist frei."

Ash ging hinein, hüpfte auf die Behandlungsliege und zwang sich, Drew anzusehen, der sich mit einem Tupfer in der Hand über ihn beugte und das Blut abwischte. „Ich bin sicher, dass das nicht nötig ist."

Drews Lippen zuckten. „Als ich es das letzte Mal überprüft habe, hattest hast du Jura und nicht Medizin studiert. Also halt den Mund und lass mich nachsehen." Er nahm diese sexy Professorenbrille ab und näherte sich Ashs Gesicht.

Alarmglocken schrillten in seinem Kopf. *Scheiße.* Drew tatsächlich so nahe zu sein, war so viel besser als seine nicht jugendfreien Träume. Seine geschickte Berührung beruhigte

Ash und er genoss den sauberen, frischen Geruch, der von Drews Haut ausging, als wäre er erst vor einer Minute aus der Dusche gekommen. Unabsichtlich stöhnte Ash laut auf.

In Reaktion auf Ashs schmerzerfülltes Stöhnen sah Drews ihn besorgt an. „Tut es sehr weh? Du brauchst vielleicht einen oder zwei Stiche neben deinem Auge. Dort ist der Schnitt am tiefsten." Seine Fingerspitzen lagen an Ashs Wange und sein Blick war eindeutig bestürzt. „Scheiße, es tut mir so leid. Ich hab dich wirklich weder gesehen noch gehört."

Ohne nachzudenken legte Ash seine Hand auf Drews. „Nicht deine Schuld. Ich war derjenige, der nicht aufgepasst hat."

Keiner von beiden rührte sich. Ash bemerkte, wie Drews Blick zu ihren übereinanderliegenden Händen wanderte.

Eine hübsche Röte färbte Drews Wangen, als er seine Finger wegzog. „Uh, wie auch immer, lass mich schauen, ob wir das mit einem Klammerpflaster beheben können. Vielleicht muss es dann nicht genäht werden, okay?"

Scheiße. Er hatte nicht gewollt, dass das passierte. Sicher, er war scharf auf den Kerl, aber Drew war hetero und hatte nie einen Hinweis darauf gegeben, dass er daran interessiert sein könnte, auf die andere Seite zu wechseln. Das betrunkene Geständnis, dass er sich einen runtergeholt hatte, während er an ihn dachte, hatte nichts zu bedeuten. Jeder hatte bizarre Träume; seine eigenen beinhalteten einen nackten Drew in seinem Bett, der seinen Schwanz ritt.

„Klar. Leg los." Er schloss die Augen und entspannte sich, während Drew den Schnitt reinigte und versorgte.

„Es ist nicht so schlimm, wie ich ursprünglich dachte. In dieser Region ist die Haut so dünn, dass es stark blutet, aber es war zum Glück nicht zu tief. Lass den Verband dran und in ein paar Tagen schaue ich es mir nochmal an, um sicherzugehen, dass es sich nicht entzündet."

Ash öffnete die Augen und sah Drew zu, der, mit dem Rücken zu ihm, aufräumte und sich die Hände wusch. Es verschaffte ihm die Gelegenheit, den Mann von hinten zu bewundern. „Danke, Drew."

„Keine Ursache. Immer gut, einen Arzt im Haus zu haben, stimmt's?" Drew zwinkerte Ash über die Schulter hinweg zu, ohne zu erkennen, welcher Folter er Ash damit aussetzte. In der Vergangenheit hätte er Drew ohne Frage um den Finger gewickelt und ihn in sein Bett gezerrt. Die Männer waren ihm nie wichtig. Am Ende hatten fast alle nachgegeben, aber für Ash war das Gefühl der Leere immer geblieben – der gequälte, freudlose Teil von ihm, der nie verschwand, egal, wie viele Männer er hatte.

Nicht mit Drew. Ash respektierte Drew, auch wenn er ihn erst seit ein paar Monaten kannte, und würde nichts tun, was ihre Freundschaft in Gefahr brachte. Dazu gehörten auch unsittliche Berührungen oder ein Kuss.

Freundschaft. Für ihn bis jetzt ein fremdartiger Begriff. Bis Drew ihn mit seiner Ehrlichkeit und Freundlichkeit in seinen engsten Kreis aufgenommen und ihn zu einem Teil von etwas gemacht hatte, von dem er nie gedacht hatte, dass er es wollen würde. Drew als Freund zu haben, war ebenso wichtig, wie ihn als Liebhaber zu haben. Und jemand wie Drew würde darauf bestehen, beides zu sein.

Während er Drew weiter beim Aufräumen zusah, konzentrierte sich Ash auf die Stelle an seinem Nacken, wo sich seine Haare an den Spitzen über dem Kragen seines Shirts lockten. Alles was er wollte, war, über dieses verlockende Stückchen Haut zu lecken. In der Vorstellung versunken, wie er sich auf der Untersuchungsliege in Drew schob, seine Hüften packte, während er immer und immer wieder in ihn stieß, sprang er fast einen halben Meter in die Höhe, als Drew ihm auf die Schulter tippte.

„Wow, was ist denn heute los mit dir? Du bist verdammt schreckhaft." Drew lachte und trat mit erhobenen Händen zurück. „Du hättest mich beinahe geschlagen."

Ash musste all seine Willenskraft aufbieten, um Drew nicht zu packen und ihn gegen seinen harten Schaft zu drücken. Das Letzte, was er allerdings brauchte, war, dass Drew – in Anbetracht seiner verwirrten Gemütsverfassung – dahinterkam, wie tief die Gefühle waren, die Ash für ihn empfand. „Unruhige Nacht. Mir steht eine scheußliche Klage bevor, auf die ich mich nicht freue." *Verdammt große Lüge.* Er ließ nie zu, dass ihm einer seiner Fälle naheging, betrachtete sie als Mittel zum Zweck. Den Kids hier zu helfen war jetzt zu seinem Anliegen geworden. Es war das einzig Wichtige für ihn, außer herauszufinden, wo Luke und Brandon waren. Das hatte Priorität und war der Grund, der ihn jeden Morgen aufstehen ließ.

Er rutschte von der Untersuchungsliege. „Danke, Doc." Drew hatte die sexy Brille wieder aufgesetzt und Ash berührte die Fassung mit einer Fingerspitze. „Du hast meine Frage nicht beantwortet. Seit wann hast du die?"

Drew errötete. „Ich bin zum Augenarzt gegangen, da meine Sicht ein bisschen verschwommen wurde. Er sagte, ich sollte sie tragen."

„Sie steht dir. Du siehst damit aus wie ein Professor. Die Frauen werden sie lieben." Ash salutierte ihm mit zwei Fingern und ging hinaus, ohne auf eine Antwort zu warten. Er wollte nicht darüber nachdenken, dass Drew mit Frauen ausging. Er wollte überhaupt nicht über Drew nachdenken, doch für den Rest des Tages wanderten seine Gedanken immer wieder zu Esthers Küche zurück und zu der unterschwelligen Qual, die er in Drews Augen gesehen hatte. Über die Jahre war Ash zu einem Experten darin geworden, Ausflüchte zu erkennen. Sei es bei einem Zeugen im Zeugenstand oder bei einem potentiellen Bettpartner, er schaffte es, ihre Schwächen aufzuspüren und sie für sich zu nutzen.

Bei Drew hingegen nicht. Ash rieb sich die Augen und ging in seinem kleinen Büro auf und ab, haderte mit den verstörenden Gedanken, die ihm durch den Kopf gingen. Das Verlangen, Drew zu ficken, war immer noch da, aber inzwischen war etwas anderes, undefinierbares und irgendwie Angst einflößendes zu seiner körperlichen Begierde dazugekommen.

Der Tag verging wie im Flug, und um siebzehn Uhr stand sein letzter Termin an. Sein Herz zog sich zusammen, als er Stevies Namen auf der Liste sah. Stevie war einer der Unglücksraben und das Ziel jeden homophoben Schlägers, mit dem er in Kontakt kam. Klein, dünn und blass war er beinahe hübsch genug, um als Mädchen durchzugehen. Zwei Kids in seiner Nachbarschaft schikanierten ihn ständig, schubsten ihn herum, fassten ihm gelegentlich an die Genitalien und verspotteten ihn, wenn er zur Bushaltestelle oder von dort nach Hause ging. Es spielte keine Rolle, dass Stevie nicht darauf reagierte. Sie überschütteten ihn mit Drohungen, schworen, ihm die Eier abzuschneiden und sie ihm in den Mund zu stopfen, sollte er je irgendjemandem davon erzählen, was sie taten oder sagten. Mehrmals hatten sie ihn in eine Gasse gezerrt, wo der eine Junge Stevie festhielt, während der andere ihn schlug oder unsittlich berührte. Die Blutergüsse, die sie ihm zufügten, waren so platziert, dass sie von seiner Kleidung verborgen wurden, aber aufgrund langjähriger Erfahrung entgingen sie Ash nicht. Er wusste, worauf er achten musste.

Bei ihrem ersten Treffen war Stevie so nervös, dass er sich beinahe übergeben hatte. Er sah ständig zur Tür und gab später zu, dass er gedacht hatte, es würde jemand hereinstürmen, um ihn nach draußen zu zerren und ihn umzubringen. Es vergingen mehrere Wochen, bis er sich weit genug entspannen konnte, um seine qualvolle

Geschichte zu offenbaren. Aber nur Ash gegenüber. Als Ash ihm sagte, er würde zur Polizei gehen und zu Protokoll geben, was Stevie ihm anvertraut hatte, drehte der Junge durch. Er mochte seine Pflegeeltern und hatte furchtbare Angst, dass er zu einer anderen Pflegestelle gebracht werden würde, wenn er etwas sagte. Es war besser, zu wissen, mit welchen Widrigkeiten man es zu tun hatte.

„Ich laufe weg und komme nie mehr zurück, wenn Sie das tun. Bitte. Lassen Sie mich erstmal hierherkommen und mit Ihnen reden."

Ash saß hinter seinem Schreibtisch und seine Finger schlossen sich fester um den Ordner, der die Einzelheiten aller Gespräche mit Stevie enthielten. Er verstand, was der Junge durchmachte. Die einzige Hoffnung bestand darin, dass Stevie Kraft sammelte und die Übergriffe zur Anzeige brachte. Momentan war er noch zu verängstigt. Ash konnte ihm seine sehr reale Angst nicht übelnehmen.

Über eine Stunde wartete Ash darauf, dass Stevie auftauchte, aber um achtzehn Uhr gab er sich schließlich geschlagen. Stevie würde nicht kommen. Angst erfasste ihn; seiner Erfahrung nach konnte Stevie ebenso zusammengeschlagen irgendwo in einer Gosse liegen, wie er zu Hause sitzen konnte. Da er das Schlimmste gesehen hatte, das einem Jungen wie Stevie passieren konnte; verletzlich und besiegt, bevor er die Chance hatte sein Ziel zu erreichen, dachte Ash an seine Brüder zurück und wie er sie im Stich gelassen hatte. Mit achtzehn hatte er keine andere Möglichkeit gehabt, als sich selbst zu retten oder zu sterben. Jetzt würde er nutzen, was er über all die Jahre erlangt hatte, um Stevie und Menschen wie ihm zu helfen, an sich selbst und eine Zukunft zu glauben, die sie nie für möglich gehalten hatten.

Aber Stevie musste zu ihm kommen. Ash konnte nicht in den gefährlichen Straßen seines Viertels nach ihm suchen. Und während er wartete, zusah, wie der Zeiger der Uhr nach sechs anzeigte, wusste Ash, dass es Zeit war Schluss zu machen. Irgendetwas war passiert, das Stevie verschreckt hatte. Als sie sich das letzte Mal unterhalten hatten, war er voller Pläne gewesen, das Zentrum zu einem ständigen Teil seines Tagesablaufs zu machen. Ash vermutete, dass er hier abhängen wollte, weil es ihn von den Straßen fernhielt und er kein sichtbares Ziel für die Schläger aus der Nachbarschaft mehr abgeben würde.

Nachdem er den Computer heruntergefahren und das Büro abgesperrt hatte, schaltete Ash das Licht aus und machte sich auf den Weg zum Eingang des Zentrums. Seine Schuhe verursachten kein Geräusch auf den glänzenden Laminatböden, und erneut staunte er über Drews leidenschaftliches Engagement. In Ashs Leben gab es nicht viel, worauf er stolz sein konnte. Als junger Mann hatte er gelogen, um in den Norden zu gelangen und er wusste, wie schlecht er die meisten Männer behandelte, wenn es um Sex ging. Doch mit Drew und seinen Freunden zusammen zu sein, durchdrang die Trostlosigkeit, die all die Jahre sein Leben umschlossen hatte. Hier zu sein, Zeit im Zentrum zu verbringen, nicht nur mit Drew, sondern auch mit den jungen Menschen, die nur akzeptiert und anständig behandelt werden wollten, ließ ihn darüber nachdenken, ob es vielleicht auch ihm möglich sein konnte, seinen inneren Frieden zu finden.

Die beiden Teenager am Empfang sahen müde aus und schienen begierig darauf zu sein, Feierabend machen zu können.

„Tut mir leid, dass ich euch habe warten lassen. Ich hatte gehofft, dass Stevie heute kommen würde, aber es sieht nicht danach aus."

Javiers Miene verfinsterte sich. „Machen Sie sich keine Sorgen, Ash. Ich werde mich vergewissern, dass es ihm gut geht. Ich weiß, wo ich suchen muss." Er zog seine Jacke an.

Als Ash den Rückhalt sah, den Stevie von Menschen bekam, die ihn kaum kannten, sich aber trotzdem um sein

Wohlbefinden sorgten, löste sich der Druck in seiner Brust. Freundlichkeit existierte, wenn man sie nährte und ihr ein Zuhause gab. Ash fragte sich, ob Luke und Brandon es geschafft hatten, Menschen wie diese zu finden, denen sie vertrauen konnten und die ihre Freunde waren, aber er bezweifelte es. Ein selbstloser und großzügiger Mann wie Drew war eine Seltenheit.

Sein Kopf schmerze an der Stelle, die Drew zuvor versorgt hatte, und Erschöpfung umgab ihn wie ein Nebel, aber das verhinderte nicht, dass er Angst um Javier hatte. Er mochte zwar bereits achtzehn sein, aber in diesem Alter konnten jungen Männern fürchterliche Dinge passieren. Ash würde seines Lebens nicht mehr froh werden, wenn dem Jungen etwas zustieß.

„Such keinen Ärger, Javier. Wir wollen nicht, dass du verletzt wirst."

Javier lächelte ihn an. „Keine Sorge. Ich kenne mich auf den Straßen aus; ich habe dort eine Weile gelebt. Ich werde vorsichtig sein." Das Lächeln verschwand, als er die Eingangstür erreichte. „Ich werde nicht zulassen, dass jemand Stevie verletzt." Ehe Ash oder Marly antworten konnten, war er weg.

Wen würde es interessieren, wenn *er* verschwinden würde? Würde sich jemand Sorgen machen? Würde Drew es tun?

„Alles okay, Ash? Sie sehen irgendwie aus, als würden Sie sich nicht wohlfühlen."

Marlys Stimme drang durch den Nebel in seinem Kopf und Ash konzentrierte sich auf ihr besorgtes Gesicht.

„Mir geht's gut. Wir sehen uns morgen und hoffentlich wird Stevie dann vorbeikommen. Hast du jemanden, der dich nach Hause bringt?"

„Ist schon gut, es ist noch hell draußen, Ich wohne nur ein paar Blocks von hier."

Nur über seine Leiche würde er ein junges Mädchen auf diese Straßen hinausschicken, wenn es nicht sein musste. Besonders nicht Marly, die schon genug Schreckliches erlebt hatte.

„Red keinen Unsinn. Ich werde dich heimfahren lassen."

„Aber …"

Zwei Klicks auf seinem Handy und es war alles erledigt. Er unterbrach ihren Protest. „Es ist alles arrangiert. In zehn Minuten wird ein Wagen hier sein und du wirst nach Hause gefahren. Ich werde mit dir warten."

„Das müssen Sie nicht. Ich komme schon klar damit, allein hier zu warten."

Kam irgendjemand je damit klar, allein zu sein? Ash hasste es. Das war der Grund, warum er seine Nächte mit anonymen Männern und zu viel Alkohol verbrachte.

„Ich bleibe. Ist sonst niemand mehr hier? Sind alle schon gegangen?"

Marly nickte. „Dr. Drew ist vor ungefähr einer halben Stunde nach Hause gegangen. Zusammen mit Dr. Jordan."

Großartig. Zweifellos machte es Jordan riesigen Spaß über ihn herzuziehen. Es half nicht, dass die meisten Dinge, die Jordan über ihn erzählte, der Wahrheit entsprachen.

„Dann bleibe ich mit dir hier, bis der Wagen kommt. Und ich werde mit Dr. Drew darüber sprechen, dich jeden Tag nach Hause fahren zu lassen."

„Wirklich?" Marly biss sich auf die Lippe. „Das wäre toll, wenn es Winter und früh dunkel wird. Aber ich könnte auch jemanden finden, der mich begleitet."

Ash machte sich eine gedankliche Notiz, mit Drew darüber zu sprechen. Marly war eins der gefährdeten Mädchen und in seinem Leben gab es weiß Gott genug, was er bereute. Dass Marly etwas passierte, musste er dem Haufen Schuld, den er mit sich herumtrug, nicht auch noch hinzufügen.

„Wie ich schon sagte, mach dir keine Gedanken darüber." Das Geräusch eines Wagens, der vor dem Haus vorfuhr, erstickte ihren Protest im Keim. „Siehst du? Da ist er schon. Vorwärts."

Sie gingen zusammen hinaus, Marly sperrte die Tür ab und aktivierte die Alarmanlage. Ash begleitete sie zu dem schwarzen Wagen, der im Leerlauf am Bordstein stand, und wartete, während sie sich anschnallte. Sie öffnete das Autofenster und winkte.

„Wiedersehen, Ash. Bis morgen."

Er winkte ebenfalls und orderte einen Wagen für sich selbst. Während er im Dämmerlicht des frühen Abends wartete, hatte Ash Zeit, über die Veränderungen nachzudenken, die in letzter Zeit in seinem Leben passiert waren, und er war sich nicht sicher, ob sie alle eine Verbesserung waren. Er fragte sich, ob Drew nach Hause gegangen war, oder ob er schon angefangen hatte, wieder auszugehen. Und erst recht fragte er sich, warum es ihn kümmerte.

Kapitel 9

„Hey, hier ist Drew. Wie geht's dem Kopf?"

Es war dumm von ihm, wegen des Anrufs nervös zu sein, aber Drew wollte bei Ash nachfragen, um sich zu vergewissern, dass der Schnitt nicht angefangen hatte zu nässen.

„Was? Oh ja. Alles okay. Um ehrlich zu sein, hatte ich das schon fast vergessen."

„Muss an der großartigen medizinischen Versorgung liegen, die du bekommen hast."

Ash gluckste, ein leises, beruhigendes Geräusch, das an Drews Ohr erklang. „Natürlich. Woran auch sonst?"

Drew streckte sich auf seinem Sofa aus, eine Kochshow im Fernsehen lieferte das Hintergrundgeräusch. Domino hatte sich neben seinen Füßen zusammengerollt. Ein weiterer aufregender Abend im *Chez Klein*.

„Nun, wenn Sie mit unserer Leistung zufrieden waren, geben Sie Ihrem Arzt ein Trinkgeld. Nein, im Ernst, ich bin froh, dass es okay ist." Er wollte sich eben verabschieden, als er von Ash unterbrochen wurde.

„Stevie North ist heute nicht aufgetaucht. Ich habe bis achtzehn Uhr gehofft und gewartet, aber …"

Beunruhigt setzte Drew sich auf. „Denkst du, ihm ist etwas passiert? Sollten wir jemanden anrufen?" Er machte sich Sorgen um den Jungen und wusste, dass Ash ein persönliches Interesse an dessen Wohlbefinden hatte.

„Javier hat sich auf die Suche nach ihm gemacht. Er dachte, er wüsste, wo er nachsehen muss. Ich glaube, er hat Stevie gegenüber einen Beschützerinstinkt entwickelt. Es ist noch nicht allzu lange her, da war Javier in derselben Lage wie Stevie, aber Javier konnte selbst auf sich aufpassen. Für Stevie ist die Gefahr größer."

Mutig fragte Drew: „Ist es das, wie du für Stevie empfindest? Wie ein Beschützer? Erinnert er dich an jemanden aus deiner Vergangenheit?“ Er hielt den Atem an, erwartete, dass Ash fluchen und auflegen würde.

„Die Vergangenheit ist etwas, das man am besten vergisst. Ich versuche, nicht daran zu denken.“

Das Handy zwischen Ohr und Schulter geklemmt, legte sich Drew wieder zurück. „Ich kenne das Gefühl. Ich versuche, nicht zu sehr über meine Eltern nachzudenken, weil es mich traurig macht. Aber dann erinnere ich mich an die schönen Zeiten, die wir zusammen hatten. Wie mein Vater mich nach Rockaway mitgenommen hat, um mit mir vom Pier aus zu angeln …“ Seine Augen brannten. „Wenn ich aufhöre mich zu erinnern, werde ich vergessen, dass sie je existiert haben. Das kann ich nicht zulassen.“

„Wir haben immer im Teich geangelt, ein Stück die Straße hinunter“, platzte Ash heraus.

Der unglaubliche Südstaatenakzent, der wie Ebbe und Flut kam und ging, faszinierte Drew. „Du hast auf dem Land gelebt?“

„Ja. In einer wirklich kleinen Stadt mit engstirnigen Menschen. Die einzige Zeit, die wir für uns hatten, war im Sommer, wenn wir die Tage mit Angeln, Schwimmen und Beeren pflücken verbringen konnten. Ich hab die Fische gefangen, dann haben wir sie ausgenommen und mit den Maiskolben gekocht, die wir von der Farm der McAllisters geklaut haben. Verdammt. Daran hab ich seit Jahren nicht mehr gedacht.“

Für Drew hörte sich das idyllisch an.

„Wir haben unsere Fische auch gegrillt.“ Drew erinnerte sich, dass seine Mutter aufbegehrt hatte, weil sie die Fische saubermachen und ausnehmen musste, aber sie hatte es nicht so gemeint. Das war ihre freundliche Art gewesen, die anderen zu necken. „Mein Dad hat eine große, weiße Kochmütze aufgesetzt, hat neben dem Grill gestanden und so getan, als würde er nach uns schlagen, wenn wir versuchten, die Grillhaube zu öffnen, um zu sehen, wie die Fische brutzelten."

„Ich habe meinen Vater nie kennengelernt, oder meine Mutter, wenn wir schon dabei sind. Als ich klein war, habe ich gehofft, dass sie kommen und sagen würden, dass alles ein Missverständnis war. Und dass sie mich mit nach Hause nehmen würden, um bei ihnen zu leben. Als ich schließlich begriff, dass das nicht passieren würde, war ich alt genug, dass es mich nicht mehr interessierte."

Sich an diesem Abend mit Ash zu unterhalten, gab Drew Einblicke in dessen Leben, bevor er nach New York gekommen war und ohne zu fragen wusste Drew, dass Ash nie zuvor jemandem diese Geschichten erzählt hatte. Das Vertrauen, das Ash ihm mit seinen von Herzen kommenden Erzählungen entgegenbrachte, war ein Geschenk, das Drew in Ehren halten und achten würde.

„Klingt nicht, als hättest du als Kind viel Spaß gehabt." Drew wählte seine Worte mit Bedacht.

„Spaß war ein Wort, das man bei uns nicht oft hörte." Beim kalten, harten Tonfall von Ashs Stimme durchlief Drew ein Frösteln.

„Deshalb kommst du so gut mit Stevie zurecht, stimmt's? Du findest ein bisschen von dir selbst in ihm wieder. Hab ich recht?"

Er hielt den Atem an, schockiert darüber, dass er es wagte Ash eine so persönliche Frage zu stellen. Wenig überraschend waren sie sich während ihrer Zusammenarbeit im Zentrum in den letzten Wochen nähergekommen. Aber Drew wusste kaum mehr über Ash als zu der Zeit, als er ihn kennengelernt hatte.

„Hier geht es nicht um mich. Es geht um diese Kids. Und ich habe heute Abend, als ich länger geblieben bin und auf Stevie gewartet habe, etwas herausgefunden, worüber ich mit dir sprechen muss."

Drew wunderte es nicht, wie geschickt Ash das Gespräch von seinem Privatleben ablenkte, aber er wollte wissen, was Ash zu sagen hatte. „Worum geht's?"

„Wusstest du, dass Marly jeden Abend allein nach Hause gehen muss? Sie sagt, es macht ihr nichts aus, aber wenn Javier nicht da ist, um sie zu begleiten, geht sie allein. Das ist inakzeptabel, Drew."

Entsetzt sprang Drew vom Sofa auf, um im Wohnzimmer hin und her zu gehen. „Ich hatte keine Ahnung. Du hast recht, das ist schrecklich. Selbstverständlich sollte sie nicht allein gehen. Ich werde sie begleiten."

„Das ist auch nicht die beste Lösung. Ihr wärt beide leichte Ziele. Ich denke, du solltest sie heimfahren und das Zentrum die Rechnung übernehmen lassen."

Drew dachte über Ashs Vorschlag nach, und entschied, dass er etwas für sich hatte. „Das ist eine wunderbare Idee. Ich weiß nicht, warum mir das nicht eingefallen ist." Er bleib stehen und lehnte sich an die Wand. „Danke, wir werden das sofort veranlassen."

„Gut. Ich werde morgen da sein, um zu sehen, ob Stevie auftaucht. Nacht, Drew."

Ash legte auf. Drew starrte das schweigende Handy an und war wieder einmal nicht näher daran, ihn zu verstehen als zuvor. Wer war Ash Davis und warum wollte Drew das wissen?

Es war siebzehn Uhr und Ash saß erneut in seinem Büro im Zentrum und wartete darauf, dass Stevie North sich sehen ließ. Den ganzen Tag hatte er *Kommt er, oder kommt er nicht?* gespielt und beschlossen, dass er, wenn Stevie heute wieder nicht käme, zu seinem Haus gehen und sich vergewissern würde, dass alles in Ordnung war. Er hörte, wie zögerlich an die Tür geklopft wurde. „Herein." Die Tür ging auf und gab den Blick aus Stevies schlanken Körper frei. Mit fünfzehn musste Stevie noch an Größe, Masse und Bartwuchs zulegen. Er sah aus wie ein Zwölfjähriger.

„Hey, Kleiner, komm rein.“ Er lächelte den Jungen an und bemerkte mit einer Wut, die er gut zu verstecken gelernt hatte, die geschwollene Lippe und die Blutergüsse, die im Nacken unter den braunen Haaren hervorblitzen. „Hattest du Schwierigkeiten?“

Stevie errötete, als er auf den Boden starrte und nickte. „Ich hab es versucht, Mr. Davis. Ich hab versucht ihnen zu sagen, sie sollen mich in Ruhe lassen und dass ich die Polizei rufen würde, aber sie haben mich ausgelacht. Sie meinten, dass alle Schwuchteln es wollen, auch wenn wir Nein sagen.“

„Stevie, das kann so nicht weitergehen. Diese Jungs müssen aufgehalten werden, oder sie werden dich jedes Mal mehr verletzen.“ Ash kam um den Schreibtisch herum und setzte sich auf den Stuhl neben Stevie.

„Ich kann das niemand erzählen. Verstehen Sie das denn nicht?“ Stevie hob den Blick und sah Ash mit seinen großen, braunen Augen so hoffnungslos an, dass es ihm das Herz brach. „Sie werden mir nur mehr weh tun. Jimmy geht bald zur Armee, dann ist nur noch Donny da. Er ist freundlich und tut mir nichts.“ Stevies Stimme war nur noch ein Flüstern. „Er sagt Jimmy, dass er aufhören soll, wenn es zu schlimm wird.“

Ash legte Stevie die Hand auf die Schulter. „Magst du Donny?“

Nach einem Moment zuckte Stevie leicht die Schultern. „Er ist okay.“

„Hey, Kleiner, mach dir keine Sorgen. Vielleicht kann ich mit ihm reden …“

„Nein, das können Sie nicht machen. Niemand darf wissen, dass ich hier war. Wenn sie es je herausfinden …“ Stevie schauderte. „Ich glaube, Jimmy würde mich umbringen.“

„Und deine Eltern?“ Ash verzog bei diesen Worten den Mund. Wie blind waren diese verdammten Leute? „Haben deine Pflegeeltern nichts dazu zu sagen? Ist es ihnen egal?“

Stevie schüttelte mit dem Kopf. „Nein, Sie verstehen es nicht. Sie sind wirklich nett zu mir und vor allem Mrs. Harding hilft mir mit den Hausaufgaben und allem, aber ich kann ihr nicht sagen was los ist, weil Jimmy mich dann zusammenschlagen würde.“ Er schob sich die Haare hinter die Ohren. „Ich will nicht, dass man mich wegschickt. Ich bin dort, seit ich klein war.“ Er schniefte. „Sie ist die einzige Mom, die ich je kannte.“

Große, traurige braune Augen begegneten seinem Blick. „Ich hab solche Angst, Mr. Davis. Warum tun sie mir das an? Warum können sie mich nicht in Ruhe lassen? Ich wünschte, ich hätte einen Bruder zu Hause, mit dem ich reden oder der mir helfen könnte.“

Früher einmal war Ash so ein Bruder gewesen. Es hatte nichts gegeben, das er nicht für seine Brüder getan hätte. Bis er alles verbockt hatte und weggelaufen war. Bevor er das selbstsüchtige Arschloch wurde, zu dem er herangewachsen war. „Wenn du mir erlaubst, mich ans Jugendamt zu wenden, kann ich dir helfen, Stevie. Du solltest mich die Polizei informieren lassen.“

„Ich – ich weiß nicht. Ich muss drüber nachdenken. Ich habe immer noch Angst, dass Jimmy er rausfindet, wenn ich es anzeige.“ Stevie sah auf seine billige Plastikuhr. „Oh Scheiße, ich gehe besser, sonst komme ich zu spät.“ Er sprang auf, ging zur offenen Tür und drehte sich nochmal um. „Danke, Mr. Davis. Ich werde über das nachdenken, was Sie gesagt haben und wir sehen uns nächste Woche, okay?“ Er schenkte ihm ein kleines, aber hoffnungsvolles Lächeln.

Ash stand auf und zog den Jungen in eine Umarmung. Seine knochigen Schultern stachen hervor wie die fragilen Flügel eines Vogelkükens. Wie lange würde es dauern, bis sie endgültig gebrochen wurden? „Ich bin immer für dich da, wenn du mich brauchst. Hier ist meine Karte mit meiner Handynummer. Ruf mich jederzeit an. Das ist mein Ernst." Er zog seine Brieftasche heraus, reichte Stevie seine Visitenkarte und war erfreut zu sehen, dass sie in den Geldbeutel des Jungen wanderte. „Wiedersehen, Kleiner."

Stevie winkte und eilte aus dem Zimmer. Total erschöpft ließ Ash sich auf das Sofa fallen, er hatte das Gefühl, unter dem Druck des emotionalen Kampfes in seinem Inneren beinahe zusammenzubrechen. Egal, was Stevie sagte, er würde mit Drew sprechen. Vielleicht konnte ihnen Jordans Partner helfen, der Detective. Sie waren verpflichtet, es zu melden, aber vielleicht konnten sie Stevies Namen heraushalten. Der arme, arme Junge.

Ohne Vorwarnung traf es ihn, raubte ihm mit der schieren Intensität den Atem. Er selbst mit vierzehn, spät in der Nacht hilflos in seinem Bett, als sein *Vater* ihn an den Bettpfosten fesselte, ihm die Augen verband und ihn überall berührte. Ihn küsste, ihm zuerst seine dicke Zunge in den Mund und dann seinen dicken Schwanz überall hineinsteckte. Sein erster Kuss, eine grausame Erinnerung. Jeder Gedanke an Hoffnung oder Liebe für immer durch die Gewalt zerstört, die ihm angetan wurde. Seit damals hatte ihn nie mehr ein Mann geküsst oder gefickt. Beim Sex ging es nie um Liebe, es ging immer um Macht und Kontrolle.

„Nein, nein." Er stöhnte laut, als er sich vor und zurück wiegte, die Flutwelle der Gefühle nicht aufhalten konnte, die über ihn hereinbrach. Erinnerungen durchströmten ihn, an seine Erniedrigung und Ausbeutung durch Erwachsene, die ihn hätten beschützen, aufziehen und sich um ihn kümmern sollen. Er konnte nicht an der Tatsache rütteln, dass er die anderen Jungs zurückgelassen hatte. Als er weglief, hatte er versucht zu melden, was in ihrem Haus vorging, aber er wusste, dass sie ihn nicht ernstnehmen würden, den schwulen Jungen, der auf der Straße lebte. Nicht, wenn es sich um einen geachteten Polizisten handelte. Er war so schlecht wie sein Pflegevater, oder sogar schlimmer, weil er sie zurückließ, aber er hatte nicht bleiben können, sonst hätte es damit geendet, dass er sich umbrachte. „Stopp, aufhören." Tränen liefen ihm ungehindert über die Wangen, als er sich zitternd und stöhnend zusammenkrümmte. „Es tut mir leid. Ich hab es versucht. Es tut mir so, so leid."

Warme, kräftige Arme legten sich um ihn. Ohne nachzudenken packte er die Person und hielt sie fest, vergrub sein Gesicht an einer harten Brust. Verwirrt hob er den Kopf und begegnete Drews gleichermaßen verblüfftem Blick.

Kapitel 10

Es war ein harter, verdammt langer Tag gewesen. Mike hatte an den Zähnen und dem Kiefer einer Sechzehnjährigen Magie gewirkt, die das Opfer einer Schulhofschlägerei gewesen war, einfach weil sie sich als lesbisch geoutet hatte. Nur, weil sie in New York City lebten, hieß das nicht, dass die Menschen nicht ebenso voreingenommen und homophob waren, wie an jedem anderen Ort. Ignoranz existierte überall.

Drew bewegte seine Finger, streckte die Arme über den Kopf und spürte, wie sich die Verspannungen in seinem Rücken sich lösten. Er nahm die Brille ab und rieb sich die Augen. Er hatte den Tag damit verbracht, Schürfwunden zu verarzten, Schnitte zuzunähen und immerhin zwei Teenager dazu zu bewegen, mit Keith wegen einer Anzeige zu sprechen. Drew hatte es geschafft, einem jungen Mann zu entlocken, dass seine Verletzungen von einem Stiefvater verursacht wurden, der dachte, er könnte die Homosexualität aus ihm herausprügeln. Das erinnerte Drew daran, dass er mit Ash über das Verfahren sprechen wollte, das ihnen bevorstehen könnte, wenn sie strafrechtlich gegen den Stiefvater vorgehen würden. Ein Geräusch auf dem Flur erregte seine Aufmerksamkeit und er runzelte die Stirn, als er auf die Uhr sah. Achtzehn Uhr. Es sollten alle bereits gegangen sein.

Er stand von seinem Stuhl auf und spähte auf den Flur hinaus. Als er den sich entfernenden Stevie North sah, schüttelte er den Kopf. Da war ein junger Mann mit Problemen, und aus irgendeinem Grund hatte er eine Verbindung zu Ash aufgebaut. Drew hörte weiter den Flur hinunter ein Stöhnen und dann rhythmisches Quietschen. Besorgt von dem, was er vorfinden könnte, rannte Drew zu Ashs Büro. Er blieb abrupt vor der offenen Tür stehen, starrte fassungslos und bestürzt auf den Anblick, der sich ihm bot.

Ash erlitt gerade einen ausgewachsenen Nervenzusammenbruch, er saß auf dem kleinen Sofa, die Arme um sich geschlungen, Tränen strömten ihm über das Gesicht. Das war nichts, was Drew zu sehen erwartet hatte.

„Ash, was ist los?“

Keine Antwort. Ash wiegte sich weiter vor und zurück, nahm Drews Anwesenheit gar nicht wahr.

Sein angeborener Instinkt zu helfen, übernahm die Kontrolle. Drew betrat das Zimmer und setzte sich neben Ash. Er nahm ihn in die Arme, als wäre er ein Kind, das Trost brauchte.

„Nein, ich kann nicht …“

„Schhh, alles wird gut.“ Ohne nachzudenken zog Drew Ash dicht an sich, murmelte ihm beruhigende, unsinnige Worte ins Ohr. Ash verkrampfte sich nur kurz, bevor er sein Gesicht an Drews Brust vergrub und seine Tränen Drews Shirt durchnässten.

Drew erstarrte, verblüfft von der überwältigend emotionalen Verbindung zwischen ihnen. Ash zu halten, fühlte sich so natürlich an, wie zu atmen. Ihre Blicke trafen sich, die Fassade des arroganten Selbstvertrauens, hinter der Ash sich normalerweise verbarrikadiert hatte, war in sich zusammengefallen, und ein gebrochener, verängstigter Mann zum Vorschein gekommen. Drew drückte die Lippen auf Ashs verschwitzten Kopf.

„Lass es raus. Ich bin hier. Ich gehe nicht weg. Nichts kann dich mehr verletzen.“

Drew rieb ihm über den breiten Rücken, fühlte, wie sich die Muskeln unter seinen Händen bewegten. Er presste die Fingerspitzen gegen Ashs verspannte Schultern, massierte sie und schloss die Augen, während er hoffte, dass seine Berührung ihn tröstete.

Allerdings waren seine Lippen, ohne dass es ihm bewusst gewesen war, auf Ashs Stirn gelandet und ruhten dort auf der warmen Haut. Er strich mit den Fingern über Ashs Wange, die rauen Bartstoppeln fühlten sich unter seinen Fingerspitzen merkwürdig und doch faszinierend an. Ein wehmütiges Ziehen baute sich in Drew auf, zusammen mit einem schockierenden Drang, diesen Mann zu beschützen und ihn in Sicherheit zu wissen. Drew konnte seine Qual spüren; sie saß tief, war wie ein lebendes atmendes Wesen in Ashs Innerem. Er erforschte Ashs Gesicht, fuhr die Schräge seiner Wangenknochen nach und die Vertiefung unter seinen Augen. Ashs Mund war immer noch gegen seine Brust gepresst, sein Atem kam in kurzen, schmerzhaften Stößen.

Warum dieser Mann? Diese seltsamen Gefühle, die in seinem Inneren herumwirbelten, zwangen Drew, sich selbst zu hinterfragen und in Ashs Gegenwart vorsichtiger zu sein, als er es vielleicht bei jemand anderem gewesen wäre. In diesen vergangenen Wochen waren Ash und er sich nähergekommen, sie hatten viele Stunden damit verbracht, das Zentrum aufzubauen und zusammenzuarbeiten, hatten oft gemeinsam zu Abend gegessen, wenn sie beide lange geblieben waren. Er glaubte, dass sie Freunde geworden waren; Drew mochte Ash wirklich gern. Und zu seinem großen Erstaunen hatte Ash nach ihrem ersten gemeinsamen Besuch allein bei seiner Großmutter vorbeigeschaut, das hatte Esther ihm nur zu gern mitgeteilt.

Doch Ash hatte in keinem ihrer Gespräche etwas über sich selbst verraten, auch wenn Drew ohne, dass es ihm gesagt wurde, wusste, dass ihm als Kind etwas Schreckliches passiert war. Als er Peter darauf angesprochen hatte, hatte sein Freund den Kopf geschüttelt.

„Ash ist mein Freund, Drew. Und was noch wichtiger ist, er betrachtet mich als seinen Freund, und in seinem Leben gibt es weiß Gott niemanden, auf den er sich verlassen kann. Ich würde nie sein

Vertrauen missbrauchen." Peter war sich mit den Händen durch die Haare gefahren, er machte einen entnervten Eindruck. „*Zum Teufel, ich weiß nicht einmal die Hälfte von dem, was er durchgemacht hat, aber ich versichere dir, es war nicht schön. Wenn er mit dir darüber reden will, wird er es tun.*"

Noch immer überliefen Schauer Ashs Körper. Welche Qualen hatte er erlebt, die ihn zwangen, so einsam und zurückgezogen zu leben? Drew erinnerte sich an den Abend im Restaurant, als er sich ins Gedächtnis rief, wie Ash vom Tisch geflüchtet war und später bleich und aufgewühlt zurückkam. War damals das Gleiche passiert? Hatte er eine Art posttraumatische Belastungsstörung, die von bestimmten Dingen oder Situationen getriggert wurde? Er würde mit Rachel darüber reden. Vielleicht würde sie das wissen.

„Hey. Wie geht's dir?" Er strich Ash die Haare aus dem Gesicht, hielt die Berührung leicht und zart. „Fühlst du dich besser?"

Ash schüttelte den Kopf, noch immer lag er an Drews Brust. „Das ist mir noch nie passiert und es ist mir unglaublich peinlich. Ich wollte nie, dass du oder jemand anderer mich so sieht." Die Worte klangen ein wenig gedämpft, aber er machte keine Anstalten sich aus Drews Armen zu lösen.

„Red keinen Unsinn. Jeder hat eine Belastungsgrenze. Ich war ein nervöses Wrack, als meine Eltern starben. Ich habe wochenlang geheult."

„Das ist etwas anderes", murmelte Ash. „Du konntest nichts dafür. Das hier war meine Schuld. Mittlerweile sollte ich stark genug sein, damit umgehen können."

Ohne nachzudenken umfasste Drew Ashs Gesicht mit den Händen, sah ihm tief in die unergründlichen Augen. „Nicht alles, was uns passiert, können wir kontrollieren, mein Freund. Manchmal tritt uns das Leben unvorhergesehen in den Arsch, und wir müssen das Beste aus dem machen, was wir kriegen." Er beugte sich vor, konnte sich aber gerade noch zurückhalten, bevor seine Lippen Ashs stoppelige Wange berührten. Drew blieb einen Moment in dieser Position, spürte, wie Ash scharf Luft holte, fühlte seine Angst, den völlig verspannten Körper. Ash hatte die Augen geschlossen, seine langen, schwarzen Wimpern lagen wie Fächer auf seiner Haut. Mit einer hauchzarten Berührung liebkoste Drew Ashs Gesicht.

„Drew, was tust du?" Aber Ash unternahm nichts, um sich ihm zu entziehen.

„Verdammt, ich habe keinen blassen Schimmer." Doch Drew hörte nicht auf mit den Fingerspitzen über Ashs Kiefer zu streicheln, spürte dabei sein leichtes Zittern.

Paradoxerweise zog Ash sich von ihm zurück. „Was geht hier vor?"

„Warum verrätst du mir das nicht? Ich bin hereingekommen und du hast gelitten, Ich habe noch nie einen so gebrochenen und gequälten Menschen gesehen." Drew legte seine Hände auf Ashs Schultern. „Wende dich nicht von mir ab. Wir sind jetzt Freunde. Rede mit mir."

„Ich – ich kann nicht." Sein Blick blieb auf den Boden gerichtet.

Mit einem resignierten Seufzen lehnte Drew sich zurück. „Was hast du heute Abend vor?"

Der klare, funkelnde Blick hob sich und begegnete seinem. Ein kleines Lächeln umspielte Ashs Lippen. „Ich habe keine Pläne, Doc. Was hast du dir vorgestellt?"

„Lass die schmutzigen Gedanken. Willst du mit mir meine Großmutter besuchen?"

Zu seiner vollkommenen Überraschung leuchtete in Ashs Augen ein erfreutes Funkeln. „Ich würde Esther liebend gern sehen. Ich hab versprochen, ihr bei meinem nächsten Besuch Kekse mitzubringen, wir müssen also vorher in eine Bäckerei."

Was für eine verblüffende Veränderung. Mühelos hatte Ash wieder zu seiner charmanten, unbekümmerten Persönlichkeit gewechselt. Drew war klar, dass es eine Art Überlebensmechanismus sein musste, den Ash sich antrainiert hatte, um seine Scham und Schwäche vor anderen verbergen zu können. Drew beschloss, nicht weiter auf dem Thema herumzureiten. Falls Ash wollte, dass er Bescheid wüsste, würde er mit ihm darüber reden.

„Großartig. Alle anderen sind schon gegangen. Ich sperre die Büros ab und wir treffen uns am Eingang."

„Okay. Und Doc?" In Ashs Augen schimmerten kurz Emotionen, dann war die normale, ausdruckslose Fassade zurück. „Danke für alles."

Drew lächelte und zuckte die Schultern, entschlossen, die lockere Stimmung beizubehalten und immer noch unsicher, was seine merkwürdigen Gefühle anbelangte. „Gern. Kein Ding."

Zehn Minuten später waren sie auf dem Weg zum Haus seiner Großmutter. Sie legten in Carroll Gardens einen Stopp ein, und während Ash Kekse besorgte, eilte Drew in das Käsegeschäft, um ein paar der Lieblingskäsesorten seiner Großmutter und auch ein paar seiner eigenen auszusuchen. Er verbrachte geraume Zeit damit, Käse und die dazu passenden Cracker zu kosten, und entschied sich, mehrere verschiedene Sorten zu kaufen. Mit Käse, Wein und Keksen konnte es ja nur ein netter Besuch werden.

Nachdem sie ihre Einkäufe im Kofferraum von Ashs Sportwagen verstaut hatten, ging es weiter zum Haus seiner Großmutter mitten in Flatbush. Nach dem zweiten Weltkrieg und ihrer Flucht aus Polen hatten sich die wenigen Mitglieder ihrer Familie, die überlebt hatten, hier in Brooklyn gefunden und waren geblieben. Seine Großmutter hatte ihm einmal anvertraut, dass dies der einzige Ort war, an dem sie sich sicher fühlte. Rachel und er liebten das kleine Haus, in dem sie mit Papa Sy ihr Leben verbracht hatte. Sie hatte immer gescherzt, dass das ihr kleines Stück Himmel des amerikanischen Traums wäre. Zu Drews schönsten Kindheitserinnerungen zählten seine Besuche mit Rachel bei den Großeltern. Viele Wochenenden hatten sie damit verbracht, Papa im Garten beim Gemüseanbau zu helfen, während Nana in der Küche gekocht hatte.

Sie fuhren vor dem Haus vor und parkten in der Einfahrt. Springkraut blühte im Vorgarten, die Mischung aus Pink, Weiß und Rot erinnerte ihn an Pfefferminzbonbons. Keramiktöpfe mit blutroten Geranien säumten die Stufen zu dem mit Backsteinen gepflasterten Vorbau. Er liebte den Sommer, wenn es erst spät dunkel wurde. Der schwache Duft nach Gegrilltem, der von einem Haus in der Nachbarschaft herüberwehte, stieg Drew in die Nase. Sein Magen reagierte mit einem ungnädigen Knurren darauf.

Ash lachte leise. „Hungrig?“

Er errötete. „Ich hab das Mittagessen verpasst, also ja.“ Er hob die Tasche hoch und sprach über die Schulter hinweg. „Der Käse und das andere Zeug wird mir allerdings über die Runden helfen.“

Ash grinste, und Drew fragte sich nicht zum ersten Mal, was in seinem Kopf vorging. Man brauchte eine unglaublich starke Persönlichkeit, um den emotionalen Zusammenbruch beiseite zu schieben, der gerade mal eine Stunde her war. Er wünschte, er könnte lernen, wie man das machte.

Aber Drew wurde klar, dass er das in gewisser Weise tat – er verbarg seine Angst, die Einsamkeit, die manchmal so stark und dunkel war, dass er lieber die ganze Nacht wach blieb, statt der Müdigkeit und seinen Albträumen zu erliegen. Den Kater zu adoptieren, hatte nur einen kleinen Teil seines Problems gelöst. Sein Herz war immer noch einsam.

„Nana? Wo bist du?“ Er betrat den kleinen Flur, der mit gerahmten Bildern seiner Familie dekoriert war, die bis in die Zeit zurückreichten, als Nana aus Polen in dieses Land kam. Es gab keine Bilder von ihr als Kind oder ihren Verwandten, da sie mit nicht als den Kleidern, die sie am Leib getragen hatten, hergekommen waren. Seine Großmutter hatte ihre ganze Familie, ihre Eltern und drei Geschwister, im zweiten Weltkrieg verloren. Er drehte sich zu Ash um und gab ihm ein Zeichen. „Sie muss in der Küche sein. Folge mir."

„Ich war schon öfter hier, wie du vermutlich weißt. Ich kenne den Weg." Ashs Genörgel ließ Drew zögern, es war ihm absolut unerklärlich.

Nicht zum ersten Mal fragte sich Drew: *Warum sollte jemand wie Ash seine Zeit mit seiner betagten Großmutter verbringen wollen?* Ein weiteres faszinierendes Puzzleteil des Mysteriums Ash Davis. Er warf Ash einen verwunderten Blick zu. „Dass du so gern hier vorbeikommst ..."

Jetzt lief Ash rot an. „Esther hat mich eingeladen, sie zu besuchen, wann immer ich mag." Seine Stimme nahm einen defensiven Ton an. „Ich bringe ihr Kekse."

Mittlerweile waren sie in der Küche angekommen und Drew sah, dass er richtig gelegen hatte. Die Hintertür und das Fenster, die zum Garten hinausgingen, standen offen und gaben den Blick auf blühende Rosen, Azaleen und Rhododendren frei. Im Hintergrund lief eine von Nanas Lieblingstalkshows im Radio und ein tröstlicher Geruch nach gerösteten Zwiebeln, Knoblauch und Kartoffeln lag in der Luft.

„Nana." Beim Klang seiner Stimme drehte sie sich um und ein Lächeln breitete sich auf ihrem faltigen Gesicht aus. Er nahm sie in die Arme und drückte sie an sich. *Bitte Gott, lass ihr noch lange, lange Zeit nichts zustoßen.*

„Hallo, Liebling." Sie küsste ihn auf die Wange, und der vertraute Duft des Rosenwassers, das sie immer trug, beruhigte ihn. Die Welt war in Ordnung, so lange seine Großmutter bei ihm war.

„Und du hast noch einen meiner Lieblingsjungs mitgebracht. Komm und gib mir auch einen Kuss, Asher."

„Hallo, Esther. Du willst mich immer noch nicht Ash nennen, oder?" Ash senkte den Kopf, um sie auf die Wange zu küssen, dann nahm er ihre Hand und küsste diese ebenfalls.

„Ich mag den Namen Asher. Es ist ein solider Name, auf den du stolz sein solltest. Wusstest du, dass es ein hebräischer Name ist? Er bedeutet *Glück* oder *Segen*. Ich denke, das solltest du dir merken, mein Lieber." Sie tätschelte seinen Arm und Drew musterte das ungleiche Paar, während er die Taschen auspackte.

Nie im Leben hätte er es für möglich gehalten, dass ein Mann wie Ash so gern Zeit mit seiner Großmutter verbrachte. Andererseits konnte er sich nicht erklären, warum sein Herz beim Anblick von Ash mit seiner Großmutter in einem merkwürdigen Rhythmus schlug. „Kommt noch Besuch, Nana?" Ihm war eine Menge Essen im Kühlschrank aufgefallen, als er seine Einkäufe weggeräumt hatte.

„Na ja, die anderen Jungs sagten, sie würden vielleicht vorbeikommen, und Rachel kommt immer, um nach mir zu sehen, auch wenn sie behauptet, sie will nur Hallo sagen. Ihr könnt beim Chinesen etwas zum Abendessen holen; das hier sind bloß Snacks, um den größten Hunger zu stillen." Sie stemmte die Hände in die Hüften und fixierte ihn mit einem vorgetäuschten grimmigen Blick. „Rachel und du, ihr könnt mich nicht zum Narren halten. Ich durchschaue euch."

„Wir lieben dich und wollen uns vergewissern, dass es dir gutgeht." Drew steckte sich ein Mozzarellabällchen in den Mund. „Ich kann darin nichts Falsches sehen." Er öffnete die Schachtel mit den Crackern und setzte sich. „Stimmt's, Ash?"

Ash saß bereits am Tisch, das Kinn auf die Hände gestützt, und starrte durch das Fenster auf den Garten hinter dem Haus. „Ich denke, es wäre schön, Menschen zu haben, die sich genug aus einem machen, um sich zu vergewissern, dass alles in Ordnung ist, aber mich darfst du das nicht fragen."

Nana sah Drew scharf an, was er nur mit einem Schulterzucken beantworten konnte. Mit entschlossener Miene ging sie zu Ash hinüber und zögerte nur kurz, bevor sie ihre Hand auf seinen Arm legte und so leise sprach, dass Drew die Ohren spitzen musste, um sie zu verstehen.

„Asher, Liebling. Was ist los? Du siehst heute so traurig aus. Möchtest du mit mir darüber reden?" Ihre Hand lag noch immer auf seinem Arm.

Drew hätte ihr sagen können, dass sie ihre Zeit nicht verschwenden sollte, dass ein Mann wie Ash sich ihr nie offenbaren würde. Er wandte seine Aufmerksamkeit wieder dem Käse zu und griff nach einer Flasche Malbec.

„Weißt du, Esther, ich glaube, das würde ich sehr gern tun."

Demnach wählte Asher Davis von all den Menschen in Ashs Leben – seinem besten Freund Peter, Peters Frau, Drew, *irgendjemand* – ausgerechnet seine Großmutter, um ihr sein Herz auszuschütten. *Echt unglaublich.*

Kapitel 11

Das gemütliche Wohnzimmer, in das Esther ihn brachte, um ich hinzusetzen und mit ihm zu reden, hatte diese warme, heimelige Atmosphäre. Ash stellte sich vor, wie ihr Ehemann nach einem langen Arbeitstag nach Hause gekommen war, seine Füße auf die gepolsterte Ottomane gelegt und es sich mit einem Drink und der Zeitung in seinem Klubsessel bequem gemacht hatte.

Jetzt, wo Ash darüber nachdachte, schien das tatsächlich das perfekte Ende für jedermanns Tag zu sein. Er wartete, bis Esther sich in ihrem Lieblingssessel niedergelassen hatte, dann brachte er ihr ein Glas Weißwein, bevor er sich mit einem eisgekühlten Wodka auf einen Klubsessel neben ihrem setzte. Er entschied sich, die Füße nicht auf die Ottomane zu legen.

Esther überraschte ihn damit, dass sie zuerst etwas sagte. „Bei dem Chinesen, zu dem ich Drew geschickt habe, um unser Abendessen zu holen, dauert es immer recht lange. Wir haben also Zeit für ein ausführliches Gespräch."

Es war unmöglich, in der Gegenwart dieser Frau nicht zu lächeln. „Aha. Und warum glaubst du, dass ich nicht frei heraus mit dir reden könnte, wenn er da ist?"

„Weil du Gefühle für ihn entwickelt hast."

Er verschluckte sich an seinem Drink, hastig wischte er sich über den Mund und stellte sein Glas auf ein kleines Tischen neben sich. „Esther, ich hab keine Ahnung, warum du etwas so Absurdes sagen würdest, aber –"

„Sieh mir ins Gesicht und leugne es", unterbrach sie ihn herausfordernd.

Er öffnete den Mund, schloss ihn wieder, bevor er ihn erneut öffnete. „Ich bin nicht in Drew verliebt." Selbst in seinen eigenen Ohren hörte sich sein geflüstertes Leugnen bestenfalls lahm an.

„Ich sagte nicht, dass du in ihn verliebt bist." Sie sah ihn traurig an. „Asher, mein Lieber, ich weiß, dass du kein leichtes Leben hattest, hab ich recht?"

Er nickte kurz, sein Blick zuckte zwischen dem Fußboden und ihrem freundlichen Gesicht hin und her.

„Als Erstes musst du lernen, dich selbst zu lieben und daran glauben, dass du es wert bist, geliebt zu werden. Erst dann kannst du eine gesunde Beziehung mit einem anderen Menschen führen."

Er lachte unwirsch. „Liebe, Liebe, Liebe. All dieses Gerede über Liebe. Du sagst, dass ich in Drew verliebt bin, dass ich mich selbst lieben muss. Es tut mir leid, Esther, aber ich habe aufgehört an Liebe, den Nikolaus und den Osterhasen zu glauben, als ich noch ein kleiner Junge war." Er rieb sich über die Arme, um den Aufruhr in seinem Inneren zu unterdrücken. „Nichts davon gab es jemals in unserem Haus, während ich aufwuchs."

„Jemand hat dich verletzt, nicht wahr?" Diese sanften, wissenden Augen hielten seinen Blick fest und er konnte nicht wegschauen. „Ich würde nie jemandem weitergeben, was du mir anvertraust, aber nach all den Jahren könnte es sich gut anfühlen, dir alles von der Seele zu reden."

Nie war er so verletzlich gewesen, nicht, seit Mr. Frank ihn in seine Obhut genommen hatte. Aber Esther hatte den gleichen weisen Ausdruck in den Augen. Augen, die aussahen, als hätten sie ebenfalls einiges gesehen. Dinge, die sie nie vergessen konnte.

Ash musste mehrmals tief durchatmen, bevor er ihr antwortete. „Ich war nur ein Kind, aber ich wurde gezwungen, Dinge zu tun und zu sehen, die nie jemand erleiden sollte." Ohne dass es ihm bewusst wurde, nahm sie seine Hand. „Ich kann nicht drüber reden. Ich möchte es, aber jetzt diese Kids zu sehen, ihnen zu helfen, bringt alles wieder an die Oberfläche." Er klammerte sich an ihren überraschend warmen, festen Griff wie ein Ertrinkender an einen Rettungsring.

„Ich hab nicht gut geschlafen, und heute ist mir eines der Kids so unter die Haut gegangen, wie es lange nicht mehr vorgekommen ist. Drew hat mich gefunden, und es … nun, sagen wir einfach, es war nicht mein bester Moment."

Esther sagte nichts, drückte nur hin und wieder seine Hand.

„Ich sollte dir das nicht erzählen, oder? Dass es sich, als Drew mich fand, so …" Er schluckte nervös, es war ihm peinlich weiterzusprechen, aber was machte es schon? Er war schon so weit gekommen, er konnte sich auch weiter demütigen. „… so gut angefühlt hat loszulassen. Zum ersten Mal in meinem Leben wollte ich …" Er ließ Esthers Hand los und wandte sich von ihr ab. „Ich bin des Lebens so überdrüssig. Manchmal ist es einfach zu viel."

„Ich weiß, mein lieber Junge."

„Es tut mir leid, Esther, aber das tust du nicht. Du weißt nicht, durch welche tiefe, dunkle Hölle manche Menschen an jedem Tag ihres Lebens gehen. Wie sie an einem Leben verzweifeln, das so hoffnungslos ist. Dass sie sich fragen, warum sie sich die Mühe machen, morgens aufzustehen." Tränen strömten ihm über sein Gesicht, während er sich ihr mehr und mehr öffnete. „Das kannst du nicht verstehen."

Eine Weile saß sie schweigend da, das Gesicht dem Fenster zugewandt. „Wie wenig ihr jungen Leute darüber wisst, was meine Generation erlebt hat. Oder vielleicht wisst ihr es, und habt euch entschieden, es zu vergessen." Ash sah schweigend zu, als sie den Ärmel ihres Pullovers zurückschob, um den Blick auf die Zahlen freizugeben, die auf ihrem Arm eintätowiert waren.

Seine Kehle zog sich zusammen und er konnte nicht mehr sprechen. Nicht Esther, nicht diese süße, liebevolle

Frau. Wie hatte sie es geschafft, lebend da herauszukommen?

„Die Unmenschlichkeit des Menschen gegenüber Menschen, so nannten sie es.“ Ihre Stimme zitterte ein wenig. „Ich habe es erlebt, Ich werde dich nicht mit meinen eigenen Horrorgeschichten belasten.“ Esther wandte sich ihm zu, in ihren Augen glänzten Tränen. „Aber ich weiß, was Verzweiflung ist. Ich weiß alles über Angst.“ Wieder ergriff sie seine Hand. „Aber eines habe ich nie aufgegeben, und das war die Hoffnung. Wenn du die Hoffnung aufgibst, bist du wahrhaft verloren. Gib nie die Hoffnung auf, mein lieber Asher. Niemals.“

„Worauf ich hoffe, Esther, ist entweder schon lange fort oder wird nie geschehen. Ich habe nur noch eine Hoffnung, und die besteht darin, meine Pflegebrüder zu finden.“ Er fuhr sich mit dem Unterarm über die feuchten Augen und das klärte seine Wahrnehmung in mehrfacher Hinsicht. „Ich bin sicher, du wünschst dir, dass Drew eine nette Frau heiratet, sich mit ihr niederlässt und Kinder bekommt.“

Sein Herz schmerzte, allein davon, dass er diese Worte nur aussprach. Er war in seinem Leben noch nie so verwirrt gewesen. Das war nicht er. Sein einziges Ziel war, Spaß zu haben, wann und wo auch immer er ihn finden konnte. Zu ficken. Gefühle und persönliches Engagement – nichts davon hatte er jemals auf dem Plan gehabt, aber irgendwo war er im Laufe der Zeit von seinem Weg abgekommen, was jetzt katastrophale Folgen hatte.

Durch das offene Fenster hörte er, wie eine Autotür zuschlug. Drews Stimme drang zusammen mit der seiner Schwester und seiner anderen Freunde ins Haus. Er befürchtete erwischt zu werden, sprang auf und sog stockend den Atem ein.

„Drew ist zurück. Ich will nicht, dass er mich so sieht und ich weiß deine Bereitschaft zu schätzen, unser Gespräch für dich zu behalten."

„Ich verspreche es dir. Aber eines solltest du wissen." Sie hielt ihn allein mit dem Tonfall ihrer Stimme auf, als er den Raum verlassen wollte. „Alles, was ich mir für meine Enkelkinder wünsche, ist, dass sie glücklich sind. In ihrem Leben gab es schon genügend Unglück. Es ist ihre Sache sich auszusuchen, wie und wen sie lieben und mit wem sie den Rest ihres Lebens verbringen wollen." Sie ging an ihm vorbei und er blieb schockiert zurück.

Drew drückte Jordan eine der Tüten mit chinesischem Essen in die Hand. „Hier, mach dich nützlich und nimm das mit."

„Beruhige dich, Mann. Welche Laus ist dir denn über die Leber gelaufen?" Jordan hob den Beutel an und reichte ihn an Mike weiter. Er griff nach einer anderen Tüte, die Drew in der Hand hatte. „Komm, gib mir noch eine."

Rachel fuhr mit ihrem Wagen vor und hupte. „Hallo, Jungs." Sie warf die Autotür zu und eilte herüber, um Drew zu küssen. „D., Jordy, wie geht's?" Sie drehte sich mit einem breiten Lächeln zu Mike um, der sie finster anstarrte. „Was ist denn mit dir los?"

„Du hast das Auto nicht abgesperrt, oder? Hab ich dich vergangene Nacht nicht gewarnt, –"

„Vergangene Nacht?" Drew rutschte der Magen in die Kniekehlen. „Wie hast du …? Moment! Du meinst, ihr beide …?" Sein Blick schoss zwischen seinem besten Freund und seiner Schwester hin und her, die ihm nicht in die Augen sehen wollte, sondern knallrot anlief. Wutentbrannt ließ er die Tüte mit dem Essen fallen und packte Mikes Arm. „Du triffst dich hinter meinem Rücken heimlich mit meiner Schwester? Was soll der Scheiß, Levin? Konntest du nicht zu mir kommen und es mir sagen?"

Rachel zog an seinem Arm. „Drew, lass das und hör mir zu. Mike wollte es dir sagen, aber ich wollte es nicht. Noch nicht. Wir haben uns nicht heimlich getroffen, es ist irgendwie passiert. Kannst du das nicht verstehen?" Sie drückte sich an Mikes Brust und Drew biss die Zähne zusammen, als er zusah, wie sein Freund sie besitzergreifend umarmte. „Hast du dich noch nie unerwartet zu jemandem hingezogen gefühlt und Zeit gebraucht, um dir darüber klar zu werden?"

„Was ist hier draußen los?"

Als er die Stimme seiner Großmutter hörte, zuckte sein Blick zur Eingangstür des Hauses. Sie stand auf der Treppe und sah prüfend zu ihnen herüber. Ash stand mit mürrisch verzogenen Lippen neben ihr.

„Alle rein, sofort."

Sie befolgten Esthers Befehl, trotteten ins Haus und standen in der Küche, während Esther, Ash mit grimmiger und entschlossener Miene wie eine Sphinx aus Granit neben sich, sie ausschimpfte als wären sie Kinder und keine erwachsenen Männer über dreißig.

„Was soll das, sich auf der Straße zu streiten damit die ganze Nachbarschaft euch hören kann? Wenn ihr eine Meinungsverschiedenheit habt, dann kommt ihr rein und klärt das wie zivilisierte Menschen." Ihr Blick richtete sich auf Drew, und er schluckte schwer, es war ihm unangenehm, der erste zu sein, der von ihr genauer aufs Korn genommen wurde.

„Ich nehme an, sie hat dir von sich und Michael erzählt."

Er war so verblüfft, dass er einen Moment lang sprachlos war. „Sie … sie hat es dir gesagt?" Er bedachte seine Schwester mit einem vorwurfsvollen Blick, sah wie sie gegen Mike sank, der ihr einen Arm um die Taille schlang. „Ich dachte, wir stünden uns näher."

„Oh nein, du wirst nicht versuchen ihr Schuldgefühle einzureden.“ Esthers Stimme traf ihn wie ein Peitschenhieb. „Es gibt Dinge, über die Frauen zuerst untereinander sprechen, bevor wir mit Männern darüber reden. Weißt du, dass Rachels größte Sorge war, wie du reagieren würdest? Es ging in unseren Gesprächen nicht um die Freude darüber, verliebt zu sein. Es ging um dich.“

Er schob die Hände in die Taschen seiner Jeans und stieß mit der Spitze seines Sneakers gegen den Küchenboden. Das war das Letzte, was er je erwartet hätte. Mike? Der lebenslustige Partylöwe Mike? Mit seiner kleinen Schwester? Aus dem Augenwinkel konnte er sehen, mit welcher Zärtlichkeit sein Freund Rachel hielt, sie beruhigte, als sie ihr Gesicht an seiner Schulter vergrub. Dann blieb sein Blick an Ash hängen, der sich mit einem verunsicherten Ausdruck in den Augen ebenfalls auf Mike und Rachel konzentrierte.

Aber seine Großmutter war noch nicht fertig. „Du bist sauer auf deine Schwester, weil sie sich verliebt hat? Das ist kein Fremder, das ist dein Freund. Ein Mann, der wie ein Bruder für dich ist. Rachel hat sich solche Sorgen gemacht, wie du reagieren würdest, dass sie mich gebeten hat, nichts zu verraten und selbstverständlich hätte ich das nicht. Denn es war ihre Sache, dir davon zu erzählen, wenn die Zeit reif dafür ist. Es hat mir nicht gefallen, dich im Unklaren zu lassen, aber ich konnte mir nicht vorstellen, dass du dich nicht für sie freuen würdest.“

Die ganze Härte des Blicks aus ihren leuchtend blauen Augen richtete sich wieder auf ihn. Es war unwichtig, dass er ihr einziger Enkel war, sie würde ihm nie etwas durchgehen lassen, das sie als Unrecht empfand.

„Niemand hat das Recht einem Menschen zu sagen, wen er lieben oder nicht lieben sollte. Vielleicht wirst du dich eines Tages wieder verlieben und diese Person wird nicht das sein, was wir erwartet hätten.“ Erst als sie ihren Arm unter seinen schob, erkannte er am Zittern ihrer schmalen Gestalt, wie emotional erschöpft seine Großmutter war. „Denk darüber nach. Bist du sauer auf sie, weil es Michael ist, oder weil sie es dir nicht gesagt hat?"

„Es tut mir leid. Reg dich nicht so auf."

„Behandle mich nicht wie eine Porzellanpuppe. Ich bin mir dessen, was in dieser Welt passiert, bewusster, als du glaubst." Mir ihrer freien Hand winkte sie Rachel zu sich. Mike rieb ihr über die Schultern und flüsterte ihr etwas ins Ohr. Rachel nickte und kam zu ihnen herüber. „Schätzchen, sag deinem Bruder, was du fühlst." Seine Großmutter entzog ihm ihren Arm und scheuchte Jordan und Ash hinaus. „Kommt, Jungs. Lassen wir sie allein."

Ash beugte sich vor und küsste Nana auf die Wange. „Ich werde nach Hause gehen, Esther. Ich muss mich noch auf einen Fall vorbereiten." Ohne eine Antwort abzuwarten, ging er hinaus. Drew hörte, wie die Haustür geöffnet wurde und zuknallte.

Trotz seines Schocks über Ashs überstürzten Abgang, richtete Drew seine volle Aufmerksamkeit dorthin, wo sie hingehörte. Auf Rachel und Mike. „Also dann. Wie lange seid ihr beide, ihr wisst schon …?" Er zuckte mit den Schultern und konnte nicht weiterreden. Was sollte er denn fragen? Wie lange seine Schwester und sein bester Freund schon miteinander schliefen? Ähm. Nein, danke.

„Schau, Rach, vergiss es. Nana hat recht. Es geht mich nichts an. Ich wünschte, du hättest es mir früher sagen können. Aber ich verstehe, warum du dachtest, ich könnte ausflippen." Ihre Blicke trafen sich und sie brachen gleichzeitig in Gelächter aus. „Ich liebe dich. Wenn du mit Mike zusammen sein willst, ist das okay. Aber Gott allein weiß warum, wenn es in der Stadt so viele bessere Männer gibt."

Mike schnaubte.

„Hey." Rachel umarmte ihn fest. „Danke."

„Lieb dich."

„Lieb dich auch."

Drew wandte sich an seinen Freund. „Levin, komm her." Er verschränkte die Arme vor der Brust und starrte Mike finster an, der ihm Paroli bot. Zum ersten Mal sah Drew Mike als jemanden, der eines Tages sein Bruder sein könnte. Groß, muskulös und blond hatte es Mike Levin nie an weiblicher Gesellschaft gemangelt, obwohl er auf dem linken Ohr fast taub war. Jetzt, wo Drew darüber nachdachte, war Mike in letzter Zeit ruhiger gewesen, ausgeglichener, als er es je zuvor gewesen war.

Als sie sich gegenüberstanden, piekte Drew ihm in die Rippen. „Wenn du ihr je weh tust, bringe ich dich um."

„Wenn ich ihr je weh tue, hast du meine Erlaubnis. Aber das werde ich nicht, D." Er warf Rachel einen liebevollen Blick zu. „Ich hätte niemals damit gerechnet, aber sie ist das Beste, was mir je passiert ist."

Mehr brauchte Drew nicht zu hören. Alles andere war unwichtig, oder? Jeder der auch nur halbwegs bei Verstand war, konnte die Chemie zwischen Mike und Rachel sehen, jetzt da er davon wusste. Mike konnte nicht aufhören seine Schwester anzuschauen. So sollte es sein, und es erinnerte Drew wieder einmal an seine gescheiterte Ehe und sein nicht vorhandenes Liebesleben.

„Also, okay, Mann. Behandle sie gut."

„Versprochen."

Alle drei umarmten sich, aber sie blieb jetzt bei Mike, sie strahlte und Mike hielt sie immer noch besitzergreifend im Arm. Drew hörte ein Schniefen und schaute über seine Schulter. Nana stand in der Türöffnung, wischte sich über die Augen und lächelte.

„Ich bin froh, dass das geklärt ist. Drew, hilfst du mir bitte das Essen aufzuwärmen?" Mit geschickten, präzisen Bewegungen band sie sich die Schürze um und holte die Teller heraus, auf denen sie das chinesische Essen verteilen wollte. „Drew kann mir helfen. Warum geht ihr anderen nicht raus und genießt das schöne Wetter?" Nachdem Jordan, Mike und Rachel sich fragend angesehen hatten, folgten sie ihrer unterschwelligen Bitte und gingen hinaus in den Garten.

Offensichtlich hatte seine Großmutter etwas auf dem Herzen, über das sie mit ihm sprechen wollte. Drew nahm mehrere Essensbehälter heraus und stellte sie auf die Theke. „Kann ich dich etwas fragen, Nana?"

Ihre Hände verharrten auf der Tür der Mikrowelle. „Du bist nicht mehr sauer wegen Rachel und Michael, oder?"

„Was? Natürlich nicht." Er schüttelte den Kopf. „Ich verstehe es und ich komme damit klar." Jordan und Mike warfen im Garten einen Football hin und her. Rachel stand lachend zwischen ihnen und protestierte lautstark, dass sie auch einmal den Ball fangen wollte. Ein Lächeln umspielte Drews Lippen. Vielleicht war es unvermeidlich gewesen, dass Mike und Rachel sich ineinander verliebt hatten.

Und wie üblich war er der Außenseiter. Jordan hatte Keith, und jetzt hatte Mike Rachel. Es war nicht so, dass Drew Jackie vermisste. Was er vermisste, war jemand, neben dem er aufwachen konnte. Den er halten und von dem er gehalten werden konnte.

Er hasste es allein zu sein. Selbst als Kind hatte er darum gebettelt bei jeder Gelegenheit seine Eltern begleiten zu dürfen, selbst wenn es nur ein kurzer Abstecher zum Supermarkt war. Das war auch ein Grund, warum er den Kater adoptiert hatte, nachdem seine Ehe scheiterte. Er bildete sich ein, dass seine Angst davor allein zu sein, alle Probleme in seinem Leben verursachte. Aber so sehr er Domino auch liebte, es war nicht dasselbe wie jemanden zu haben, der ebenbürtig an seiner Seite lebte.

„Was ist mit Ash passiert, als ich unterwegs war, um das Essen zu holen? Alles war in Ordnung, bis ihr beide geredet habt. Aber kaum waren wir wieder da, ist er so schnell wie möglich von hier abgehauen."

Zum ersten Mal sah seine Großmutter betroffen aus. „Wir haben uns unterhalten, und ich hab ihm von meiner Vergangenheit in den Lagern erzählt.“ Eine Träne lief ihr über das Gesicht und im Nu war er bei ihr und nahm sie in den Arm. „Der arme Junge hat in seinem Leben so viel Leid erfahren. Ich wusste nicht, dass er so schwere Probleme hatte.“

Plötzlich fühlte er sich unbehaglich. „Wovon sprichst du?“

Sie legte den Kopf in den Nacken, um ihm in die Augen zu sehen. „Willst du mir sagen, ihr habt nie darüber gesprochen?“ Sie klang überrascht. „Ich dachte, ihr würdet euch sehr nahestehen.“

Er sprach schärfer als üblich. „Was soll das heißen? Sehr nahe?“ Himmel, er war seiner Großmutter gegenüber noch nie so unhöflich gewesen. Er verkniff sich eine weitere harsche Antwort und schaffte es, seine Verärgerung unter Kontrolle zu bringen. „Es tut mir leid, ich wollte dich nicht anblaffen. Warum sollte ich ihm nahestehen? Du kennst ihn nicht sehr gut, Nana, aber er ist kein netter Mensch. Er schläft sich durch die Betten, hat kaum Freunde und interessiert sich nur für sich selbst. Es gibt einen Grund, warum er allein ist. Es gefällt ihm so.“

Aber noch während er sprach, erinnerte sich Drew an all die Momente, in denen Ash seine Schutzschilde heruntergefahren und er ihn in einem anderen Licht gesehen hatte. Den Zeitpunkt, als er schwitzend mit wildem Blick vom Tisch geflüchtet war. Und heute als Drew einen zitternden Ash in den Armen gehalten hatte. Die hässliche Vergangenheit, die Ash so sehr zum Schweigen bringen und hinter einer arroganten, gefühllosen Fassade verstecken wollte, lag zu dicht unter der Oberfläche, als dass er sie für immer ausblenden könnte. Drews Gewissen plagte ihn, als würde es ihn für seine Engherzigkeit schelten wollen.

Er wünschte sich plötzlich, dass diese Unterhaltung nie stattgefunden hätte und hoffte, sie wäre nun beendet, aber er hätte es besser wissen müssen. Bisher hatte er seine Großmutter nur ein einziges Mal so wütend gesehen. Bei der Verhandlung gegen die Spedition, die den Unfalltod seiner Eltern verursacht hatte, hatte der Verteidiger darauf angespielt, dass Drews Vater vielleicht selbst getrunken hatte. Seine Großmutter war nicht laut geworden, aber es war ein unvergesslicher Anblick gewesen, als sie während des Verfahrens Richter und Jury eine leidenschaftliche Rede im Namen der Opfer gehalten hatte, die alle im Gerichtssaal zu Tränen rührte.

Jetzt, hier in ihrer Küche, erlebte er beinahe ein Déjà-vu. „Du solltest dich schämen! Ich jedenfalls schäme mich für dich und bin überrascht. Du stützt deine Überzeugungen auf etwas, das andere dir erzählt haben."

Er wusste, dass er seiner Großmutter nicht von Ashs sexuellen Eskapaden erzählen konnte, daher blieb er entschlossen bei seiner Aussage. „Schau, ich weiß, dass du eine Schwäche für ihn hast und ich kann ihn ganz gut leiden, aber er ist ein Einzelgänger, Nana. Ja, er ist charmant und sieht gut aus, aber er ist niemand, zu dem man durchdringen kann." Schon während er die Worte aussprach, bereute er sie. Er hatte gedacht, Ash könnte sich als ein weiterer Freund irgendwie in seine Familie einfügen. Sicher, ihre seltsame sexuelle Anziehung beunruhigte ihn, aber Drew hätte damit umgehen können, vor allem sobald er wieder damit anfangen würde, sich zu verabreden.

„Glaub mir, niemand ist gern allein. Der Junge braucht Menschen um sich herum. Vertrau mir, ich weiß es. Er ruft um Hilfe, und ich fürchte, wenn ihn keiner von uns an die Kandare nimmt, könnte ihm etwas Furchtbares zustoßen." Die Sorge in ihrer Stimme verunsicherte ihn, da sie nichts von künstlichem Drama hielt. Rachel musste endlich den

Ball gefangen haben, da ihr Gekreische und die Neckereien von Mike und Jordan verstummt waren.

„Hat er dir was erzählt?" Es wäre schockierend, wenn Ash sich seiner Großmutter anvertraut hätte.

„Nein, nicht viel. Er hat dichtgemacht und sich geweigert, darüber zu reden. Aber ich erkenne die Wahrheit hinter dem Lächeln, das nie seine Augen erreicht." Mit einer Heftigkeit, von der er nicht wusste, dass sie in ihr steckte, packte Nana seinen Arm. „Nach unserem Gespräch mache ich mir Sorgen, dass er sich etwas antun könnte. Du glaubst, ich wäre zu alt, um die Welt da draußen zu verstehen. Ich weiß, dass er schwul ist, ein Homosexueller. Warum sollte das für mich eine Rolle spielen? Aber irgendetwas stimmt mit ihm nicht. Er ist sehr deprimiert. Versprich mir, dass du nach dem Abendessen nach ihm siehst. Tust du das für mich?"

Auch wenn er nichts weniger wollte, als Babysitter für Asher Davis zu spielen, stimmte er zu, denn er würde alles für seine Großmutter tun. Während des Abendessens blieb er wortkarg, jedoch schienen alle zu glauben, dass sein Schweigen immer noch eine Folge seiner Überraschung über Rachels und Mikes Beziehung war. Er ließ sich von den Plaudereien berieseln und achtete darauf, an den richtigen Stellen zu nicken, damit sie nicht bemerkten, dass er ihnen überhaupt nicht zuhörte.

Tatsächlich konnte er nur an Ash denken.

Kapitel 12

Auf dem Weg zu Ashs Appartement auf der Upper East Side herrsche der übliche fürchterliche Verkehr. Nach dem Besuch bei seiner Großmutter nach Hause zu fahren und sein Auto zu holen, um in die Stadt zu fahren, gab Drew Zeit nachzudenken. Er hatte sich bereits mit seiner Schwester und Mike versöhnt und sie wissen lassen, dass er sich für sie freute. Jemand in seiner Familie sollte glücklich sein und da sein Leben nur daraus bestand, zu arbeiten und dann zu Hause vor dem Fernseher zu landen und ein Spiel anzusehen, wünschte er Rachel das Glück, das sie verdiente.

Im Radio lief Classic Rock und vor ihm erstreckte sich eine endlose Reihe von Rücklichtern, daher erlaubte er sich, an Ash zu denken. Worüber auch immer Ash und seine Großmutter gesprochen hatten, war ihm nahegegangen, was Drew überraschte und irritierte. In der wenigen Zeit, die sie miteinander verbracht hatten, hatte Drew herausgefunden, dass es nicht Ashs Art entsprach, Emotionen und persönliche Dinge mit anderen zu teilen. Drew erinnerte sich daran, dass Peter, der angeblich Ashs bester Freund war, nur wenig mehr über den Mann wusste als Drew.

Drew nahm die nächstgelegene Ausfahrt und machte sich auf den Weg zur Park Avenue. Ashs Appartement lag an der Kreuzung 86th Street und Park Avenue und Gott sei Dank gab es gleich in der Nähe ein Parkhaus. Er sagte dem Mann vom Parkservice, dass er ein paar Stunden unterwegs sein würde und reichte ihm im Tausch gegen sein Parkticket die Autoschlüssel.

Es hatte ihn überrascht, dass Ash in einer der besten Gegenden der Stadt lebte. Wie zum Teufel konnte er es sich leisten hier zu wohnen? Diese alten Appartements aus der Vorkriegszeit waren Millionen Dollar wert.

Ein Türsteher in aufwändiger Uniform begrüßte ihn vor dem Gebäude und Drew betrat die wunderschöne von Fußböden aus Marmormosaiken und hohen Säulen dominierte Lobby.

Mehrere Sofas und filigrane, vergoldete Stühle waren um ein Pflanzenarrangement gruppiert. Ein prachtvoller Kristalllüster hing über dem Tisch des Concierge und kleinere, aber trotzdem elegante Leuchter führten einen Flur entlang, an dessen Ende Drew die Aufzüge vermutete. Seine komplette Wohnung würde in diese Lobby passen.

Rachel und er hatten Zahlungen aus den Lebensversicherungen seiner Eltern erhalten sowie eine millionenschwere Abfindung der Spedition, aber Drew hatte den Löwenanteil seines Kapitals angelegt und lebte bescheiden. Er brauchte nicht viel und zog es vor, sein Geld dafür auszugeben, seine bevorzugten Wohltätigkeitsorganisationen zu unterstützen. Diese Art Luxus überstieg sein Begriffsvermögen und doch wunderte es ihn irgendwie nicht, dass Ash hier wohnte. Ash war ihm seit dem Tag, an dem er ihn kennengerlernt hatte, ein Rätsel. Die Tatsache, dass er mit einem Stipendium studiert hatte und jetzt in der Nachbarschaft von Multimillionären lebte, vergrößerte das Mysterium noch.

Drew ging zum Empfang, einem Mahagonitisch mit einer wunderbaren Granitplatte. Ein junger Mann in einer Uniform, die weniger auffallende Goldverzierungen als die des Portiers aufwies, hob mit einem einstudierten Lächeln den Kopf. „Guten Abend, Sir. Was kann ich für Sie tun?"

Seltsam, obwohl Drew ein erfolgreicher Arzt war, kam er sich underdressed und bedauerlicherweise fehl am Platz vor. „Uh, ich möchte Mr. Davis besuchen?" Irgendwie hoffte er, an der falschen Adresse zu sein und dass er herausfinden würde, dass Ash in Wirklichkeit wie er selbst in einer kleinen, beengten Wohnung lebte.

„Jawohl, Sir. Wen darf ich melden?“ Der junge Mann hatte den Hörer des Haustelefons in der Hand und sah ihn erwartungsvoll an.

„Ähm. Sagen Sie ihm, Drew ist hier.“

Auch wenn es schon spät war, nach dreiundzwanzig Uhr, kamen und gingen noch immer Menschen mit schöner Regelmäßigkeit durch die vergoldeten Eingangstüren. Die Männer und Frauen, die an ihm vorbeigingen, trugen Abendkleidung, die den Luxus regelrecht in die Welt hinausschrie. Auf den Diamanten und welch andere kostbare Juwelen auch immer sie trugen blitzen Lichtreflexe. Drew hatte nicht viel Ahnung von Haute Couture, aber das kurze Zusammenleben mit Jackie während ihrer Ehe hatte ihm die Augen dafür geöffnet, wie kostspielig die Garderobe einer Frau war. Mit einem verzagten Blick sah er auf seine Sneakers, die verwaschene Jeans und das T-Shirt hinunter. Vermutlich bewegte er sich zu weit am anderen Ende des Spektrums, aber er zog Bequemlichkeit jedem Trend vor. Vielleicht kleidete Ash sich so formell, um das Image aufrechtzuerhalten, von dem er glaubte, es wäre notwendig, wenn er hier wohnte. Er hatte den Mann immer nur in langärmeligen Hemden und Anzughosen gesehen, nie in Jeans.

Der junge Mann am Empfang unterbrach seine Überlegungen, was Mode anging. „Sie können nach oben gehen, Sir. Die Aufzüge befinden sich am Ende des Flurs zu Ihrer Linken. Mr. Davis wohnt in Appartement 19C.“

Nachdem er sich bei dem Mann bedankt hatte, lief Drew den verspiegelten Flur hinunter. Zwei Frauen rückten von ihm ab, als er den Aufzug betrat und entschieden sich, lieber neben dem Fahrstuhlführer zu stehen, was ihn innerlich zum Lachen brachte. Beinahe wollte er seine Visitenkarte zücken und sagen *Schaut her, ich bin tatsächlich Arzt. Keine Angst.*

Sie erreichten den neunzehnten Stock ohne Zwischenfall, und nachdem er dem jungen Fahrstuhlführer gedankt hatte, trat er auf einen ruhigen Flur hinaus. Elfenbeinfarbene Tapete mit eingewobenen Goldfäden bedeckte die Wände und die Gummisohlen seiner Sneakers verursachten kein Geräusch auf den blankpolierten, dunklen Holzböden. Neben jedem Appartement befand sich ein beleuchteter Klingelknopf und an den Türen hingen goldene Buchstaben, die das Appartement kennzeichneten.

Nervös drückte er auf die Klingel und im Inneren der Wohnung erklang leise eine Glocke. Nach einem Moment schwang die Tür auf und er sah sich Ashs ernstem Gesicht gegenüber. Das Appartement tat sich wie ein Abgrund hinter ihm auf.

„Uh, hallo, Ash. Tut mir leid, wenn ich dich geweckt hab …“

„Hast du nicht.“

Die hitzige Intensität in Ashs kristallklaren Augen verunsicherte Drew. Er wollte das hier *absolut* nicht tun, aber er hatte es seiner Großmutter versprochen, und er hatte noch nie ein Versprechen gebrochen, das er ihr gegeben hatte, also …

„Kann ich reinkommen? Es wird nicht lange dauern. Versprochen.“

Ohne etwas zu sagen, trat Ash zurück und öffnete die Tür weit. Drew betrat das abgedunkelte Appartement und staunte. Ash hatte Kerzen angezündet und sie auf mehreren Tischen in der Wohnung verteilt. Jedoch verbarg ihr diffuses Licht nicht die Größe der Wohnung. Von dem weiten Eingangsbereich gingen mehrere Flure ab, die in weitere unbekannte Teile des Appartements führten. Direkt vor ihm gab ein riesiges Fenster den Blick auf die funkelnden Lichter der nächtlichen Stadt frei. Im luftigen Wohnzimmer prangten, soweit er es im Dämmerlicht der

Kerzen erkennen konnte, ein Stutzflügel und ein reich verzierter Kaminsims über einer offenen Feuerstelle.

„Himmel, Ash, diese Wohnung ist fantastisch." Er sah zu Ash hinüber, der noch kein Wort gesagt hatte.

„Sie hat Mr. Frank gehört. Er hat sie mir in seinem Testament hinterlassen."

Das ergab Sinn. Jacob Frank war ein extrem reicher Mann gewesen. Er musste bis zu seinem Tod hier gelebt haben. Aus Gründen, die niemand nachvollziehen konnte, hatte Frank Ash unter seine Fittiche genommen und ihn zu seinem Nachfolger aufgebaut. Irgendwann waren die beiden sich nähergekommen, nahe genug, dass Jacob Frank – kinderlos und ohne weitere Familie – nach seinem Tod Ash alles vermacht hatte.

„Das war sehr nett von ihm. Ich habe von Peter gehört, dass er ein großartiger Mann war."

Ash durchquerte die Eingangshalle, führte ihn in das Wohnzimmer und deutete achtlos mit der Hand auf das Sofa. „Er war der beste Mensch, dem ich je begegnet bin."

Es gab nichts, was Drew sagen konnte, um Ashs Schmerz zu lindern. Das Licht der flackernden Kerzen tanzte unruhig über Ashs düstere Miene.

„Drew, nimm dir was zu Trinken und sag mir, warum du hier bist." Ash trank seinen Wodka und sah Drew über den Rand seines Glases hinweg an.

„Nein, danke. Ich muss noch fahren. Aber ich möchte mit dir reden."

Ash war ein Musterbeispiel an Gegensätzen. Drew konnte sich nicht erinnern, dass er Ash je anders als perfekt angezogen gesehen hatte, jedes Haar an seinem Platz, als wäre er einem Magazin für Männermode entsprungen. Heute Nacht allerdings … nun, etwas schien nicht in Ordnung zu sein. Auch wenn er noch die gleiche Kleidung trug wie tagsüber, war sein weißes Hemd ungewohnt zerknittert und weiter aufgeknöpft, als Drew es bisher bei ihm gesehen hatte. Dunkle Bartstoppeln zogen sich über seinen Kiefer und sein Haar war ungekämmt und zerzaust. Drew rutschte auf dem Sofa herum. „Hör zu, ich weiß, das klingt vielleicht bescheuert, aber meine Großmutter hat sich Sorgen um dich gemacht, deshalb hat sie mich gebeten vorbeizukommen und nach dir zu sehen."

„Und natürlich tust du alles, was Nana sagt."

Drews Gesicht brannte. „Fick dich, Davis."

Ashs Mundwinkel hoben sich in einem winzigen Lächeln und er stellte seinen Drink ab. „Was ist los, Doc? Tut die Wahrheit weh?"

Dieser Mistkerl. Nach all den netten Dingen, die seine Großmutter über ihn gesagt und den Sorgen, die sie sich um ihn gemacht hatte, war das seine Reaktion? Wie konnte er es wagen, ihre Besorgnis abzutun, als würde sie nichts bedeuten? Kaum zu glauben, dass er tatsächlich gedacht hatte, sie wären Freunde. „Was zum Teufel weißt du schon über Wahrheit? Niemand weiß etwas über dich, du hast keine Freunde, keinen Liebhaber." Er stand auf, bereit zu gehen. „Kein Wunder, dass du immer allein bist. Niemand macht sich etwas aus dir. Du bist es nicht wert." Drew bereute seine Worte in dem Moment, in dem er sie ausgesprochen hatte – er hatte noch nie im Leben etwas so Grausames zu jemandem gesagt. Aber es war ihm noch nie jemand derart unter die Haut gegangen wie Ash Davis.

Abrupt sprang Ash vom Sofa auf und packte ihn an der Schulter. „Nimm das zurück."

„Was ist los, Davis? Tut die Wahrheit weh?" Drew wiederholte Ashs Worte von vorhin und beobachtete, wie in dessen blassen, funkelnden Augen Wut aufblitzte.

„Du verdammter Scheißkerl. Wer glaubst du, wer du bist, dass du behaupten kannst, dass ich es nicht wert bin und sich niemand etwas aus mir macht? Ich habe Freunde. Die Leute mögen mich. Sag nie wieder, dass ich es nicht wert bin. Ich bedeute etwas, verdammt nochmal! Verflucht noch eins, ich bin wichtig!“

Ash versuchte ihn festzuhalten, aber Drew riss sich los und bewegte sich in Richtung Tür, wobei er über die Schulter mit ihm sprach.

„Die Leute mögen dich nicht, Ash. Sie wollen dich ficken, weil du schön bist. Das ist keine Zuneigung. Es ist keine Freundschaft. Wie viele Beziehungen mit anderen Männern hattest du schon? Du hattest noch nie einen Partner oder eine feste Beziehung, stimmt’s? Weil man dafür ein Herz haben muss. Man muss sich etwas aus anderen Menschen machen. Wie kannst du jemanden in deinem Leben wertschätzen, wenn du nicht einmal dich selbst zu schätzen weißt?“

Ash hatte ihn eingeholt und packte ihn. „Glaub nicht, dass du das sagen und dann einfach abhauen kannst.“ Er schubste Drew gegen die Wand. „Wer zum Teufel glaubst du, wer du bist?“

Ashs Griff um seinen Bizeps verstärkte sich. Es tat weh, und Drew wich zurück. Er ließ sich auf keine körperlichen Auseinandersetzungen mit anderen Leuten ein, Gewalt löste keine Probleme. „Ich dachte, ich wäre dein Freund. Aber jetzt ist mir klar, dass ich das nicht bin. Du hast keine Ahnung, wie man ein wahrer Freund ist. Du ergreifst beim ersten Anzeichen von Nähe die Flucht und machst dich über Beziehungen lustig. Beziehungen erfordern Arbeit, ein Geben und Nehmen. Du weißt nicht, wie man gibt, weil du immer derjenige bist, der nimmt.“ Drew atmete schwer und stoßweise.

Ash knallte ihn gegen die Wand. Ash zischte wütend, sein harter Körper presste sich gegen ihn und Drew überlief zum ersten Mal ein Schauer der Besorgnis. und ein dunkles, verworrenes Gefühl machte sich in seinem Magen breit. Er ignorierte es und versuchte sich aus Ashs unnachgiebigem Griff herauszuwinden.

„Lass mich los. Ich will gehen."

Statt von ihm abzurücken drückte sich Ash fester an ihn. Die harte Beule zwischen ihnen konnte man nicht missverstehen. Drews Herz raste, bis er Ash über dem Hämmern in seinem Kopf kaum mehr hören konnte.

„Du sagtest, die Leute mögen mich nicht, dass sie mich nur ficken wollen. Dann hast du gesagt, ich bin ein Nehmer." Ehe Drew Luft holen konnte, packte Ash seine Hände und hielt sie über seinem Kopf fest, war nun so nahe, dass kein Blatt mehr zwischen sie passte. „Aber du musst wissen, Doc, niemand fickt mich. Also sag's mir. Willst du, dass ich dich nehme?"

Drew dachte, er würde in Ohnmacht fallen, als Ashs Lippen seine Schläfe berührten und sein warmer Atem über Drews Ohr strich. Eine Welle der Lust rauschte durch ihn hindurch, als seine nächtliche Fantasie Wirklichkeit wurde, ihm bewusst wurde, dass er sie durchleben konnte, wenn er es wollte.

Ash flüsterte ihm ins Ohr. „Verdammt, ich will dich so sehr. Ich explodiere gleich. Ich weiß nicht warum und es ist mir auch egal. Ich will dich schon so lange, dass es sich wie eine Ewigkeit anfühlt, und heute Nacht lasse ich dich nicht gehen, bevor du nicht mir gehörst. Und Baby, sei dir darüber im Klaren, du wirst mir gehören."

Damit vergrub Ash sein Gesicht in der Beuge zwischen Drews Hals und Schulter. Seine Lippen und seine heiße, feuchte Zunge glitten über Drews Haut, knabberten, leckten und saugten daran. Hätte Ash ihn nicht festgehalten, wäre Drew unter der Erregung zusammengebrochen, die in ihm tobte. In all den Jahren, in denen er mit Frauen ausgegangen war, hatte sein Körper nie so reagiert. Bewegungsunfähig, weil Ash seine Hände an die Wand pinnte, wollte Drew etwas sagen, aber elektrische Funken, die durch seine Adern zu rauschen schienen, und das Prickeln an seiner Schwanzwurzel sagten ihm, dass es viel zu schnell vorbei sein würde, bevor es richtig angefangen hatte.

„Uh." Drews Kopf schlug gegen die Wand, aber er registrierte den Schmerz kaum. „Ash, stopp."

Ash zog sich zurück, seine Haare waren völlig zerzaust und er atmete keuchend, unregelmäßig und schwer. Er sah absolut verdorben und verrucht aus, so gar nicht wie die kontrollierte, herausgeputzte Führungskraft, die er normalerweise war.

Ash schluckte und riss sich zusammen, fuhr sich mit den Händen durch die Haare und zog anschließend an den Manschetten seines Hemdes. „Was … Was ist los? Willst du nicht?"

Bevor Drew antworten konnte, glitten Ashs Finger über seine Handflächen, bis hinauf zu seinen Fingerspitzen und verschränkten sich mit Drews. Sie standen da, Wange an Wange, Becken an Becken, ihre Erektionen berührten sich. Im Gegensatz zu der Unnachgiebigkeit und Härte, die er kurz zuvor noch an den Tag gelegt hatte, war Ashs Berührung jetzt behutsam und sanft. Beinahe liebevoll. Vom plötzlichen Wandel der Emotionen wurde Drew fast schwindlig.

„Nein. Ja. Ich weiß es nicht." Drew lehnte den Kopf gegen die Wand, schaute an die Decke und leckte sich über die Lippen. „Ich weiß nur, dass ich, wenn du nicht aufgehört hättest, in meiner Hose gekommen wäre."

„Wie wäre es, wenn du stattdessen in meinem Mund kommst?" Ash umfasste Drews Kiefer und rieb mit dem Daumen über Drews Lippen. „Ich will dich. Ich will dich ausziehen, dich berühren und deinen ganzen Körper ablecken. Ich will dich geil, nackt und schwitzend in meinem Bett, damit ich weiß, wie du auf meinen Laken riechst."

Drews war so verwirrt, dass er die Worte kaum registrierte. Sein Blick glitt über Ashs Gesicht, aber von Ashs üblichem, arrogantem Grinsen war nichts zu sehen. Der

Mann, der vor Drew stand, hätte ein Fremder sein können. Seine silbrigen Augen glänzten hoffnungsvoll, aber auch unsicher, eine Emotion, die Drew noch nie bei Ash gesehen hatte, der normalerweise einen selbstbewussten Eindruck machte.

„Ich weiß nicht mehr, was ich denken soll", gab Drew zu und sog den Atem ein, als Ashs Lippen die pulsierende Ader an seinem Nacken berührten. Der Raum drehte sich, in dem Moment verlosch die letzte Kerze mit einem Zischen und hüllte sie in geheimnisvolle Dunkelheit, die nur von dünnen Strahlen des Mondlichts durchbrochen wurde, das durch die Fenster hereinfiel.

„Du denkst zu viel." Ash ließ Drews andere Hand los und öffnete zielstrebig mit seinen kräftigen Fingern den Knopf von Drews Jeans. „Das kann dich in Schwierigkeiten bringen, weißt du."

Drew wusste gar nichts, nur dass er Ashs Hände auf sich spüren wollte. „Ich denke, ich bin schon in Schwierigkeiten."

„Dann sag mir, dass ich aufhören soll. Ich werde es tun, wenn du es verlangst, aber ich denke nicht, dass du es kannst. Du willst es, nicht wahr, Baby? Du willst mich."

Ashs Stimme mit diesem aufreizenden Südsaatenakzent klang, als würde sie aus weiter Ferne kommen. Drews Sinne konzentrierten sich alle auf die Stelle zwischen seinen Beinen, auf der Ashs Finger lagen, zuerst mit einem festen, sicheren Griff, dann so leicht, dass sein Körper sich nach einer stärkeren Berührung sehnte. War es das, was er wollte? Seit er Ash im Restaurant beim Sex mit dem Kellner erwischt hatte, hatte eine Frau weder sein Interesse geweckt noch in seinen nächtlichen Fantasien eine Rolle gespielt.

Das hatte nur Asher Davis getan.

Wenn Drew sich diese Nacht mit Ash gestattete, um alles zu erleben, was er sich heimlich ausgemalt hatte, würde er hoffentlich von diesen Fantasien befreit werden. Danach könnte er wieder ganz normal mit Frauen ausgehen und endlich zu seinem Alltag zurückkehren. Es wäre eine einmalige Angelegenheit und würde die Neugier stillen, die sie beide seit Monaten beschäftigt hatte. Er würde sich bewusst und mit keinerlei langfristigen Erwartungen darauf einlassen, denn ihm war klar, dass es etwas Einmaliges war. Drew war zu langweilig und unschuldig, sein Geschmack nicht so protzig oder anspruchsvoll wie Ashs. Er war der Typ für Bier und Pizza, Ash stand wohl eher für Champagner und Kaviar.

Drews Gedanken schweiften ab, bis Ash ihn mit seinem heißen Atem und seiner feuchten Zunge, die über Drews Bauch strich, in die Realität zurückholte. Er stupste damit in seinen Bauchnabel, leckte über die Spur aus Haaren, die hinter Drews noch immer ungeöffnetem Reißverschluss verschwand. Drew schob seine Hände in Ashs Haare, vergrub seine Finger in den seidigen Strähnen, um ihn noch näher an seinen Körper zu ziehen.

„Ich will alles." Er erschrak über sich selbst, erkannte seine eigene erstickte, von Verlangen, Begierde und Angst verzerrte Stimme kaum wieder.

Ashs Augen funkelten wie Diamanten, als er Drew mit weit aufgerissenen Augen anstarrte.

„Gehen wir ins Bett, Baby."

Und als Ash lächelte, war Drew auf der Stelle klar, dass es ihm das Herz brechen würde, wenn ihn der Mann am Ende verließ.

Kapitel 13

Der Alkoholnebel hatte sich rasch verzogen, und seine Gedanken fokussierten sich. Ash wartete nur einen Moment, bevor er aufstand und Drews Hand nahm. Er fühlte, wie Drew zitterte und Ashs Finger ein wenig fester umklammerte. Dieses kleine, subtile Anzeichen, dass Drew ihm vertraute, berührte Ash auf eine Weise, wie er es noch nie mit einem Mann erlebt hatte. Dabei waren sie doch nur drauf und dran, miteinander zu ficken. Er verstand es nicht, aber ehe Ash klar wurde was er tat, hielt er inne und zog Drew an sich, um ihn fest zu umarmen.

Es würde eine Nacht der ersten Male sein. Das erste Mal, dass Drew Sex mit einem Mann hatte. Das erste Mal, dass Ash jemanden mit in sein Bett nahm. Dass es ein Mann war, den er kannte und mochte machte ihm Angst, aber Ash schob seine Ängste beiseite, um sich auf Drew zu konzentrieren. Er rieb Drew über den Rücken, beruhigte damit nicht nur ihn, sondern auch sich selbst. „Schhh. Alles wird gut. Ich versprech's." Es hatte keinen Sinn, den Mann zu erschrecken, indem Ash ihm erzählte, wie sehr er sich jede Nacht nach ihm sehnte und dass er das Verlangen selbst nicht verstand, das ihn dazu brachte, diesen Schritt zu unternehmen. „Du hast keine Angst vor mir, oder, Baby?" Seine Handfläche lag an Drews Kiefer, er fühlte den schnellen Puls unter seinen Fingerspitzen.

Ein Schauer überlief Drew und er sprach an Ashs Kehle. „Vielleicht, ein bisschen, keine Ahnung." Drews vertrauter Duft umgab Ash, vermischt mit einem unterschwelligen Hauch von Schweiß und Angst.

„Komm, machen wir es uns bequemer." Ash löste ihre Umarmung und nahm erneut Drews Hand, verschränkte ihre Finger. Schweigend gingen sie den dunklen Flur ent-

vielleicht nicht, was sein Körper wollte, aber Ash tat es, und der moschusartige Geruch und die Hitze, die von Drews Körper ausgingen, sagten Ash alles, was er wissen musste.

Drews Blick ruhte auf ihm, seine Augen waren schwarze Löcher in der fast vollkommenen Finsternis. „Ich weiß, es ist dumm von mir, dir zu sagen, was ich fühle, weil du mich für schwach halten wirst. Ich bin hier derjenige, der verzweifelt ist, neben der Spur. Du hast das Kommando und ich habe keine Ahnung, was ich hier mache."

Ash streckte sich auf dem Bett aus und zog Drew in seine Arme. Sein Kinn ruhte auf Drews Locken, als sie nebeneinander lagen. „Denkst du das? Dass ich die Kontrolle habe und stark bin? Nichts könnte weiter von der Wahrheit entfernt sein. Du bist das. Du allein hast die Macht, mich mit deinem Körper, deiner Haut in die Knie zu zwingen." Ash wurde beinahe von seinen Gefühlen und seiner Leidenschaft überwältigt, er schluckte und atmete tief durch, damit seine Stimme aufhörte zu zittern. Wo kam das alles her? Er redete kaum mit den Männern, mit denen er schlief, doch er konnte die Worte nicht aufhalten, die ihm aus dem Herzen sprachen.

Er lächelte, die Lippen noch immer in Drews Haaren vergraben. Der Zitrusduft von Drews Shampoo erfüllte seine Sinne. „Baby, ich hab noch nicht einmal in dir gesteckt, und doch gibt es verdammt nochmal nichts, was ich nicht für dich tun würde. Und du sagst, ich habe die Macht?"

Die Wahrheit seiner Worte breitete sich zwischen ihnen aus, genau wie Drews offensichtliches Verlangen. Die Enge in Ashs Brust löste sich ein wenig und das Lächeln verschwand von seinen Lippen. Seine Hüften bewegten sich, als hätten sie einen eigenen Willen, und strichen langsam und stetig über Drews. „Halt dich an mir fest."

Drew legte seine Hände auf Ashs Schultern und Ash wiegte sich vor und zurück, ihre Erektionen stießen und rieben aneinander. Die Reibung war aufreizend, aber bei weitem nicht genug für Ash. Er musste Drew nackt sehen, seinen Schwanz berühren und schmecken. Gott steh ihm bei, er wollte diesem Mann Vergnügen bereiten.

Er zog Drews Boxershorts hinunter, befreite seine Erektion. Ash legte ein Bein über Drews Hüfte und schob sich vorwärts, stieß seinen Schwanz gegen Drews, bis sie einen gemeinsamen Rhythmus fanden. Er umfasste beide Schäfte, streichelte, glitt und rieb darüber, während ihre glitschigen, erhitzten Köper sich einander entgegenschoben. Drew verspannte sich, seine Brust, seine Bauchmuskeln und sein Schwanz stießen gegen Ash, hektisch und unkontrolliert. Mit einem heiseren, erstickten Schrei kam Drew, ergoss sich in Schüben über Ashs Bauch und Brust. Nur ein paar Striche später spannte Ashs Körper sich an, sein Schaft steif und heiß, als er zuckte und kam. Hinter seinen Lidern funkelten Sterne und er bekam einen Moment keine Luft, dann sank er in die Kissen zurück. Sie lagen keuchend nebeneinander. Ash sah Drew an und auch wenn seine Augen geschlossen waren, wusste Ash, dass Drew nicht schlief. Als sich sein Atem beruhigt und sein rasender Herzschlag normalisiert hatte, griff Ash hinüber, um Drews Hand zu nehmen, doch er erstarrte, bevor sich ihre Finger berührten.

Was zur Hölle machte er da? Nervös und verwirrt zog er seine Hand zurück und drehte sich auf die Seite, wandte sich von Drew ab.

„Dir ist schon klar, dass ich nicht auf eine Liebeserklärung von dir warte? Ich hab dir gesagt, dass ich das hier wollte. Es hat sich nichts geändert, und ich bedaure es nicht."

Irgendwie fühlte er sich beim Klang von Drews leiser Stimme noch schlechter. „Das ist es nicht."

„Ach nein?" Der Unterton eines Lächelns in Drews Frage entspannte ihn ein wenig. „Was ist es dann?"

Ash drehte sich wieder auf die andere Seite, er staunte immer noch, dass er den Mann in seinem Bett hatte. Nackt. Drew lag ihm zugewandt da, auf einen Arm aufgestützt, sein Kinn ruhte auf seiner Handfläche. Der Mond tauchte den Raum in bleiches Licht, erzeugte grüne Reflexe in Drews Augen.

Es war schon eigenartig, er konnte seine Gegner im Gerichtssaal in Grund und Boden reden, hatte keine Bedenken Männer zu ficken, die er kaum kannte, aber jetzt machte ihn das bisschen Bettgeflüster mit diesem liebenswürdigen Mann, den er irgendwie als Freund betrachtete, höllisch nervös. Wahrscheinlich, weil er das zuvor noch nie gemacht hatte.

„Äh, ich bin so was nicht gewohnt." Er biss sich auf die Lippe. „Ich, hm, rede oder unterhalte mich normalerweise nicht. Danach."

Selbst im schwachen Licht des Mondes konnte Ash den verletzten Ausdruck erkennen, der in Drews Augen auftauchte.

„Oh."

Zu seinem Entsetzen stand Drew vom Bett auf, tastete auf dem Fußboden herum, und zog seine Jeans an. „Dann gehe ich jetzt."

Verdammte Scheiße. „Nein. Du hast mich falsch verstanden." Er würde sich nie verzeihen, wenn Drew jetzt ging und sich fühlte, als wäre er durchgefickt und dann abgewiesen worden. Mit großen Schritten erreichte Ash die Schlafzimmertür vor Drew und packte ihn am Arm. „Halt. Wo gehst du hin?"

Drew riss sich los, zog sich sein T-Shirt über den Kopf und ging weiter. „Ich gehe. Du hast klargestellt, dass das für dich erledigt ist."

Himmel, würden sie je auf der gleichen Wellenlänge sein? „Drew, warte.“ Obwohl er abgesehen von seinem Hemd nackt war, rannte er Drew trotzdem hinterher. Er spürte, dass, wenn er ihn jetzt nicht aufhielt, etwas Wichtiges und Kostbares für immer verloren wäre. „Bitte.“

Zu seiner ungeheuren Erleichterung wurden Drews Schritte zögerlicher bis er stehenblieb, sich aber nicht umdrehte. Er stand stocksteif und unnachgiebig wie ein Soldat da. Ash wusste, er schuldete Drew eine Erklärung. Zuallererst waren sie Freunde.

„Ich habe nicht von dir und mir gesprochen.“ Er leckte sich über seine plötzlich trockenen Lippen, wünschte sich verzweifelt, er hätte einen Drink. Etwas, irgendetwas, um seine Nerven zu beruhigen. Scheiße, sogar seine Hände zitterten. „Ich wollte damit sagen, dass ich das zuvor noch nie getan habe, weil ich es nie wollte. Und jetzt will ich es, aber ich weiß nicht, wie man das macht.“

Als Drew sich zu ihm umdrehte, um etwas zu sagen, war der Schmerz einem misstrauischen und doch verblüfften Ausdruck gewichen. Er fuhr sich mit der Hand durch das Haar.

„Ich verstehe das nicht. Du weißt nicht, wie man was macht?“

„Verzeih mir, aber ich neige dazu, besser zu argumentieren, wenn ich angezogen bin.“ Das Gefühl der Erleichterung, dass diese Nacht nicht völlig den Bach runtergegangen war, traf ihn mit so überwältigender Intensität, dass er sich an der Wand abstützte. Er streckte Drew eine Hand entgegen. „Kommst du bitte wieder ins Bett?“

Auch wenn Drew nichts weiter tat, als zu nicken, leuchteten seine hinreißenden grünen Augen kurz auf, und ließen Ash hoffen, dass die Nacht für sie noch nicht zu Ende war. Und als Drews Hand in seine glitt, drückte Ash sie sanft und verschränkte dann ihre Finger miteinander. Er konnte beinahe Mr. Franks Stimme hören, der auf dem Flur zu ihm sprach.

„Geh das Risiko ein, Asher. Öffne dein Herz."

Und auch wenn das nicht passieren würde, war er nicht bereit, Drew gehen zu lassen. Jetzt noch nicht. Er setzte sich auf die Bettkante, legte seine Hand auf Drews Brust, hielt ihn an Ort und Stelle. Mittlerweile war der Mond weitergewandert, mit ihm war sein Leuchten verschwunden und der Raum lag in fast völliger Dunkelheit. So wie er es mochte. Wie er es brauchte.

Ohne etwas zu sagen zog Drew erneut sein Shirt aus, und Ash schob ihm Jeans und Boxershorts zu den Knöcheln hinter. Der Umriss von Drews weichem, blassen Penis war in der Dunkelheit erkennbar, und Ash nahm ihn ohne jedes Zögern in den Mund, hörte, wie Drew rasch einatmete und im nächsten Moment sein langgezogenes, lustvolles Stöhnen.

Und was fühlte er selbst? Keine Angst. Nur Verlangen.

Er lag nicht hilflos und allein da, nicht in der Lage sich zu wehren. Er hatte das Sagen. Er hatte die Kontrolle, und dieser Gedanke ließ Ashs Lust ansteigen, seinen Schwanz hart werden. Ash ignorierte seine Erregung und konzentrierte sich ausnahmsweise darauf, seinem Partner so viel Genuss wie möglich zu verschaffen. Er ließ seine Zunge über die Unterseite von Drews Länge gleiten, saugte an der Eichel und leckte über den Schlitz, bevor er den Schaft tief in seinen Mund gleiten ließ. Er hielt Drew fest, rieb mit den Fingern über die Wölbung seines Hinterns, während er die ganze Zeit weiterhin seinen Schwanz blies.

Tiefer und tiefer stieß Drew in Ashs Mund, und statt dagegen anzukämpfen, wie er gedacht hatte, dass er es tun würde, genoss Ash das, wollte es tatsächlich mit einer Intensität, die ihn schockierte und zu Tode erschreckte. Sein ganzes Leben lang hatte er sich versagt, einen Mann zu schmecken, hatte nur an die Erniedrigung und Entwürdigung durch seinen Pflegevater gedacht. Aber mit Drew, der schneller und fester pumpte, vor Lust wimmerte und tiefer in seinen Mund stieß, konnte Ash plötzlich nicht genug bekommen.

Er entließ Drew für einen Moment aus seinem Mund, leckte über die glatte Eichel und murmelte gegen die glänzende Spitze: „Mach schon, Baby, fick meinen Mund. Tu es." Erneut nahm er ihn in seine Kehle auf.

Drew hielt sich an Ashs Schultern fest, seine Finger bohrten sich in die Haut, als er den Kopf in den Nacken warf und seine Lust hinausstöhnte. „Oh mein Gott."

Ash schob sich seinen Zeigefinger in den Mund, benetzte ihn mit seiner Spucke und Drews Lusttropfen. Mit einer behutsamen Bewegung schob er den Finger zwischen Drews Arschbacken.

Und wie Ash es vorausgesehen hatte, kam Drew, heftiger und lauter als zuvor. Sein salzig-süßes Sperma ergoss sich in Ashs Mund und Kehle, während sein Lustschrei durch das Zimmer hallte. Ash schluckte alles, dann zog er sich zurück. Für den Bruchteil einer Sekunde griff die alte Furcht nach ihm, nur um beiseitegeschoben zu werden, als Drew sich neben ihn kniete und den Kopf in Ashs Schoß legte.

Kein Schmerz, kein Hass. Keine Angst.

„Ich will das auch für dich tun." Drews Atem strich über Ashs steifen Schwanz und er berührte Ash sanft und zögerlich, aber Ash wies ihn ab.

„Das musst du nicht, Baby." Er nahm Drews Hand in seine und küsste ihn auf die Handfläche. „Diese Nacht ist für dich. Es macht mir Freude, dir Vergnügen zu bereiten. Jetzt komm." Er hob die weiche, weiße Bettdecke an. „Leg dich hin und ruh dich ein wenig aus. Ich gehe duschen. Du siehst müde aus und brauchst deinen Schlaf."

Mit einem süßen, schläfrigen Lächeln streckte Drew sich aus und kuschelte sich in die weichen Kissen. „Ich mag diesen Südstaatenakzent.“ Er gähnte und klopfte auf das Bett. „Komm, leg dich zu mir. Du musst dich auch ausruhen, schließlich hast du die ganze Arbeit gemacht.“

So groß die Versuchung auch war, Ash wusste, dass er duschen musste. Er war klebrig, verschwitzt und musste sich waschen. Und sich darüber klarwerden, was passiert war.

„In ein paar Minuten.“ Ash widerstand dem Drang ihn zu küssen, machte kehrt und sich auf den Weg ins Bad. Dort zog er sein Hemd aus, stellte den Temperaturregler auf höchste Stufe und betrat die Dusche. Mit geschlossenen Augen stand er unter dem heißen Wasser, ließ es auf sein Gesicht prasseln und über seine Brust laufen. Er schäumte sich ein, um die klebrigen Reste von seinem und Drews Sperma abzuwaschen.

Ohne Vorwarnung öffnete Drew die beschlagene Tür der Dusche. „Ich dachte, ich komme und leiste dir Gesellschaft.“

Ash zuckte zusammen und hätte sich beinahe den Kopf an der Halterung des Duschkopfs angeschlagen. „Fuck, Drew. Warum konntest du nicht in dem verdammten Schlafzimmer warten?“ Das Wasser prasselte auf seinen Kopf herunter und er nahm die Arme hinter seinen Rücken. Sein Blick blieb auf den Boden der Dusche gerichtet und er beobachtete wie das Wasser im Abfluss verschwand.

Er hatte keine Ahnung, wie lange er dort stand, bis er bemerkte, dass das Wasser nicht mehr lief und Drew neben ihm stand, seinen trockenen, warmen Körper gegen seinen nackten, zitternden presste.

„Ash“, flüsterte Drew und küsste ihn auf die Wange. „Komm jetzt raus. Du bist sauber. Trocknen wir dich ab.“

Er ließ zu, dass er wie ein Kind aus der Dusche geführt, in ein Handtuch gewickelt und abgetrocknet wurde. Nachdem er Ash ins Schlafzimmer zurückgebracht hatte, steckte Drew ihn ins Bett und sie lagen zusammen auf den zerwühlten Laken, hielten sich in den Armen. Ash wusste, dass Drew eine Erklärung erwartete, aber er konnte sich nicht vorstellen, sein verletztes Inneres einer anderen Person gegenüber zu offenbaren, nicht einmal vor Drew, der Person, der er näher als allen anderen Menschen gekommen war. Er würde eher sterben, als es zuzugeben, aber Ash befürchtete, dass er Drew verlieren würde, wenn er es ihm erzählte.

Mehrere Minuten vergingen, und Ash spürte Drews Unbehagen. Er rutschte auf dem Bett hin und her und räusperte sich mehrmals, wartete offensichtlich darauf, dass Ash fragte, was los war. Als klar wurde, dass er nicht reden würde, sagte Drew an seiner Schulter: „Wann immer du mit mir reden willst, bin ich für dich da. Aber wie du vorhin sagtest, mach dir nichts vor. Du *wirst* mit mir reden, Asher Davis."

Verdammte Scheiße. Er hatte es so satt, alles in seinem ganzen beschissenen, erbärmlichen Leben, also löste er sich aus Drews Armen, setzte sich auf und blaffte ihn an. „Du willst reden? Tja, okay, lass uns reden. Was willst du wissen?" Er zeigte auf die gezackte, weiße Narbe an seinem Handgelenk, die Lippen zu einem Lächeln verzogen. „Willst du vom ersten Mal hören, als ich versucht hab, mich umzubringen, oder vom letzten Mal, als ich mich zum Spaß geritzt hab?", fragte er und deutete auf einen frischen Schnitt.

„Womit willst du anfangen?"

Kapitel 14

Drew konnte den Blick nicht von Ashs Armen abwenden. Sie waren von den Handgelenken bis zum Ellbogen mit Narben übersät. Viele waren älter, dünne weiße Linien, aber mehrere dicke, hässliche, eindeutig tiefer gehende Wundmale erzählten von Ashs tief verwurzelter Qual. Mit geschultem Auge erkannte Drew an ihrem Ausmaß, dass Nervenschäden vorlagen, die nie wieder behoben werden konnten.

Was ihm mehr Sorgen machte, waren die neuen, rot und frisch, die ihm sagten, dass dieses Verhalten nach wie vor ein Problem für Ash darstellte. Gegen welche Dämonen kämpfte dieser schöne, gequälte Mann auch heute noch an, dass sie ihn dazu brachten, sich derart zu verstümmeln? Der sechste Sinn seiner Großmutter hatte sich wieder einmal als richtig erwiesen, sie hatte sich zu Recht gefürchtet.

Was auch immer Ash dazu trieb, sich zu ritzen, es musste irgendwie mit Ashs Vergangenheit zusammenhängen, einer Vergangenheit, über die zu reden er sich weigerte, egal wie sehr man ihn bedrängte. Drew, Peter, sogar Drews Großmutter konnten Ash nicht dazu bringen, die Schrecken zu offenbaren, die an seiner Seele nagten. Langsam wurde Drew die traurige Tatsache klar, dass diese Nacht nie hätte passieren dürfen. Nicht, dass er etwas bereute. Im Gegenteil, er war bereit gewesen viel weiter zu gehen, wenn alles gut gelaufen wäre.

Ash in die Enge zu treiben, ihn dazu zu drängen, lange gehegte Geheimnisse zu enthüllen, würde keinem von ihnen helfen. Es half aber auch nicht, so zu tun, als wäre alles in Ordnung und sie könnten weitermachen, als wäre nichts geschehen.

Auch wenn Ash Drew leidtat, brauchte der Mann professionelle Hilfe.

„Ich frage nicht nach dem Grund oder verlange von dir, mir etwas zu erzählen, was du nicht willst.“ Drew hielt jegliche Aggression aus seinem Tonfall heraus. „Ich hoffe, dass du dich, als mein Freund, bei mir wohl genug fühlst, um vielleicht mit mir darüber zu sprechen. Manchmal hilft das.“

Ash warf ihm einen seltsamen Blick zu, kletterte aus dem Bett, nahm nach kurzer Suche ein dünnes Sweatshirt aus der Kommode und zog es an. Nachdem er sich bedeckt hatte, entspannte Ash sich sichtlich. „Nichts wird helfen. Aber danke für das Angebot.“

Drew wollte ihn schlagen. „Danke für das Angebot? Was bin ich? Ein Verkäufer? Um Himmels willen, Ash, ich sitze hier nackt in deinem Bett, und du behandelst mich, als wäre ich ein verdammter Fremder.“

Angesichts dessen, wie diese Nacht den Bach hinuntergegangen war, stieg er ebenfalls aus dem Bett und zog sich erneut an. Er nahm nicht an, dass Ash ihn dieses Mal aufhalten würde.

Ash zuckte die Schultern. „Es gibt nichts zu besprechen. Du hast bekommen, was du wolltest und ich auch, also lass uns gute Nacht sagen.“

Es kam ihm vor, als würde er an einer Vorstandssitzung teilnehmen. Hallo, auf Wiedersehen, danke fürs Kommen. Im wahrsten Sinne des Wortes.

„Woher weißt du, was ich wollte? Du hast mir nie eine Chance gegeben. Um Himmels willen, ich war bereit zu …“ Er zögerte, war sich nicht sicher, ob er es aussprechen konnte. Aber als Ash ihn geblasen hatte, war Drews Welt aus den Fugen geraten, und er war sich nicht sicher, ob er wieder zu dem werden konnte, der er davor gewesen war.

„Zu was, Drew? Dich von mir ficken zu lassen, um zu sehen, wie es sich anfühlt? Du weißt, dass wir das immer noch könnten.“

Tief getroffen hoffte Drew, dass dies ein Schutzmechanismus war, den Ash nutzte, um Menschen von sich zu stoßen und nicht das, was Ash tatsächlich fühlte.

„Warum benimmst du dich wie ein Arschloch? Ich verstehe, dass du verletzt wurdest.“

Wie ein Löwe fiel Ash über ihn her, stieß ihn aufs Bett zurück. „Du verstehst? Du denkst, du *verstehst*? Warum? Weil du einsam bist und dich mit mir heute Nacht auf ein Abenteuer eingelassen hast? Du weißt nichts über mich, oder mein Leben, und so wird es auch bleiben.“

Überrumpelt verlor Drew jegliche Fähigkeit sich zu bewegen, sobald diese eisig funkelnden Augen ihn gefangen hielten. „Wenn nichts anderes, bin ich zumindest dein Freund, und das ist, was Freunde tun, sie helfen einander.“

„Ich brauche keine Freunde, oder einen Liebhaber, oder irgendjemanden, der versucht, mich zu einem Teil einer Familie zu machen. Es ging mir gut, bevor ich dich traf, und es wird mir auch gutgehen, wenn du nicht mehr da bist.“

Drew schüttelte ungläubig den Kopf. „Du denkst, es geht dir gut? Sieh dich doch an. Du bist ein verdammtes Wrack. Im einen Moment bist du korrekt, freundlich und fürsorglich – im nächsten ein grausamer, verletzender Mistkerl. Du rennst vor allem und jedem davon, von dem du denkst, es könnte dir zu nahekommen.

„Ist das nicht, wo es heute Abend angefangen hat?“ Ashs forcierte gedehnte Sprechweise konnte Drew dieses Mal nicht täuschen. Ash fiel in sich zusammen als wäre er ein Luftballon, seine Schultern sanken herab und er ließ den Kopf hängen. „Du hast mir gesagt, ich wäre es nicht wert. Und weißt du was? Du hast recht. Ich bin es nicht wert. Also geh nach Hause, Doc, such dir ein nettes Mädchen, das du ficken, heiraten und mit dem du Kinder haben kannst. Lass mich in Ruhe." Dieses Mal verließ er das Zimmer und Drew folgte ihm.

Ash ging dorthin zurück, wo er gesessen haben musste, bevor Drew heute Abend aufgetaucht war. Der Clubsessel stand neben dem dunklen, kalten Kamin, die Wodkaflasche und der Eiskübel wie Wachtposten auf dem kleinen Tisch daneben aufgebaut, als warteten sie nur auf seine unvermeidliche Rückkehr. In seinem Herzen wusste Drew, dass Ash hier den Großteil seiner Zeit verbrachte, wenn er zu Hause war. In diesem Sessel, mit einer Flasche, ins Nichts starrend. Welche Geister sah er, wenn er bis spät in der Nacht ganz allein dasaß? Waren es Schatten seiner Vergangenheit, die kamen, um ihn in der Gegenwart heimzusuchen? Der Anblick dieser gewundenen, hässlichen Narben stand noch immer vor seinem inneren Auge, und Drew zuckte zusammen, als er glaubte, den Schmerz selbst zu spüren.

„Ash, ich sagte, ich habe mich geirrt und es tut mir leid. Ich habe im Zorn gesprochen."

Das Eis musste geschmolzen sein, denn Ash spähte in den Eiskübel, schüttelte den Kopf, dann goss er etwas Wodka in sein Glas und kippte es mit einer routinierten Bewegung und trank es in zwei Schlucken aus. Er schenkte sich erneut ein und wiederholte die Bewegung. Erst danach antwortete er. „Nein, du hast nur die Wahrheit gesagt. Das, was mir immer gesagt wurde." Er goss sich noch ein Glas ein und Drew beobachtete fasziniert, wie er auch dieses austrank. Innerhalb weniger Minuten hatte er drei Gläser puren Wodka in sich hineingekippt, als wäre es Wasser. „Ich bin es nicht wert. Nur ein mittelloses Kind ohne Familie." Er stand auf und begann in dem weitläufigen Raum herumzugehen, dann legte er den Kopf in den Nacken und starrte an die Decke. Er streckte schwungvoll den Arm aus und wirbelte herum. „Aber ich hab es allen gezeigt, nicht wahr, Mr. Frank? Sie sagten, ich wäre klug und könnte es schaffen."

Sein Herz brach für diesen gequälten Mann und Drew näherte sich ihm vorsichtig. Auf keinen Fall konnte er ihn heute Nacht in diesem labilen Zustand allein lassen. Er würde es sich nie verzeihen, wenn Ash etwas zustoßen sollte.

„Warum legst du dich nicht hin?" Drew legte Ash die Hand auf die Schulter. „Ich helfe dir zurück ins Schlafzimmer."

Ash hatte aufgehört, sich um die eigene Achse zu drehen, stand mitten im Zimmer und sah ausgesprochen blass und krank aus. „Fühl mich nich so gut." Er spähte in sein leeres Glas. „Was'n mit meim Drink passiert?"

Er pflückte Ash das Glas aus der Hand. „Keine Drinks mehr für dich, mein Freund. Du musst dich ins Bett legen und schlafen."

„Mit dir?"

Der hoffnungsvolle Ton von Ashs Stimme brachte eine Saite in Drews Herz zum Klingen. Wie konnte er weggehen? Drew wusste, dass er nach den Offenbarungen der heutigen Nacht nicht gehen konnte. Es hatte nichts mit Sex zu tun, auch wenn sein Gesicht heiß wurde, bei der Erinnerung daran, wie sich Ashs Mund an seinem Schwanz angefühlt hatte. Zu wissen, wie hart Ash im Zentrum arbeitete, wie sehr er sich diesen Kindern verschrieben hatte, zeigte ihm, dass sich unter dem glänzenden Schutzschild, das Ash um sich herum errichtet hatte, um sich vor allem abzuschirmen und alles an sich abprallen zu lassen, das ihm wehtun könnte, ein verletzlicher Kern verbarg.

Jetzt war nicht der Moment, darüber nachzudenken. Er schlang seinen Arm um Ashs Schultern und zog ihn an sich. Es war nicht ganz einfach, da Ash etliche Zentimeter größer und mehr als zehn Kilo schwerer war als er selbst, aber nachdem sie ein paarmal gestolpert waren, schaffte er es, Ash den Flur entlang zu bugsieren und ihn ziemlich unsanft auf seinem Bett abzuladen. Drew schaltete eine Nachttischlampe an, die den Raum in gedämpftes Licht tauchte.

„Au." Ash rollte sich auf den Rücken, sein müdes Gesicht wandte er zur Seite, als er in die Kissen murmelte. „Mir ist schwindlig." Schneller, als Drew es beim volltrunkenen Zustand des Mannes für möglich gehalten hatte, packte Ash Drews T-Shirt und zog ihn auf seinen harten Körper hinunter.

„Uff." Er landete so, dass sein Becken sich perfekt an Ashs schmiegte. Wie erwartet war Ash definitiv erregt, aber Drew hatte sich bereits dazu entschlossen, sich mit Ash auf keine weiteren sexuellen Spielchen mehr einzulassen, bevor sie die Chance hatten, reinen Tisch zu machen.

„Hey, lass das. Du bist betrunken und ich halte das für keine gute Idee."

Eine schwere Hand legte sich auf seine Taille und Ashs Lippen glitten über seinen Hals. „Normalerweise bin ich betrunken, wenn ich irgendeinen Typen ficke, daher denke ich, es ist eine gute Idee."

Das Entsetzen über diese Worte brachte Drew wie ein Eimer eiskalten Wassers wieder zu Verstand. Seine Erektion schrumpfte und mit überraschender Kraft entwand er sich wütend Ashs betrunkenen Annäherungsversuchen.

„Ich bin nicht *irgendein Typ*. Ich bin kein Arsch, den du in einer Bar aufgegabelt hast, um ihn zu ficken und dann zu vergessen. Ich bin dein Freund, verdammt noch mal. Mit Freunden ist es was anderes." Herrgott, er hätte beinahe zugelassen, dass dieser Kerl … es war unvorstellbar. Ohne groß darüber nachzudenken, beugte er sich über Ash und starrte ihn stinksauer an. „Mit mir ist es was anderes, oder zumindest dachte ich das."

Ash starrte ihn lediglich mit seinen silbernen Augen an, ohne zu blinzeln.

„Willst du mir sagen, dass ich nicht anders bin als der Kellner, der dir auf dem Flur einen geblasen hat? Dass ich bin, wie all die anderen anonymen Kerle, die du gefickt hast?"

Ash öffnete den Mund, dann schloss er ihn wieder und senkte den Kopf. „Die Tatsache, dass du überhaupt hier bist, in meiner Wohnung und meinem Bett und wir diese Unterhaltung führen, zeigt, wie anders du bist." Er fiel auf die Kissen zurück. „Drew, was zum Teufel willst du von mir?"

Gute Frage. Er hatte keine Ahnung. Als ein Freund würde er allen Menschen helfen, die ihm am Herzen lagen, ohne Fragen zu stellen. Aber Ash war mehr als ein Freund geworden. Was in dieser Nacht zwischen ihnen passiert war, nahm einen speziellen Platz in Drews Herz ein, auch wenn nie mehr daraus werden sollte. Drew litt mit Ash, fühlte seinen Schmerz. Der Abgrund der Widerwärtigkeit, in dem Ash gelebt hatte, bevor er nach New York kam, musste so tief und dunkel gewesen sein, dass es an ein Wunder grenzte, dass er ihm hatte entkommen können.

„Ich will, dass du mit mir redest." Sanft streichelte er über Ashs verschwitztes Gesicht. „Bitte erzähl mir von dir. Vielleicht kann ich dir helfen."

Ashs Lachen klang verbittert. „Mir helfen? Du bist nett, Drew. Gut und unverdorben. Du siehst das Beste in den Menschen und denkst immer darüber nach, wie du ihnen helfen kannst." Er drehte sich auf die Seite, wandte Drew seinen breiten Rücken zu. „Für jemanden wie dich, der normal aufgewachsen ist, geliebt und beschützt von einer Familie, ist es unmöglich zu verstehen, was den weggeworfenen, zurückgelassenen Kindern zustoßen kann. Denen, die niemand wollte."

Drew setzte sich auf das Bett, die Matratze senkte sich unter seinem Gewicht, wodurch Ash näher zu ihm rutschte. Dessen warmer Köper führte Drew in Versuchung, die Hand auszustrecken, um ihn zu halten und zu trösten, aber er wollte den Moment nicht zerstören, in dem Ash gerade ein winziges Stück von sich preisgab. Denn alles, egal was, würde dabei helfen, das Rätsel um diesen Mann zu lösen. „Rede mit mir."

Ashs Kopf vergrub sich tiefer in den Kissen. „Ich kann dich in mein chaotisches Leben nicht mit hineinziehen. Im Moment weißt du mehr über mich als irgendjemand sonst. Du hast keine Ahnung, wie hart ich gearbeitet habe, um es hinter mir zu lassen, aber ich schaffe es nicht. Es ist wie ein grauenhafter Schachtelteufel, der immer dann herausspringt, wenn ich es am wenigsten erwarte, um mich zu Tode zu erschrecken und mich wieder in den Abgrund zu stoßen."

„Das ist der Grund, warum du dich so gut mit den Kids in der Klinik identifizieren kannst, oder?" Er atmete tief durch. „Mit Stevie? Du weißt, was er durchmacht, weil dir etwas ähnliches passiert ist. Hab ich recht?"

Als Ash kurz nickte, berührte Drew instinktiv voller Mitgefühl seine Schulter, aber Ash zuckte zurück. „Wir wurden alle zusammengeworfen. Die Kinder, die keiner wollte. Es gab keine Familie, die es kümmerte, ob wir lebten oder starben, aber wir hatten einander, verstehst du? Wir haben Jahre damit verbracht, darauf zu warten, dass jemand kommt und uns hilft. Sie erwarteten meine Hilfe, weil ich älter war, aber ich war nicht in der Lage, konnte mir selbst nicht helfen, wie sollte ich ihnen helfen?"

Drew hielt den Atem an, wohlwissend, dass Ash sich wieder einmal in sich zurückgezogen hatte, seine Jugend erneut durchlebte.

Ash warf sich herum und kam auf dem Rücken zu liegen, sein Blick war leer und ausdruckslos, sein attraktives Gesicht von seiner inneren Qual verzerrt. „Zuerst dachten wir, er macht sich etwas aus uns, unser Pflegevater. Er kaufte uns Süßigkeiten und nahm uns mit zu Spielen oder in den Zirkus. Unsere Pflegemutter war verhuscht, fromm und ahnungslos.“ Er drückte das Kissen gegen seine Brust. „Später fanden wir heraus, dass er sie schlug, wenn sie nicht tat, was er sagte. Sobald er durch die Tür kam, musste das Essen auf dem Tisch stehen und ihm ein Bier gereicht werden. Wenn das nicht der Fall war …“ Ash boxte gegen das Kissen. „Aber niemals dorthin, wo es jemand sehen konnte. Oder so schlimm, dass sie hätte zum Arzt gehen müssen. Sie hätte so oder so für ihn gelogen. Er war ein Bulle, einer von den Guten. Wem hätten sie geglaubt, ihm oder uns?“

Es war schlimmer, als Drew es sich vorgestellt hatte. Das waren die Geschichten, von denen er nur gehört hatte, die, die er im Fernsehen gesehen hatte und die ihn überhaupt erst dazu gebracht hatten, die Klinik aufzubauen.

Ash ließ jetzt los, die Worte sprudelten aus ihm heraus wie Wasser, wenn ein Damm geöffnet wurde. „Als er sich gegen uns Jungs wandte, ließ ich ihn mit mir machen, was immer er wollte, denn die anderen waren jünger, verstehst du? Ich versuchte, sie vor ihm zu beschützen.“ Eine einsame Träne rann über seine Wange. „Ich dachte, sie würden mit mir kommen, als ich ging, aber sie hatten zu viel Angst, um abzuhauen.“

„Wer waren sie, Ash?“ Drew nahm Ashs Hände, war schockiert, wie kalt und klamm sich seine Haut anfühlte.

„Sie waren das nächste, was ich an Brüdern je hatte. Aber ich hab sie im Stich gelassen, sie bei ihm zurückgelassen.“ Ashs verletzlicher Blick, aus weit geöffneten Augen, in denen jetzt Tränen glänzten, nahm Drew gefangen und sog ihn in ihre grauen Tiefen.

„Ich wollte nicht gehen, aber ich wusste, wenn ich blieb, würde ich sterben. Ich hätte nie gedacht, dass sie nicht mit mir kommen würden, aber Luke überlegte es sich im letzten Moment anders und Brandon war zu jung. Ich hätte bleiben sollen.“

„Das weißt du nicht. Vielleicht ist es für sie gut gelaufen. Vielleicht hat er sie in Ruhe gelassen." Drew streichelte seine Hand, versuchte ihn zu beruhigen.

„Nein, nein, ich weiß, dass etwas Furchtbares passiert ist." Ash setzte sich auf, bleich und zitternd. „Du verstehst es nicht." Er hielt sich eine Hand vor den Mund. „Ich muss mich übergeben."

Er taumelte aus dem Bett und hastete ins Badezimmer. Drew folgte ihm schweigend, beobachtete ihn, als er sich in die Toilette erbrach. Er glitt neben Ash auf den Boden und legte ihm einen Arm um die Schultern, hielt ihn fest und ließ ihn sich bei ihm anlehnen. Er strich Ash die schweißnassen Haare zurück und murmelte ihm leise beruhigende Worte ins Ohr, bis er fertig war. Ohne ein Wort zu sagen wusch er ein Handtuch mit kaltem Wasser aus und legte es Ash in den Nacken.

Ash entkam ein Stöhnen. „Drew, warum bist du immer noch hier?"

„Weil du mein Freund bist. Und ich lasse meine Freunde nicht im Stich, wenn sie mich brauchen." Ohne sich etwas dabei zu denken, schob er die Haare aus Ashs Gesicht und küsste ihn auf die Wange. Ash erstarrte und Drew spürte sofort, dass er sich innerlich von ihm zurückzog.

„Uh, ich denke, ich muss mir den Mund ausspülen und die Zähne putzen." Obwohl Ash ohne Hilfe aufstand, bemerkte Drew, dass er sich immer noch mit den Händen auf dem Waschbecken abstützen musste, um sich aufrecht zu halten. Ihre Blicke begegneten sich im Spiegel. „Ich komme allein zurecht."

Von Ashs distanziertem und kaltem Verhalten zum Schweigen gebracht, nickte Drew und ging hinaus, um sich wieder auf das Bett zu setzen. Nachdem er eine Weile gewartet hatte, kam ihm ein entsetzlicher Gedanke in den Sinn. *Verletzte* Ash sich etwa im Badezimmer? Als er sich den blutenden Mann vorstellte, brachte ihn das dazu, vom

Bett aufzuspringen. Er hatte das Zimmer zur Hälfte durchquert, als Ash in einen Bademantel gewickelt die Badezimmertür öffnete.

„Geht es dir gut?“ Sein Blick zuckte zu Ashs Armen. „Ich, ähm, fing langsam an, mir Sorgen zu machen.“

Ashs Hände zupften an den Aufschlägen des Bademantels. Eine Geste, die Drew mittlerweile als defensiv erkannte, als eine seit langem bestehende Angewohnheit. „Warum? Dachtest du, ich tue mir im Bad etwas an?“

Der gemeine Tonfall von Ashs Worten traf Drew wie eine Ohrfeige, aber da er Ash jetzt besser kannte, verstand er es. Es war Ashs Art, ihn auf Abstand zu halten, damit er nicht weiter in seiner Vergangenheit herumschnüffelte und ihm zu nahekam. Allerdings war Drew unendlich geduldig. Ash konnte sich so viel Zeit nehmen, wie er wollte, aber jetzt, nachdem er ihm seine Geschichte erzählt hatte, würde Drew einen Weg finden, ihm zu helfen.

„Mimst du jetzt wieder das Arschloch von damals, als wir uns kennengelernt haben? Glaubst du, damit kannst du mich vergraulen? Vielleicht hat Peter Angst, dir zu nahe zu treten, aber ich nicht.“ Drew legte den Kopf ein wenig in den Nacken, um Ash in die Augen zu sehen. Einen Moment lang glaubte er einen Funken Hoffnung in diesen klaren, silbrigen Tiefen zu sehen, bevor Ash dichtmachte und sein Blick ausdruckslos wurde.

Ash öffnete den Mund, aber das Telefon klingelte und hielt ihn davon ab, den boshaften Kommentar, den er von sich geben wollte, tatsächlich auszusprechen. Drew sah Furcht in Ashs Augen aufblitzen, bevor er zum Nachttisch hinübereilte und den Anruf annahm.

„Hallo?“ Seine atemlose Stimme stockte, dann wurde sie schrill vor Aufregung. „Nein, nein, es ist nicht zu spät. Ich sagte, Sie sollen anrufen, ganz egal zu welcher Uhrzeit. Sind Sie sicher, Martinson? Sagen Sie mir alles, was Sie wissen.“ Er hörte einen Moment lang zu und anhand dessen, wie er zu strahlen begann, war Drew klar, dass etwas Bedeutendes passiert war. „Warten Sie, können Sie kurz dranbleiben?“ Ash senkte den Hörer und warf ihm einen schrägen Blick zu.

„Äh, ich muss diesen Anruf annehmen, und er ist privat, also …“ Ash zuckte mit den Schultern, sein Blick zuckte zum Telefon zurück.

Dieser Mistkerl, er schickt mich weg, als wäre ich einer seiner Angestellten. Verletzt nickte Drew knapp. „Sicher. Man sieht sich.“ Ash war bereits wieder am Telefon, als wäre ihm Drews Antwort völlig egal.

Bevor er den Raum verließ, hörte er Ashs vor Aufregung erhobene Stimme. „Haben Sie beide gefunden, oder nur einen von ihnen? Erzählen Sie mir alles.“

Ich tue das, weil ich versuchen will ihm zu helfen. Das war die Rechtfertigung die Drew ständig wiederholte, als er lauschend in der Tür stand und versuchte, sich einen Reim auf die Unterhaltung zu machen.

Kapitel 15

Nachdem er das Gespräch mit Martinson, den er anwies bei der Fortsetzung seiner Suche weder Zeit noch Geld zu sparen, beendet hatte, sah Ash auf die Uhr neben seinem Bett. Erstaunt bemerkte er, dass es erst ein Uhr früh war. Er wusste, er würde so rastlos wie er sich fühlte noch nicht schlafen können, daher zog er sich eine Hose und ein Shirt über, trank eine Flasche Wasser aus und verließ sein Appartement. Sein Körper summte vor Anspannung, als er sein Wohnhaus verließ und sich automatisch auf den Weg zu einer Bar machte, die er aufsuchte, wenn er anonymen, heißen Sex wollte.

Zufrieden stellte er fest, dass die schummerige, im Souterrain gelegene Bar brechend voll war. Er würde kein Problem haben, den Rausch der Lust auszuleben, der sich seit Drews abgebrochenem Besuch in ihm aufgebaut hatte.

Beim Gedanken an Drew überkam ihn ein Gefühl der Reue, hart und grausam, aber er unterdrückte es, da er sich damit im Moment nicht auseinandersetzen wollte. Er ließ sich an der Bar auf einen freien Hocker gleiten und Danny, sein gewohnter Barkeeper, hatte ihm bereits einen Wodka eingeschenkt und bereitgestellt.

Auch wenn er von der Trinkerei früher am Abend noch benommen war, brauchte er jetzt das süße, wunderbare Vergessen, das nur Alkohol ihm schenken konnte. Er würde ihm dabei helfen zu verdrängen, wie beschissen er sich Drew gegenüber verhalten hatte.

„Hallo, Ash, wie läuft's?" Danny zwinkerte ihm zu, während er für einen anderen Gast einen Martini mixte.

„Soweit ganz gut, mein Freund." Der Wodka rann wie Wasser durch seine Kehle. „Noch einen, Danny. Es war ein beschissener Abend."

Der Barkeeper lachte, als er seinen Drink eingoss. „Ich weiß, wie du dich fühlst, Bro. An manchen Abenden braucht man einfach einen Steifen."

Er sah Danny an und beide lachten. Ash kippte den zweiten so schnell wie den ersten hinunter, wollte die Stimmen in seinem Kopf übertönen, die ihn ausschimpften, weil er Drew so schlecht behandelt hatte. Zwei Drinks innerhalb dieser kurzen Zeitspanne, gepaart mit dem zuvor konsumierten Wodka, ließen ihn ein wenig benommen und unkoordiniert auf seinem Hocker schwanken.

Als er die Hälfte seines dritten Drinks hinunterstürzte, berührte eine Hand seinen Rücken und streichelte seine Schulter.

Die Hitze, die die Handfläche des Mannes abstrahlte, spürte er durch sein Shirt. Ash zuckte zurück, stand auf und wandte sich dem Kerl zu, dessen Hand ihn immer noch berührte.

Langes, blondes Haar umrahmte ein blasses Gesicht mit hohen Wangenknochen. Tiefbraune Augen starrten Ash mit einem derartigen Verlangen an, dass das Blut nur so durch seine Adern schoss. Ash zog eine Augenbraue hoch, als er die Hand zur Seite schob. „Kann ich helfen?" Ja, er war betrunken, aber das war Ash egal. Sein Körper brannte und er musste seinen Hunger stillen.

Ein träges Lächeln wanderte über das Gesicht des Mannes. „Ich weiß, wie ich *dir* helfen kann." Er nahm Ashs Hand. „Lass uns nach hinten gehen." Der Druck der Menschenmenge presste Ash dichter an den Körper des Fremden und er konnte jede Vertiefung und Rundung des geschmeidigen, muskulösen Torsos durch sein dünnes T-Shirt spüren.

Deswegen war er hergekommen, um sich in einem heißen, willigen Körper zu verlieren. Während er nach hinten ging, konnte Ash es nicht erwarten, die Lippen des

Kerls auf seinem Schwanz zu spüren. Er musste sich in jemandem, irgendjemandem vergraben, um Drew zu vergessen.

„Hey, Mann. Hier ist okay, oder?" Sie betraten die Toilette und der Mann schloss die Tür hinter sich ab.

Ash antwortete nicht, er hatte nichts für belanglosen Smalltalk übrig. Stattdessen öffnete er seine Hose, schloss die Augen und rieb sich, stellte sich dabei das Gesicht eines heißen, grünäugigen Engels mit dunklen Locken vor, der zu ihm aufsah. Ihm war schwindlig von all dem Wodka, den er in der Bar hinuntergestürzt hatte.

Feuchte Wärme umgab ihn, während eine Zunge seine Eichel umkreiste und ihn neckte. Er stellte sich ein wenig breitbeiniger hin, lehnte sich gegen die Wand und fing an, wenig behutsam in den willigen Mund zu stoßen.

Er hörte auf nachzudenken, bis sich alle Empfindungen und Gefühle auf seinen Schritt konzentrierten, und umfasste den Kopf des Mannes, der vor ihm kniete. „Himmel, Drew, fuck, ja."

Vom Verlangen benebelt öffnete er die Augen und erwartete den dunkelhaarigen Drew zu seinen Füßen zu sehen. Der Anblick seiner Hände, die in blonden, glatten Haaren und nicht in dunklen Locken vergraben waren, brachte Ash völlig durcheinander. In seinem vom Alkohol verwirrten Kopf konnte er nicht zwischen dem Mann unterscheiden, der zwischen seinen Beinen kniete und dem, der in seinen Gedanken war. Er riss sich los, sein Penis wurde schlaff.

„Moment mal, was zum Teufel geht hier vor? Wo ist Drew?"

Der Blondschopf hatte sich mit einem feuchten, schlürfenden Geräusch von Ashs Penis gelöst, seine Hand lag noch immer um seinen eigenen Schwanz. „Was soll der Scheiß, Mann? Bist du high?" Er verzog das blasse Gesicht, die Wangen noch immer vor Lust gerötet. „Wir waren beide so kurz davor."

Ash war schwindlig und ein bisschen übel, er schob seinen jetzt weichen Schwanz zurück in die Hose und zog den Reißverschluss hoch. „Uh, schau, es tut mir leid. Ich hätte nicht mit dir hier reingehen sollen.

Mittlerweile hatte der andere Mann aufgehört sich zu wichsen und stand auf, wischte sich mit den Händen die Knie ab. „Du hast recht. Ich weiß nicht, wer dieser Drew ist, aber wenn du weiter seinen Namen rufen wirst, solange jemand anderer deinen Schwanz im Mund hat, solltest du das besser auf die Reihe kriegen."

Der Fremde sperrte die Tür auf und verschwand.

Ash lehnte sich gegen die kühlen Fliesen. Der perfekte Abschluss für diese Nacht. Er erleichterte sich, wusch seine Hände und spritzte sich kaltes Wasser ins Gesicht. Nachdem er die Toilette verlassen hatte, schob er sich durch die Menge, bezahlte an der Bar seine Zeche und ging nach Hause.

Es war jetzt drei Uhr morgens und Ash fiel in einen unruhigen Schlaf, in dem die alten Albträume sich mit neuen vermischten. Er schnellte im Bett hoch, setzte sich auf, die Augen weit aufgerissen und voller Furcht, einen Namen auf seinen Lippen.

„Drew …"

Mit einem mulmigen Gefühl erinnerte Ash sich daran, dass er Drew weggeschickt hatte, und das nicht auf nette Art, sondern eher herablassend und barsch, als hätten sie ein Geschäft zum Abschluss gebracht. Ungefähr so, wie er all seine sexuellen Interaktionen beendete, aber dieses Mal kannte er den Namen des Mannes und musste ihm wieder begegnen.

„Scheiße, ich hab das wirklich versaut." Mittlerweile hellwach schaute er prüfend auf die Uhr neben seinem Bett. Viertel vor sechs. Tja, war das nicht verdammt toll. Im Wissen, dass er in dieser Nacht keinen Schlaf mehr finden würde, warf Ash die Decke zurück und ging nackt ins

Wohnzimmer hinüber. Die Wodkaflasche wartete wie ein alter Freund auf ihn, bot ihm Wärme und Vergessen an. Genau das, was er nach dieser beschissenen Nacht brauchte. Er goss ein wenig in das Glas und trank es direkt aus.

Wärme breitete sich in seinem ausgekühlten Körper aus, konnte aber die lieblose Art und Weise, wie er Drew behandelt hatte, nicht auslöschen. „Fuck." Er schenkte sich nach, der Hals der Flasche schlug gegen das Glas, aber er konnte sich nicht dazu überwinden, ein weiteres Glas warmen Wodka zu trinken. Mit einem Seufzen schnappte er sich die Flasche, durchquerte das Wohnzimmer und betrat die Küche. Nachdem er sein Glas mit Eis gefüllt hatte, goss er es voll und wartete einen Moment, damit die Flüssigkeit abkühlen konnte, während er sich in Gedanken mit Martinsons Anruf beschäftigte.

Die Neuigkeiten, die er heute Nacht erfahren hatte, kamen konkreten Informationen über den Verbleib seiner Brüder näher als alle anderen bisher. Luke könnte in New York sein. Er zitterte, da er wusste, dass ganz egal wie viele Millionen Menschen in New York lebten, er und Luke sich vielleicht bald sehen würden. Und wieder einmal hatte er dem Alkohol erlaubt, seine Furcht zu betäuben. Er war so ein gottverdammter Feigling. Deshalb hatte er Drew von sich gestoßen, oder es zumindest versucht. Als er an Drew dachte, trank er noch ein bisschen Wodka. Wie viel hatte er heute Nacht schon gehabt? Nicht annähernd genug, um den brennenden Schmerz zu dämpfen, wenn er sich daran erinnerte, wie er den besten Mann, der ihm je begegnet war, praktisch aus seiner Wohnung geworfen hatte.

Konnte er endlich zulassen, dass jemand seinen Schmerz mit ihm teilte? Sein Leben? Konnte er Drew davon erzählen, was ihm als Kind und junger Mann wirklich passiert war? Er zog die Schublade auf. Er mochte ein bisschen betrunken sein, aber auch im Dämmerlicht des frühen

Morgens kannte er das Ritual und konnte es mit geschlossenen Augen durchziehen.

Auf makabre Art und Weise tröstete ihn die glatte Oberfläche des Messergriffs. Seinen Drink noch immer in der linken Hand glitt er zu Boden, die Beine gegen die Brust gepresst, sodass sein Kinn auf seinen Knien ruhte. Bewusst vorsichtig stellte er das Glas auf dem Boden ab, dann rieb er sich über den rechten Arm, auf der Suche nach einer glatten, bisher makellosen Stelle.

Die dünne Klinge schnitt in seine Haut und er begrüßte das Brennen. Eine dünne Blutspur erschien und er lächelte.

Absolution.

Jede Narbe auf seinem Körper erinnerte ihn nicht nur daran, wie er seinen Pflegebrüdern gegenüber versagt hatte, sondern verlieh ihm auf verquere Weise die Stärke, den Albtraum des Missbrauchs durch Paul Munson zu verdrängen. Jetzt konnte er der langen Liste seiner Fehler noch hinzufügen, wie grausam und herzlos er Drew behandelt hatte. Es war egal, wenn diese selbstgewählten Verletzungen für andere keinen Sinn ergaben. Für ihn war es wichtig. Es war sein Körper und seine Entscheidung damit anzustellen, was immer er wollte.

Das Messer traf scheppernd auf die weißen Bodenfliesen, wodurch sich Blutspritzer auf der makellosen Oberfläche verteilten. Er beobachtete mit nahezu klinischem Desinteresse, wie die winzigen roten Rinnsale über seinen Arm liefen und auf seinem Knie landeten. Jahrelange Erfahrung machte es ihm mittlerweile möglich zu beurteilen, wann er aufhören musste, um zu verhindern, dass er zu viel Blut verlor. In den Anfangsjahren war es ein paar Mal knapp gewesen und einige der dickeren Narben zeugten davon.

Drew würde wissen, wie er Narbenbildung künftig verhindern konnte, aber er wollte sie, brauchte diese Narben als Beweis, dass er noch am Leben war und in der Lage, Schmerz zu empfinden.

Den Großteil seines Lebens hatte er überhaupt nichts gefühlt.

Selbstsüchtiger Mistkerl, der er war, hatte er nie über das Leiden anderer nachgedacht, bis er mit Esther gesprochen und das Ausmaß des Grauen begriffen hatte, dessen Zeuge sie nicht nur gewesen war, sondern es ertragen und überwunden hatte. Diese winzige Frau ging ihm unter die Haut wie niemand sonst. Nachdem er gestern ihr Haus verlassen hatte, hatte er vorgehabt sich zu verletzen, dringend, aber dann war Drew vorbeigekommen.

Drew. Alles führte immer wieder zu ihm und diesem verdammt lieben Lächeln, das er nicht aus dem Kopf bekommen konnte. „Ich hab es wirklich versaut, oder?“ Er seufzte. Vielleicht auch nicht. Mittlerweile eher müde als betrunken, stemmte er sich vom Boden hoch und nahm, nachdem er über dem Spülbecken seinen Arm abgewaschen hatte, das Telefon von der Arbeitsfläche.

Nach dem vierten Läuten ertönte eine belegte, vom Schlaf heisere Stimme. Scheiße, der Mann klang so verdammt sexy, selbst im Halbschlaf.

„Ash? Warum zum Teufel rufst du mich um sechs Uhr morgens an?“

Schlaftrunken und sauer. Plötzlich verlor er den Mut und schluckte schwer.

„Bist du okay?“ Jetzt klang Drew wach und besorgt. „Brauchst du –“

„Ich brauche dich, Drew.“ Er lehnte sich gegen die Arbeitsplatte, die harte Kante bohrte sich in seinen nackten Rücken. „Ich hab es vermasselt und es tut mir leid.“

„Wart mal einen Moment.“ Im Hintergrund hörte er es rascheln, und alles, was Ash sich vorstellen konnte war Drew, der nackt im Bett lag. Auch wenn er vom Wodka und der Müdigkeit Kopfschmerzen hatte, erwies sich sein Körper als hellwach, als er auf die große Erektion hinuntersah, die vor ihm auf und ab wippte. Er ging in sein

Schlafzimmer und legte sich hin, rieb langsam seinen Schwanz.

„Ich wünschte, du wärst hier bei mir.“ Seine Lippen pressten sich gegen den Hörer, während er die Worte ins Telefon hauchte.

Drew seufzte am anderen Ende der Leitung. „Komm schon, Ash. Du hast mich wegeschickt, mich rausgeschmissen, um genau zu sein. Lassen wir es dabei bewenden.“

„Nein, kann ich nicht.“ Er rieb sich weiter und konnte ein Stöhnen nicht unterdrücken, das ihm über die Lippen kam.

„Holst du … holst du dir einen runter, während du mit mir redest?“ Ungläubig erhob Drew die Stimme. „Echt jetzt?“

„Ich wollte dich heute Nacht so sehr. Ich kann nicht aufhören, an deinen Körper und deinen Schwanz zu denken.“ Seine Hand war schlüpfrig von all der Feuchtigkeit, die aus seiner Eichel drang. Es war einfach, mit seiner Hand schneller und schneller auf und ab zu gleiten.

„Ash, bitte.“ Drews Stimme drang aus dem Hörer, gequält, aber merkwürdig kurzatmig.

„Bist du auch hart, Baby? Hat es dir gefallen, als ich dich in den Mund genommen hab, hmm?“ Ashs Becken zuckte nach oben, trieb seinen Schwanz durch seine Faust.

„Ich kann nicht glauben, dass du das am Telefon machst.“

„Fass dich an, Baby. Mach schon. Da, wo meine Lippen waren und stell dir vor, ich wäre bei dir. Erinnerst du dich, wie mein Mund sich angefühlt hat? Heiß und feucht und eng?“ Ash rieb noch ein paar Mal über seinen Schwanz, dann überrollte ihn sein Orgasmus, toste durch seine Brust und jagte Blitze durch seine Hoden.

„Das ist doch verrückt.”

„Mhm. Ich hab an dich gedacht, Baby. An deinen heißen, süßen Mund und deinen straffen Hintern.“

Es war nichts zu hören und einen Moment befürchtete er, Drew hätte aufgelegt.

„Bist du noch dran?“

Ein schweres Seufzen drang an sein Ohr. „Ja. Ich weiß nicht, Ash. Es gibt so vieles, worüber wir reden müssen.“

„Reden wird überbewertet. Reib dich, komm schon. Härter und schneller. Denk daran, wie gut es sich vorhin angefühlt hat. Erinnerst du dich, wie ich dich geleckt, dir einen geblasen und dich überall berührt habe? Deine Haut ist so weich, Baby. Wie ein saftiger, reifer Pfirsich.“

Ein leises Geräusch erklang durch den Hörer und Ash stellte sich Drew nackt im Bett vor. Er wollte jetzt bei ihm sein, zusehen, wie sein Gesicht sich vor Begierde verzerrte und er sich in der Lust verlor. Sein eigenes Bett, das immer sein Zufluchtsort gewesen war, erschien ihm jetzt öde und kalt.

„Ich wollte dich heute Nacht so sehr, Drew. Ich wollte mich in deinem wunderschönen Arsch versenken und dich durch die Matratze ficken. Ich wollte, dass du mir gehörst. Kannst du dir das vorstellen – ich in dir, Baby?“

Ash konnte es sich vorstellen. Er hatte Wochen damit zugebracht, sich zu fragen, wie Drew nackt unter seiner Kleidung aussah und jetzt wusste er es. Blasse, weiche Haut, schwarze Haare und ein schlanker Körper, den er stundenlang mit Mund und Zunge erforschen wollte.

„Ich hatte noch nie, äh …“

„Telefonsex?“ Ash gluckste. „Offensichtlich. Aber ich hab die Wahrheit gesagt. Ich weiß, dass ich es vorhin vermasselt hab.“

„Tja, ich weiß, wie du es wieder gutmachen kannst.“

„Du kommst heute Abend vorbei und wir können zu Ende bringen, was wir angefangen haben?“ Der flehende Unterton in seiner Stimme hätte ihm früher Gänsehaut beschert, hätte er ihn aus dem Mund eines anderen Mannes gehört. Wie schnell sich die Dinge doch geändert hatten, wie er sich verändert hatte. Aber es blieb die Tatsache, dass er noch nicht bereit war, Drew aus seinem Leben verschwinden zu lassen.

„Das war nicht, woran ich gedacht habe."

Mit einem flauen Gefühl wurde ihm klar, dass er genau wusste, woran der gute Doktor dachte. „Oh?" Wenn sein beiläufiger Tonfall ihn selbst schon nicht täuschen konnte, würde er ganz sicher nicht Drew hinters Licht führen.

„Hör zu, Ash. Wie ich vorhin sagte, abgesehen davon, was auch immer diese physische Sache zwischen uns ist, hat mich die vergangene Nacht in vielerlei Hinsicht beunruhigt."

„Da gibt es nichts, worüber wir reden müssten."

Die Frustration in Drews Stimme war durch das Telefon klar und deutlich erkennbar. „Willst du mich verarschen? Ich weiß, dass dir als Jugendlicher etwas Fürchterliches passiert ist. Deine Arme sind mit Narben überzogen, die du dir selbst zugefügt hast, und du sagst, es gibt nichts zu besprechen?"

„Das geht dich nichts an. Es ist meine Privatsache."

„Du bist verdammt noch mal unglaublich." Drew lachte, aber er fand es überhaupt nicht lustig. „Ich sollte mich nicht in dein Privatleben einmischen? Ash. Mein Schwanz in deinem Mund, das ist so persönlich, wie es zwischen zwei Menschen nur werden kann. Scheiße, wenn wir weitergemacht hätten …"

Er schluckte hart und Ash schloss die Augen.

Da standen sich zwei Sturköpfe gegenüber, keiner war bereit auch nur einen Millimeter nachzugeben.

Wie eine Welle, die gegen einen Felsen schlug. Die Welle würde ewig gegen diese unnachgiebige Wand donnern, aber die Klippe würde immer standhalten und sie zurückschlagen.

„Es ist mein Leben, Drew. Es gibt bestimmte Dinge, die ich nicht teile. Nicht mit dir, mit niemandem. Ich kann nicht." Er stand vom Bett auf, zog immer noch nackt den Vorhang zurück und starrte aus dem Fenster. Taxis brausten durch den frühen Morgen über die Park Avenue, begannen damit, die Frühaufsteher unter ihren Fahrgästen einzusammeln.

„Wovor hast du Angst? Darf ich das wenigstens fragen?"

Vor allem. Er ließ den Vorhang fallen, drehte dem Fenster den Rücken zu und kehrte zum Bett zurück. „Keine Ahnung. Ich hatte mein ganzes Leben lang Angst. Als ich jünger war, hatte ich Angst davor, allein zu sein, keine Familie zu haben. Als ich in Pflege kam …" Seine Stimme versagte und er hustete. „… hatte ich Angst um die kleineren Jungs im Haus. Nach einer Weile hasste ich den Menschen, zu dem ich geworden war."

„Was für eine Art Mensch? Ich hab keine Angst vor dir, auch wenn du es drauf anlegst und dich hinter einer Maske versteckst, als würdest du dir aus nichts und niemandem etwas machen." Beim beruhigenden Klang von Drews Stimme rollte Ash sich auf seinem Bett zusammen und drückte sich das Kissen gegen die Brust. Das war schön, sich mit Drew zu unterhalten, beinahe normal, aber er wusste, es war alles nur Fassade.

„Jemand ohne Seele. Jemand, der keinen Gedanken daran verschwendet, ob er einen anderen Menschen verletzt."

„Ich bin sicher, du hattest deine Gründe." In Drews Stimme schwang weder Zögern noch Zweifel mit. Als würde er tatsächlich glauben, dass Ash ein menschliches Wesen war.

„Durch meine Angst und mein selbstsüchtiges Handeln blieben meine Freunde … meine Brüder … allein und schutzlos bei ihm zurück. Ich hätte stärker sein und mich wehren müssen, oder einen anderen Weg finden müssen, mit der Situation umzugehen." Komisch wie darüber zu reden, die Enge in seiner Brust ein wenig linderte. Zum ersten Mal seit einer Ewigkeit konnte er ein bisschen freier atmen.

„Wie alt warst du, als das alles passierte?“

„Ich war achtzehn, als ich dort weggegangen bin.“ Achtzehn, dürr und völlig verängstigt. Er hatte die kleine Stadt in Georgia noch nie verlassen, bis er in jener Nacht abgehauen war.

„Herrgott nochmal, du warst noch ein Kind. Hör auf, dir deswegen Vorwürfe zu machen.“

„Du verstehst es nicht, Drew. Ich bin gegangen, weil ich es nicht ertragen konnte und wusste, wenn er weiter zu mir käme, würde ich ihn eines Nachts umbringen. Also bin ich gegangen, als ich hätte bleiben und es mit ihm austragen sollen.“

Drew schnaubte. „Du sagtest, der Kerl war ein Cop. Er hätte dich in den Knast gebracht oder dich gekillt und es nach einem Unfall aussehen lassen.“

Vor seinem inneren Auge tauchten unzählige Bilder von Lukes tränenüberströmtem Gesicht auf. Egal, wie viele Jahre vergingen, Ash konnte nie vergessen, wie Luke ihn angefleht hatte nicht zu gehen. „Vielleicht wäre das das Beste gewesen.“ Keine Schmerzen mehr.

Während am anderen Ende der Leitung ohrenbetäubendes Schweigen herrschte, schlug Ashs Herz in einem grausamen Duett mit dem Pochen der Schnittwunde auf seinem Arm.

„Ist das der Grund, aus dem du es tust? Dich selbst verletzen.“

Der Mann hätte Psychiater werden sollen, kein Schönheitschirurg. Ash stieß genervt den Atem aus. „Drew, wie ich schon sagte. Du bist ein guter Mensch und ich nicht. Ich bin ein schlechter Mensch, und wenn du mir zu nahekommst, werden dir schlimme Dinge passieren. Ich hätte mich von dir fernhalten sollen, und ab jetzt werde ich das tun." Er schaute auf die Uhr. Es war fast halb sieben am Morgen. Im Zimmer war es heller geworden und das wütende Hupen der Autos auf der Park Avenue drang sogar bis zu seinem Stockwerk herauf. „Ich muss mich für die Arbeit fertigmachen. Wir sehen uns in der Klinik."

„Aber, Ash –"

„Wiedersehen, Drew." Er legte den Hörer auf das Bett und rollte sich herum, das Kissen noch immer an die Brust gepresst, und starrte lange Zeit ins Nichts.

Kapitel 16

Wochen waren seit der Nacht ihrer Unterhaltung vergangen, und Ash ging ihm kontinuierlich aus dem Weg. Ganz egal, wann er im Zentrum erschien, wenn Ash dort war, war er entweder im Gespräch mit einem der Kids oder er schaffte es, sich heimlich davon zu machen, bevor Drew ihn sich schnappen und mit ihm reden konnte. Das eine Mal, als Drew sich ein Herz gefasst hatte und zu Ashs luxuriösem Apartmenthaus gefahren war, war ihm vom Concierge gesagt worden: *Mr. Davis empfängt keine Besucher.*

Es gab keinen Zweifel daran, wie gut Ash mit den Kids umgehen konnte, besonders mit denen, die den guten Absichten des Zentrums gegenüber misstrauisch waren und nicht daran glaubten, dass jemand ihnen helfen konnte. Sie trafen sich mit Ash und irgendetwas Unerklärliches ging zwischen ihm und den Kids vor und bestätigte sie als Zentrum in ihrer harten Arbeit. Mit Ash zu sprechen, erlaubte den Jugendlichen jemanden kennenzulernen, der es geschafft hatte und gab ihnen Hoffnung, dass auch sie entkommen und Erfolg haben konnten.

Alles, was Drew sich im Leben je erträumt hatte erreichen zu können, war wahr geworden.

Rachel reichte ihre Doktorarbeit ein und ihre Beziehung mit Mike war solider als je zuvor. Jordan und Keith steckten mitten in den Vorbereitungen für eine in nicht allzu ferner Zukunft geplante Hochzeit, da Keith ihm im Sommer einen Antrag gemacht hatte. Wie immer war Drew derjenige, der am Ende allein war.

Er beendete die Arbeit an der Akte des letzten Mädchens, das mit Platzwunde im Gesicht hergekommen war, von der sie behauptete, sie hätte sich diese zugezogen, als sie mitten in der Nacht aufgewacht und gegen die Tür gerannt war. Für Drew sah die Wunde aus wie ein durch einen scharfkantigen Ring verursachter Schnitt, als wäre sie geschlagen worden und der Ring hätte ihr dabei die Haut aufgerissen. Auch wenn sie es vehement abstritt, wollte sie nicht, dass sie ihre Mutter anriefen, stattdessen war sie mit ihrem Bruder gekommen, der mit zusammengebissenen Zähnen und geballten Fäusten daneben stand.

Drew kannte diesen kampflustigen Gesichtsausdruck. Der junge Mann war auf Krawall gebürstet und Drew hatte keinen Zweifel daran, dass er nach Hause gehen und demjenigen die Scheiße aus dem Leib prügeln wollte, der seiner sechzehnjährigen Schwester das angetan hatte. Er hatte Rachel auf die beiden angesetzt und sie erklärte Drew später, dass sie ihnen die Nummer von jemandem gegeben hatte, mit dem sie über Misshandlungen in der Familie sprechen konnten, ohne dass es sie etwas kostete.

Er warf seinen Stift auf den Tisch und nahm die Brille ab, um sich die müden Augen zu reiben. Wie so oft, wenn seine Gedanken abschweiften, ertappte er sich dabei an diese eine unglaubliche, intensive Nacht mit Ash zu denken, die bereits Wochen zurücklag. Nichts hätte ihn auf das Gefühl von Ashs Mund auf seinem Schwanz vorbereiten können. Kein Blowjob, den er je von einer Frau bekommen hatte, hatte auch nur annähernd die blendende, weißglühende Lust ausgelöst, die in ihm gebrannt hatte. Allein beim Gedanken daran zuckte sein Schwanz, schwoll unter dem hartnäckigen Verlangen an, das er viel zu lange vernachlässigt hatte.

Er sollte wieder ausgehen. Wenn er erst einmal eine Frau gefunden und wieder regelmäßig Sex hatte, würde diese merkwürdige Faszination für Ash verschwinden. Eigentlich … Drew öffnete den Laptop auf seinem Schreibtisch, setzte seine Brille auf und loggte sich bei der Datingseite ein, bei der er sich vor Monaten registriert, die er aber nie genutzt hatte. Genau wie er es in Erinnerung hatte, tauchte Seite um Seite mit jungen Frauen auf, aber dieses Mal ging er ihre Profile aufmerksam durch, erstellte eine Liste der Frauen, von denen er dachte, sie könnten mit seinem Lebensstil kompatibel sein.

Nach ungefähr fünfundvierzig Minuten hatte er mehrere Namen auf der Liste. Er schickte allen eine E-Mail, um zu sehen, ob sie sich mit ihm auf einen Kaffee treffen wollten. Zunächst brauchte er jetzt selbst eine Tasse und einen kleinen Snack. Mit der Tasse in der Hand ging er in die Küche hinüber, brühte sich einen Kaffee mit Haselnussgeschmack auf und steckte den Kopf in den Kühlschrank, um zu sehen, was der hergab.

Er schnappte sich gerade ein Sandwich mit Fleischbällchen, als er Ashs Stimme hörte. Sein Herzschlag beschleunigte sich, denn es war das erste Mal, seit sie im Streit auseinandergegangen waren, dass sie wieder zusammenwaren. Allein. Im Büro. Eine junge Stimme erklang und Drew erkannte sie als die von Stevie, dem Jungen, dem Ash so verzweifelt zu helfen versuchte. Das Sandwich war vergessen und er ging zu Ashs Büro hinüber.

Als er die Tür erreichte, erblickte er Ash, die Ellbogen auf dem Schreibtisch aufgestützt, die Manschetten und den Hemdkragen aufgeknöpft. Er sah müde aus, zerzaust und aufgebracht. Stevie saß vornübergebeugt auf seinem Stuhl, das Gesicht in den Händen vergraben.

„Alles in Ordnung? Kann ich helfen?“ Drews Hauptsorge galt Stevie. Ash hatte ihn von Anfang an über die erbärmlichen Schikanen informiert, denen der Junge ausgesetzt war. „Bist du verletzt, Stevie?“ Drew betrat zielstrebig den Raum ging neben dem Stuhl des Jungen in die Knie. Er legte seine Hand auf Stevies Arm und sein Herz setzte einen Schlag aus, als er bemerkte, wie schon diese leichte, harmlose Berührung den Jungen zurückzucken ließ.

„Stevie?“ Ashs Stimme hatte einen leisen, warmherzigen Klang, den Drew noch nie zuvor gehört hatte. „Du kannst dich Dr. Drew anvertrauen.“

Als Drew aufsah, erhaschte er einen kurzen Blick auf die Qual in Ashs Augen, bevor er sich abschirmte und der Ausdruck wieder leer und ausdruckslos wurde. Als der Junge nicht antwortete, drängte Ash ihn. „Soll ich mit ihm reden und ihm erzählen, was los ist?"

Als Stevie zaghaft nickte stieß Drew den Atem aus, von dem ihm nicht einmal bewusst war, dass er ihn angehalten hatte. Wie Ash stand er auf und sie gingen hinaus in den Flur.

So nahe war er Ash in fast einem Monat nicht gekommen. Dunkle Schatten unter seinen müden Augen, zusammen mit einem generell erschöpften Aussehen, zeugten von Ashs inneren Qualen, doch diese funkelnden Augen schafften es immer noch, Drew den Atem zu rauben.

Ash weiterhin so bewundernd anzustarren, würde Stevie allerdings nicht weiterhelfen, und das war ja der Grund, warum sie überhaupt hier standen. „Uh, also, was ist los? Ihr beide schient da drin sehr angespannt zu sein."

Ash fuhr sich mit der Hand durch sein zerzaustes Haar und der Ärmel seines Hemdes rutschte zurück zu seinem Ellbogen, enthüllte einen frischen, neuen Verband. Drew stockte der Atem, es machte ihn krank zu sehen, dass Ash sich immer noch selbst misshandelte.

„Verdammt noch mal, warum?"

„Wir sind hier, um über Stevie zu reden, nicht über mich, korrekt?" Ashs barscher Tonfall schrie förmlich *Hände weg, halt dich raus, stell keine Fragen.*

Drew war noch nie jemand gewesen, der Anweisungen folgte.

„Du tust es immer noch, oder? Ich bitte dich, such dir Hilfe, bevor es zu spät ist." Mit einer instinktiven, tröstenden Geste steckte Drew die Hand aus, aber Ash wich seiner Berührung aus.

„Dann willst du Stevie nicht helfen. Ist es das, was du sagen willst?" Gutes Ablenkungsmanöver von Ash. Der erste Punkt ging an ihn.

„Natürlich will ich das. Was ist los?" Drew versuchte zu lächeln, aber es gelang ihm nicht. Seit Wochen war er wie gefangen in dieser Traurigkeit.

„Jordan hat ihn sich heute angesehen. Diverse Prellungen am Brustkorb und ein verstauchtes Handgelenk. Keine bleibenden Schäden, aber ich versuche ihn dazu zu überreden, Jordan zu erlauben, dass er Keith die anderen beiden jungen Männer festnehmen lässt."

„Er wird nicht kooperieren, oder?" Drew kannte die Antwort bereits.

„Nein." Ash schüttelte verärgert den Kopf. „Er hat immer noch zu viel Angst. Ich hab das Jugendamt zu ihm nach Hause geschickt, aber sie finden nichts und niemand hat Probleme gemeldet. Die Eltern sind nicht das Problem. Das sind die beiden Kids aus der Nachbarschaft, die ihn beinahe täglich schikanieren. Und Stevie hat Todesdangst vor ihnen. Vielleicht könnte Keith ihnen einen inoffiziellen Besuch abstatten und ihnen ordentlich Angst einjagen."

Drew dachte kurz nach. „Könnte funktionieren. Mobber neigen dazu, sich zurückzuziehen, wenn sie das Gefühl haben, dass sie aufgeflogen sind. Soll ich mit ihm reden?"

Ash stieß verzweifelt den Atem aus. „Du kannst es versuchen, aber er ist so verdammt verängstigt, dass er kurz davor ist wegzulaufen." Mit einem Seufzen lehnte er sich gegen die Wand und schloss die Augen.

„Hey." Drew machte einen Schritt auf ihn zu, kam ihm nahe genug, um das Flattern der Wimpern auf Ashs Wangen zu sehen. Bein Klang seiner Stimme hoben sich die langen, schwarzen Wimpern, enthüllten diese eigentümlich transluzenten Augen, die wie die Reflektion von Diamanten jede Farbe annahmen. „Bitte, rede mit mir. Ich weiß, dass du mir aus dem Weg gegangen bist."

Drew erhaschte einen Hauch von Ashs dezentem Rasierwasser und seiner Körperwärme. Ohne nachzudenken trat er noch einen Schritt näher und ließ Ash dabei nicht aus den Augen. Drews Blick fiel auf die Lippen des anderen Mannes. Sanfter Atem strich über sein Gesicht, er konnte den Druck von Ashs Mund auf seinem spüren.

Heiß, fest und begierig.

Ich muss verrückt sein.

„Ich komme hierher, um zu helfen. Das ist der einzige Grund, warum ich hier bin." Ash leckte sich über die Lippen. „Ich tue das für Stevie und die anderen."

Sie standen nahe genug beieinander, um die gleiche Luft zu atmen, doch der gähnende emotionale Graben zwischen ihnen war so breit wie an dem Tag, als sie einander zum ersten Mal begegnet waren. Unüberwindlich, da Ash abweisend und in sich gekehrt war. Drew dachte an seine Großmutter und wie sie die Wahrheit über Ash geahnt hatte. Sie hatte nicht den kühlen, selbstsicheren Anwalt gesehen, der immer schnell ein Grinsen oder einen schneidenden Kommentar parat hatte. Stattdessen hatte sie, wie immer, ihrem Gegenüber direkt ins Herz gesehen. Bis zu dem inneren Kern, der tief in einem Menschen verborgen war. Von Anfang an hatte sie Ashs angeborene Anständigkeit gespürt, ganz egal, wie er sie vom Rest der Welt abgeschottet hatte.

Und deshalb hielt er an Ash fest, sowohl als Freund als auch als Mann, an den er glaubte. Er konnte und würde Ash jetzt nicht bedrängen. Dafür würde noch genug Zeit sein, wenn sie wirklich allein und in der Lage waren, ihre Gefühle völlig bloßzulegen. Ob es zu etwas Intimerem führte, war nicht der Punkt. Die schreckliche Einsamkeit, die Ash jeden Tag durchmachte, war Drew nicht fremd. Während seine Familie und seine Freunde Partner fanden und ein neues Leben begannen, blieb Drew in seinem Kokon eingesponnen wie eine Raupe.

Seine zaghaften Versuche, sich zu befreien, resultierten aus dem Bedürfnis, Kontakt mit einem anderen Menschen aufzunehmen. Warme Haut zu berühren und berührt zu werden.

Drew dachte an die Frauen, mit denen er vor nicht einmal einer Stunde Verabredungen zum Kaffeetrinken getroffen hatte und zwang sich dazu, Begeisterung über die Aussicht zu empfinden, neue Leute kennenzulernen und sich möglicherweise ein neues Leben aufzubauen. Es half nicht, dass die Person, mit der er am liebsten seine Zeit verbringen wollte, vor ihm stand und ein Herz hatte, das so undurchdringlich wie ein Granitfelsen war.

Er trat jetzt zurück und ging auf Abstand zu Ash. Die Anspannung zwischen ihnen löste sich. „Ich würde immer noch gern mit Stevie reden. Vielleicht hätte er weniger Angst, wenn er Keith im Beisein von Jordan und mir treffen könnte."

Ash zuckte die Schultern. „Ich schätze, einen Versuch ist es wert."

Drew nickte, sein Blick fiel jetzt instinktiv auf Ashs Arme. Als er wieder aufsah, traf ihn die kühle Gleichgültigkeit von Ashs Miene wie eine Ohrfeige. Würde er diesen Mann je verstehen? Als er an Ash vorbei ins Büro ging, konnte er nicht anders, als zu murmeln: „Was du in dieser einen Nacht zwischen uns begonnen hast, ist noch nicht vorbei."

Grob legte sich eine Hand auf seine Schulter. Als Drew den Kopf wandte, erkannte er Ash kaum wieder, dessen Lippen zu einem bitteren Lächeln verzerrt waren. „Doch ist es, weil ich es so entschieden habe."

Drew wich zurück und verdrängte seinen Ärger über Ashs Sturheit. Er zog es vor, sich stattdessen auf die unmittelbaren Probleme zu konzentrieren, nämlich auf Stevies Sorgen und Nöte. Der Junge hatte sich in seinem Stuhl zurückgelehnt, die langen Haare hinter die Ohren geklemmt, wodurch er die bleiche Haut seines Halses entblößte, über die sich ein verblassender Bluterguss zog.

„Hey, Stevie, wie geht's?“ Drew verlieh seiner Stimme einen leichten, unbeschwerten Ton, in der Hoffnung, den Jungen nicht zu verschrecken.

Stevie öffnete seine Augen und lächelte ihn zögernd an. „Hi, Dr. Drew. Ich bin okay. Wirklich. Ash macht aus einer Mücke einen Elefanten. Ehrlich.“

Ash machte eine Bewegung, als würde er etwas sagen wollen, aber Drew hob eine Hand und hinderte ihn daran. „Ich freue mich, zu hören, dass du dich besser fühlst, aber ich möchte ein paar Minuten mit dir sprechen, okay?“

Stevies braune Augen verdunkelten sich und sein Blick wurde misstrauisch. „Äh, schon okay, schätze ich, aber –“

„Ich kenne die ganze Geschichte, also musst du dir nicht die Mühe machen, etwas vor mir geheim zu halten. Du weißt, dass Keith, Dr. Jordans Partner, bei der Polizei ist, stimmts?“

Stevie schluckte und nickte, seine Augen schienen riesig in seinem blassen Gesicht.

„Nun, was würdest du sagen, wenn wir alle uns unterhalten? Du, ich, Dr. Jordan und Keith? Vielleicht könntest du dich Keith anvertrauen und er könnte dir irgendwie helfen.“

Stevie richtete sich abrupt auf dem Stuhl auf. „Nein. Ich kann nicht. Die würden mich umbringen, wenn ich je zu den Bullen gehe. Das haben sie mir gesagt.“

„Ganz ruhig, Kleiner. Du weißt, dass Schlägertypen das sagen, um Menschen Angst einzujagen, die sie für schwächer als sich selbst halten.“ Drew kniete sich neben Stevies Stuhl. „Du bist stärker, weil du hierhergekommen bist, um zu versuchen einen Ausweg zu finden, und wir werden dir helfen. Ich denke, wenn sie sehen, dass es dir ernst ist, werden sie abhauen und aufhören, dich zu verletzen.“

Stevies Blick aus weit aufgerissenen Augen wanderte forschend über sein Gesicht. „Denken Sie das wirklich?“ Er drehte den Kopf dem Eingang zu, wo Ash immer noch stand. „Glaubst du das auch, Ash?“

Die Antwort kam sofort. „Ja, das tue ich.“

Drew stieß den Atem aus. Zumindest ließ Ash nicht zu, dass seine persönlichen Gefühle das überstimmten, von dem er wusste, dass es das Beste für Stevie war. Nachdem er von den Prügeln erfahren hatte, die der Junge ertragen musste, wusste Drew, dass es nur eine Frage der Zeit sein könnte, bevor diese Mistkerle einen Schritt zu weit gehen würden.

Stevies Gesicht verzog sich, als hätte er körperliche Schmerzen. Drew bemerkte, dass er sich die Seite rieb, offensichtlich machten ihm seine geprellten Rippen zu schaffen. „Hey, Kumpel, wie wäre es gleich jetzt? Du rufst deine Pflegemutter an und sagst ihr, dass du noch was in der Schule zu tun hast. Dann gehen wir alle zu mir nach Hause und du kannst mit Keith reden. Okay, Ash?“ Er wusste, Ashs Hilfe in Anspruch zu nehmen war der Schlüssel, um Stevie zur Mitarbeit zu bewegen.

„Ja. Ich bleibe bei dir, während du den Anruf machst. Wird das helfen?“ Ash ging zu Stevie und legte dem Jungen die Hand auf die Schulter. Drew beobachtete, wie sie einen Blick wechselten. Dieser Fall ging für Ash weit über Arbeit hinaus.

Da wurde Drew klar, dass Stevie Ashs Zugang dazu war, sich selbst zu vergeben. Bei Stevie konnte er den Fehler wiedergutmachen, den er seiner Ansicht nach begangen hatte, indem er seine Pflegebrüder zurückließ.

Oh, Ash. Vergib dir endlich selbst. Was vor Jahren passierte war nicht deine Schuld.

Zu seiner großen Überraschung griff Stevie nach dem Telefonhörer und rief zu Hause an, Ashs Hand noch immer auf seiner Schulter. Mit zitternden Händen umklammerte er den Hörer, während er mit seiner Mutter sprach, die ihm erlaubte zu bleiben. Der Junge legte auf und wischte sich den Schweiß von der Stirn. „Sie hat sich so gefreut, dass ich in der Schule Anschluss finde. Ich fühle mich total schlecht dabei, sie anzulügen." Er packte Drews Knie. „Sie bekommen keine Schwierigkeiten, oder? Sie wissen von nichts. Ich hab ihnen nie gesagt, was Jimmy und Donny mir antun."

Drew stand auf, vermied es bewusst, ihm zu antworten. „Besorgen wir uns was zu Essen und fahren wir zu mir. Ich rufe Jordan an und sage ihm, dass er und Keith rüberkommen sollen. Wie klingt das?"

„Sie geben mir keine Antwort." Stevies trotzige Reaktion verblüffte Drew. „Ich schwöre, wenn Sie mit den Bullen reden und die beiden Schwierigkeiten bekommen, dann werde ich lügen und sagen, dass nicht passiert ist und Sie sich das nur ausgedacht haben. Mr. und Mrs. Harding sind wirklich nett zu mir. Versprechen Sie mir, dass Sie nichts sagen werden."

„Stevie…"

„Versprechen Sie es, oder ich haue ab und Sie sehen mich nie wieder."

Ash legte seine Hand auf Drews Schulter und drückte zu. „Wir versprechen es, Stevie. Aber das heißt nicht, dass wir nicht auf dich aufpassen und die Augen nach allem offenhalten, was nach Ärger aussieht. Okay?"

„Alles wird gut, oder, Dr. Drew?" Stevies besorgter Blick hielt seinen fest.

Ein schmales Lächeln erschien auf Drews Lippen und verschwand wieder. „Na klar."

Ash neigte anerkennend den Kopf, wie um einzuräumen, dass Drew diese Runde gewonnen hatte.

Sie verließen das Büro und entschieden sich für chinesisches Essen, dann machten sie sich auf den Weg zu Drews Wohnung. Keine fünf Minuten nachdem sie dort angekommen waren, tauchten Jordan und Keith auf. Stevie lag lang ausgestreckt auf dem Sofa, Domino hatte sich auf seinem Schoß zusammengerollt.

Drew stellte Keiths Hühnchen mit Brokkoli auf den Tisch und Domino sprang von Stevies Schoß, um sich mit hocherhobenem Schwanz an Keith anzuschleichen, die funkelnden gelben Augen weit geöffnet.

„Im Leben nicht, Großer. Du bist zu fett." Keith starrte den Kater nieder.

Der Schwanz des Katers zuckte auf dem Boden hin und her.

„Sei nicht gemein, Keith. Er ist noch im Wachstum." Drew hielt dem Kater ein Stück gedämpftes Hühnchen entgegen, der nahm es ins Maul und verließ den Raum, den Schwanz wieder hocherhoben wie ein Banner des Triumphs.

Der blonde, blauäugige Polizist schnaubte und Jordan pikte ihn in die Seite. „Du beleidigst Drews Baby."

Keith aß fertig, dann stellte er seinen Teller auf den Couchtisch und wandte seine Aufmerksamkeit Stevie zu. „Also, nach dem, was man mir erzählt hat, gibt es in deiner Nachbarschaft diese Kinder, die dich tyrannisieren und das schon seit einer Weile, richtig?"

Stevie nickte. „Äh, gewissermaßen." Seine Stimme, kaum mehr als ein Wispern, krächzte in dem stillen Raum.

Keith knirschte mit den Zähnen, der Muskel in seiner Wange zuckte unter der Haut. „Diese Jungs greifen dich an, Stevie. Du kannst sie damit nicht davonkommen lassen." Er stand von seinem Stuhl auf und setzte sich neben Stevie auf den Boden. „Ich muss das dem Jugendamt melden. Aber ich gebe dir mein Wort, dass du in Sicherheit sein wirst."

Stevie zuckte zusammen, als er sich auf dem Sofa aufsetzte, ein Kissen hinter den Rücken gestopft. „Dr. Drew hat versprochen, dass meine Eltern da nicht mit reingezogen werden. Wenn Sie das tun, werde ich nicht hierbleiben."

Bevor Keith die Chance hatte zu antworten, mischte Ash sich ein. „Du kannst bei mir wohnen. Ich werde dafür sorgen, dass du in Sicherheit bist."

Drew hielt den Atem an. Ließ sich Ash zu sehr hierauf ein? Es war nie gut, persönlich derart in die Fälle involviert zu werden, aber angesichts der entschlossen zusammengebissenen Zähne war Drew klar, dass niemand Ash das würde ausreden können. Abgesehen davon, steckten sie nicht alle tiefer drin, als sie es sollten?

Keith schüttelte den Kopf. „Das geht nicht, Ash. Aber danke für das Angebot. Ich habe Freunde beim Jugendamt und werde zuerst mit den Sozialarbeitern sprechen." Er tätschelte Stevies Knie. „Mach dir keine Sorgen, Kumpel. Wir werden das richtig machen, damit du am Ende in Sicherheit bist und deine Eltern keine Schwierigkeiten bekommen."

Er setzte sich wieder neben Jordan, der einen Arm um ihn legte und ihn auf die Wange küsste. „Danke, Babe."

Drew beobachtete ihre Interaktion, nicht ohne einen Anflug von Neid zu verspüren. Sie waren so perfekt zusammen. So kitschig das auch klingen mochte, Drew hatte in dem Moment, als er Jordan Keith vorgestellt hatte, gewusst, dass die beiden sich ineinander verlieben würden. Sie ergänzten einander, ungeachtet der Tatsache, dass sie so verschieden waren. Keith milderte Jordans perfektionistisches Alphamännchen-Gehabe. Keith erhob nie die Stimme, wurde nie sauer, wenn Jordan hin und wieder unhöflich wurde oder abfällige Bemerkungen machte. Schon eine hochgezogene Augenbraue und ein: „Wirklich, Babe, das war ungerechtfertigt", brachte Jordan schnell dazu, sich für sein Benehmen zu entschuldigen.

Gemeinsam sammelten sie ihre Teller ein und entsorgten sie im Müll. Ein Signal, dass sie an diesem Abend alle genug gegessen hatten.

Mit den Autoschlüsseln in der Hand kniete sich Keith neben Stevie auf das Sofa.

„Denk über das nach, worüber wir gesprochen haben. Ich melde mich auf jeden Fall in den nächsten Tagen bei dir, egal wie du dich entscheidest."

„Okay, versprochen."

Drew brachte sie zur Tür, dann kam er zu Stevie zurück.

„Keith wird sicherstellen, dass alles klappt und Ash dafür sorgen, dass du in Sicherheit bist." Drew wuschelte Stevie durch die Haare. „Er ist ein toller Kerl, oder?"

Mit einem Ausdruck der Heldenverehrung auf dem Gesicht richtete Stevie sich auf und wandte sich Ash zu. „Du bist der Beste. Ich wünsche mir nur, dass alles so laufen wird, wie Keith sagt."

Drew hielt Ashs Blick fest. „Wenn Keith ein Versprechen gibt, dann hält er es. Mach dir keine Sorgen, Stevie; es wird alles bald vorbei sein." Als sie gingen, sagte Ash nichts mehr, jedoch lag seine Hand in einer beschützenden Geste auf Stevies Schulter.

Drew räumte auf und erinnerte sich daran, dass er Einladungen an die Frauen auf der Dating-Webseite geschickt hatte. Als er seine E-Mails checkte, stellte er fest, dass drei der sieben die Einladung bereits angenommen hatten. Das bescherte ihm nicht so viel Vergnügen oder Aufregung, wie es das vielleicht früher einmal getan hätte.

Irgendwie war die Klinik zu seinem Leben geworden; aber ohne jeden zwischenmenschlichen Kontakt würde er vor Einsamkeit und Kummer verrückt werden. Also würde er tun, was nötig war, um sich wieder lebendig zu fühlen, egal, ob er davon begeistert war, sich mit diesen Frauen zu treffen oder nicht.

Kapitel 17

„Wo zum Teufel packst du das hin, Kleiner?“ Ash musste lachen, als Stevie mit einem zweiten Burrito, einer Tüte Chips und Guacamole zurückkam.

Statt sich zu entschuldigen, wie er es wahrscheinlich getan hätte, als sie sich kennenlernten, grinste Stevie und zog die Frischhaltefolie ab. „Hey, ich bin im Wachstum, wie Dr. Drews Kater.“ Er biss ein großes Stück ab und kaute vor sich hin, während er in der Tüte nach einer Handvoll Chips angelte.

Bei der Erwähnung von Drews Namen brannte Reue in Ash, hinterließ einen versengten, bitteren Pfad in ihrem Fahrwasser. Ihre gemeinsame Nacht vor all diesen Wochen erschien ihm beinahe wie ein Traum, und da die Klarheit der Erinnerung sich im Laufe der Zeit trübte, fragte er sich, ob die intensiven Emotionen der Nacht so real waren, wie er sie im Gedächtnis hatte.

Es war besser, mit ihren jeweiligen Leben weiterzumachen. Er lehnte sich auf dem Stuhl zurück und genoss den Anblick Stevies, der sein mexikanisches Essen verputzte. Nach dem Gespräch mit Keith hatte Stevie begonnen, in der Klinik zu arbeiten, unterstützte Javier am Empfang. Er war selbstbewusster geworden und hatte Ash gegenüber sogar zugegeben, dass er ein bisschen in den älteren Jungen verknallt war. Ash wusste, dass Keith versucht hatte, die Kids zu finden, die Stevie tyrannisierten, um sie zur Vernunft zu bringen. Aber er war Drew gegenüber zu befangen, um nachzufragen, ob Keith damit Fortschritte gemacht hatte.

Glücklicherweise schien Stevie entspannter zu sein. Er hatte ein wenig Gewicht zugelegt und war gewachsen, auch wenn Ash vermutete, dass es Mahlzeiten wie diese und die, die Drews Großmutter ihm in der Klinik vorsetzte, waren, die zu seinem gesünderen Aussehen beitrugen. „Du fängst demnächst dein erstes Jahr an der Highschool an. Weißt du schon, was du nach dem Abschluss machen willst? Studieren vielleicht?“

Stevie kaute und schluckte. „Ich hab mit Dr. Drew gesprochen und er sagte, er wird mit den Tests und meinen Bewerbungen und so helfen. Ich weiß, ich bin nicht klug genug, um Arzt zu werden, aber ich dachte, ich könnte vielleicht eine Ausbildung zum medizinischen Assistenten oder sowas machen.“

„Du kannst alles werden, was du willst. Merk dir das.“ Ash beugte sich vor und stützte die Ellbogen auf dem Tisch ab.

„Tja, schön, aber meine Noten sind nicht so besonders. Aber ich will den Ärzten helfen, weißt du?“

Bei der Begeisterung, die in Stevies Augen zu erkennen war, wurde Ash warm ums Herz. Kaum zu glauben, dass er noch vor zwei Monaten ein verängstigtes, schüchternes Kind gewesen war, das sich nicht traute, den Leuten in die Augen zu schauen oder seine Meinung zu äußern. Jetzt hatte sein Selbstbewusstsein, auch wenn es seinen Höhepunkt noch nicht erreicht hatte, definitiv ein Ausmaß angenommen, das bisher unvorstellbar gewesen war.

„Lass dir Zeit, und wenn du dich bewerben willst, werden wir alle hier sein, um dir zu helfen.“ Ash schaute auf seine Armbanduhr und sagte in einem – wie er hoffte – beiläufigen Tonfall: „Du und Dr. Drew seid ziemlich gute Freunde geworden, nicht wahr?“

Stevies Augen strahlten. „Jepp, er ist sehr nett und freundlich. Wusstest du, dass er eine Freundin hat? Ich hab sie kennengelernt, als er mich zu sich eingeladen hat. Sie kam vorbei und wir haben mit seinem Kater gespielt.“

Der Taco Chip zwischen Ashs Fingern zerbröselte. „Nein, das wusste ich nicht. Wie heißt sie?“

„Äh, Shelly. Sie schien nett zu sein. Und sie ist hübsch.“ Er grinste. „Ich glaube, sie mag ihn wirklich. Sie stand immer dicht neben ihm und hat seine Schulter berührt.“ Er zog eine Grimasse. „Ich hab sie sogar einmal ertappt, als sie sich geküsst haben.“

Eine weitere gute Sache in seinem Leben, die er versaut hatte. Was hatte er erwartet? Drew würde nicht ewig auf Sex verzichten und seine Scheidung bald rechtskräftig sein. Offensichtlich hatte er beschlossen nach vorn zu schauen und eine perfekte, nette Frau gefunden, so wie es sein sollte. Der Schmerz, der sich durch sein Inneres fraß, raubte ihm den Atem. „Wann musst du zu Hause sein? Es ist gleich fünf.“ Er schaffte es gerade so, die Worte herauszubringen.

Stevie stürzte seine Limonade hinunter, dann wischte er sich den Mund ab. „Jepp, ich sollte besser heimgehen, sonst komme ich zu spät zum Abendessen.“ Er hielt inne und starrte ihn an. „Bist du okay? Du siehst irgendwie komisch aus.“

„Mir geht's gut. Gehen wir.“ Ash stand auf und nahm Stevies Tablett mit zum Ausgang, als sie das Restaurant verließen. „Ich fahr dich nach Hause.“ Er legte seinen Arm um die Schultern des Jungen.

„Hältst du das für richtig?“ Zum ersten Mal klang Stevie unsicher. „Ich will nicht, dass die Kerle mich in deinem Auto ankommen sehen.“

„Mach dir keine Sorgen, ich setze dich nicht direkt vor dem Haus ab.“ Er zog die Schlüssel aus der Hosentasche und deaktivierte die Alarmanlage. „Spring rein.“

Mit einem Grinsen glitt Stevie auf den Beifahrersitz. „Das ist so ein cooles Auto.“ Seine Hände strichen über den Ledersitz. „Es muss einen Haufen Geld kosten.“

„Du weißt es, Stevie, erinnere dich daran, dass ich genau wie du angefangen habe. Ohne Familie, schwul und misshandelt. Aber mir war klar, wenn ich da raus wollte, brauchte ich eine Ausbildung und musste etwas aus mir machen." Ash fuhr in Richtung Red Hook, wo Stevie wohnte.

„Aber ich bin nicht so klug wie du oder Dr. Drew." Stevie starrte aus dem Fenster. „Ich kann kein Anwalt oder Arzt werden."

„Du gibst dein Bestes und wirst das werden, was dir am meisten liegt und hilfst Menschen auf deinem Weg. Etwas zurückzugeben ist das Erfüllendste, was du tun kannst." Ash bog auf die Van Brunt Street ab und fuhr ungefähr einen Block von Stevies Haus entfernt auf einen Parkplatz. „Sie haben dich in letzter Zeit in Ruhe gelassen, oder? Du hast dich nicht beklagt oder bist mit Blessuren aufgetaucht."

Es dauerte eine Weile, bis Stevie antwortete, stattdessen fummelte er am Sicherheitsgurt herum. „Haben sie, aber ich weiß auch nicht." Er zuckte mit der Tapferkeit sehr junger Menschen mit den schmalen Schultern und sprach mit überraschender Festigkeit. „Irgendwas ist faul bei ihnen, aber so lange sie mich in Ruhe lassen, ist mir das egal." Nachdem er seinen Gurt gelöst hatte, lächelte er Ash schüchtern an. „Danke fürs Heimfahren."

„Gern geschehen." Als Stevie ausgestiegen und auf dem Bürgersteig zur Fahrertür gekommen war, sprach Ash weiter. „Wir sehen uns morgen, stimmt's?"

Bevor Stevie antworten konnte, hallte ein Schrei die Straße entlang. „Hey, Schwächling."

Stevie wurde bleich. „Oh verdammt, nein."

Anhand der Beschreibung, die Stevie ihm gegeben hatte, wusste Ash sofort, dass das Jimmy und Donny waren, die Jungs, von denen Stevie ihm erzählt hatte. Er stieg aus und lehnte sich gegen die Motorhaube, die Arme vor der Brust verschränkt. Die beiden, in enge Muskel-Shirts und ausgebeulte Cargo-Shorts gekleideten, jungen Männer stolzierten heran. Ash hielt den mit dem gemeinen Gesichtsausdruck, den kurzgeschorenen Haaren auf dem kugelförmigen Kopf und der höhnischen Miene für Jimmy. Der andere, vermutlich Donny, tänzelte auf den Ballen herum, sein Gesicht war von Bartstoppeln bedeckt und sein Blick misstrauisch.

„Mickerling, wer ist der Kerl?“ Aus Jimmys Augen leuchtete regelrecht die Bösartigkeit. „Bei dem Auto muss er Kohle haben. Ist er dein Sugar-Daddy? Fickst du mit ihm?“

Ein flaues Gefühl breitete sich in Ash aus. Das konnte sehr schnell gewaltig in die Hosen gehen, wenn er nicht vorsichtig war. „Hey, Jungs. Ich bin ein Freund von Steve. Ich hab ihn von der Arbeit nach Hause gefahren.“

Jimmy musterte ihn mit unverhohlener Feindseligkeit. „Ach ja? Was tut er für dich? Reitet er deinen Schwanz?“ Er lachte über seinen eigenen Witz und klatschte Donny ab.

Ash presste kurz die Lippen zusammen. „Steve hilft den Ärzten in der Klinik. Ich weiß, dass er euch das erzählt hat. Er ist ein hochgeschätzter Mitarbeiter.“ Scheiße, er würde diesen beiden Pennern zu gern das anzügliche Grinsen mit den Fäusten von den Gesichtern prügeln.

„Jepp, hat er uns gesagt. Wir haben es satt, von Dr. Drew dies und Dr. Jordan das zu hören. Ihr alle seid ein Haufen beschissene Schlappschwänze.“ Er knackte mit den Fingerknöcheln. „Kommt in euren arschteuren Autos hierher, um anzugeben, glaubt, ihr wärt besser als wir.“ Er stolzierte gefolgt von Donny davon und rief über die Schulter: „Gib ihm besser einen Abschiedskuss und geh nach Hause, Stevielein. Du willst nicht, dass alle wütend werden.“ Dann ging er weiter. Donny beeilte sich, mit Jimmys langen Schritten mitzuhalten, während er ihnen über die Schulter unsichere Blicke zuwarf.

„Scheiße, wirst du heute Abend klarkommen?“ Ash fuhr sich mit der Hand durch die Haare, Frustration verlieh seiner Stimme einen scharfen Unterton. „Schreib mir später und lass mich wissen, ob alles in Ordnung ist.“

„Mach ich." Stevie hievte sich seinen allgegenwärtigen Rucksack auf den Rücken. „Danke für den Snack und alles andere. Ich muss los."

„Tschüss, Kleiner." Ash beobachtete, wie er die Straße entlang zu seinem Haus eilte. Nachdem er um die Ecke verschwunden war, schüttelte Ash den Kopf, stieg wieder in sein Auto und fuhr gedankenversunken zurück in Richtung seines Park Avenue-Appartements.

Das Telefon klingelte und er drückte auf den Knopf. „Davis hier."

„Mr. Davis, hier spricht Martinson. Ich habe weitere Neuigkeiten."

Zum Glück stand er an einer Ampel, andernfalls wäre er vielleicht auf den Wagen vor ihm aufgefahren. „Kommen Sie schon, sagen Sie's mir."

Martinson räusperte sich. „Ich hab ihn gefunden, Sir. Mr. Luke Conover lebt in einem Appartement in Chelsea. Er hat vor fünf Jahren seinen Namen offiziell von Carini in Conover geändert. Seit zwei Jahren arbeitet er als Vermögensberater für die Investmentfirma *Lambert and North*. Er ist Single und kinderlos. Seine Kollegen sprechen in den höchsten Tönen von ihm, aber alle sagen, er ist zurückhaltend und nicht sehr gesellig. Er raucht und trinkt nicht, nimmt keine Drogen und wurde nie festgenommen."

Ash stieß einen langen Atemzug aus. *Lieber Gott, ich habe nicht geglaubt, dass es dich gibt, aber ich danke dir.* Krasser Scheiß. Die ganzen Jahre über hatte Luke hier gelebt, in der gleichen Stadt, und er hatte es nicht gewusst. „Haben Sie seine Adresse?"

Über das Telefon hörte er die Seiten eines Notizbuchs rascheln. „Hausnummer 1655 auf der West 19th Street, Apartment 4C."

Mit einem Blick auf das Armaturenbrett stellte Ash fest, dass es nach achtzehn Uhr war. Immer noch zeitig, um schon zu Hause zu sein, aber er würde das Risiko eingehen.

Und wenn er die ganze Nacht vor dem Haus warten musste, er wollte Luke treffen. „Vielen Dank, Martinson. Hervorragende Arbeit. Irgendwelche Neuigkeiten, was Brandon angeht?“

„Nein, Sir. Aber da ich Mr. Conover jetzt gefunden habe, kann ich meine Aufmerksamkeit auf seinen Fall konzentrieren. Ich vermute, dass das Ihr Wunsch ist.“

„Absolut. Halten Sie mich auf dem Laufenden. Und nochmals vielen Dank.“ Ash legte auf und fuhr über die Brooklyn Bridge. Es war viel Verkehr, aber er schaffte es die Chambers Street entlang auf den West Side Highway. Als er die Ausfahrt Chelsea Piers erreichte, war es fast achtzehn Uhr vierzig. Nichts zehrte kostbare Zeit schneller auf, als die Rushhour in der City. Ash manövrierte durch das Labyrinth der Straßen der Innenstadt und erreichte bald die 19th Street West.

Er parkte und ging in Richtung Ninth Avenue. In diesem Viertel gab es einige neue Hochhäuser und hübsche Stadthäuser. Offensichtlich hatte Luke sich wacker geschlagen, wenn er es sich leisten konnte, hier zu leben. Sein Herzschlag beschleunigte sich, als er das Hochhaus aus Glas und Stahl entdeckte, in dem Luke wohnte.

Sein Puls raste und er konnte seine Aufregung kaum kontrollieren, als er sich dem Portier am Empfangstresen näherte. „Ich möchte Mr. Conover besuchen. Ist er zuhause?“

Der Portier, ein älterer, grauhaariger Mann, sah kaum vom Tresen auf. „Es tut mir leid, Sir. Mr. Conover ist auf Geschäftsreise. Er wird erst in einigen Wochen zurückerwartet.“

Die Freude verblasste, wurde vom Schmerz der Enttäuschung abgelöst. „Ich verstehe. Vielen Dank.“

„Gern geschehen, Sir. Ich wünsche einen schönen Abend.“

Mit schleppenden Schritten ging Ash zu seinem Wagen zurück. Da er jetzt wusste, wo Luke war, wollte er sich von Baum zu Baum schwingen und es von den Hausdächern schreien. Als er das Auto anließ, kam ihm ein ernüchternder Gedanke. *Was, wenn Luke mich nicht sehen will?*

Zwei Wochen vergingen und Ash kehrte zu Lukes Wohnhaus zurück, nur, um die gleiche Antwort zu bekommen. Mr. Conover war immer noch verreist und sie hatten keinen konkreten Termin, wann er wieder nach Hause kommen würde. Sein Handy vibrierte in der Tasche seines Anzugs und als er sah, dass er mehrere Anrufe von Drew verpasst hatte, begann er sich Sorgen zu machen.

„Was ist los?" Abgesehen von hastigen Begrüßungen und Verabschiedungen in der Klinik hatten Drew und er im vergangenen Monat kaum miteinander gesprochen. Ash hatte einen kurzen Blick auf Drews Freundin erhascht, als sie eines Abends in der Klinik vorbeigekommen war, um ihn dort für ein Date zu treffen. Sie war klein, hatte lange, dunkle Haare, große braune Augen und schaute Drew an, als würde die Sonne mit jedem seiner Worte auf- und untergehen. Mit Ausnahme von ihm hatten alle in der Klinik sie schon kennengelernt, aber er hatte keine Lust daneben zu sitzen und zuzusehen, wie ihre Hände und Lippen den Mann überall berührten, den er nicht vergessen konnte.

Er erinnerte sich nur allzu gut daran, wie Drew sich anfühlte und wie er schmeckte.

„Es geht um Stevie. Ich hab Keith und Jordan angerufen. Kannst du zu meiner Wohnung kommen?" Drews angespannte Stimme jagte eine Welle der Angst durch Ashs Körper.

„Ich bin in der City. Ich werde eine Weile brauchen, um nach Brooklyn zu kommen."

„Komm so schnell du kannst."

Drews drängender Tonfall brachte ihn dazu, gelbe Ampeln zu überfahren. Er fuhr durch den Battery Tunnel nach Brooklyn zurück, da dort weniger Verkehr herrschte und nach zwanzig Minuten hielt er vor Drews Appartementhaus. Als er über die Straße und die Treppe zum Eingang hinaufrannte, bemerkte er Jordans Auto. Jemand drückte sofort auf den Türöffner und er eilte die Treppen hoch. Jordan hielt ihm die Tür auf.

„Es ist schlimm." Jordans Tonfall war grimmig. „Gott sei Dank ist nichts gebrochen, aber er hat Todesangst." Er deutete in Richtung Wohnzimmer. „Drew hat ihn aufs Sofa kommandiert."

Ash hörte ihn kaum, als er an ihm vorbeieilte. Sein Blick fiel auf Stevie, der sich auf der Couch zusammengekauert hatte, das Gesicht verborgen. Drews Kater lag zusammengerollt neben ihm, den großen, haarigen Körper an den Jungen gepresst, als würde er ihm Kraft geben wollen.

„Hey, Kleiner. Was ist passiert?" Er kniete sich neben Stevie und berührte seine Hand. Der Junge erschauerte, dann begann er zu sprechen, seine Stimme klang gedämpft, als hätte er den Mund in die Armbeuge gedrückt.

„Ash? Bist du das?"

Tränen brannten in seinen Augen. „Ja, ich bin's. Komm schon, rede mit mir. Ich gehe nicht weg." Er legte seine Hand fest auf Stevies Rücken und rieb in einer Kreisbewegung beruhigend darüber. „Alles wird gut." Hinter sich hörte er Rachel und Mike, die sich leise unterhielten. Die komplette Schutztruppe war hier, hatte sich um das verletzte Kind versammelt.

Als Stevie den Kopf hob, stockte Ash der Atem. Dunkle Blutergüsse bedeckten seine Kehle und seinen Oberkörper dort, wo sein Schlüsselbein hervorstand. Er hatte zwei blaue Augen und seine Knöchel waren aufgeschürft, als hätte er versucht, sich zu verteidigen.

Einen Moment lang wurde ihm schwarz vor Augen. In seinem Mund schmeckte er Galle und in seinen Ohren rauschte es. Wenn er sich nicht in den Griff bekam, würde er ohnmächtig werden. Mehrere tiefe Atemzüge später hatte er sich unter Kontrolle. „Wer hat dir das angetan? Waren es Jimmy und Donny?“

Stevie schüttelte den Kopf. „Nein. Ich wurde von irgendwelchen fremden Kids angegriffen. Ich schwöre es.“

Aber Ash hatte das Flackern in Stevies Augen gesehen und den Verdacht, dass er nicht die Wahrheit sagte.

„Haben sie dich noch an anderen Stellen verletzt, Stevie?“ Ash hielt den Blick des Jungen fest, suchte in seinen Augen nach der Wahrheit. Doch Stevie wollte ihm nicht in die Augen sehen, als er antwortete.

„Nein, ich bin wirklich okay. Ich weiß nicht, warum ich hergekommen bin.“ Er rutschte auf der Couch herum und setzte sich auf, zuckte bei der Bewegung ein bisschen zusammen.

Ash sagte über die Schulter hinweg zu Jordan: „Jordan, hast du ihn schon untersucht?“

„Jepp. Keine gebrochenen Knochen. Die Nase wird noch eine Weile geschwollen sein und jede Menge erstaunliche Farben annehmen.“

Mike erschien neben Ash. „Hey, Kumpel. Kann ich mir deinen Mund ansehen?“ Als Stevie nickte, bewegte er dessen Kiefer hin und her und kontrollierte die Zähne. Nachdem er fertig war, stand er auf und trat zurück, die Hände auf den Hüften.

„Hmm. Ich hätte gern, dass du morgen zum Röntgen kommst. Ich muss mir das ansehen, um sicher zu sein, dass deine Zähne sich nicht gelockert haben. Okay?“

Stevie nickte. Er zupfte am Ärmel von Ashs Hemd „Kann ich mit dir und Dr. Drew reden?“

„Natürlich, Kleiner.“ Er kam auf die Füße und ging zu Drew, der mitten in der Gruppe stand.

Seine Freundin, die neben ihm stand, war gerade dabei, Rachel zu erzählen wie Stevie in der Wohnung aufgetaucht war, während sie zu Abend aßen. Da es ihn nie interessierte, was die Leute von ihm hielten, unterbrach Ash sie brüsk.

„Drew, Stevie möchte mit uns reden."

Mitten im Satz wurde die Unterhaltung eingestellt. Drew verließ die Gruppe und kam zu ihm herüber. „Hat er dir was erzählt? Er sagte, er hätte versucht, dich auf dem Handy anzurufen, konnte dich aber nicht erreichen."

Schuldgefühle lasteten schwer auf seiner Brust. Richtig, er war damit beschäftigt gewesen, Lukes Wohnhaus zu belagern. Womit er niemandem half und wieder einmal alle im Stich ließ.

„Hi, ich bin Shelly, Drews Freundin." Ihr Lächeln verblasste, als er ihren Gruß nicht erwiderte.

„Ich bin nicht hier, um Freundschaften zu schließen, Schätzchen. Das ist keine Dinnerparty." Es machte ihm absolut nicht aus, zu sehen, dass sie vor Verlegenheit knallrot anlief und ihre großen braunen Augen sich mit Tränen füllten.

„Sei nicht so ein Arschloch, Ash." Drew küsste Shelly auf die Wange und flüsterte ihr etwas ins Ohr. Sie warf Ash einen nicht zu deutenden Blick zu, dann ging sie zu den anderen zurück.

„War das wirklich nötig? Sie hat's nicht böse gemeint." Drews gereizter Tonfall ging ihm tierisch auf die Nerven.

„Ja, war es. Ich werde mich nicht mit ihr anfreunden. Ich bin wegen Stevie hier." Ash starrte ihn wütend an. „Ich wäre nie wieder hierher zurückgekommen, wenn es nicht um ihn ginge. Lieber Himmel, Drew, ich bin ja kaum mehr mit dir befreundet."

„Und wessen Schuld ist das, du Mistkerl? Du hast mich sitzen lassen", schoss Drew zurück, offenbar etwas lauter als beabsichtigt, denn um sie herum wurde es still.

Ash runzelte die Stirn. „War's das jetzt? Ich will mit Stevie reden und nach Hause gehen."

Drew schob sich bleich und mit finsterem Blick an ihm vorbei, um sich neben Stevie auf die Couch zu setzen. „Was gibt's, Kumpel? Wirst du Keith die beiden jetzt verhaften lassen?"

Furcht flackerte in Stevies Augen auf. „Nein. Sie waren es nicht. Bitte, unternehmen Sie nichts, Dr. Drew."

Ash wusste, dass das Jugendamt auf Keiths Drängen hin noch einmal bei Stevie zuhause gewesen war. Es war nichts Verdächtiges gefunden worden. Das Haus war sauber, der Kühlschrank gefüllt und die Tatsache, dass Stevie sowohl in der Schule sehr viel besser zurechtkam als auch neben der Schule einen Job hatte, verlieh der Aussage der Mutter, dass alles in Ordnung war, weitere Glaubwürdigkeit.

Mit anderen Worten hieß das, es gab es keinen Grund, Stevie dort wegzuholen.

Drew zog den Jungen an sich. „Bitte sag uns die Wahrheit, Stevie."

„Das mache ich. Ich schwöre. Ich wurde auf dem Heimweg von der Bushaltestelle angegriffen."

Ash setzte für Stevie ein Lächeln auf und erwiderte: „Wie wäre es, wenn du heute bei mir übernachtest? Ruf zuhause an und sag ihnen, du bist bei einem Schulfreund." Er legte den Arm um Stevie. „Mit all den Blutergüssen im Gesicht wirst du ihnen, wenn du morgen nach Hause kommst, die Wahrheit sagen müssen."

„Okay, ich sage ihnen die Wahrheit. Dass ich auf dem Heimweg von der Schule zusammengeschlagen wurde und mit der Polizei gesprochen habe."

Vielleicht stimmte seine Geschichte ja. Ash wusste, dass das Viertel gefährlich war und ein schmächtiger Junge wie Stevie allzu leicht zur Zielscheibe wurde.

Er rief seine Pflegeeltern an und nachdem er sich verabschiedet hatte verließen sie zusammen die Wohnung.

Ash verabschiedete sich nicht von Drew, da dessen kleine Freundin regelrecht an seiner Seite klebte. Aber als er zum Fenster des Appartements hinaufschaute, nachdem der auf Stevies Seite die Autotür geschlossen hatte, sah er dort jemanden stehen, dessen Silhouette sich gegen den Lichtschein der Lampe im Inneren abzeichnete. Auch wenn derjenige von Schatten umgeben war, wusste Ash, dass es Drew war. Als hätte er einen sechsten Sinn, wusste er immer, wo Drew sich befand, wenn er in seiner Nähe war.

Er stieg ins Auto und fuhr weg.

Kapitel 18

Drew hatte am Sonntag sein übliches Essen mit seiner Großmutter verpasst, weil Shelly Karten für ein Baseballspiel besorgt hatte, daher musste sein Besuch bis Montagabend warten. Das war letzte Woche der Grund für den ersten Streit zwischen ihm und Shelly gewesen, als sie ihn mit den Tickets überrascht hatte.

„Ich hab dir gesagt, du sollst keine Pläne für mich machen, Shel, vor allem nicht für einen Sonntag." Er hatte ihr gegenüber zuvor noch nie die Stimme erhoben, aber sie musste begreifen, wo seine Prioritäten lagen. „Sonntags besuche ich meine Großmutter. Sie hat immer Vorrang."

Zuerst hörte er nur ein Schniefen, als er dann zu ihr hinüberschaute, rollten Tränen über ihre Wangen. „Es tut mir so leid, Drew. Ich weiß, wie gerne du das Spiel sehen wolltest." Sie ließ den Kopf hängen. „Ich wollte etwas Nettes für dich tun."

Schuld durchfuhr ihn, wie ein heißes Messer durch Butter. Scheiße. Wieder einmal war er der Böse. „Komm her." Er breitete die Arme aus und sie warf sich ihm an die Brust. „Diesmal ist es okay, aber mach das bitte nicht nochmal."

All das ging ihm durch den Kopf, während er vor dem Haus seiner Großmutter parkte und bemerkte, dass der Rasen frisch gemäht war. Das war nett von Mike. Er wusste, dass sein Freund und Rachel gestern hier gewesen waren.

Nachdem er geläutet hatte, hörte er ihre Schritte auf dem Hartholzfußboden und das Rasseln des Türschlosses, als die innere Tür aufgesperrt wurde. Der wundervolle Geruch frischgebackener Kekse begrüßte ihn, als sie die Haustür öffnete.

„Komm rein, Schatz." Sie küsste ihn und er nahm sie in den Arm. „Ich hab deine Lieblingssorte gebacken. Chocolate Chips." Sie schaute an ihm vorbei. „Deine Freundin ist nicht dabei?"

„Sie musste länger arbeiten. Ich freue mich, dass wir allein sind." Er erreichte die Küche und ließ sich mit einem zufriedenen Seufzen auf einen der mit geblümten Kissen gepolsterten Holzstühle sinken. Neben Kaffeetassen, Milch und Zucker stand auch ein Teller mit Keksen auf dem Tisch. Die Kekse waren genau so, wie er sie mochte. Innen weich und außen knusprig, mit großen Schokoladenstückchen drin.

Er biss in einen hinein und stöhnte genüsslich. „Nana, niemand macht die besser als du."

Sie antwortete ihm nicht und er öffnete die Augen. „Was ist los? Du schaust mich so seltsam an."

„Was hat es mit dir und diesem Mädchen tatsächlich auf sich?" Sie rührte ihren Kaffee um und trank einen Schluck, dann stellte sie die Tasse ab, als wäre sie nicht wirklich daran interessiert. „Sag mir die Wahrheit."

Er trank von dem starken, belebenden Kaffee. Es war typisch für seine Großmutter, direkt zum Punkt zu kommen. „Da gibt es nichts zu sagen. Wir gehen miteinander aus. Wir haben Spaß zusammen."

Nachdem sie ihn einem Moment gemustert hatte, schüttelte sie den Kopf. „Du liebst sie nicht." Keine Frage, lediglich die Feststellung einer Tatsache.

Er erschrak und verschluckte sich an seinem Keks. Erst nach zwei großen Schlucken Kaffee war er wieder in der Lage zu sprechen. „Liebe? Natürlich nicht. Wir gehen erst seit ungefähr einem Monat miteinander aus."

Mit einem liebevollen Lächeln schüttelte seine Großmutter den Kopf. „Wie lange man eine Person kennt, ist nicht von Bedeutung, wenn man verliebt ist. Es kann passieren, wenn man jemand das erste Mal begegnet. Aber wenn man voneinander getrennt ist, bleibt die Zeit stehen, bis man wieder mit dem Menschen zusammen ist, nach dem man sich sehnt.“ Sie nahm seine Hand. „So fühlst du nicht für sie, oder?“

Er seufzte tief und schüttelte den Kopf. „Werde ich auch nie. Ich sollte sie nicht derart an der Nase herumführen.“

Nana tätschelte seine Hand. „Sie war von Anfang an in dich verliebt. Ich wusste es von dem Moment an, als ich sie sah. Sie kannte dich nicht, aber sie liebte dich.“

Drew dachte über das nach, was sie gesagt hatte, und wusste, dass es stimmte. Shelly war es mit der Beziehung so viel ernster als ihm. Sie war diejenige, die immer Pläne machte und ihre Dates ausmachte. Er vermisste sie nicht, wenn sie nicht bei ihm war. Tatsächlich könnte er einen ganzen Tag über nicht von ihr hören und würde sich deshalb keine Gedanken machen. Er trank seinen Kaffee jetzt langsamer, genoss dessen Wärme.

„Was hält Asher von ihr? Ich konnte ihm gestern keine ehrliche Antwort entlocken.“

Er verschluckte sich erneut, diesmal spuckte er Kaffee über den Tisch. „Entschuldige, Nana.“ Er wischte die Tropfen mit seiner Serviette auf. „Ash? Er war gestern hier?“ Bei dem Gedanken wurde ihm schwummerig, wie immer, wenn er an den komplizierten Mann dachte.

„Ja. Er kommt mindestens einmal die Woche vorbei. Die Besuche sind immer nett.“ Ihre Augen funkelten. „Der Junge bedeutet mir viel.“

„Hat er deinen Rasen gemäht?“

„Nein. Ein paar Jugendliche kamen vorbei und boten an, den Rasen zu mähen und die Hecken zu trimmen. Warum auch nicht? Normalerweise macht das einer von euch Jungs, aber ihr solltet eure Besuche nicht damit vergeuden, im Garten zu arbeiten.“

Er konnte die Tatsache immer noch nicht begreifen, dass Ash hierherkam, um seine Großmutter zu besuchen, obwohl sie nicht einmal mehr wirklich befreundet waren.

Und doch nagte die Neugier an ihm. „Was hat er über Shelly gesagt?“

„Wer?“ Sie sah ihn fragend an. „Asher?“

Als er nickte, schaute sie einen Moment aus dem Fenster. „Was ist wirklich zwischen euch vorgefallen, dass ihr nicht mehr miteinander redet?“

Drew schluckte. Es war typisch für seine Großmutter, auf eine Frage mit einer Gegenfrage zu reagieren. Wie sollte er es ihr erklären? Ihre strahlend blauen Augen erwiderten seinen Blick, unerschütterlich und voller Liebe.

„Wir sind uns zu schnell zu nahegekommen, und es wurde ein wenig zu viel. Ash vertraut niemandem, und ich kann nicht mit jemandem befreundet sein, der nicht an mich glaubt.“

„Manchmal muss man Menschen ein wenig Zeit geben, um zu lernen, wie man jemandem vertraut. Vor allem, wenn sie so sehr verletzt wurden.“ Nana trug seine Tasse zum Spülbecken, um den kalten Kaffeesatz auszuspülen und brachte ihm anschließend einen frischen, heißen Kaffee. „Asher macht sich etwas aus dir, er weiß nur nicht, wie er es zeigen soll.“

Die bittersüße Erinnerung an Ashs Mund auf seinem Schwanz, die verruchte Zunge, die über seine harte Länge glitt, irritierte ihn wie jedes Mal. Der stechende Schmerz über eine Freundschaft, die so schnell beendet worden war wie sie entstand, vermischte sich mit seinem Verlangen nach einem Mann, das er nie zuvor für möglich gehalten hätte. „Nana, glaub mir, wenn ich dir sage, er weiß, wie man es zeigt. Er macht sich etwas aus Stevie, dem jungen Mann aus der Klinik, dem wir alle zu helfen versuchen. Ich habe Ash nicht aufgegeben, er hat mich abgeschrieben, unsere Freundschaft.“

Er stand auf und brachte ihre beiden mittlerweile leeren Kaffeetassen zur Spüle. „Warum lässt du mich dich nicht zum Abendessen ausführen?“ Als sie zögerte, setzte Drew sich neben sie und nahm sie in den Arm.

„Komm schon. Ich kaufe dir ein tolles Cornedbeef-Sandwich und eine große Essiggurke.“

Sie schniefte, aber ihre Augen funkelten. „Du glaubst, du kennst mich so gut.“ Als sie durch die Vordertür gingen und er sie für sie absperrte, sagte sie: „Ich könnte dieses Mal Pastrami nehmen.“

Er grinste und hielt ihre Hand, während sie zum Auto gingen.

Um neunzehn Uhr am Donnerstagabend saßen Shelly und er im Coffee Shop um die Ecke von seinem Apparte-ment in Brooklyn Heights. Er hatte sie in seiner Wohnung treffen wollen, aber sie konnte nicht lange bleiben, also hatten sie ein schnelles Date.

Jeden Tag während der vergangenen Woche hatte er vorgehabt, sie anzurufen, ein Treffen auszumachen und ein Gespräch mit ihr zu führen. Das Gespräch, das höchstwahrscheinlich ihre Beziehung beenden würde. Zweifellos konnte er nicht weiter mit ihr zusammen sein; er fühlte sich nicht wohl damit, ihr etwas vorzumachen, sie in dem Glauben zu lassen, dass sie eine Beziehung führten, wenn ihm klar war, dass er sich nie in sie verlieben würde. Zum Teufel, er hatte gedacht, sie hätte den Wink mit dem Zaunpfahl verstanden, als er ihr sagte, es war zu früh, um mit ihr zu schlafen.

Sie saßen erst einen Moment am Tisch, als sein Handy klingelte. Er sah auf das Display, aber da er die Nummer nicht erkannte, hielt er es nicht für nötig, den Anruf anzunehmen. Die Kühle des Eiskaffees linderte die Trockenheit seiner Kehle. Seit der Unterhaltung mit seiner Großmutter plagten ihn Schuldgefühle. Er wusste, er sollte das mit

Shelly beenden, aber irgendetwas kam immer dazwischen und hielt sie davon ab, *dieses Gespräch* zu führen.

Drew trank von seinem Kaffee. „Wie läuft deine Woche? Du hattest viel zu tun, hm?" Sein Handy vibrierte, als eine Nachricht einging, aber er ignorierte sie ebenfalls. Warum konnte man ihn nicht in Ruhe lassen? „Du siehst müde aus."

Shelly hatte ihm erklärt, dass sie als Einkäuferin für Herrenmode für eines der größten Kaufhäuser dafür verantwortlich war, was er an Kleidung in den Läden vorfand. Für ihn waren das böhmische Dörfer, da er sich herzlich wenig aus Mode machte.

Sie nickte. „Sie treiben uns jetzt schon mit den Planungen für das Weihnachtsgeschäft in den Wahnsinn. Ich muss das ganze Wochenende lange arbeiten, daher werden wir uns wahrscheinlich nicht sehen können."

„Das ist schon in Ordnung. Du musst tun, was für die Arbeit am besten ist."

Sie warf ihm einen eigenartigen Blick zu, sagte aber nichts und trank ihren Kaffee.

Wieder klingelte sein Handy, diesmal mit Rachels üblichem Klingelton. „Entschuldige, Shelly, ich muss da drangehen. Es ist Rachel."

„Hey, wa– "

„Drew, wo steckst du? Warum gehst du nicht an dein Handy?" Ihre normalerweise so fröhliche Stimme klang angespannt und sie schien den Tränen nahe zu sein.

„Was ist los?" Das Herz rutschte ihm in die Hose.

„Es geht um Nana. Sie ist im Krankenhaus." Im Hintergrund hörte er Mikes Stimme, einen Augenblick später kam sein Freund ans Telefon.

„Drew. Komm auf der Stelle ins *Methodist Hospital.* Wir sind in der Notaufnahme."

Er schob das Handy in die Tasche und stand so abrupt auf, dass der Stuhl umkippte. Shellys beunruhigte Stimme schien aus weiter Ferne zu kommen.

„Was ist los?“

„Meine Großmutter.“ *Bitte, bitte, lass ihr nichts passieren.* „Sie ist im Krankenhaus. Ich muss gehen.“ Er eilte davon, ohne darauf zu achten, ob sie ihm folgte oder nicht. Aber sie war da, als er zu seinem Auto rannte und die Tür aufriss. Ohne ein Wort zu sagen, sprang sie neben ihn auf den Beifahrersitz und sie fuhren los.

Glücklicherweise war das Krankenhaus weniger als zehn Minuten entfernt. Er parkte auf dem Ärzteparkplatz, warf seine Parkerlaubnis auf das Armaturenbrett und sprang aus dem Auto. In der Notaufnahme fand Drew das übliche chaotische Durcheinander vor, das sich aus Patienten zusammensetzte, die darauf warteten, behandelt zu werden, dazu kamen Rettungssanitäter, Ärzte, Schwestern und andere medizinische Angestellte. Innerhalb kürzester Zeit entdeckte er Rachel und Mike.

„Was ist passiert?“

Rachel warf sich ihm schluchzend in die Arme. „Ich weiß es nicht. Sie sagen, es ist ihr Herz. Ich habe immer und immer wieder bei ihr zuhause angerufen, aber sie ging nicht ran, deshalb hab ich Mrs. Delany angerufen. Sie ist rüber gegangen und die Eingangstür war sperrangelweit geöffnet. Sie hat erst die Polizei und dann mich angerufen.“

Mike fuhr mit dem Bericht fort, während Drew Rachel weiter in den Armen hielt. „Keith war in Brooklyn mit einem Fall beschäftigt und sagte, er hat versucht, dich zu erreichen, als er den Notruf hörte. Er hat die Adresse deiner Großmutter erkannt.“

„Ich bin nicht ans Handy gegangen. Gottverdammt.“ Er fluchte so laut, dass mehrere Menschen im Raum ihre Gespräche unterbrachen und ihn anstarrten. Es war ihm scheißegal. „Ich sehe mal, was ich herausfinden kann.“

Er ließ Shelly bei ihnen zurück und betrat den Sichtungsbereich der Notaufnahme. Man erkannte ihn, weil er eine Zulassung für das Krankenhaus hatte, und eine der Schwestern schickte ihn zu einem mit Vorhängen abgetrennten Bereich, wo sich, wie sie sagten, seine Großmutter befand. Es waren bereits mehrere Ärzte anwesend und er wandte sich an den einen, den er kannte.

„Rob, was kannst du mir sagen?" Dr. Robert Porter war Kardiologe und einer der Besten. Drews Herzschlag normalisierte sich, weil er wusste, dass seine Großmutter die bestmögliche Behandlung bekam. „Sie ist meine Großmutter."

Robs Augen weiteten sich, dann wurde sein Blick weich vor Mitgefühl. „Ihr Herzschlag ist unregelmäßig. Wie müssen sie zur Beobachtung hierbehalten. Ich lasse sie jetzt auf die Intensivstation verlegen." Er gab den beiden Ärzten, die neben ihm standen, Anweisungen und reichte dem näher bei ihm stehenden die Patientenakte. Er nahm Drews Arm und führte ihn hinaus, zurück zu Rachel. „Sie sind mit ihr hier angekommen, also vermute ich, einer von ihnen oder beide sind Angehörige?"

„Das sind meine Schwester und ihr Freund." Shelly stand auch noch dort, aber er hatte jetzt keine Lust sie vorzustellen.

Während Rob ihnen das Problem mit ihrem Herzen erklärte, tauchten Jordan und Keith auf, die Gesichter von Sorge gezeichnet. Keith kam direkt zu ihm und umarmte ihn fest. „Ich hab versucht dich anzurufen, Mann, aber du hast nicht abgenommen."

„Das ist jetzt unwichtig. Lasst uns gehen. Sie verlegen sie auf die Intensivstation. Die ist im vierten Stock." Wie der Rattenfänger von Hameln führte er die Schlange der Familienangehörigen und Freunde zu den Aufzügen. Sie drängten sich alle in eine Kabine und er war überrascht zu sehen, dass Shelly immer noch da war.

„Ich dachte, du müsstest zurück zur Arbeit, Shel.“

Sie starrte ihn mit ihren großen braunen Augen ungläubig an. „Drew, ich hab wegen deiner Großmutter angerufen und Bescheid gesagt, dass ich heute nicht mehr komme. Hast du erwartet, dass ich dich allein lasse?“

Zum Glück gingen die Türen auf, sodass er nicht antworten musste, weil Rachel seine Hand nahm. Sie gingen zur Intensivstation und sahen den plötzlich so gebrechlich wirkenden Körper ihrer Großmutter im Bett liegen, umgeben von Schläuchen und piependen Maschinen.

„Oh, Drew.“ Rachel vergrub ihren Kopf an seiner Schulter. „Bitte sag mir, dass sie wieder gesund wird.“

Er antwortete nicht, weil Rob die Tür öffnete und ihn hereinwinkte. Mike zog Rachel aus seinen Armen und drückte sie an sich. Die Tür schloss sich hinter ihm.

„Wie steht es wirklich um sie? Sag mir die Wahrheit.“ Drew stand neben ihrem Bett, beobachtete das schwache Heben und Senken ihrer Brust. „Ich fühle mich so verdammt hilflos.“

„Wir überwachen sie sorgfältig. Im Moment scheint sich ihr Herzschlag stabilisiert zu haben.“ Robs Lippen verzogen sich zu einem matten Lächeln. „Sie ist zäh und eine Kämpferin. Das spricht für sie.“

„Dann wird sie wieder gesund?“ Als Arzt wusste er, dass er diese Frage nicht stellen sollte, aber jetzt war er nur ein Angehöriger einer Patientin, der nach Antworten suchte.

„Sagen wir so, ich bin vorsichtig optimistisch.“ Rob klopfte ihm auf die Schulter, als er an ihm vorbeiging. „Immer nur jeweils ein Besucher, das gilt auch für die Familie eines Arztes.“

Drew hörte ihn kaum, während er neben seiner Großmutter stand. „Nana. Ich bin’s, Drew. Du wirst wieder gesund.“

Aber sie wachte nicht auf. Er küsste sie auf die Wange und der vertraute Duft von Rosenwasser stieg ihm in die

Nase. Aus irgendeinem Grund tröstete ihn das. „Rachel ist draußen mit Mike. Jordy und Keith sind auch da. Alle deine Jungs. Du hättest nicht zu so extremen Maßnahmen greifen müssen, um uns alle zusammenzubringen, Nana.“ Die Enge in seiner Kehle machte es im fast unmöglich zu sprechen. Oder zu atmen.

„Ich lass Rachel reinkommen, um dir Hallo zu sagen.“ Er küsste sie noch einmal und verließ den Raum. Rachel eilte zu ihm herüber.

„Wie geht's ihr? Ist sie schon aufgewacht?“ Der Rest seiner Freunde drängte sich um ihn.

„Nein, aber sie ist stabil. Du kannst reingehen, Rachel.“ Der Stress des Abends holte ihn ein und er lehnte sich gegen die Wand und schloss die Augen. Wie hatte das passieren können? Der Blutdruck seiner Großmutter war normal. Das wusste er, weil er ihn regelmäßig kontrollierte.

„Drew.“

Seine Augen blieben geschlossen. Warum hörte er ausgerechnet jetzt Ashs Stimme? Er hatte in letzter Zeit kaum mehr als ein Dutzend Worte mit ihm gewechselt.

„Drew.” Die Stimme wurde eindringlicher. Er öffnete die Augen und sah Ash hinter den anderen stehen.

„Ash.“

Ohne zu zögern eilte er in seine Arme und klammerte sich an ihm fest. Er schämte sich seiner Tränen nicht, die den feinen Stoff des Hemdes unter seiner Wange durchnässten. Ashs starke Arme hielten ihn, mit sanfter Stimme murmelte er ihm leise Worte ins Ohr.

„Alles wird gut, Baby. Mach dir keine Sorgen. Sie ist eine starke Frau.“ Ashs Finger strichen durch Drews Haare. Alles, was Drew brauchte, war Ash, der ihn fest an seine harte Brust drückte. Ein tiefer Seufzer ging durch Drew, als Ashs und sein Körper sich entspannten und ineinanderfügten wie zwei lang vermisste Puzzleteile, die endlich wiedergefunden wurden.

Der Geruch von Ashs warmer Haut, schon fast vergessen und ihm doch instinktiv vertraut, erfüllte Drews Sinne, transportierte ihn zurück zu der lange vergangenen Nacht voll traumhafter Gelüste. Er brauchte sonst niemanden; nur Ash.

„Drew?“ Irgendwo am Rande seiner Wahrnehmung drang eine Stimme zu ihm durch. „Was geht hier vor?“

Ashs Hände lösten sich von seinem Körper. Beinahe auf der Stelle vermisste er die allumfassende Wärme und Sicherheit. Seine Lippen bewegten sich gegen Ashs Schulter. „Sorg dafür, dass sie verschwindet.“

„Drew.“ Die Stimme wurde nachdrücklicher.

„Ich denke, du solltest mit ihr reden.“

„Aber geh nicht weg.“ Er krallte sich in Ashs Hemd, zerknitterte den Stoff unter seinem verzweifelten Griff. „Versprichst du, dass du nicht weggehst?“

Ash flüsterte an seinem Ohr, sagte Worte, die nur für ihn bestimmt waren. „Shhh. Ich gehe nicht weg, Baby. Ich bleibe so lange, wie du mich brauchst.“

Drew schloss die Augen, wischte mit seinen Fingern über seine nassen Wangen und feuchten Wimpern. Als er sich umdrehte, stand Shelly mit vor Schreck weit aufgerissenen Augen vor ihm. Verdammt, er hatte sie für einen Moment völlig vergessen.

„Shelly, wir müssen miteinander reden.“

Kapitel 19

Ash sah zu, wie Drew mit seiner Freundin um die Ecke zum Aufenthaltsbereich ging. Er hasste Krankenhäuser und hatte keines mehr betreten, seit Mr. Frank gestorben war. Der ekelhaft süßliche Gestank der Chemikalien, gemischt mit dem beißenden Geruch der Desinfektionsmittel verursachte ihm Gänsehaut.

Aber als er gehört hatte, was mit Esther los war, hatte er beinahe mitten in seinem Büro die Kontrolle verloren. Meine Güte, die Frau lag ihm so sehr am Herzen, als wäre sie tatsächlich seine Familie. Und gerade eben, als Drew sagte, dass er ihn brauchte, hatte das die Angelegenheit entschieden. Als jemand seine Schulter berührte, zuckte er zusammen. Jordan stand mit einem merkwürdigen Ausdruck auf dem Gesicht neben ihm.

„Was machst du hier? Ich dachte nicht, dass Drew und du überhaupt noch befreundet seid."

Das hatte er auch nicht gedacht, und doch hatte, als Rachel ihn anrief, nicht eine Sekunde lang Zweifel hinsichtlich der Tatsache bestanden, wo er sein musste. Und für wen. Es war an der Zeit, all den belanglosen Mist der letzten Monate beiseitezuschieben. Krisensituationen brachten die Menschen normalerweise zusammen, und dieses Mal würde Ash vielleicht bleiben und um den Mann kämpfen, den er nicht aus seinem Kopf und seinem Herzen vertreiben konnte.

„Die Dinge haben eine Art und Weise ins richtige Licht gerückt zu werden, wenn man mit einem Notfall konfrontiert wird. Rachel hat mich angerufen und hier bin ich." Was er wirklich wollte, war Jordan zu sagen, dass er sich verpissen sollte, aber aus Respekt für Esther riss er sich zusammen.

„Verarsch ihn nicht, nicht, wenn er so verwundbar ist."

Ashs Lippen verzogen sich höhnisch; der Gedanke, dass Jordan ihn von hier verjagen könnte, war schon fast lächerlich.

„Hör mir gut zu, Jordan, denn ich werde dir das nur einmal sagen. Ich bin nicht dein Freund. Es ist mir scheißegal, was du denkst. Ich bin wegen Drew hier. Wenn du damit nicht klarkommst, ist das nicht mein Problem, Kumpel. Jetzt geh zurück zu deinem Freund und lass mich verdammt nochmal in Ruhe.“ Ohne auf eine Antwort zu warten, stürmte er in die Richtung davon, die er Drew und seine Freundin hatte einschlagen sehen. Als er wütende Stimmen hörte, wurde er langsamer und blieb stehen, wollte nicht stören, doch als er seinen Namen hörte, schämte Ash sich nicht, ihr Gespräch zu belauschen.

„Was zum Teufel sollte das mit Ash? Du hast mit dem Mann monatelang kaum ein Wort gewechselt, doch er taucht auf und du umarmst ihn wie einen verloren geglaubten Bruder.“

Ash schlich leise näher und spähte um die Ecke. Shelly und Drew standen sich gegenüber, aber keiner der beiden konnte ihn sehen.

„Ich bin dir keine Erklärung schuldig. Außerdem ist das weder die Zeit noch der Ort, um diese Unterhaltung zu führen.“ Ash konnte an Drews Körpersprache erkennen, dass er etwas zurückhielt.

„Wir sind ein Paar. Wir lieben uns. Wie kannst du sagen, dass du mir keine Erklärung schuldest?“ Bei dem schneidenden, verzweifelten Tonfall von Shellys Stimme zuckte Ash zusammen.

Drew nahm mit gequälter Miene ihre Hand. „Ich wollte nicht hier mit dir reden, aber du zwingst mich dazu.“

Zum ersten Mal empfand Ash Mitleid mit Shelly. Anhand des Entsetzens, das sich auf Shellys Miene ausbreitete, konnte er sagen, dass sie wusste, was kommen würde, noch bevor Drew es aussprach.

„Oh mein Gott, du machst mit mir Schluss, stimmt's?" Sie entriss Drew ihre Hand, als würde sie sich verbrennen. „Aber ich liebe dich." Tränen rannen über ihre Wangen.

„Das ging alles zu schnell. Du liebst mich nicht wirklich. Wir kennen einander kaum." Er nahm ihre Hand in seine. „Es hat nichts mit dir zu tun, bitte glaub mir das. Du bist ein wunderbarer Mensch."

Sie lachte zittrig auf. „Die *Es liegt nicht an dir, sondern an mir*-Ansprache, hm?" Ein Schauer überlief ihre schlanke Gestalt. „Ich denke, da steckt mehr dahinter."

„Was meinst du? Ich bin im Moment nicht bereit für eine feste Beziehung." Drew wandte sich von ihr ab, um zum Fenster hinüberzugehen. Ash konnte die Anspannung in seinem Rücken erkennen, und spürte seltsamerweise das Verlangen, ihn festzuhalten.

„Du machst dir selbst etwas vor und ich hätte es merken müssen. Es ist Ash, oder?" Sie kam zu ihm ans Fenster und legte ihm ihre Hand auf den Arm. „Ich habe es einen kurzen Moment gesehen, als ich ihm das erste Mal in deiner Wohnung begegnet bin, aber heute Abend ist es überdeutlich gewesen."

Drew starrte sie an, sein Gesicht war bleich. „Was willst du damit sagen?"

„Als du ihn heute Abend gesehen hast, hast du ihn gebraucht. Es war an deinem Gesicht abzulesen. Du hast mich nie so angesehen, wie du ihn angeschaut hast." Ihre Stimme brach, als sie aufschluchzte. Sie fuhr sich mit der Hand über die Augen, dann schüttelte sie den Kopf. „Du hast mich nie gebraucht."

Sie nahm ihre Handtasche vom Stuhl und wandte sich zum Gehen. Ash stellte sich ihr in den Weg, als sie an ihm vorbeikam. „Ich muss mich bei dir entschuldigen. Ich hab dich falsch eingeschätzt."

Sie musterte ihn einen Moment. „Nein, hast du nicht. Wenn ich glauben würde, dass ich eine Chance hätte, würde ich um ihn kämpfen. Aber ich bin nicht die Person, die er will." Sie ging mit durchgedrücktem Rücken und hoch erhobenem Kopf davon.

Die Frau hatte Klasse.

„Ash." Drews Stimme verjagte alle Gedanken an Shelly aus seinem Kopf.

„Es tut mir leid, ich wollte nicht lauschen., aber ich wollte sicher sein, dass es dir gutgeht." Sein Blick wanderte über Drew, hungrig und intensiv. „Hatte sie recht? Brauchst du mich?" Er näherte sich Drew, bis er so dicht vor ihm stand, dass ihr Atem sich vermischte. Drews grüne Augen verdunkelten sich, bis sie fast schwarz zu sein schienen.

„Ich denke schon." Drew legte den Kopf in den Nacken, um an die Decke zu starren, aber Ash konnte nur daran denken, über seinen Adamsapfel zu lecken und in die wunderbar blasse Haut seines Halses zu beißen.

„Das ist gut, denn ich glaube, ich brauche dich auch." Die Worte rutschten ihm heraus, bevor er sie zurückhalten konnte. Verlangen. Er hatte nie jemanden gebraucht. Gewollt schon. Begehrt ganz sicher. Aber gebraucht? Während er in Drews Augen schaute, begannen die Jahrzehnte alten Mauern zu bröckeln, die Ash um sich herum aufgebaut hatte. Vielleicht war er doch kein so schlechter Mensch, wenn jemand wie Drew sich etwas aus ihm machte. Vielleicht hatte Mr. Frank doch recht.

Er nahm Drews Hand und drückte ihm einen schnellen Kuss auf die Handfläche. „Gehen wir zurück und sehen nach, wie es deiner Großmutter geht."

Drew hielt seine Hand einen Moment fest, dann drückte er sie. „Ja. Und dann sollten wir reden." Ihre Blicke trafen sich, und Ash nickte.

„Einverstanden."

Sie gingen zum Wartebereich der Intensivstation zurück. Mike hielt Rachel in den Armen, während Jordan neben

Keith saß und sich leise mit ihm unterhielt. Rachel löste sich aus Mikes Umarmung.

„Sie sagten, wir sollen nach Hause gehen und morgen Früh zurückkommen. Wenn irgendwas passiert, rufen sie sofort an.“ Ihr Blick richtete sich wieder auf den verglasten Raum, in dem Ash mehrere Schwestern sah, die sich um Esther kümmerten. „Aber ich hasse es, sie hier ganz allein zu lassen.“ Ihre Augen füllten sich mit Tränen und ihre Lippen zitterten.

Drew umarmte sie. „Sie bekommt die bestmögliche Behandlung und ich bin nur zehn Minuten entfernt. Wir können morgen nichts für sie tun, wenn wir nicht wachbleiben können, weil wir ihr die ganze Nacht beim Schlafen zugesehen haben.“

Rachel nickte. „Du hast recht. Wir sollten besser gehen.“

Sie gingen zum Aufzug, der sie auf die Hauptebene hinunterbrachte. Die Krankenhaustüren öffneten sich und sie traten in die schwüle Nacht hinaus auf die Straße, die überraschenderweise noch immer sehr belebt war. Jazzmusik erklang aus dem Eingang der Bar auf der gegenüberliegenden Straßenseite, deren blinkende Neonreklame darauf hinwies, dass man dort zwanzig verschiedene Biersorten im Angebot hatte. Eine Horde lautstarker Teenager quoll aus der Tür des Diners an der Ecke auf den Bürgersteig.

Rachel und Mike gingen schnell zu ihrem Auto. Jordan sah aus, als wollte er etwas sagen, aber Keith zog ihn weg und er stand mit Drew allein auf dem Gehsteig.

„Komm mit. Mein Auto steht da hinten.“ Drew machte sich auf den Weg die Straße entlang.

Ash eilte ihm hinterher, seine Gedanken rasten. Wie ging es jetzt weiter? Das hatte er bisher noch nie erlebt; Sex war immer leicht zu finden. Hier ging es nicht um Sex, sondern um seine Seele und sein Herz. *Scheiße*. Er war total überfordert.

Sie stiegen in das Auto und Drew fuhr los. Ash musterte Drews langgliedrige Finger, die auf dem Lenkrad lagen, und dachte darüber nach, wie sie sich wohl an seinem Schwanz anfühlen würden. Er rutschte auf seinem Sitz herum. „Kommst du mit zu mir?", krächzte er mit rauer Stimme und trockener Kehle.

Drew antwortete nicht. Er fuhr weiter, bis sie in eine vertraute Straße einbogen. Er parkte und stellte den Motor ab. Ash stockte der Atem, als sie sich einander zuwandten.

„Nein, du kommst mit zu mir." Drew streckte die Hand nach ihm aus. Ohne zu zögern ergriff Ash sie und drückte sie sanft, bevor er seine Tür öffnete und ausstieg. Nebeneinander gingen sie schweigend zu Drews Wohnhaus.

Die dichtbelaubten Eichen auf beiden Straßenseiten schufen ein Blätterdach, das den Nachthimmel fast gänzlich verdeckte und lediglich ein Hauch des leuchtenden Mondlichts schien durch die Zweige. Ash wurde langsamer, schaute hinauf in die Dunkelheit.

„Es ist so friedlich hier, so sicher. Wenn man hier steht, könnte man fast glauben, dass auf der Welt nichts Böses geschieht."

Drew berührte ihn an der Schulter. „Komm. Lass uns nach oben gehen."

Er folgte Drew, mit jedem Schritt stieg das Verlangen in ihm weiter an. Als sie Drews Wohnungstür erreichten, zitterte Ash vor Anstrengung sich zurückzuhalten. Verdammt, er konnte sich nicht erinnern, dass er je so verzweifelt mit einem Mann zusammen sein wollte. Die Tür ging auf und er schob Drew hinein. Mit einer rohen Intensität, die ihn überraschte, packte er Drew an den Schultern und riss ihn an sich, begierig darauf, dessen Härte an seiner eigenen Erektion zu spüren.

„Ich will dich." Ash keuchte, als er über Drews Kehle leckte und sie sanft berührte. „Aber du musst es mir sagen."

Drew stieß Ash entgegen, seine Härte war durch die Jeans deutlich zu erkennen. „Dir was sagen?"

„Dass du mich willst. Sag mir, dass du das hier willst, mich in deinem Bett willst, in deinem Körper." Ash biss Drew in die Schulter, während er seine Hüften gegen Drews Becken bewegte, und wurde mit einem tiefen Stöhnen belohnt.

„Himmel, ja. Fuck, Ash. Ich will dich so sehr, dass es mich umbringt. Ohne dich bin ich innerlich tot." Drew strich mit den Lippen über Ashs Wange, weich und warm, sein Atem ein süßer Hauch. „Ich bin es müde mir Sorgen darum zu machen, was alle denken, wer ich sein sollte. Ich weiß nur, dass ich immer noch einsam war, selbst wenn ich mit Shelly zusammen war. Und ich nur an dich denken konnte."

Ash erkannte seine eigene Stimme kaum wieder, heiser vor Lust und Verlangen. „Ich war mit niemandem zusammen, seit ich dich getroffen hab. Mit niemandem. Ich will dich so sehr, Baby, ich dreh gleich durch." Er zog Drew an sich. „Lass uns ins Schlafzimmer gehen."

Drew küsste ihn auf die Wange. „Ich war auch mit niemandem zusammen. Ich hatte nie Sex mit Shelly; ich konnte es nicht, wenn du alles warst, was ich wollte."

Mit ineinander verschlungenen Armen taumelten sie ins Schlafzimmer. Ash stieß Drew aufs Bett, klemmte seine Beine ein und zog ihm das Shirt aus. Drews blasse Haut leuchtete im vom Mondlicht erhellten Zimmer. Ash machte kurzen Prozess mit seinem eigenen Hemd, Hose und Unterwäsche, bis er nackt und vollständig erregt vor Drew stand, der aufgehört hatte sich auszuziehen, um ihn anzustarren.

„Ich erinnere mich daran, wie du mich in deiner Wohnung in den Mund genommen hast." Drews Finger umklammerten seine Erektion, aus seinen Augen leuchtete das Verlangen. „Ich will das für dich tun. Lass mich dich spüren, dich schmecken.“

Sex hatte immer die Leere in ihm gefüllt, aber nie für längere Zeit. Verzweiflung blieb dort zurück, Hoffnung und die Sehnsucht danach, dass er vielleicht dieses Mal aus dem Gefängnis in seinem Verstand befreit werden würde. Er war so lange so allein gewesen, dass er vergessen hatte, wie sich Glück anfühlte.

Drews strahlende Augen zu sehen, das Verlangen, das sich in seine Züge eingegraben hatte, und zu wissen, dass er der Grund dafür war, riss die letzte Mauer ein, die sein Herz umgab. Er gesellte sich zu Drew auf das Bett, streckte sich neben ihm aus.

„Ich will dich nicht drängen, es ist dein erstes Mal.“

Drew schlang seine Finger um Ashs Schwanz und rieb mit seiner Wange über den steifen Schaft. „Das ist der Grund, warum ich es tun will. Ich will es mit dir tun.“ Er küsste die Eichel und Ash unterdrückte ein Stöhnen. Diese einfache, zarte Berührung machte ihn schwach.

„Es kannst nur du sein.“

Ash ächzte, als die süße, feuchte Wärme von Drews Mund sich um seine Eichel schloss, nach unten glitt und er mit den Zähnen über die empfindliche Unterseite schabte.

„Fuck, Drew. Ich werde in deinem Mund kommen, wenn du nicht aufhörst.“

Drew summte, kreiste mit der Zunge um seinen Schaft, leckte mit der Zungenspitze kräftig über die empfindsame Unterseite. Während er ihn mit einer Hand sanft pumpte, kitzelte er mit der anderen seine Hoden und neckte die sensible Haut.

„Darauf hoffe ich. Ich will dich schmecken.“

Obwohl Ash wusste, dass es Drews erstes Mal war, konnte er nichts dagegen ausrichten, von dem überwältigenden Gefühl des Blowjobs durch Drews talentierten Mund mitgerissen zu werden.

Er versuchte, sich zurückzuhalten, aber seine Hüften fingen an zu zucken, zwangen seinen Schwanz tiefer in Drews Mund. Ohne zu pausieren zog Drews Zunge aufreizend und kitzelnd einen Pfad über seine Erektion.

„Baby, sei vorsichtig, ich will dir nicht wehtun." Ash biss die Zähne zusammen. „Oh fuck, das fühlt sich zu gut an." Drew nahm ihn tief in seine Kehle auf und nach ein paar weiteren Stößen verkrampfte sich Ash und erschauerte, als er aufschrie und der Orgasmus ihn überrollte.

„Oh Gott."

Drew schluckte alles, was Ash ihm gab und setzte sich auf die Fersen zurück. Seine Lippen glänzten, seine Augen waren weit aufgerissen und dunkel.

„War das okay? Ich wusste nicht wirklich, was ich tun sollte. Ich hab auf deine Körpersprache geachtet. Deine Haut reagiert sehr stark auf Berührungen."

Schwer atmend beobachtete Ash wie Drews Finger über seinen Körper wanderten. Er fing seine Hand ein und zog ihn an sich.

„Nur auf deine Berührungen. Aber du musstest das nicht tun. Heute Nacht sollte eigentlich ich mich um dich kümmern." Er küsste Drew auf den seidigen Haarschopf.

Drew ließ sich neben ihm nieder, vergrub das Gesicht in Ashs Halsbeuge. Bei der Bewegung von Drews Lippen auf seiner Haut rauschten Schauer der Lust durch Ash. „Wer kümmert sich um dich? Es ist an der Zeit, dass du jemanden an dich heran und für dich da sein lässt."

Emotionen drohten den gesunden Menschenverstand zu besiegen, weil Ash Worte aussprechen wollte, die er nie zuvor für möglich gehalten hätte. Stattdessen rollte er sich auf Drew und das Gefühl ihrer nackten Oberkörper, die aneinander rieben, war wundervoll. Die Mauern, die er um sich errichtet hatte, stürzten ein, als er seine Hände an Drews Wangen legte. „Ich möchte dich küssen."

Drews Augen glänzten und Ash senkte den Kopf. Warme Lippen legten sich auf seine, ihre Berührung war sanft und zart, nicht rau und hart, und Ash stockte der Atem. Drews Geschmack war berauschend und Ash bewegte sich, leckte über Drews Lippen, saugte daran, während er die ganze Zeit Drews Gesicht mit den Händen umfasst hielt, wie um sich zu beweisen, dass er keine Ausgeburt seiner Fantasie war. Er sehnte sich nach mehr von Drew, nicht weniger, und Ash presste seinen Mund auf Drews, hungrig, begierig, verzweifelt. Ihre Zungen trafen sich, heiß und nass, und Ash hätte unter die Welle des Genusses in Tränen ausbrechen können, die voller Süße über ihn hinwegbrauste. So lange vernachlässigt, pulsierten Ashs Lippen, als Drew an ihnen knabberte und hineinbiss. Die Austreibung der Dämonen seiner schmutzigen Vergangenheit konnte nur mit Drew geschehen. Er machte alles möglich. Als sie ihre Körper erkundeten, ihre Lippen und Atemzüge kosteten, wusste Ash, dass er das Mal, das Drew auf seinem Herzen hinterließ, nie würde entfernen können, egal wie viel Zeit auch vergehen mochte.

Ihre intensiven Küsse wurden zu süßen, sanften Berührungen ihrer Lippen. Ash ließ seine Stirn gegen Drews sinken. „Du hast immer noch deine Kleider an. Das ist inakzeptabel. Zieh sie aus."

Drews Finger zitterten, als er den Knopf an seiner Hose öffnete, den Reißverschluss aufzog und sie sich von den Beinen strampelte, sodass er nur noch in seinen Boxershorts dalag. Ash saß immer noch rittlings auf ihm und rollte mit den Hüften, damit ihre Schwänze übereinander strichen. Und obwohl er nur wenige Minuten zuvor einen phänomenalen Orgasmus erlebt hatte, zuckte sein Schwanz bei der Berührung. Er stützte sich mit beiden Armen neben Drews Kopf ab und beugte sich hinunter, um erneut seinen Mund zu küssen. Als er Drew vor Wonne seufzen hörte, verzogen sich Ashs Lippen zu einem Lächeln.

„Glücklich, Baby?“ Er konnte nicht anders, als an Drews Hals zu knabbern. Der Mann schmeckte so verdammt gut. Wie eine Katze rieb Ash seine Wange über Drews Hals, aalte sich in seiner Wärme, während er nach unten griff, Drews Boxershorts herunterzog und dann seinen harten Schaft umfasste. Er liebkoste Drews Länge und rieb über die Eichel, um Feuchtigkeit aufzunehmen.

„Oh ja, ich bin so glücklich, ich könnte auf der Stelle sterben.“ Drew seufzte, als er seinen Schwanz heftig in Ashs Faust stieß.

„Wir haben die ganze Nacht Zeit. Stirb mir jetzt nicht weg.“ Ash gluckste, das Lachen blieb ihm in der Kehle stecken, als Drew weiter kräftig zustieß, sein Schwanz über Ashs Handfläche glitt und sich daran rieb. Innerhalb von Minuten krümmte sich Drews Körper auf dem Bett und er ergoss sich ächzend über Ashs Bauch und Hand.

Drew sank auf das Bett zurück und Ash brach auf ihm zusammen. Sie lagen Bauch an Bauch da, Brust an Brust, ihre Schwänze für den Moment völlig verausgabt. Nach ein paar Minuten stand Ash auf, um ins Bad zu gehen und sich zu waschen. Als er zurückkam, brachte er einen warmen, feuchten Waschlappen mit, säuberte Drews Bauch, und drückte einen Kuss darauf, nachdem er ihn trockengerieben hatte. Ash warf den Lappen aus dem Bett, legte seinen Arm um Drew und zog ihn an sich, lächelte, als der schläfrige Mann sich an ihn schmiegte. Während er einschlief, wurde Ash bewusst, dass dies das erste Mal war, dass er neben einem anderen Mann schlief oder das Bett mit einem Lover teilte.

Kapitel 20

„Nein, bitte. Es war nicht meine Schuld; es war nicht meine Schuld.“ Drew setzte sich kerzengerade im Bett auf, Schweiß lief ihm über das Gesicht. Starke Arme legten sich um ihn, um ihn zu halten und er begegnete Ashs ruhigem, mitfühlendem Blick.

„Was ist los, Baby? Hast du schlecht geträumt?” Ash küsste Drew auf den Kopf und umarmte ihn fest. Der Rhythmus von Ashs Herzschlag, so real und kräftig, beruhigte Drew, aber die gewalttätigen Bilder seines Albtraums blieben in seinem Gedächtnis eingebrannt. Er nickte, dann rollte er sich von Ash weg.

„Tut mir leid, dass ich dich geweckt hab. Seit dem Unfall meiner Eltern habe ich Albträume.“ Er erstarrte, schockiert darüber, wie leicht ihm dieses Geständnis von etwas, das er noch nie zuvor zugegeben hatte, über die Lippen gekommen war.

„Willst du drüber reden?“ Ash lag auf der Seite, sein Gesicht in den Schatten der Nacht verborgen, bis auf das Schimmern seiner Augen und dem Glanz seiner weißen Zähne. „Du hast mir bisher nicht viel von deinen Eltern erzählt. Natürlich nur, wenn es dir nicht unangenehm ist.“

Drew ließ sich auf den Rücken fallen, die schwarze Leere des Schlafzimmers entsprach völlig seiner düsteren Stimmung. „Ich hatte die schönste Kindheit, doch aus irgendeinem Grund lebte ich ständig in der Angst, dass mir alles genommen werden würde. Ich war nie gern allein, weil ich dachte, dass Menschen nie mehr zurückkommen würden, wenn sie gingen.“

Aus dem Wohnzimmer hörte er das klagende Miauen seines Katers. Domino, der mittlerweile daran gewöhnt war in seinem Bett zu schlafen, gefiel es nicht, dass er verbannt worden war. Vielleicht mochte auch er es nicht, allein zu sein. Sie waren sich ähnlich, er und sein Kater. Zwei Streuner, die sich nach Gesellschaft sehnten. Er presste sich die Ballen seiner Hände auf die Augen, entschlossen, die Tränen nicht entkommen zu lassen, die zu fallen drohten.

„Ich war schuld an ihrem Tod." Er zwang Atemluft durch seine geschwollene Kehle und rollte sich zusammen, das Gesicht von Ash abgewandt.

„Ich dachte, sie starben bei einem Autounfall?" Ash klang verwirrt.

„Stimmt." Oh Gott, warum hatte er diesen Albtraum haben müssen? Vielleicht könnte er Ash ablenken und er würde aufhören, Fragen zu stellen. Er setze sich auf und packte Ash im Nacken.

„Küsst du mich?" Er versuchte seine Lippen auf Ashs zu pressen, aber zu seiner Überraschung wich Ash zurück und setzte sich ebenfalls auf.

„Du lenkst ab, Drew. Wenn du nicht darüber reden willst, ist das okay. Du musst es nur sagen. Aber ich denke, du musst das loswerden." Ash nahm seine Hand und verschränkte ihre Finger ineinander. „Rede mit mir, Baby. Lass mich dir durch deinen Schmerz helfen. Teil ihn mit mir. Vertrau mir deine Geheimnisse an, wie ich dir meine anvertraut habe."

Drew rieb sich mit ihren ineinander verschlungenen Fingern über die Lippen. Verglichen mit dem, was Ash durchgemacht hatte, hatte er kein Recht, sich zu beklagen. „Es ist bescheuert, aber als ich mit dem College anfing, lebte ich zum ersten Mal nicht mehr zuhause und ich vermisste meine Eltern und meine Freunde. Ich war so einsam und verbrachte den Großteil meiner Zeit in der Bibliothek. Ich schätze, ich war der streberhafte kleine angehende Mediziner, für den alle mich hielten."

Ash zog Drew in seine Arme, sein Körper war wie eine feste Wand des Trostes. „Ich wette, dass du ein heißer, streberhafter angehender Mediziner warst."

Drew rieb seinen Kopf an Ashs Schulter, atmete seinen berauschenden Duft nach Kaffee, Wärme und Mann ein. „Genau genommen hatte ich wenige Freunde. Ich hab alle von daheim so sehr vermisst, dass ich sie ständig bat, mich zu besuchen."

Ash sagte nichts, streichelte nur über seine Haare, drückte ab und zu Küsse auf seinen Kopf und seine Wange.

„Meine Mutter fuhr nicht Auto und mein Vater hasste lange Fahrten, aber ich vermute, ich hab ihnen derartige Schuldgefühle eingeflößt, dass sie schlussendlich nachgaben. Wir verbrachten ein tolles Wochenende, aber auf der Heimfahrt …" Er atmete tief ein, zwang Luft in seine Lungen. „… überfuhr ein Laster die Mittelline und ist frontal in sie hineingeknallt." Heiße Tränen rollten über Drews Wangen. „Wäre ich nicht so ein bedürftiger, jämmerlicher Mistkerl, wären sie immer noch am Leben. Sie hatten mir gesagt, dass sie um ein Haar Rachel mitgebracht hätten. Um Himmels willen, ich hätte sie ebenfalls umbringen können."

Er verlor die Fassung und schluchzte an Ashs Brust. Die Qual und die Selbstvorwürfe, die während Rachels kleinem Nervenzusammenbruch und der Trauer seiner Großmutter an ihm gezerrt hatten, brachen sich Bahn.

„Lass es raus; es ist okay. Baby, das ist mehr als zehn Jahre her. Du musst das hinter dir lassen. Es war nicht deine Schuld. Es war ein fürchterlicher Unfall, und deine Eltern waren zur falschen Zeit am falschen Ort."

Drew wischte sich über die Augen und sah Ash ins Gesicht. „All die Jahre hab ich immer mir die Schuld gegeben und versucht ein besserer Mensch zu werden. Ich hab mir irgendwelche Frauen geschnappt, die mich mochten, ganz egal, ob *ich* sie mochte oder nicht."

„Wie deine Exfrau?“, murmelte Ash, seine Hände glitten nach unten, um Drews Schultern zu massieren.

Drew zuckte die Schultern. „Ich schätze schon. Ja.“

Ashs Hände wanderten über seinen Körper, er zwickte ihn in die Nippel, griff nach unten, um seinen Schwanz zu packen. Zwischen Bissen in sein Ohrläppchen und Küsse auf seinen Kiefer, leckte Ash über Drews Hals und flüsterte: „Aufgrund dessen, was du mit der Klinik gemacht hast, halte ich dich für ziemlich umwerfend. Dir sind andere Menschen so wichtig und du bist toll mit den Kids. Ich habe noch nie jemand getroffen, der so freundlich ist wie du.“

Die sanften Liebkosungen wurden zielstrebiger. Die Hände noch immer ineinander verschränkt, küsste Drew Ashs Finger und fragte sich, warum es ihm nicht seltsam vorkam mit einem Mann anstelle von einer Frau in seinem Bett zu liegen. Statt weicher Brüste und glatter, parfümierter Haut lechzte er jetzt danach, einen kräftigen Kiefer und harte Muskeln zu berühren und zu küssen.

Es fühlte sich weder eigenartig an, noch fand er es unangenehm. Er kannte Jordan schon sein ganzes Leben lang und liebte ihn schon beinahe ebenso lange als einen Freund. Mann oder Frau, was machte es aus, mit wem er schlief, und warum dachten die Leute, dass es sie etwas anging? Während sich sein Körper an Ashs Berührungen gewöhnte und sein Schwanz vor Begierde anschwoll, trat alles in den Hintergrund, bis nur noch dieser Mann wichtig war, ihre Herzen, und wie sie füreinander fühlten.

„Ich will dich. Mach Liebe mit mir. Jetzt.“

In einer fließenden Bewegung nahm Ash ihn unter seinem Körper gefangen. „Bist du sicher? Du willst mich? Danach wird es nie mehr wie vorher sein.“

Drew erschauerte. Heftig pulsierendes Verlangen machte sich in ihm breit, entfesselte etwas Wildes. „Ja. Schlaf mit mir. Das ist alles, woran ich denken kann.“ Er wand sich unter Ash, suchte die Reibung, die er so verzweifelt ersehnte.

„Oh Gott, du bringst mich noch um." Ashs angespannte Stimme brach, dann keuchte er rau und notgeil auf. „Sag mir, dass du Kondome hast. Und Gleitgel."

„Nachttisch", krächzte er. Drew hörte, wie die Schublade aufgezogen wurde und Ash darin herumkramte. Fluchend schaltete Ash eine Lampe ein, tauchte den Raum in dämmriges Licht. Ein Streifen Kondome landete auf dem Bett, zusammen mit einer Flasche Gel, dann krabbelte Ash auf allen vieren zu ihm zurück. Drew lehnte sich zurück, bewunderte sein gutaussehendes Gesicht und seine muskulösen Schultern. Dunkle Haare verteilten sich über Ashs Brust, führten hinunter zu seinem Schwanz, der sich rot und hart gegen seine straffen Bauchmuskeln drückte.

Der intensive Ausdruck auf Ashs Gesicht erschütterte Drew.

Ich werde gleich Sex mit einem Mann haben – mit Ash.

Der Gedanke raubte ihm den Atem und brachte ihn um den Verstand.

„Bist du dir sicher? Denn ich weiß, sobald ich dich diesmal schmecke, werde ich nicht aufhören, bis du mir gehörst." Ash glitt mit der Zunge über Drews Eichel, leckte auf eine so erotische, intime Weise darüber, ohne dabei den Blickkontakt zu unterbrechen, dass Drew beinahe auf der Stelle gekommen wäre.

„Wenn du so weitermachst, wirst du deinen Ruf als skrupelloser Mistkerl ruinieren." Drew beobachtete, wie sich Ashs feuchte, glänzende Lippen zu einem sündhaften Lächeln verzogen.

„Dann wird das unser Geheimnis bleiben müssen, oder?" Ash schob seinen kräftigen Körper über Drews, bis sich ihre Lippen fast berührten. Der Geruch nach Sex und Mann vermischte sich zu einem berauschenden Duft. Ohne nachzudenken schlang Drew die Arme um Ashs Nacken und küsste ihn, der salzig-süße Geschmack seiner Lusttropfen explodierte auf seiner Zunge, als Ash ihm in den Mund stöhnte.

Ihre Erektionen berührten sich und rieben übereinander, als sie sich gegenseitig mit dem Mund verschlangen. Ein kräftiger, muskulöser Schenkel schob sich zwischen Drews Beine. „Ich will dich so sehr, Baby." Ashs abgehakte Atemzüge kamen ihm gleichen Rhythmus, in dem Drews Schwanz pulsierte.

Drew spreizte seine Beine weit. „Du musst wissen, wie sehr ich das will, dich will."

Ash senkte den Kopf für einen schnellen Kuss, dann griff er nach dem Gleitgel. Drew konnte nicht verhindern, dass er sich verspannte, als Ashs kühler, feuchter Finger seinen Hintern berührte und dann in ihn eindrang. Alle Ängste und Bedenken lösten sich unter dem Gefühl von Ashs Finger, der sich zum ersten Mal in Drew drückte, in Luft auf. Er keuchte, als Ash seinen Finger durch den äußeren Muskelring und tiefer in ihn schob, bis er ganz in ihm steckte.

„Okay, Baby?" Ash sah ihn besorgt an.

„Es fühlt sich eigenartig an, aber ja, es geht mir gut." Drew lächelte, dann stöhnte er auf, als Ash einen zweiten Finger hinzufügte und beide nach oben krümmte. „Oh verdammt, das ist seltsam." Es brannte ein bisschen und dehnte ihn, aber es tat nicht weh.

Ash bewegte weiter seine Finger in ihm, als er etwas berührte. Seine Prostata, dachte Drew noch fast klinisch, bevor seine Nervenenden quasi in Flammen aufgingen und er beinahe vergaß, wie man atmete. Er schrie auf und drückte sich gierig den Fingern entgegen, die sich weiterhin immer wieder in seinen bebenden Körper schoben. Lust durchfuhr Drew, so intensiv und roh, dass er sich fragte, wie er all diese Jahre ohne sie gelebt hatte.

„Oh Gott. Bitte. Jetzt."

Er hörte die Verpackung des Kondoms reißen und das schlüpfrige Geräusch, als Ash es sich überzog und Gleitmittel darauf verteilte.

„Heb deine Beine, Baby, und leg sie auf meinen Schultern ab." Ashs Eichel stupste gegen seinen Eingang und Drew verspannte sich einen Moment. „Pscht. Ich bin ganz vorsichtig. Es ist auch für mich das erste Mal. Ich war noch nie mit einer Jungfrau zusammen, also werden wir gemeinsam lernen."

Drew biss sich fest auf die Lippe, als Ash nach unten griff, um seinen Schwanz in ihn zu dirigieren. Es schmerzte mehr, als es mit Ashs Fingern der Fall gewesen war, aber er wusste, dass er sich entspannen und atmen musste. Nachdem die Eichel erst einmal durch den engen Muskelring gedrungen war, war es vorbei und Drew rang unter dem überwältigenden Gefühl, einen Teil Ashs in sich zu haben, nach Atem.

„Bist du okay, Baby?" Die Anspannung und das Verlangen in Ashs heiserer Stimme verursachten einen stechenden Schmerz in Drews Herz. Niemand hatte ihn je so zärtlich und fürsorglich behandelt.

„Mir geht's gut. Du musst dich bewegen."

„Geben Sie Anweisungen, Herr Doktor? Ich werde sehen, was ich tun kann." Ash schob sich mit kurzen, vorsichtigen Bewegungen tiefer und tiefer in seinen Körper, bis Drew Ashs Hoden an seinem Hintern spürte und wusste, dass er sich ganz in ihm versenkt hatte.

Ash begann in ihn zu stoßen, das Tempo ihrer Bewegungen war ähnelte dem von Drews rasendem Herzschlag. Drew veränderte seine Lage, hob seine Beine noch höher und erneut fuhr dieser Blitz aus einer Mischung von Lust und Schmerz durch seinen Körper.

Dieses Mal stieß Ash tiefer und tiefer in ihn, bis Drew das Gefühl hatte, er würde seine Seele berühren. Er rieb seinen Schwanz im Einklang mit Ashs Bewegungen, sein Verlangen baute sich auf, brannte sich durch seine Adern und sammelte sich an seiner Schwanzwurzel.

„Ash, mein Gott, was zur Hölle …“ Sein Stöhnen hallte von den Wänden des Schlafzimmers wider, während Ash sich weiter in ihm bewegte

Ash stieß noch zweimal zu, hart, fast brutal, und in Drew breitete sich eine Hitze aus, die ihn beinahe dahinschmelzen ließ. Drew trieb seinen Schwanz in seine Faust, ergoss sich in Schüben über seinen Bauch und schnappte nach Luft. Sein Hintern spannte sich an und Ash erstarrte und stöhnte, als sein Orgasmus ihn überrollte. Nach kurzer Zeit zog er sich vorsichtig zurück und kümmerte sich darum, das Kondom zu entsorgen, dann kroch er wieder ins Bett.

Was würde jetzt passieren? Drew war nicht dumm genug zu glauben, ein Mann wie Ash würde auf Bettgeflüster und Kuscheln nach dem Orgasmus stehen, aber er hoffte trotzdem auf die Freundlichkeit und Zuneigung, die Ash ihm entgegengebracht hatte, bevor sie miteinander Liebe gemacht hatten.

Denn für ihn zumindest war es das, was sie getan hatten. Sie hatten sich geliebt, nicht gefickt. Er konnte Ashs schweren Atem hören, als sie sich Seite an Seite entspannten. Seltsam, dass dieser Mann so intim mit ihm gewesen war – intimer als jeder zuvor – und Drew jetzt, während er neben ihm lag, doch mit jeder verstreichenden Minute erwartete, dass sich zwischen ihnen nicht nur ein physischer, sondern auch ein emotionaler Graben auftat und sie sich stetig weiter voneinander entfernten.

„Drew?“

Als Ash ihn ansprach, drehte er sich herum, sah ihn aber nicht an. „Ja?“ Er machte sich auf eine Abfuhr gefasst. Auch wenn er sich an Ashs Zärtlichkeit erinnerte, konnte er nicht sicher sein, dass das kein Trick des redegewandten Anwalts gewesen war zu bekommen, was er wollte und er jetzt, nachdem er ihn um den Verstand gevögelt hatte, seinen Abgang plante.

„Geht's dir gut? Ich hab dir nicht wehgetan, oder?"

Drew warf einen ungläubigen Blick auf Ashs besorgte Miene. „Du sorgst dich um mich?" Ein Fünkchen Hoffnung flammte in Drews Herz auf, dass Ash vielleicht bleiben wollte.

Ash runzelte die Stirn. „Wie kommst du drauf, dass es anders sein könnte?"

„Nach unserem letzten Mal weiß ich nicht recht, was du fühlst oder was ich jetzt erwarten soll." Er unterbrach den Blickkontakt und sah zum Fußende des Bettes. Irgendwohin, nur nicht zu Ash.

Zu seiner Überraschung rutschte Ash näher zu ihm, zog ihn dicht an sich und drückte sein Gesicht in Drews Haar. „Ich fühle mich wie der glücklichste Mann auf Erden, weil du so verdammt perfekt bist und aus irgendeinem Grund *mich* willst. Das ist alles, was ich weiß." Ashs Arme schlossen sich fester um Drew. „Du willst mich doch, oder?"

Wieder einmal stellte dieser verletzliche, unsichere Klang von Ashs Stimme seltsame Dinge mit Drews Atmung an und sein Herz zog sich schmerzlich zusammen. Das Ausmaß seiner Gefühle für diesen wundervollen, lädierten Mann ging über alles hinaus, was er je für möglich gehalten hatte. Worte lagen ihm auf den Lippen, aber er hielt sie zurück, im Wissen, dass es zu schnell ging, zu früh war.

„Ich würde an keinem anderen Ort auf der Welt sein wollen."

Drew drehte sich in Ashs Armen um und sah, wie sich ein Lächeln auf seinem gutaussehenden Gesicht ausbreitete. Aus einem Impuls heraus küsste er ihn, schob Ash die Zunge in den Mund, um die seine zu necken. Nachdem er zuerst kurz gezögert hatte, erwiderte Ash den Kuss begierig und sie küssten sich eine Weile, bis Drew auffiel, wie klebrig und verschwitzt er war. „Ich gehe duschen." Mit einem schläfrigen Nicken schloss Ash die Augen und Drew stieg aus dem Bett.

Beim Betreten des Badezimmers betrachtete er sein Spiegelbild. Seine Wangen waren von Ashs Bartstoppeln zerkratzt, seine Brust klebrig, auf Brust und Nacken entdeckte er schwache, rote Male, und Drew musste zugeben, dass er gründlich durchgefickt aussah. Er grinste und stellte die Dusche an.

Dampf breitete sich im Badezimmer aus und er betrat die Duschkabine mit einem zufriedenen Stöhnen und schloss die Augen. Fast zu müde, um sich zu bewegen, streckte er die Hand aus und tastete nach der Seife.

„Suchst du das?" Von der Seife glitschige Hände liebkosten seine Brust. „Lass mich dich waschen, Baby. Mich um dich kümmern. Du hattest eine harte Nacht."

Einen kurzen Moment dachte Drew darüber nach, seine Augen zu öffnen, aber es schien zu anstrengend zu sein, daher lächelte er nur. „Das würde mir gefallen." Durch das Zusammenspiel des heißen Wassers, dem sinnlichen Streicheln über seine Haut und der allgemeinen Erschöpfung wegen der Angst um seine Großmutter, gaben seine Beine beinahe unter ihm nach. Er spürte, wie er an der gefliesten Wand nach unten rutschte, nur um aufgefangen und gegen Ashs heißen, nackten Körper gedrückt zu werden.

„Na komm. Trocknen wir dich ab und machen dich fertig fürs Bett." Ash streckte die Hand aus und stellte das Wasser ab.

Er ließ sich aus der Duschkabine führen, wo Ash ihn in ein großes Handtuch wickelte und ihn abtrocknete. Ash schlang seinen starken Arm um ihn und half ihm ins Bett, steckte ihn unter die dünne Bettdecke.

„Du musst dich ordentlich ausschlafen."

„Warte." Er streckte die Hand aus und griff nach Ashs, verschränkte ihre Finger ineinander. „Du gehst nicht, oder?“ Das Schweigen dauerte an, bis es ihm unmöglich wurde, nichts zu sagen. „Warum? Warum willst du gehen?“

„Ich wurde nicht gebeten zu bleiben. Ich wusste nicht, wie du zu mir stehst … zu uns. Ich wollte noch nie bleiben.“ Die Matratze gab unter seinem Gewicht nach, als er sich auf die Bettkante setzte. „Bis jetzt.“

Drew hielt noch immer Ashs Hand, zog ihn näher zu sich, bis er seinen Kopf auf Ashs Schulter legen konnte. „Ich möchte es. Bitte? Bleib bei mir.“

Ash lächelte, kam zu ihm unter die Decke und drückte ihn an sich. Seine Anwesenheit gab ihm die Kraft sich der Angst um seine Großmutter zu stellen und sich mit seinen Schuldgefühlen wegen des Todes seiner Eltern auseinanderzusetzen. Drew schoss die Augen und schlief ein.

Kapitel 21

Ash wurde langsam wach und als er ein Auge öffnete, breitete sich eine ungewohnte Wärme in seiner Brust aus. Zarte Atemzüge streiften seine Wange und eines von Drews Beinen lag auf seinem Schenkel. Sein Schwanz richtete sich auf, drückte sich gegen Drews Bauch, aber er machte keine Anstalten, frühmorgendliche sexuelle Aktivitäten zu initiieren. Als sie gestern Abend ins Bett gegangen waren, war Drew todmüde gewesen und Ash wollte ihm noch ein paar Minuten mehr Schlaf gönnen, bevor er aufstehen und sich einem weiteren, vermutlich überwältigenden und ermüdenden Tag stellen musste.

Stattdessen nutze er die Gelegenheit Drew festzuhalten. Mit den Fingerspitzen fuhr er über die vereinzelten Sommersprossen, die die zarte, blasse Haut von Drews Schultern sprenkelten. Wie bei dem Spiel, bei dem man Punkte verbinden musste, folgte Ash dem Weg seines Fingers mit der Zunge, da diese kleinen, süßen Kostproben auf unbestimmte Zeit würden ausreichen müssen. Drew bewegte sich, murmelte im Schlaf und drehte sich auf die andere Seite, sodass Ashs Schwanz sich jetzt zwischen seine festen Pobacken schmiegte.

Es wäre so leicht, sich zwischen diese engen Backen zu schieben und sich in den Orgasmus zu wiegen. Seine Lust zu befriedigen, ohne an Drews zu denken. Aber das war nicht länger, was Ash wollte. Wie er es letzte Nacht getan hatte, wollte Ash Drews Gesicht sehen, wenn er in ihn eindrang und beobachten, wie Drews Augen sich vor Lust verschleierten, wenn er kam.

Scheiße, er klang wie eine dieser verdammten, kitschigen Grußkarten. Er schob sich unter Drews Körper heraus, stand auf und sah den Mann lange an, der schlafend im Bett lag. Zum ersten Mal hatte Ash das Bett mit jemandem geteilt, abgesehen von den Zeiten, zu denen er, Luke und Brandon sich bei ihren Pflegeeltern in seinem Bett aneinander gekuschelt hatten. Aber das zählte nicht. Damals waren sie beieinander gelegen, weil sie Angst vor einem Sturm hatten, oder wenn Munson seine Frau schlug. Nicht die schönsten Erinnerungen.

Das hier war anders. Und als Drew seufzte und das Kissen an sich drückte, machte sich etwas Fremdartiges in Ashs Herz breit und er wollte nichts mehr, als wieder in dieses Bett zu steigen. Stattdessen zwang er sich dazu, sich abzuwenden und sich präsentabel zu machen, nachdem er im Bad eine Zahnbürste und einen Wegwerfrasierer gefunden hatte. Angewidert hob er seine zerknitterte Kleidung vom Fußboden auf. So konnte er nicht ins Büro gehen, aber von Drews Klamotten würde ihm nichts passen.

Er schlenderte in die Küche, entschlossen wach zu werden und sich Kaffee zu kochen. Der Anblick des großen schwarzweißen Katers, der mitten in der Küche auf dem Boden saß und ihn mit diesen riesigen Augen unverwandt anstarrte, verunsicherte ihn einen Moment. „Hey, Kater. Hast du auch Hunger?"

Keine Antwort, nur ein kurzes Zucken des Schwanzes.

Hmm. Er sah den Futternapf auf dem Boden stehen, aber um das Futter zu finden, würde er die Schränke durchsuchen müssen, was irgendwie einen Eingriff in die Privatsphäre bedeutete, aber sei's drum. Nachdem er mehrere Schranktüren geöffnet und wieder geschlossen hatte, fand er eine Packung Trockenfutter. Bingo. Als er die Tüte in die Hand nahm, kam Leben in den Kater, er miaute und wand sich um Ashs Beine. Nachdem er den Futternapf gefüllt hatte, gab Ash ihm noch frisches Wasser. Da der Kater jetzt versorgt war, lokalisierte Ash den Kaffee und machte sich daran, sich welchen aufzubrühen.

Minuten später lag der Duft von Kaffee mit Vanillearoma in der Luft und er schenkte sich eine Tasse ein. Er warf einen Blick auf die Küchenuhr und sah, dass es schon bald acht Uhr war. Ihm wurde bewusst, dass er eine Kanzlei hatte, um die er sich kümmern musste, also griff er sich sein Handy und rief dort an.

„*Davis and Frank*. Was kann ich für Sie tun?“ Lauras schon am frühen Morgen muntere Stimme begrüßte ihn.

„Hallo, Laura. Ist Walker schon da?“

„Guten Morgen, Mr. Davis. Ja, Mr. Walker ist hier, er bereitet sich auf Ihren Termin um zehn vor.“

Er nippte an seinem Kaffee. *Gut.* „Stellen Sie mich bitte durch.“

„Selbstverständlich, Sir. Einen Moment.“

Es klickte und dann war ein nervös klingender Walker zu hören. „Mr. Davis? Ist alles in Ordnung?“

Walker arbeitete seit acht Monaten in der Kanzlei, aber Ash dachte immer noch, dass der Mann bei jedem Gespräch glaubte, er würde gefeuert werden.

„Alles okay. Es gab einen kleinen familiären Notfall, daher werde ich es nicht zu unserem Meeting schaffen.“

„Verstehe.“ Walkers Stimme nahm einen vorsichtigen Tonfall an. „Ich kann es verschieben.“

„Nein, nein.“ Ash hörte, dass sich im Nebenzimmer etwas bewegte und beeilte sich, das Gespräch zu beenden, weil er plötzlich begierig darauf war, Drew zu sehen. „Ich bin überzeugt, dass Sie damit zurechtzukommen.“

Einen Moment herrschte Schweigen. „Sind Sie?“ Walker klang so ungläubig, dass Ash lachen musste.

„Ja, bin ich, außer Sie denken, es gibt einen Grund, warum ich es nicht sein sollte?“ Ash lachte leise in sich hinein, als Walker ihm ins Ohr stotterte.

„N-nein. Natürlich nicht. Vielen Dank, Sir. Ich sorge dafür, dass alles so ausgeht, wie Sie es beabsichtigt haben. Sie können sich auf mich verlassen.“

„Ich weiß, Walker. Wir sprechen uns später." Er legte auf und kochte mehr Kaffee. In einer Tüte auf der Anrichte entdeckte er Bagels und hatte eben ein Messer herausgenommen, um sie aufzuschneiden, damit er sie toasten konnte, als ein Geräusch hinter ihm seine Aufmerksamkeit erregte. Er wirbelte herum.

„Oh mein Gott Ash. Nein." Drew stand in der Tür zur Küche, nackt abgesehen von seiner Boxershorts, einen verängstigten Ausdruck auf dem bleichen Gesicht. „Bitte leg das Messer weg."

Was zum Teufel? Verwundert senkte er den Blick, sah, dass seine Hand noch immer das große, gezackte Brotmesser umklammerte und wusste mit einem Mal, was Drew gedacht hatte. Beschämt teilte er instinktiv aus. „Was? Hast du Angst, dass ich dir deine Küche vollblute?" Nach dieser gemeinen Spitze konnte er Drew nicht ansehen, also drehte er sich herum. Sein ganzer Körper verkrampfte sich vor Scham, Wut und Reue. Er warf das Messer auf die Anrichte und senkte den Kopf, kämpfte dagegen an, noch weiter um sich zu schlagen.

Wie dumm von ihm, seinem Verlangen nachzugeben mit Drew zu schlafen. Der Mann wusste zu viel über ihn. Drew hatte ihn Schicht um Schicht entblößt, fast bis zu seinem Innersten. Dem Teil von ihm, den er immer verborgen gehalten hatte, aus Angst, dass sollte jemals jemand dorthin vordringen, derjenige erkennen würde, was und wer er wirklich war.

Nichts. Ein Niemand.

Eine warme Handfläche presste sich gegen seinen Rücken. Ash zuckte zusammen und versuchte auf Abstand zu gehen, aber die andere Hand schob sich um seine Taille. Drew lehnte sich gegen Ashs Rücken und hielt ihn fest, die Wange gegen Ashs Schulter gedrückt.

„Es tut mir leid, dass ich voreilige Schlüsse gezogen habe. Ich hatte solche Angst, als ich dich mit dem Messer in der

Hand sah, dass ich nicht mehr denken konnte.“ Drews weiche, warme Lippen legten sich auf seinen Nacken. „Verzeih mir.“

Ash drehte sich um und sah Drew an, dessen grüne Augen blickten ihn so offen und ehrlich an, dass Ash nicht anders konnte, als ihn an sich zu ziehen. „Nein, mir tut es leid, dass ich dich angeschrien hab. Du hattest jedes Recht, zu denken, dass etwas passieren könnte, vor allem jetzt, da du Bescheid weißt.“

Drew trat zurück, hielt aber sein Handgelenk fest und fuhr mit den Fingerspitzen über die alten Narben. Auch wenn alles längst verheilt war, hatten sich die Nervenenden nie völlig erholt, und er hatte an diesen Stellen kein Gefühl mehr. „Wirst du mir sagen, was passiert ist?“ Drew kämpfte darum, seine Stimme neutral zu halten. „Natürlich nur, wenn du möchtest.“

Ashs Gedanken rasten, wie Hamster im Rad. Was sollte er sagen, was für sich behalten? Dann erinnerte er sich an die vergangene Nacht, wie er Drews gelöste Miene beobachtet hatte, als sie sich liebten. Das Vertrauen, das ihm entgegengebracht worden war, war ein Geschenk. Er konnte den Mann nicht anlügen, auch nicht, wenn sein Leben davon abhängen sollte.

„Ich hab dir Kaffee gemacht.“ Er reichte Drew seine Tasse. „Lass uns wieder ins Bett gehen und ich werde versuchen, es dir zu erklären.“ Ein Blick auf die Uhr sagte ihm, dass es erst halb neun war. „Wir haben Zeit, bevor wir ins Krankenhaus fahren.“

Drew nahm die Tasse entgegen und sie gingen ins Schlafzimmer zurück. „Danke.“ Ein kleines Lächeln zupfte an seinen Mundwinkeln. „Du begleitest mich?“

Ash stieg ins Bett. „Selbstverständlich. Das heißt, wenn es dir recht ist.“

„Natürlich will ich dich dabeihaben.“

Wärme breitete sich in ihm aus. Seit seinen Tagen als Pflegekind hatte ihn niemand gewollt oder gebraucht.

Nachdem Drew seine Tasse abgestellt und sich im Bett zu ihm gesellt hatte, legte Ash die Arme um ihn und atmete tief durch. „Es begann, als ich vierzehn war. Als Munson mich das erste Mal vergewaltigt hat. Zuerst hat er versucht nett zu sein, aber als ich nicht mitmachen wollte, hat er mich mit dem Kolben seiner Waffe geschlagen und mich mit Handschellen ans Bett gefesselt. Er sagte mir, ich war ein böser Junge, weil ich mich gegen ihn gewehrt hatte, was hieß, er würde zu Luke gehen und mit ihm tun, was ich ihn nicht mit mir machen ließ. Mir bleib keine andere Wahl, als ihm zu geben, was er wollte."

Ash sah alles wieder vor sich, die Bilder, die sich ihm überdeutlich eingebrannt hatten, tauchten vor seinem inneren Auge auf. Seltsamerweise waren es Dinge wie die klumpige Matratze, die ihm in den Rücken schnitt, die ihm zuerst wieder einfielen, zusammen mit der kratzigen blauen Decke, die nur wenig Wärme gespendet hatte. Dann kamen die Erinnerungen an die Qualen. Den Schlag mit der Waffe, die Handschellen um seine Handgelenke, die Stricke um seine Fußknöchel, als er dagegen ankämpfte, und letztendlich die verhasste Berührung seines Pflegevaters, der über seinen Körper herfiel.

„Oh Ash." Drew nahm seine Hand und er hielt sich daran fest.

„Ich ließ ihn mit mir machen, was er wollte, solange er die anderen Kids in Ruhe ließ. Aber eines Nachts, als alles zu viel wurde, setzte ich hier und hier ein Messer an" – er zeigte auf die dicksten Narben an seinen Handgelenken – „und versuchte, mich umzubringen."

Da war so viel Blut und Schmerz gewesen, aber seine Pflegemutter hatte ihn gefunden und ihn zu einer Frau gebracht, die ein paar Häuser weiter wohnte. Es wurden keine Fragen gestellt. Mrs. Cartwright, die Nachbarin, hatte die Wunden einfach genäht und verbunden und er war nach Hause gegangen.

Drew sah entsetzt aus. „Niemand hat es gemeldet? Mein Gott, du hättest sterben können."

Ash lachte über seine Naivität. „Baby, wir lebten in einer kleinen Stadt mit nur einer Straße. Es führte nur ein Weg hinein und wieder hinaus. Niemand hätte sich gegen einen Cop gestellt, schon gar nicht gegen einen so gemeinen Hurensohn wie Munson. Danach wurde ich schlauer. Ich ließ ihn machen, was er wollte, aber er hasste es, wenn ich mich selbst verletzte." Es war jeden Schlag wert, den er von Munson kassierte, wann immer der einen neuen Schnitt auf seinen Armen entdeckte. „Dadurch wollte ich es nur umso mehr tun. Um ihn wissen zu lassen, dass er mir nicht vorschreiben konnte, was ich mit meinem Körper tun durfte."

Er fiel in die Kissen zurück und zog Drew mit sich, damit der es sich an seiner Brust gemütlich machen konnte. Ash drückte Drew an sich, getröstet durch sein urteilsfreies Schweigen. „Als ich abgehauen bin, habe ich mich wieder geschnitten und bin im Krankenhaus gelandet, aber zu dem Zeitpunkt war ich bereits achtzehn und sie konnten mich nicht zurückschicken. Ich bin in der Nacht aus dem Krankenhaus verschwunden und bin nach New York gekommen. Habe einen Job in einem Fast-Food-Restaurant bekommen und an der Abendschule meinen Abschluss nachgemacht."

Jetzt, da er einmal angefangen hatte, strömten die Worte nur so aus ihm heraus, leidenschaftlich und unaufhaltsam. „Ich habe jeden Cent gespart, in Obdachlosenunterkünften geschlafen, oder wo auch immer ich einen Platz finden konnte. Ich habe allerdings nie meinen Körper verkauft, denn ich hatte zu viel Angst, mir eine Krankheit einzufangen. Ich hab das Community College besucht, dann ein Vier-Jahres-College. Mit der Zeit wurde mir klar, dass ich Anwalt werden wollte, um Kindern wie mir zu helfen."

Drew sagte immer noch nichts, ließ ihn sich nur den Schmerz von der Seele reden.

„Als ich das College besuchte, hatte der Manager des Restaurants Mitleid mit mir und hat mir in seinem Haus ein Zimmer vermietet. Ich dachte, er würde Sex als Gegenleistung verlangen, aber er war anständig und hat nur einen kleinen Teil meines Gehalts einbehalten. Ich konnte lernen und habe als Klassenbester den Abschluss gemacht. So habe ich das Stipendium von Mr. Frank für das Jurastudium bekommen."

Erschöpft schloss er die Augen, sprach aber weiter. „Überall wo ich hinging, hielt ich Ausschau nach Luke und Brandon. Ich wusste, ich hatte versagt. Und jedes Mal, wenn ich darüber nachdachte, wie sehr ich sie im Stich gelassen hatte, ritzte ich mir ein weiteres Mal in meinen Arm, damit ich darauf konzentriert blieb, sie zu finden."

Drew küsste ihn auf die Wange und legte seine warme Hand über Ashs Herz. „Eines Tages wirst du sie finden. Ich kann dir helfen, wenn du willst. Ich helfe dir dabei, das durchzustehen."

Ash schob seine Hand auf Drews, um ihn festzuhalten. Er konnte nicht aufhören, Drew zu berühren, brauchte die Verbindung wie eine Rettungsleine zu seinem Herzen. „Ich hab Luke gefunden. Er ist momentan auf einer langen Geschäftsreise, aber er lebt hier, in der Innenstadt."

„Das ist wundervoll." Drew setzte sich auf und Ash spürte seine Nervosität. „Ich hasse es, dich hier zu unterbrechen, aber ich möchte früh im Krankenhaus sein, damit ich die Gelegenheit bekomme, mit den Ärzten zu sprechen."

„Aber sicher. Ziehen wir uns an und brechen auf." Er sprang aus dem Bett, mittlerweile war ihm egal, dass seine Kleidung völlig zerknittert war. Sollten die Leute über ihn und Drew denken, was sie wollten, es ging verdammt nochmal außer ihnen niemand etwas an. Die Last, die er seit Jahren mit sich herumgetragen hatte, schnürte ihm nicht länger sie Luft ab. Er hatte Drew von einigen der Dinge erzählt, die ihm widerfahren waren und war nicht abgewiesen worden. Vielleicht konnten sie es schaffen, dass das mit ihnen funktionierte.

Er lächelte, als er sein Hemd zuknöpfte und es in die Hose steckte, wobei er versuchte, die Falten zu glätten. Drew kam aus seinem Schlafzimmer, in einem blassgrünen Hemd, einer dunkelblauen Krawatte und einer schwarzen Anzughose sah er zum Anbeißen aus. Ash konnte nicht widerstehen und zog Drew an sich, um eine Hand auf seinen Hintern zu legen. Jetzt, wo er Drew letztendlich auf den Mund geküsst hatte, lechzte er nach mehr. Er presste seine Lippen auf Drews. Ihm gefiel, wie weich sie sich anfühlten. Drew öffnete den Mund und hieß seine Zunge darin willkommen.

Drew wimmerte, als ihre Zungen sich berührten. Ash zeigte eine Selbstbeherrschung, von der nicht gewusst hatte, dass er sie besaß, zog sich zurück und lachte. „Wenn wir jetzt nicht gehen, behalte ich dich den ganzen Tag im Bett."

Etwas Dunkles blitzte in Drews Augen auf; dann erst schien ihm wieder bewusst zu werden, wohin sie gerade wollten. „Richtig. Wir sollten uns besser beeilen."

Ash nickte, schnappte sich die Bagels von der Anrichte, und folgte Drew aus der Wohnung und die Treppen hinunter.

An diesem Morgen fanden sie eine völlig andere Situation als am vergangenen Abend vor. Das Wichtigste war, dass Esther wach war und sich unterhielt. Ärzte und Schwestern standen im Kreis um sie herum. Drew, der sich einen weißen Arztkittel übergeworfen hatte, sah unglaublich heiß und sexy aus, sogar als er Ash gesagt hatte, dass er draußen warten sollte, während er auf die Intensivstation ging, um sich mit dem Kardiologen zu besprechen.

Einen Moment lang hätte Ash sich beinahe vergessen und ihn zum Abschied geküsst. Und es schien, als hätte Drew das gleiche im Sinn gehabt, da er sich vorbeugte, als würde er den Kuss akzeptieren wollen. Nur der Klang der Stimmen von Jordan, Rachel und Mike hatte ihn davon abgehalten.

„Drew, wie geht es ihr? Hast du sie schon gesehen?“ Rachel kam auf sie zu gerannt und packte Drew am Arm. Drew legte den Arm um sie und führte sie ein Stück zur Seite, um allein mit ihr zu sprechen.

Ash begrüßte währenddessen Mike. „Hey, wie geht’s?“ Mike stieß seine Faust gegen Ashs und gesellte sich anschließend zu Rachel und Drew. Ash sah zu, wie Drew noch ein paar Minuten mit ihnen sprach und dann das Zimmer seiner Großmutter betrat. Der weiße Kittel verlieh ihm eine gewisse Autorität, und angesichts der Schildpattbrille wurde Ash ganz schwach vor Verlangen. Sollten die Leute denken, was sie wollten. Ash konnte den Blick nicht von ihm abwenden. Wer hätte gedacht, dass er auf diesen sexy, intellektuellen Look stand? Seine Lippen verzogen sich zu einem Lächeln, als er Drew beobachtete, der sich hinunterbeugte, um Esther zu küssen.

Jemand pikte ihn in den Rücken. „Was zur Hölle?“ Überrascht drehte er sich um, nur um sich Jordan gegenüber zu sehen, dessen eisblaue Augen Feuer sprühten. „Du hast besser eine verdammt gute Erklärung, Davis.“ Jordan pikte ihn erneut, diesmal in die Brust.

Ash lehnte sich gegen die Wand, ein träges Lächeln auf den Lippen, aber seine schneidende Stimme war kalt und hart. „Wenn du mich nochmal anfasst, werde ich dafür sorgen, dass es dir leidtut. Es ist mir egal, dass du Drews Freund bist oder dein Partner ein Cop ist. Kapiert?“

Jordan wippte auf den Fußballen, die Arme vor der Brust verschränkt. „Fahr zur Hölle, Davis."

„Da war ich schon." Ash grinste und imitierte Jordans Körperhaltung. Er glaubte nicht, dass es hier im Krankenhaus zu einer Schlägerei kommen würde, aber er würde sich nicht überrumpeln lassen. Nicht von Jordan. „Was hast du für ein Problem?"

„Was machst du hier? Du gehörst nicht zur Familie oder stehst uns nahe. Und warum trägst du eigentlich noch die Klamotten von gestern?" Jordans verächtlicher Blick wanderte an ihm auf und ab, aber seine Musterung hatte nichts Sexuelles an sich. Wenn überhaupt sah er wütend und angewidert aus.

Seit wann war Jordan der Meinung, dass er ihm eine Erklärung schuldig war? Ash zog eine Augenbraue hoch und lächelte. „Verpiss dich. Ich bin dir keine Rechenschaft schuldig, genauso wenig wie Drew." Im Wissen, dass er ihn damit zur Weißglut treiben würde, wandte Ash sich von ihm ab und ging zu Mike und Rachel hinüber.

Ash hatte allerdings nicht mit Jordans Hartnäckigkeit gerechnet. Bevor er die Sitzecke erreichte, wo Mike und Rachel darauf warteten, dass Drew zurückkam und ihnen von Esthers Zustand berichtete, packte Jordan ihn am Arm.

Ash blieb abrupt stehen. „Wenn du mit deiner Hand weiterhin in der Lage sein willst Operationen durchzuführen, schlage ich vor, dass du mich loslässt. Sofort." Niemand fasste ihn an, außer er erlaubte es. Jahrelang gefesselt und brutal behandelt zu werden, hatte diese Auswirkung auf Menschen. Jordan freilich wusste das nicht und hielt ihn weiter fest. Schweiß brach auf seiner Stirn aus und Ash bebte, als eine Mischung aus Wut und Angst ihn überrollte. Punkte tanzten vor seinen Augen und er bekam keine Luft mehr. Wenn er Jordan nicht los wurde, würde er mitten im

Krankenhaus eine ausgewachsene Panikattacke durchmachen.

Mit gewaltiger Anstrengung befreite sich Ash aus Jordans Griff, doch die Übelkeit und das Schwindelgefühl blieben. Die Kälte der Wand, gegen die er sich lehnte, sickerte durch seinen schweißnassen Körper. Jordan kam einen Schritt auf ihn zu und Ash erstarrte, dann schnauzte er ihn an. „Hau ab. Lass mich in Ruhe."

Jordan begriff es endlich und erlaubte Mike, ihn wegzuziehen, doch beide Männer warfen ihm über die Schulter weiterhin verwirrte Blicke zu, als sie sich freie Stühle im Wartebereich suchten. Rachel kam zu ihm herüber und berührte seine Hand, während sie ihn leise ansprach. „Ash, geht's dir gut? Du siehst aus, als würdest du jeden Moment umkippen."

Er sah auf ihr besorgtes Gesicht hinunter. Anders als Jordan strahlte Rachel nur Wärme und Mitgefühl aus. Er schenkte ihr ein schwaches Lächeln. „Ja. Danke. Ich mag es nur nicht, wenn man mich festhält, das ist alles."

Sie warf ihm einen undeutbaren Blick zu, aber dann kam Drew aus dem Zimmer seiner Großmutter und sie ließ ihn stehen, um zu ihrem Bruder zu rennen.

„Wie geht es ihr, Drew? Wird sie wieder gesund?" Rachel hielt ihn am Arm fest und er zog sie an sich. Ash erinnerte sich an die vergangene Nacht, und wie sich Drews Arme um ihn angefühlt hatten. Hitze stieg ihm ins Gesicht.

Drew lächelte Rachel und alle anderen an, als Mike und Jordan sich zu ihrer kleinen Gruppe gesellten, die wohlweislich einen großen Bogen um Ash machten. „Ja, es geht ihr sehr viel besser. Ihr Herzschlag war die ganze Nacht stabil, sie atmet selbstständig, ist wach und verlangt, dass man sie nach Hause gehen lässt."

Ash, der sich wieder von seiner Panikattacke erholt hatte, lachte leise, da sich das absolut nach Esther anhörte. Drew begegnete seinem Blick und grinste, während er Rachels

Hand nahm. „Komm mit, Rach, wir dürfen jetzt beide zu ihr. Sie sagt, sie erinnert sich daran, was passiert ist." Er entfernte sich ein paar Schritte, blieb plötzlich stehen und drehte sich um. „Jordan, kannst du Keith anrufen? Ich hätte gern, dass er sich anhört, was sie zu sagen hat."

Jordan nickte und zog sofort sein Handy aus der Tasche, um seinen Freund, den Polizisten, anzurufen.

Widerwillig gestand Ash sich ein, dass Jordan Drew ein guter Freund war, unabhängig davon, dass er ein arroganter Arsch war. War es wichtig, ob er und Jordan miteinander auskamen? Nicht wirklich. Er wusste, dass der Mann ihm gegenüber wegen seines Benehmens in der Vergangenheit immer misstrauisch sein würde. Während er durch die Glasscheibe des Zimmers auf der Intensivstation beobachtete, wie Drew mit seiner Großmutter und Schwester interagierte, fragte sich Ash, wie lange es dauern würde, bis er Mist bauen oder Drew verletzen würde. Er hatte sein ganzes Leben mit einer Mauer um sich herum verbracht – nicht berühren, haltet euch fern. Der einzige der diese Mauer je durchdrungen hatte war Jacob Franck. Abgesehen von letzter Nacht. Mit Drew zusammen zu sein, hatte seinen Schutzwall zerstört und das gefiel ihm nicht. Das Gefühl von Hilflosigkeit und Schmerz spülte über ihn hinweg wie Hochwasser nach einem Wolkenbruch. Er hatte Jahre damit verbracht, sicherzustellen, dass er sich gut abgeschottet hatte, nur um zu erleben, dass unter dem Druck von Drews Lippen auf seinen und dessen Körper unter seinem zu spüren alles über ihm zusammenbrach.

Das war nicht Teil des Plans.

Vielleicht hatte Jordan recht, und es wäre besser, wenn er verschwand, wie es sich wahrscheinlich alle wünschten, und die Menschen, die Drew am nächsten standen, ihm halfen. Schließlich war er, wie Jordan gesagt hatte, ein Fremder, nicht Teil ihrer Familie. Sie brauchten ihn nicht. Mit einem letzten Blick durch die Scheibe hastete er zum Aufzug und schaffte es, ihn zu betreten, bevor sich die Türen schlossen.

Als der Aufzug nach unten fuhr, staunte er über die Leere in seinem Inneren, nachdem er Drew verlassen hatte und das unglaubliche Gefühl des Verlusts, als hätte er etwas zurückgelassen, das er vielleicht nicht noch einmal finden würde.

Kapitel 22

„Nana, du musst dich hinlegen und ausruhen. Es hilft dir nicht, dich gegen uns zu wehren.“ Drew sah mit liebevoller Verzweiflung auf seine Großmutter hinunter. Da sie jetzt nicht länger in Gefahr war, hatte er kein Problem damit, eher seine Autorität als Arzt zu bemühen, als der besorgte Enkel zu sein. „Du wirst hier keinen Moment früher gehen, als Dr. Porter es dir erlaubt.“ Er erlaubte sich kurz aus dem Fenster zu schauen, um einen flüchtigen Blick auf Ash zu erhaschen, aber er sah ihn nicht. Dr. Porter betrat das Zimmer, gefolgt von einer Schar junger Assistenzärzte und Ärzten in der Fachausbildung.

„Nun, Mrs. Klein, Sie haben ihre Familie ganz schön erschreckt.“ Er schenkte ihr ein breites Lächeln.

Wenn seine Großmutter eines mochte, dann einen gutaussehenden Mann, ungeachtet des Alters. Groß, mit dunklem Haar und stechenden, hellblauen Augen, war Rob Porter einer der umschwärmtesten Männer im Krankenhaus und Drew bemerkte amüsiert, wie sie ihren Charme auf den Arzt konzentrierte. Esther mochte fast neunzig sein, aber sie flirtete immer noch gern.

„Nun ja, das war natürlich nicht meine Absicht.“ Sie runzelte die Stirn, während ihr Lächeln verblasste. „Diese beiden jungen Männer kamen an meine Tür und sagten so schreckliche Dinge.“ Sie wurde ganz bleich. Alarmiert nahm Drew ihre Hand, während Rachel ihr das Haar aus dem Gesicht strich.

„Mrs. Klein, versuchen Sie ruhig zu bleiben. Ich bin sicher, Ihre Familie wird dafür sorgen, dass Sie die beste Pflege erhalten und so etwas nie wieder vorkommt.“ Rob winkte Drew zur Tür hinüber.

Gespannt darauf, was Rob zu sagen hatte, sprang Drew vom Stuhl auf, blieb jedoch zuerst noch neben dem Bett seiner Großmutter stehen, um sie zu küssen. „Ich bin in ein paar Minuten wieder da.“ Als er sich Rob anschloss, runzelte der die Stirn.

„Drew, es geht ihr gut. Ich werde sie noch ein paar Tage zur Beobachtung hierbehalten, aber ich empfehle dir, dass jemand bei ihr wohnt, wenn sie wieder nach Hause kommt. Sie sollte nicht allein leben.“

Das hatte Drew befürchtet. Seine Großmutter hatte nie zu den Menschen gehören wollen, die auf die Hilfe anderer angewiesen waren. Er und Rachel würden vorsichtig vorgehen müssen, um ihre Unabhängigkeit zu erhalten. „Mach dir keine Sorgen, Rob. Jetzt wird sie uns zuhören müssen.“

„Gut.“

Nachdem er ein paar Einträge in der Krankenakte gemacht hatte, verabschiedete sich Rob und ging, die Gruppe der Ärzte eilte ihm nach. Drew kehrte zu Rachel und seiner Großmutter zurück. „Nana. Du wirst von jetzt an jemanden bei dir haben müssen. Das steht nicht zur Debatte.“

Rachel stand vom Bettrand auf. „Ich hab mit Mrs. Delany gesprochen. Jetzt, wo ihr Mann gestorben ist, denkt sie darüber nach, das Haus zu verkaufen, da sie sich die Steuern und den Unterhalt nicht leisten kann. Sie würde gern in dein Gästezimmer ziehen, Nana. Das wäre die perfekte Lösung. Du magst sie und vertraust ihr, und sie könnte dir Gesellschaft leisten und auch helfen.“

„Das ist eine wunderbare Idee, Rach. Meiner Meinung nach für beide Seiten ein Gewinn. Stimmt’s, Nana?“

Er musste ihr Anerkennung zollen. Sie widersprach nicht, starrte sie lediglich verärgert an und schwieg. Wie er sie kannte, dachte sie sich gerade irgendeinen komplizierten Plan aus, um ihrem Vorschlag entgegenzuwirken.

Bevor er etwas sagen konnte, klopfte jemand an die Tür. Drew sah Keith’ blonden Schopf durch das Fenster und bedeutete seinem Freund, hereinzukommen. Keith war in seiner offiziellen Funktion als Detective des NYPD hier, da er ein Hemd mit Krawatte trug, und Drew erspähte seine Dienstmarke, die er am Gürtel befestigt hatte.

„Hey, danke, dass du so schnell gekommen bist." Sie umarmten sich kurz, ehe Keith zu Drews Großmutter hinüberging.

„Nun, Esther, was hast du zu deiner Verteidigung vorzubringen?" Keiths strahlend blaue Augen funkelten.

„Meine Güte, ihr Jungs seht mit euren Anzügen und Krawatten alle so stattlich aus. Dass ihr euch alle um mich versammelt, war es beinahe wert, krank zu werden." Sie lachte.

„Nana, also wirklich." Rachels resigniertes Seufzen brachte ihn und Keith zum Lachen und sie schüttelten die Köpfe.

„Okay, Esther. Drew sagte, du hattest Besucher. Kannst du dich daran erinnern und mir sagen, was passiert ist?" Keith zückte ein kleines Notizbuch und einen Stift und setzte sich auf den Stuhl neben ihrem Bett.

Drew warf einen Blick auf den Herzmonitor, an den seine Großmutter angeschlossen war, und der ein gleichmäßiges Piepen von sich gab. Beim ersten Anzeichen einer Veränderung würde er die Befragung abbrechen. Rachel stand wie ein Wachtposten neben dem Bett und hielt ihre Hand.

„Nun, es war seltsam. Erinnert ihr euch, dass ich sagte, dass vor ein paar Tagen zwei junge Männer vorbeigekommen sind und meinen Rasen gemäht und die Büsche zurückgeschnitten haben?" Alle nickten, und sie fuhr fort. „Sie kamen zurück, was mir merkwürdig vorkam, da ich offensichtlich nichts weiter für sie zu tun hatte."

„Hast du ihnen das gesagt, Esther?" Keith hatte aufgehört, in sein Notizbuch zu schreiben.

Sie nickte. „Ja, und sie lachten mich aus und sagten seltsame Dinge."

„Wie zum Beispiel was, Nana?“ Rachel ließ ihre Hand los und setzte sich auf die Bettkante.

Seine Großmutter sah ihn an. „Sie haben dich erwähnt, Drew. Nicht namentlich, aber sie sagten, *Richten Sie Ihrem Enkel und seinen Freunden aus, dass sie sich aus unseren Angelegenheiten raushalten sollen.*“ Ihre Stimme wurde leise und sie fingerte am Rand des Lakens herum. „Sie fingen an zu fluchen und fürchterliche Dinge über dich, Ash und Jordan zu sagen, Liebling.“

Keiths Augen schienen zu blauen Eissplittern zu werden. „Haben sie dich bedroht oder angefasst, Esther?“

Nach kurzem Zögern nickte sie. „Sie haben mich gegen die Wand geschubst und gemeint, ich sollte Dr. Drew sagen, dass es schlimmer werden würde, wenn er weiterhin diesen Kindern hilft.“ Sie sah zu Keith auf. „Sie benutzten ein Schimpfwort, das ich nicht widerholen werde, nicht einmal für dich, mein Lieber. Ich benutze diese Art von Sprache nicht.“

Keiths übliches Lächeln verschwand und wurde durch einen steinernen Gesichtsausdruck ersetzt. Er tätschelte Nanas Hand. „Mach die deshalb keine Gedanken. Ich weiß, was du meinst.“ Er schrieb eine Weile etwas in sein Notizbuch. „Ist das alles?“

Nana dachte einen Moment lang nach. „Ja. Sie sind gegangen und haben gelacht, als wäre es ein großer Witz, aber erst, nachdem sie mich ein bisschen herumgeschubst hatten.“ Ihre Stimme hob sich vor Empörung. „In was für einer Welt leben wir denn, wenn es derart an Respekt gegenüber Frauen und jemanden in meinem Alter mangelt? Wer zieht solche Ganoven heran?“

Drew bemerkte, dass die Maschinen immer noch in stetigem Rhythmus piepten, ohne eine Veränderung. Er wandte seine Aufmerksamkeit wieder Keith zu, der weiter Fragen stellte.

„Esther, wie sahen sie aus, und hast du gehört, ob sie einander beim Namen nannten?“ Keith sah sie mit erwartungsvoller Miene an.

Ihr Gesicht verzog sich einen Moment. „Sie waren beide jung – Teenager würde ich sagen. Einer war groß und sah ganz nett aus. Er hatte sehr kurzes Haar und braune Augen, aber seine Lippen waren dünn. Ich sage dir, ich habe noch nie einem Mann mit schmalen Lippen vertraut. Der andere war kleiner, mit so einer verrückten Frisur, wie sie sie heutzutage gerne tragen. Wo die Haare so ins Gesicht hängen.“ Sie zuckte die Schultern. „Ich weiß nicht, warum sie denken, dass sie damit gut aussehen.“

Drew schaute zu Keith hinüber und dessen Lippen zuckten, als würde er sein Lachen unterdrücken. Er wandte sich wieder seiner Großmutter zu. „Irgendwelche Namen, Nana?“

Sie zuckte erneut die Schultern. „Nein. Tut mir leid. Aber ich würde sie definitiv wiedererkennen, wenn ich sie sehen würde.“ Ihre Augen begannen zu funkeln. „Vielleicht könntest du mich aufs Revier bringen und ich könnte mir Bilder ansehen.“

Keith lachte. „Esther, ich habe das Gefühl, du hältst das für eine Folge von *Law and Order.*“

„Na ja, ich liebe diese Serie“, grummelte sie. „Und das ist, was dort Zeugen eines Verbrechens immer tun.“

Keith stand auf und ging zum Bett hinüber, um ihr einen Kuss zu geben. „Ich bringe dich höchstpersönlich in einem Streifenwagen mit Blaulicht hin und lasse dich Bilder durchsehen, aber erst, wenn der Arzt es erlaubt.“ Er streckte die Hand aus. „Deal?“

Sie ergriff seine Hand und schüttelte sie, während alle im Raum lachten. „Deal.“

Die Schwester kam herein und scheuchte sie hinaus. „Mrs. Klein braucht Ruhe. Es verlassen jetzt bitte alle den Raum, auch Sie, Dr. Klein. Keine Sonderbehandlung, nur weil Sie Arzt sind." Mrs. Albright zwinkerte ihm zu. Sie beide kannten sich schon lange, seit der Zeit, als er hier Assistenzarzt und sie die strengste Krankenschwester war, die es den neuen Ärzten immer schwer machte.

„Ja, Ma'am." Sie verließen das Zimmer und gingen in den Wartebereich. Drew war überrascht, dort nur Jordan und Mike vorzufinden. Wo war Ash?

Als er Jordan diese Frage stellte, zuckte sein Freund nur die Schultern. „Er ist schon lange weg. Ist in den Aufzug gestiegen und abgehauen. Vergiss ihn, Drew. Ich hab dir schon vor einer Ewigkeit gesagt, er ist ein Aufreißer und ein Mistkerl. Er ist nicht dein Freund."

Drew konnte nicht glauben, dass Ash einfach verschwinden würde. Nicht nach der letzten Nacht und den Wahrheiten, die sie einander an diesem Morgen offenbart hatten. Ohne dass es ihm gesagt wurde, wusste er, dass Ash nie irgendjemandem gegenüber etwas über die Brutalität und Entwürdigung preisgegeben hatte, die er ertragen musste, bevor er sich selbst neu erfunden hatte. Die Narben, die er davongetragen hatte, sowohl körperlich wie emotional, konnten nicht auf die leichte Schulter genommen werden. Auch waren sie nichts, was man abstreifen und begraben konnte, auch wenn er fürchtete, dass Ash das tat, um zu überleben.

Drew erinnerte sich daran, wie liebevoll und fürsorglich Ash ihn in der vergangenen Nacht behandelt hatte und er würde nicht zulassen, dass er sich wieder in sein kaltes, einsames Schneckenhaus zurückzog. Jetzt, wo er das Beste von dem Mann gesehen hatte, war er bereit, ihm durch sein Schlimmstes hindurch zu helfen.

„Jordan, hast du irgendwas zu ihm gesagt, dass er gegangen ist?" Alle wandten sich ihm zu, Jordans Miene war ein Bild des Erstaunens.

„Willst du damit sagen, dass ich den Mann vertrieben habe? Ich hab nichts dergleichen getan. Er ist aus freien

Stücken gegangen." Keith legte Jordan eine Hand auf die Schulter, aber er schüttelte sie ab und trat auf Drew zu. „Warum interessiert es dich überhaupt, ob er hier ist? Was ist mit Shelly? Wo ist deine Freundin?"

Jetzt starrten alle Drew an. Verdammt, es ging hin und her wie bei einem Tennisspiel. „Wir haben uns getrennt."

Rachel klappte der Unterkiefer herunter. „Oh, Drew. Das tut mir leid."

Er zuckte die Schultern. „Das war das Beste, was wir tun konnten. Sie hat die Beziehung viel zu ernst genommen. Wollte viel mehr als ich."

Jordan gab einen angewiderten Laut von sich. „Ich bin sicher, dein Kumpel Ash hat sich über die Trennung gefreut."

Langsam wurde es lächerlich. „Was zur Hölle hast du für ein Problem? Du hast Ash auf dem Kieker seit wir ihm das erste Mal begegnet sind. Was soll's, dann hat er dich vor Jahren mal angemacht. Scheiße, Mann, lass gut sein."

Jordan blieb hartnäckig. „Aber siehst du denn nicht –"

„Was ich sehe, ist, dass du über jemanden herziehst, der nie ein böses Wort über dich gesagt hat. Es gibt keinen Grund für dich, ihn so sehr zu hassen."

„Er nutzt andere aus und du bist ein zu netter Kerl, um es zu erkennen. Er vögelt die Kerle und dann lässt er sie fallen. So läuft das bei ihm."

Drew war besorgt, sauer und müde und hatte jetzt die Nase gestrichen voll. „So nett bin ich nicht und ich kann auf mich aufpassen. Und was Ash angeht, du hast ihm gegenüber nie Nachsicht gezeigt, ganz egal, wie hart er in der Klinik gearbeitet hat oder versuchte, Stevie zu beschützen. Du glaubst, du hast das Recht, über alles und jeden zu urteilen, und wir sollten dich unser Leben bestimmen lassen. Wer zum Teufel bist du? Wer gibt dir das Recht, mich wie ein verdammtes Kind zu behandeln, das es nicht besser weiß? Ich entscheide, wen ich in mein

Bett lasse, nicht du, Jordan!“ Er unterbrach sich einen Moment, um Luft zu holen. „Und nur, dass du es weißt, Ash musste sich nicht allzu sehr anstrengen, um mich zu vögeln, denn ich wollte ihn so sehr, wie er mich wollte.“

Keith hatte sich neben Jordan gestellt, aber zum ersten Mal schien es, als wäre er nicht in der Lage seinen Liebhaber zu beruhigen, als Jordan damit weitermachte, über Ash herzuziehen und ihn zu beschimpfen.

Aus irgendeinem Grund dachte Jordan, er hätte das Recht, zu entscheiden, mit wem Drew ausging, wen er vögelte und in wen er sich verliebte. Drew hatte immer gewusst, dass der Mann ein unglaubliches Ego hatte, aber das war lächerlich. „Weißt du was, Jordan? Mir reicht's. Ich glaubte, als Freund würdest du darauf vertrauen, dass ich die richtigen Entscheidungen treffe und hinter mir stehen.“ Sie kannten sich, seit er vier Jahre alt gewesen war und dies war das erste Mal, dass ihre Freundschaft auf die Probe gestellt wurde. „Ich dachte immer, ich könnte auf dich zählen. Hat sich das geändert?“

Jordan konnte seinem Blick nicht standhalten. „Ich vertraue dir. Er ist es, dem ich nicht traue.“

Drew baute sich dicht vor seinem Freund auf. Jordan konnte stur sein, arrogant und selbstherrlich, aber er war nie vorsätzlich gemein.

„Wenn du mir vertraust, musst du begreifen, dass ich genau weiß, was ich hier tue.“

Jordan presste kurz die Lippen zusammen. „Das ist was anderes. Schlangen lassen dich nie wissen, wenn sie sich an dich heranmachen. Sie schlängeln sich um dich herum und ehe du dich versiehst, haben sie dich verschlungen. Das ist, was Ash Davis ist. Eine Schlange. Ich hab ihn im Gerichtssaal gesehen. Er kann so gut mit Worten umgehen, dass er dich glauben machen kann, Schwarz wäre Weiß und Oben wäre Unten. Vergiss redegewandt, der Mann hat eine gespaltene Zunge.“

Als er sich daran erinnerte, wo Ashs Zunge in der vergangenen Nacht gewesen war, stieg Drew Hitze ins Gesicht. Genervt von sich selbst, weil er sich hatte ablenken lassen, verschränkte Drew die Arme vor der Brust und starrte Jordan wütend an. „Das ist was anderes, und das weißt du auch. Deine Gefühle ihm gegenüber sind schon beinahe irrational."

Er drehte sich auf dem Absatz um, um zu verschwinden. Wenn er jetzt nicht ging, würde er etwas sagen oder tun, das er bereuen würde. Etwas, das ihre lebenslange Freundschaft irreparabel beschädigen könnte, und dafür war Drew noch nicht bereit. Er wusste, dass Jordan das alles nur aus Liebe und Sorge sagte, aber so viele Jahre lang hatten andere Menschen sein Leben bestimmt und er hatte es aus Desinteresse und Langeweile geduldet. Sein einziger Akt der Rebellion, die Heirat mit Jackie, hatte sich als fatal erwiesen, und das war alles was sie brauchten, um ihm aufzuzeigen, dass er nicht stark oder klug genug war, um sich die richtige Person auszusuchen.

Niemand verstand ihn. So erbärmlich es auch sein mochte, Drew fühlte sich noch immer wie das verängstigte und einsame Kind von damals, wenn seine Eltern zur Arbeit fuhren und er bei Nana zu Hause blieb. Er hatte ständig die Zusicherung gebraucht, dass sie nach Hause kommen würden und nicht für immer verschwunden waren. War es so falsch, jemanden zu wollen, den er halten konnte? Den er lieben konnte? Er war immer der verlorene kleine Junge gewesen.

Nach dem Tod seiner Eltern war er ein bisschen durchgedreht und hatte sich in die wilde College-Partyszene gestürzt. Alles, um nicht allein zu sein. Oft hatte er sich am Morgen im Bett eines fremden Mädchens wiedergefunden, ohne eine Ahnung zu haben, wie er dort gelandet war. Er erinnerte sich auch nicht an die Dreier, wenn er gelegentlich zwischen zwei Mädchen aufwachte, oder sogar ab und zu mit einem Mädchen und einem Kerl. Er war immer so betrunken gewesen, dass er sich nicht einmal an den Sex erinnern konnte. Er hatte es auf totales Vergessen abgesehen, um den Schmerz wegzuwaschen.

Das hatte nicht lange angehalten, da Sorge um seine Gesundheit sowie sein Studium die Oberhand über sein irrationales Verhalten gewannen, und er wieder zu dem fleißigen Bücherwurm wurde, der er immer gewesen war. Mochte seinen Verstand seinem Studium geöffnet haben, aber er hatte sein Herz vor dem Leben abgeschottet.

Jetzt hatte Ash ihn zu einem Zeitpunkt stehen gelassen, als er mehr als seit Jahren jemanden brauchte, auf den er sich stützen konnte. Sie mochten Liebende gewesen sein – er hatte Ash in seinen Körper gelassen – aber Drew verstand Ash noch immer nicht ganz.

Nach der vergangenen Nacht hatte er allerdings angenommen, er würde eine Chance haben, es zu versuchen.

Vielleicht hatte Jordan recht und Ash hatte ihn benutzt. Es würde ihn nicht überraschen, da er sich sein ganzes Leben auf seinen Verstand und schnelles Denken hatte verlassen müssen. Aber selbst als diese Gedanken durch sein benebeltes Gehirn waberten, erinnerte er sich an die stille Kraft von Ashs Stimme, als er ihm seine Kindheit offenbarte. Selbsthass und Schmerz, die sich auf seiner Miene abgezeichnet hatten. Die zögerliche Art, in der er ihm seine Geschichte der Erniedrigung und Grausamkeit anvertraut hatte, ließen Drews Herz nicht nur vor Mitleid brennen, sondern gaben auch etwas Neues frei. Etwas, das bisher nicht zum Vorschein gekommen war, als wäre er nach einer langen Reise aus der Dunkelheit aufgetaucht. Gefühle, die er nie zuvor gehabt hatte und denen sich zu stellen er noch nicht bereit war.

Als er sich in dem kleinen Raum umschaute, waren alle da, die ihm wichtig waren. Sie betrachteten ihn mit einem unterschiedlichen Ausmaß an Überraschung, Bestürzung und teilweise auch Mitleid. Er wusste, dass sie ihn liebten, aber nur als Bruder und Freund. Im Augenblick brauchte er mehr als das. Er musste in Erfahrung bringen, ob der Mann, mit dem er seine Geheimnisse geteilt und den er seinen Körper hatte in Besitz nehmen lassen, nur eine Ausgeburt seiner Fantasie war.

„Ich muss herausfinden, wo Ash hingegangen ist. Ich komme nach dem Mittagessen zurück und sehe nach Nana." Drew küsste Rachel zum Abschied. „Wir unterhalten uns später, über alles."

„Du weißt, dass das dann auch besser wirklich *alles* heißt", rief sie ihm nach, als die Aufzugtüren sich hinter ihm schlossen und er ins Erdgeschoss hinunterfuhr. Das versprach mit Sicherheit eine interessante Unterhaltung zu werden.

Kapitel 23

Als er im Büro ankam, war es mit Ashs schlechter Laune weiter abwärts gegangen, bis sie zu Wut geworden war. Wut auf Jordan, weil er ihm unter die Haut ging, Wut auf Drew, weil er sich sorgte, aber vor allem anderen war Ash wütend auf sich selbst, weil er sein erbärmliches Leben offenbart hatte. Bevor er ins Büro fuhr, war er nach Hause gegangen, um zu duschen. Jetzt, da er Anzug und Krawatte trug, spiegelte sein Äußeres seine übliche harte Fassade wider. Eine frische Rüstung, bereit, alles abprallen zu lassen, was auch immer das Leben für ihn bereithielt. Wie es in ihm aussah, war allerdings eine völlig andere Geschichte.

Er war krank vor Sorge und seine Nerven lagen blank. Jedes Mal, wenn sein Telefon klingelte oder Laura bei ihm anklopfte, mit Papieren, die er unterschreiben sollte, oder um seinen nächsten Mandanten hereinzuführen, hoffte er törichterweise, es wäre Drew.

Was sollte er auch zu dem Mann sagen? Er vergrub das Gesicht in den Händen, schämte sich für seinen emotionalen Ausbruch so früh am heutigen Morgen – es schien eine Ewigkeit her zu sein. Wie konnte er so dumm sein, Drew alles über sich zu erzählen? Jetzt würde der Mann ihn bemitleiden und nichts weiter in ihm sehen als eines seiner Projekte. Als jemanden, der gerettet werden musste, und das war absolut nicht das, was er wollte und brauchte. Er stand am Fenster und schaute auf die belebte Straße hinunter.

Ein Klopfen an der Tür setzte glücklicherweise seiner Selbstgeißelung ein Ende. „Herein." Er strich seine Haare zurück und hoffte, dass seine Frisur ordentlich aussah. Er musste zumindest den Eindruck einer unerschütterlichen

Führungskraft erwecken. Er wollte nicht, dass jemand im Büro von seinem inneren Aufruhr wusste.

Laura erschien mit etwas verwirrter Miene in der Tür. „Mr. Davis, hier ist ein Dr. Klein, der Sie sehen möchte. Er hat keinen Termin, aber er sagte, er würde so lange warten, bis Sie Zeit haben." Sie schürzte die Lippen. „Soll ich ihn wegschicken?"

Ash musste über ihr beschützendes Verhalten lächeln. Laura hatte fast zwanzig Jahre für Mr. Franck gearbeitet, sie hatte direkt nach der Highschool bei ihm angefangen. Sie war klein, immer makellos gekleidet, mit unfassbar hochhackigen Schuhen und farblich zu ihrer Kleidung passenden Handtaschen. Sie führte die Kanzlei mit beinahe militärischer Präzision und behandelte Ash, als wäre er ihr eigener Sohn.

„Nein, geben Sie mir einen Moment und schicken Sie ihn dann rein." Sie wandte sich zum Gehen. „Oh, und Laura? Stellen Sie bitte keine Anrufe durch. Wenn es etwas Wichtiges ist, leiten Sie es zu Mr. Walker weiter."

Ihre stark geschminkten Augen weiteten sich genug, um ihm ihre Überraschung zu zeigen, aber sie sagte nur: „Ja, Mr. Davis.", bevor sie die Tür hinter sich schloss.

Ash stürzte den Kaffee hinunter, der auf seinem Tisch stand, und zuckte beim Geschmack des lauwarmen Gebräus zusammen. Es hatte da schon eine Weile gestanden, und die Bitterkeit verstärkte den Aufruhr in seinem Magen noch. Er wusste, das Beste, was er tun könnte, wäre Drew wegzuschicken. Ihm die *Danke für die tolle Nacht, aber lass es uns rein auf das Berufliche beschränken*-Rede zu halten. Ihn zum Abschied zu küssen. Immerhin arbeiteten sie zusammen und daher würden sie sich in der Klinik weiterhin sehen müssen.

Ash machte sich keine Illusionen darüber, dass Drew nicht letztendlich zu seinem Leben als Hetero zurückkehren würde. Der Mann wollte experimentieren und Ash war mehr als willig, sein Versuchskaninchen zu sein. Aber auf Drews Herz standen fettgedruckt die Worte *Heim* und *Familie*, und Ash hatte keine Ahnung, was das beinhaltete. Sich um sich selbst zu kümmern, war alles was er kannte. Er hatte kein Verlangen nach etwas Dauerhaftem.

Und doch schoss sein Puls nach oben, als Laura Drew hereinließ. Drews wütender Gesichtsausdruck störte ihn nicht; mit Wut konnte er umgehen.

„Wie geht's Esther?"

Drew starrte ihn an. „Ihr geht es viel besser, aber was zum Teufel ist mit dir passiert? Im einen Moment waren wir dort, gemeinsam, und im nächsten hab ich nach dir gesucht und du warst verschwunden. Warum hast du mich allein gelassen?"

Die Verwirrung und Enttäuschung auf seinem Gesicht verursachten Ash Gewissensbisse, aber er wappnete sich gegen die Gefühle, die in seiner Brust tobten. Was er wirklich wollte, war um seinen Schreibtisch herum zu gehen, Drew zu packen und ihn an sich zu drücken. Nach der letzten Nacht hatte er festgestellt, dass es ihm unmöglich war, zu vergessen, wie perfekt Drews schlanker Körper sich an seinen schmiegte. Der Gedanke, dass es das erste und zugleich das letzte Mal gewesen sein könnte, schmerzte Ash mehr, als er es für möglich gehalten hätte.

Aber wie ein Feigling blieb er hinter dem Bollwerk seines Schreibtisches stehen, wo er vor der unglaublichen Verlockung sicher war, die Drew für ihn darstellte. „Du warst mit deiner Familie beschäftigt und ich hatte da nichts verloren, also bin ich nach Hause gegangen, um zu duschen und mich umzuziehen, und anschließend zur Arbeit." Ash verschränkte seine Finger ineinander und konnte nur hoffen, dass Drew nicht bemerkte, wie sehr sie zitterten.

„Was zur Hölle soll das heißen, du hattest da nichts verloren? Ich hatte dich dorthin mitgenommen. Ich wollte dich bei mir haben." Drew schluckte, und Ash konnte den

Schmerz in seiner Stimme hören. „Ich dachte, nach der vergangenen Nacht würdest du auch mit mir dort sein wollen."

Sag es ihm. Jetzt. Das ist der perfekte Zeitpunkt, ihm zu sagen, wie du wirklich für ihn empfindest.

Ash konnte sein Gewissen beinahe schreien hören. Und weiß Gott, er wollte es. Er hatte den Mann geküsst. Das hatte er zuvor noch nie getan. Hatte ihn die Nacht über gehalten, während er schlief. Ein weiteres erstes Mal für ihn. Aber Ash biss sich hart auf die Innenseite seiner Wange, um die Worte zurückzuhalten. Drew war ohne ihn besser dran. Ash würde das, was in der vergangenen Nacht passiert war, jahrelang immer wieder durchleben, aber Drew konnte weiterziehen, wie er es nach der Trennung von seiner Freundin getan hatte.

Ash öffnete den Mund, um zu sprechen, aber bevor er etwas sagen konnte, kam Drew auf ihn zu, umrundete seinen Schreibtisch und stellte sich direkt vor ihn. Die feuchte Hitze von Drews Atem strich über Ashs Hals und die Spitzen von Drews lockigen Haaren streiften sein Kinn. Ash verbiss sich ein frustriertes Stöhnen. Er versuchte das Richtige zu tun und sich von Drew fernzuhalten, aber die unerklärliche Anziehung. die Drew auf seinen Körper ausübte, ließ Ashs Knie eigentümlich schwach werden. Er mochte völlig verwirrt sein, aber mit Drew in seiner Nähe konnte er zum ersten Mal, seit sie auseinander gegangen waren, wieder frei durchatmen.

„Wovor hast du Angst, Ash? Ich hab meine Angst losgelassen, als wir letzte Nacht Liebe gemacht haben."

Die Wärme von Drews Körper umgab ihn und ihm zitterten die Knie. *Liebe gemacht? Scheiße.* Was passierte mit ihm? Normalerweise war er der Dominante, derjenige, der andere dazu brachte, seinen Forderungen nachzugeben. Jetzt schlug sein Magen Purzelbäume, als er Drew antwortete.

„Ähm, ich hab keine Angst. Ich denke nicht…“

„Ja, genau. Nicht denken.“ Drew schlang einen Arm um Ashs Taille. „Ich hätte nie gedacht, dass ich mit einem Mann zusammen sein will, aber als ich aufhörte zu denken und auf mein Herz hörte, gab es keinen Platz, an dem ich lieber gewesen wäre als letzte Nacht an deiner Seite.“

Ash schnappte nach Luft und flüsterte: „Ich hab dich ausgenutzt. Das ist, was ich tue. Jordan sagte…“

„Vergiss Jordan. Er hat keine Ahnung, was ich will oder fühle.“ Drews Blick streife Ash kurz; er ging zur Tür des Büros, schloss ab und kehrte zu Ash zurück. „Ich war jahrelang allein, selbst wenn ich mit meinen Freundinnen zusammen war oder nachdem ich geheiratet hatte. Ich habe mich nie sicher gefühlt, weil ich dachte, alles was ich hatte, würde mir eines Tages genommen werden.“

„Aber du verdienst jemand Besseres. Und du willst eine Familie, ein Zuhause. Das kann ich dir nicht geben.“ Ash erschauerte, als Drews Hand über den dünnen Stoff seiner Hose strich, um seinen Gürtel zu öffnen. „Ich weiß nicht wie.“

„Das sehe ich anders.“ Drew knöpfte Ashs Hose auf und zog den Reißverschluss nach unten. Sie fiel direkt auf seine Knöchel hinunter, und er stand nur in seinen Boxershorts da, die von seinem steifen Schwanz ausgebeult wurden, der bereits feucht war und schmerzte. „Du hast mir letzte Nacht gezeigt, wie fürsorglich und zärtlich du bist.“ Drew schob die Boxershorts nach unten und setzte Ashs Erektion der kühlen Luft aus.

Ash packte die Stuhllehne, um sich aufrecht zu halten. Seine Beine zitterten und ihm war schwindlig. Drew irrte sich. Er war nicht gut oder fürsorglich. Schließlich sank Drew auf die Knie und der Anblick haute Ash beinahe um. „Drew.“ Er konnte nicht anders, als zu stöhnen, als er die Hand ausstreckte, um die zerzausten Locken zu berühren, von denen er zu viele Nächte geträumt hatte, um sie je vergessen zu können.

Warm und feucht umschloss Drews Mund Ashs Erektion. Er wollte sich zurückziehen und Drew sagen, dass er gehen sollte, aber sein Körper war anderer Meinung, sein Schwanz schwoll an und seine Hüften begannen, in einem langsamen, stetigen Rhythmus in Drews Mund zu stoßen.

Das raue Gefühl von Drews Zunge beruhigte ihn, war Balsam für seine gequälte Seele. Drews Hände ruhten auf Ashs Oberschenkeln, die Fingerspitzen rieben in sanften Kreisen über seine Hüftknochen.

„Oh Gott!" Mit einer geschmeidigen Bewegung hatte Drew eine Hand auf Ashs Hüfte gelegt und angefangen mit der anderen über seinen Schaft zu reiben, während er weiterhin an seiner Eichel saugte. Er war alles andere als ein Experte, und ihm mangelte es an der Finesse eines erfahreneren Mannes, aber für Ash war es perfekt. Es kam von Herzen und entsprang Drews Verlangen, dies zu tun. Es war Drew pur.

Hitze durchflutete ihn, als sein Herz zu rasen begann, in seinen Hoden kribbelte es und mit einem gedämpften Stöhnen kam er und füllte Drews Mund. Ash fürchtete einen Moment, Drew würde nicht in der Lage sein zu schlucken, aber als er sich genug erholt hatte, um seine Augen zu öffnen und Drews Gesicht zu mustern, lag nichts als ein Lächeln auf seinen glitzernden Lippen.

Er zog Drew hoch und küsste ihn, genoss die sanfte Hitze seines Mundes. Ash wurde klar, dass er es liebte Drew zu küssen und nicht aufhören konnte, an seine Lippen zu denken. „Baby, du warst unglaublich. Aber warum?" Er hielt Drew fest und lauschte dem Klopfen seines Herzens, das im Einklang mit Ashs schlug. Ganz synchron. „Warum ich?"

„Weil ich es satt habe zuzusehen, wie das Leben an mir vorbeigeht. Alle denken, sie wissen, was das Beste für mich ist – meine Schwester, meine Freunde. Sie behandeln mich, als hätte ich kein Rückgrat oder wäre emotional zu unreif, um meine eigenen Entscheidungen zu treffen, besonders nach der Katastrophe mit Jackie."

Ash schwieg, hielt Drew fest und streichelte seinen Rücken. Er hatte es gesehen - wie Drews Freunde sein Leben übernahmen und Entscheidungen für ihn trafen. Er hatte vorher nie daran gedacht, etwas dazu zu sagen, da er nicht gewusst hatte, dass es Drew so sehr störte. Aber ihm wurde bange ums Herz, als ihm die Bedeutung hinter Drews Worten klar wurde.

„Also bin ich deine Rebellion? Eine Möglichkeit, allen zu zeigen, dass du tun wirst, was du willst, selbst wenn sie mich nicht leiden können?" Ash hielt den Atem an und wartete auf die Antwort.

„Himmel, nein." Dass Drew es so nachdrücklich bestritt, erleichterte ihn und als er den Kopf hob, um ihn anzusehen, sah Ash direkt in sein Herz. „Kapierst du es immer noch nicht? Du bedeutest mir so viel mehr. Wir müssen reden, aber ich muss zu meiner Großmutter zurück, und du musst dich anziehen und wieder an die Arbeit gehen."

Drews schiefes Grinsen, als Ash nach unten griff, ums seine Boxershorts und die Hose hochzuziehen, verursachte ein seltsames Klopfen in Ashs Brust. Er schloss den Reißverschluss, ließ Drew aber nicht aus seiner Reichweite.

„Es ist nicht meine Schuld, dass ich an meinem Schreibtisch überfallen wurde. Ich hatte versucht zu arbeiten." Ash grinste, als er seine Hand unter Drews Hemdkragen gleiten ließ, sie auf seinen Halsansatz legte und mit dem Daumen über die weiche Haut streichelte. Was hatte dieser Mann nur an sich, dass er ihm gegenüber völlig hilflos war? Er küsste Drew auf die Wange und genoss den kaum erkennbaren Schauer, der Drew überlief, als Ash ihn festhielt. „Willst du wirklich, dass ich mit ins Krankenhaus komme?"

Drew seufzte und nickte an seiner Brust. „Ja. Ich will dich an meiner Seite. Punkt. Würdest du das wollen?“

„Wie kannst du das so leicht entscheiden? So schnell? Ich weiß, dass ich dich will. Aber du warst zuvor noch nie mit einem Mann zusammen, und nachdem, was ich gesehen habe, stand es auch nie zur Debatte.“ Ash verstand die Leichtigkeit, mit der Drew mit ihrer sexuellen Beziehung umging, immer noch nicht.

Drew lehnte sich mit der Hüfte gegen den Schreibtisch. „Wir wurden auf unkonventionelle Weise erzogen. Das Geschlecht der Menschen war mir immer egal. Als meine Eltern noch lebten, sagten sie Rachel und mir, dass es egal ist, mit wem wir schlafen, ob Mann oder Frau, solange wir die Person lieben. Nach dem Tod meiner Eltern hab ich es ein bisschen wild getrieben, wie ich dir schon sagte, und Rachel tat das ebenfalls. Es ist offensichtlich, dass sie jetzt sehr in Mike verliebt ist, und ich hoffe, dass das für immer so bleibt.“

„Deine Eltern waren etwas ganz Besonderes.“ Ash fragte sich, ob seine Eltern, schon als er noch ganz klein war, gewusst hatten, dass er schwul war und ob das einer der Gründe gewesen war, dass sie ihn zurückgelassen hatten und verschwunden waren. „Aber machst du dir keine Gedanken darüber, was die Leute jetzt sagen könnten, wenn sie es herausfinden?“

Drews Stimme klang ungewöhnlich hart. „Das ist nichts, worüber ich je mit irgendjemandem diskutieren musste, und das hat sich nicht geändert. Meine Sexualität ist meine persönliche Angelegenheit, und wie ich Jordan vorhin sagte, ist es meine Entscheidung, mit wem ich schlafe.“

Ash musterte nachdenklich Drews Profil. Drew hatte vielleicht keine überwältigende physische Präsenz, aber Ash konnte sich ein Beispiel an seiner emotionalen Stärke nehmen. „Baby, du bist unglaublich. Es würde mich sehr stolz machen, überall an deiner Seite zu stehen.“

Das bezaubernde Lächeln, das sich auf Drews Gesicht ausbreitete, raubte Ash den Atem.

„Dann hau nicht einfach wieder ab. Sprich mit mir und sag mir, wie du dich fühlst. Okay?“

Ash nickte. „Ich versprech's.“ Er beugte sich vor und küsste erneut Drews Wange, seine Lippen verweilten auf der frisch rasierten Haut. „Kommst du heute Abend mit mir nach Hause?“ Er küsste Drew auf die Lippen. „Bleibst du über Nacht?“

Drews Hände wanderten nach oben und legten sich auf Ashs Schultern. „Ich möchte schon, aber der Kater …“ Er stöhnte, als Ash Küsse auf seine Lippen drückte, an der weichen Haut knabberte und darüber leckte.

„Bitte, Baby. Ich will dich so sehr. Bring den Kater mit. Bleib bei mir.“ Vor Drew hatte Ash zu seinen Bettgenossen keine Verbindung gebraucht, die über das Körperliche hinausging, um sich Erleichterung zu verschaffen. Er achtete nicht sonderlich darauf, ob sie selbst zum Orgasmus kamen. Mit Drew zusammen zu sein, verwandelte ihn von einem egoistischen Liebhaber in einen, dem es am Herzen lag, ebenfalls Lust zu schenken.

„Ich soll Domino in dein Appartement mitbringen?“ Drew klang skeptisch. „Aber was ist, wenn er etwas kaputt macht oder ihm ein Malheur passiert?“ Seine Augen funkelten belustigt. „Er kann ein wenig rachsüchtig sein, wenn er genervt ist.“

Ash dachte an sein makelloses Appartement und zuckte zusammen. Aber er wollte Drew heute Nacht unbedingt in seinem Bett haben. „Vielleicht könnten wir zu dir gehen, ihn füttern, und dann in meine Wohnung?“ Er wackelte mit den Augenbrauen. „Ich werde dafür sorgen, dass es sich für dich lohnt.“ Ash drückte Drew rücklings auf seinen Schreibtisch, bereit, ihn mit seinen Lippen und seinem Körper zu überzeugen, als sein privates Handy sich mit dem Klingelton bemerkbar machte, den er Martinson zugewiesen hatte.

„Scheiße, da muss ich drangehen. Es ist der Privatdetektiv, den ich angeheuert habe, um Luke und Brandon zu suchen." Als er sah, dass Drew aufstand und in Richtung Tür ging, bat er Martinson kurz dranzubleiben. „Wo gehst du hin?"

Drew blieb stehen und drehte sich um. „Ich dachte, du möchtest, dass ich gehe, so wie das letzte Mal, als er anrief."

„Sei kein Idiot. Wartest du bitte? Setz dich aufs Sofa, da hast du es bequemer." Er zog Drew in eine kurze, aber kräftige Umarmung, dann wandte er seine Aufmerksamkeit wieder dem Handy zu.

Martinsons sachlicher Tonfall beruhigte ihn. „Nachdem Luke Conover das Haus verlassen hat, haben sich Paul Munson und seine Frau scheinbar Brandon, den anderen Jungen, geschnappt und den Staat verlassen. Letztendlich landeten sie in Pennsylvania, wo Munson einen Job in einem kleinen Sheriff-Büro ergatterte und seine Frau Grace Munson in der Sonntagsschule unterrichtete. Brandon besuchte die Highschool, spielte Baseball und war bei allen beliebt."

So aufgeregt, dass er praktisch zitterte, fragte Ash: „Und jetzt? Wissen Sie, wo er jetzt ist?"

Drew stellte sich neben ihn und Ash umarmte ihn fest, er war sein Anker im Sturm seines Lebens.

„Das ist das Seltsame. Er verschwand in der Woche, bevor er zum College gehen sollte. Er hinterließ keine Nachricht und es gibt keine Spur von ihm."

Ashs Herz wurde schwer. „Aber das ist fast acht Jahre her. Niemand hat von ihm gehört?"

„Es gibt nur ein paar Briefe an seine Mutter, die ohne erkennbares Muster auftauchten. Darin stand *Mach dir keine Sorgen, es geht mir gut*. Sonst nichts."

Mit angespannter Stimme fragte Ash: „Poststempel?"

„Aus verschiedenen Staaten im Nordosten." Ash konnte die Frustration des Mannes durch die Telefonleitung erkennen. „Ich gebe nicht auf, Sir."

Ash seufzte. Es war nicht Martinsons Schuld, dass er das Telefon aus dem Fenster werfen oder etwas oder jemanden hart schlagen wollte. „Ich weiß, dass Sie das nicht tun. Es liegt nicht an Ihnen. Machen Sie weiter. Scheuen Sie keine Kosten."

„Ja, Sir. Ich verspreche, ich werde ihn finden."

„Vielen Dank." Ash legte auf und warf das Handy auf die Couch. „Fuck."

„Es tut mir leid." Drew drückte seine Hand. „Ich weiß, dass du schon lange nach ihm suchst. Eines Tages wirst du ihn finden."

Ash wanderte in seinem Büro herum. „Das fange ich an, in Frage zu stellen. Jetzt, da ich weiß, dass er freiwillig verschwunden ist, ist klar, dass er nicht gefunden werden möchte. Das sind die Leute, die am schwersten zu finden sind."

Drew verstellte ihm den Weg und zwang ihn, stehenzubleiben. „Hör zu, was auch immer passiert, du musst nicht mehr allein damit fertig werden. Wir können gemeinsam daran arbeiten."

Genau, wie er sich gedacht hatte. Drew war beinahe zu verdammt nett. „Also kommst du heute Abend mit mir nach Hause?" Ash zog Drew an sich und legte die Hand auf den perfekten, festen Arsch des Mannes. Er konnte fühlen, wie sich die Muskeln unter seinen Fingern bewegten. „Sag ja." Er küsste Drews Nacken, seinen Kiefer und legte dann seine Lippen auf Drews Mundwinkel. „Bitte", murmelte er und beobachtet, wie Drews Augen zufielen.

„Okay, ja, was auch immer du willst." Drew drehte seinen Kopf und ihre Lippen trafen sich.

Weich, süß, nur der Hauch einer Berührung. Nicht hart oder brutal, mit fordernder Zunge und aufeinanderprallenden Zähnen. Immer noch etwas befangen beim Küssen, versteifte sich Ash zuerst, aber als Drew die Zungenspitze über die Kontur von Ashs Lippen gleiten ließ, überwand das Verlangen die Angst und er öffnete seinen Mund, um der Erotik des einfachen Kusses zu verfallen. So standen sie da, küssten sich und erforschten einander, bis Drew sich mit einem Blick des Bedauerns zurückzog. „Ich muss zurück ins Krankenhaus."

„Dann begleite ich dich." Das Lächeln auf Drews Gesicht sagte ihm, dass er die richtige Entscheidung getroffen hatte. Scheiß auf Jordan und alle, die sonst noch ein Problem mit ihm und Drew hatten. Von jetzt an würde er sichergehen, an Drews Seite zu sein, um ihn zu unterstützen, während er seinen Freunden und seiner Familie Paroli bot.

Was auch immer er brauchte.

Kapitel 24

Sie kamen um die Mittagszeit im Krankenhaus an. Drew erkannte, dass seine Großmutter schon fast wieder die alte war, als sie der Krankenschwester ihr spezielles Rezept für Apfelkuchen verriet, der, wie er wusste, der beste der Welt war. Er beugte sich vor und küsste sie auf die Wange.

„In ein paar Minuten verlegen sie dich in ein normales Krankenzimmer." Er begrüßte die Schwester, dann überprüfte er die Krankenakte seiner Großmutter und war erfreut zu sehen, dass alle ihre Werte normal waren. Die Schwester verließ den Raum und er blieb allein mit seiner Großmutter zurück.

„Warum darf ich nicht nach Hause? Mir geht es hervorragend." Sie sah ihn finster an.

„Weil sie dich noch eine weitere Nacht zur Beobachtung hierbehalten wollen und ich bin da ihrer Meinung. Genau wie Rachel, also bist du überstimmt." Er verschränkte die Arme und bedachte sie ebenfalls mit einem grimmigen Blick.

Sie gab nach. „Aber nur noch eine Nacht. Ich möchte nach Hause. Ich vermisse mein Bett und meine Blumen." Sie spähte über seine Schulter hinweg an ihm vorbei und ihr Gesicht leuchtete auf. „Oh, Asher ist hier. Ich habe mich gefragt, ob er wohl vorbeikommen würde."

Drew saß auf dem Stuhl neben ihrem Bett, also konnte er Ash durch die Scheibe zuwinken. „Er war vergangene Nacht auch hier, aber er musste heute Morgen früh gehen."

„Ich hoffe, ihr beide habt eure Unstimmigkeiten geklärt." Sie wandte den Blick von Ash ab, um ihn böse anzusehen.

Oh, Nana, du hast ja keine Ahnung. „Äh, ja. Wir kommen klar. Er hat sich große Sorgen um dich gemacht."

„Ich bin froh, dass ihr beide wieder Freunde seid." Sie spitzte die Lippen und musterte ihre Hände.

Drew konnte erkennen, dass sie etwas sagen wollte, sich aber zurückhielt, was für seine forsche Großmutter ungewöhnlich war.

„Was ist los, Nana? Ich weiß, dass du mich etwas fragen willst, also mach schon, spuck's aus."

Ihr Blick wanderte über ihn hinweg, dann wandte sie ihre Aufmerksamkeit wieder ihren Fingern zu. „Wo ist deine Freundin? Ist sie nicht hier?"

Drew nahm ihre Hand in seine, bemerkte, wie dünn und zerbrechlich sie sich anfühlte. Ihre blasse Haut ließ jede blaue Ader erkennen, zeugte von der harten Arbeit, die sie Zeit ihres Lebens getan hatte. Er küsste ihre Fingerspitzen. „Wir haben uns getrennt."

Ihre Augen wurden groß. „Tatsächlich? Warum?"

Er zuckte die Schultern. „Du hattest recht. Sie wollte zu schnell zu viel. Sie hat mir gesagt, wie sehr sie mich liebt und ich bin durchgedreht." Er ließ die Hand seiner Großmutter wieder auf das Bett gleiten und als er einen kurzen Blick durch das Fenster warf, sah er Ash dort stehen, der sich mit Mike und Rachel unterhielt. „Ich hab sie nicht geliebt und ich werde mich nie in sie verlieben. Also hab ich ihr das gesagt, aber auf nette Art."

Nana nickte beifällig. „Gut. Ich wusste, dass sie verrückt nach dir war und du nicht das gleiche für sie empfunden hast. Er war nicht recht von dir, sie hinzuhalten. Sie ist ein nettes Mädchen, aber nicht die richtige Person für dich."

Nana hielt seinen Blick fest und er trat ein wenig beschämt von einem Fuß auf den anderen. Aus irgendeinem Grund hatte er den Eindruck, dass sie noch mehr sagen wollte, aber dann kamen die Pfleger herein, um sie auf ihr Zimmer zu bringen.

„Wir sehen uns später." Er küsste sie schnell und verließ den Raum, gesellte sich zu seiner Schwester und den anderen, die draußen warteten. Aufgrund der Seitenblicke, die Rachel ihm immer wieder zuwarf, war Drew klar, dass sie es nicht erwarten konnte, ihn allein zu erwischen, um mit ihm über ihn und Ash zu reden.

Weil er sie liebte und sie sich so nahestanden, entschied er, dass es nur recht war, zuerst mit ihr zu sprechen. Aber nicht in Mikes Gegenwart. „Sie wird auf ein reguläres Krankenzimmer gebracht und sie behalten sie noch eine Nacht zur Beobachtung hier." Er lächelte Rachel an. „Alles sieht normal aus."

Rachel umarmte ihn. „Gott sei Dank. Ich weiß nicht, was ich tun würde, wenn … Okay, lasst uns nicht weiter drüber nachdenken." Sie hielt sich an ihm fest.

„Mike." Drew behielt Rachel im Arm. „Ich möchte mir meine Schwester eine Weile ausborgen, okay?"

Sein Freund stand neben ihm, das schlechte Ohr ihm zugewandt, und konnte ihn nicht hören. Als er ihn antippen wollte, legte Rachel ihm eine Hand auf den Arm.

„Tu's nicht." Ihre Stimme war leise und ihr Blick traurig. „Er ist nach dem Angriff immer noch nervös und wenn du ihn erschreckst macht es das nur schlimmer." Sie löste sich von ihm, um sich vor ihren Freund zu stellen. „Hey, Schatz. Ich gehe mich eine Weile mit Drew unterhalten."

Drew beobachtete sie genau. Der Ausdruck auf Mikes Gesicht, als sie miteinander sprachen, war beinahe anbetend. Seine Schwester verdiente nichts Geringeres.

Sie kehrte an seine Seite zurück. „Okay, ich bin soweit."

Nachdem sie sich von Ash und Mike verabschiedet hatten, verließen er und Rachel das Krankenhaus und gingen zum Diner auf der gegenüberliegenden Straßenseite. Sie setzten sich in eine Nische und die Kellnerin brachte ihnen umgehend den bestellten Kaffee, aber sie trank nicht davon, stattdessen begann sie sofort das Gespräch.

„Was geht zwischen dir und Ash vor?"

Wird schon schiefgehen. „Wir haben sozusagen eine Beziehung angefangen." Er trank schnell einen Schluck von seinem Eiskaffee, und begrüßte den Kälteschock, als das

Getränk durch seine Kehle glitt. Ein schneller Blick auf ihr Gesicht bestätigte Drew, dass sie überrascht war.

Ihre Augen wurden schmal. „Jordan sagte, er würde dich ausnutzen. Ich mag Ash, aber…"

„Hör zu." Er spürte, wie Wut in ihm hochkochte, und versuchte sie unter Kontrolle zu halten. „Ich habe es satt, dass jeder mir sagt, wer seiner Meinung nach richtig für mich ist und mit wem ich ausgehen oder schlafen oder sogar wen ich heiraten soll, oder eben nicht."

„Aber du musst zugeben, dass ich bei Jackie richtig lag." Rachel sah ihn bedeutungsvoll an.

„Ja, Rach, und ich hab es zugegeben, okay. Da hattest du recht. Aber es ist mein Leben. Es ist an mir, Entscheidungen zu treffen und Fehler zu machen, wenn es denn der Fall ist. Ihr alle müsst aufhören zu denken, ihr hättet das Recht mir zu sagen, was ich tun und lassen soll. Hör auf mich wie ein kleines Kind zu behandeln statt wie deinen älteren Bruder."

„Aber Drew, du und Ash? Ich mag ihn. Ich mag ihn wirklich, aber Jordan sagt, er ist ein Playboy. Ich will nicht, dass du verletzt wirst."

Verärgert verdrehte er die Augen. „Na und? Was, wenn ich verletzt werde? Es ist mein Leben und meine Entscheidung."

„Tja, du hast Jackie gewählt und schau nur, was für eine schlechte Entscheidung das war. Also brauchst du vielleicht jemanden, der dir sagt, dass du einen Fehler machst." Ihre Stimme wurde leiser, bis sie nur noch flüsterte. „Und du schläft wirklich mit ihm? Du bist nicht schwul, also was machst du da?"

Ihm rutschte das Herz in die Hose. Die eine Sache, von der er immer geglaubt hatte, dass er darauf zählen konnte, war Rachels Unterstützung. Wenn er die nicht mehr hatte, könnte er verloren sein. „Wärst du sauer, wenn ich dir sage, ich bin bisexuell? Ich dachte, gerade dir wäre das egal."

Jetzt war sie an der Reihe, die Augen zu verdrehen und sie gab passend dazu ein genervtes Geräusch von sich. „Sei kein Arsch. Ich liebe dich, egal was passiert. Es ist mir egal, ob du schwul oder bi oder hetero bist, aber das kommt ein bisschen plötzlich, das ist alles."

„Tatsächlich ist es das nicht", gab er zu. „Ich habe mich schon eine ganze Weile zu Ash hingezogen gefühlt, es aber verdrängt. Neulich Abend habe ich dem nachgegeben und jetzt bin ich genau da, wo ich sein muss." Er nahm ihre Hand und drückte sie. „Er ist ein guter Mann, Rach. Seine Kindheit war unerträglich, du machst dir keine Vorstellung. Ich bewundere ihn für das, was er aus sich gemacht hat." Er verzog den Mund. „Ich werde nicht zulassen, dass Jordan schlecht über ihn spricht. Wenn er ein Problem mit Ash hat, muss er entweder damit klarkommen oder mir die Freundschaft kündigen."

Rachel entkam ein leiser, bestürzter Laut. „Du kennst Jordan schon dein ganzes Leben. Du kannst ihn nicht einfach so abschießen. Er gehört praktisch zur Familie."

„Familie sollte hinter einem stehen und einen unterstützen. Das ist, worum ich euch bitte. Solange ihr für mich da seid, für uns, ist das alles, was ich brauche." Er stand auf und küsste ihre Wange. „Ich muss in die Klinik. Ist zwischen uns alles in Ordnung?" Er hielt den Atem an, während er auf ihre Antwort wartete.

Sie sprang auf und schlang die Arme um ihn. „Natürlich. Ich liebe dich, komme, was da wolle. Und ich verspreche dir, dass ich versuchen werde, mich rauszuhalten." Und da Rachel eben Rachel war, musste sie zum Abschied noch einen draufsetzen, wie sie es immer tat. „Aber wenn Ash dich verletzt, garantiere ich für nichts."

Er lachte, als er kopfschüttelnd den Diner verließ.

An diesem Abend lag Drew lang ausgetreckt auf Ashs großem Bett. Unter halb geschlossenen Lidern heraus beobachtete er, wie Ash sich über seine Brust einen Weg hinunter zu der Spur aus Haaren küsste, die von seinem Bauchnabel zum Bund seiner Boxershorts führte und darunter verschwand. Wer hätte je gedacht, dass er hier im Bett eines Mannes liegen würde und in Küssen schwelgte, die so intensiv waren, dass er kaum atmen konnte? Dann tauchte Ash mit seiner Zunge in Drews Bauchnabel und alle Gedanken verflogen, nur Vergnügen und Lust blieben zurück. Ash liebkoste Drews Schwanz durch den dünnen Stoff der Boxershorts, zog sie nach unten und entblößte seine Erektion. Die kühle Luft aus der Klimaanlage traf auf seine fiebrige Haut und er erschauerte vor Wonne.

„Fühlt sich das gut an, Baby?“, flüsterte Ash. Seine Wange ruhte an Drews Oberschenkel während er mit festem Griff Drews Schwanz streichelte. Drew wölbte sich seiner Berührung entgegen.

„Unfassbar gut, Hör nicht auf.“ Drew konnte nicht anders, als in seine Hand zu stoßen, aus seiner Eichel quollen Lusttropfen. Er konnte sich nicht erinnern, dass es ihm je so leichtgefallen war, hart zu werden. Es schien, dass ihn Ash jetzt nur ansehen musste und er bekam eine Erektion. „Schneller.“

Ash lachte leise. „Lass dir Zeit. Vorfreude ist die schönste Freude.“ Er zog sich einen Moment zurück, dann setzte er sich rittlings auf Drew, seine kräftigen Schenkel umschlossen Drews Unterschenkel. „Ich liebe es, dich unter mir liegen zu sehen, dich darum betteln zu hören.“

Drew zog eine Augenbraue hoch. „Betteln? Das glaube ich nicht.“

Ash warf ihm einen Blick zu, dann senkte er den Kopf und zu Drews Überraschung ließ er seinen Schwanz links liegen und bearbeitete stattdessen seine Hoden mit der Zunge.

Drew rutschte nervös hin und her. „Der Ausdruck in deinen Augen ist irgendwie teuflisch. Was hast du vor?"

Ash sagte nichts, er hob Drews Hüften an und spreizte seine Beine weit. Dann leckte er durch den Spalt zwischen Drews Pobacken und hielt an seinem Loch inne.

„Pscht. Schließ die Augen und fühle."

Ein Prickeln wanderte an Drews Wirbelsäule entlang und er gehorchte, konzentrierte sich auf Ashs feuchte, warme Zunge, die seine Öffnung umkreiste. Zitternd versuchte Drew nicht die Fassung zu verlieren, als er zum ersten Mal Ashs Zunge in sich spürte.

„Oh Gott." Seine Beine zitterten. Er konnte spüren, dass Ash lächelte, aber er hörte nicht auf, leckte weiter und spielte mit ihm, bis Drew sich unter dem leidenschaftlichen Ansturm der Lust ergoss. Um ihn wurde es schwarz, als er nach dem umwerfenden Orgasmus ihn völlig ausgelaugt, übersättigt und halbtot vor Genuss dalag.

Nach mehreren Minuten kam er wieder zu Atem. „Mein Gott, Ash, was machst du mit mir?" Blindlings streckte er die Hand aus, nicht in der Lage, die Augen zu öffnen. Ein Lächeln umspielte seine Lippen, als er spürte, wie Ashs Hand sich in seine schob und er ihre Finger ineinander verschränkte. Sex war nie so unglaublich intim gewesen.

Er öffnete mühsam ein Auge und sah Ash neben sich liegen, sein Schwanz war immer noch hart.

„Ich will dich, Ash." Drew streckte die Hand aus und zeichnete mit der Spitze seines Zeigefingers Ashs Erektion nach. Neckte den Schlitz und verteilte die Feuchtigkeit, die bei seiner Berührung hervorquoll. „Ich will dich in mir."

Diese magischen silbernen Augen leuchteten hell wie Diamanten. „Bist du nicht noch wund von letzter Nacht? Ich will dir nicht wehtun."

„Bitte, ich brauche dich in mir." Drew beugte sich hinüber und küsste Ash. „Lass mich dich fühlen." Er drehte sich auf den Bauch und erhob sich auf Knie und

Ellbogen. Ash drehte sich um und zog die Schublade des Nachttischs auf. Kondome und Gleitgel flogen durch die Luft und landeten neben Drew.

Drew schloss die Augen, eine Welle der Lust schnürte ihm fast die Kehle zu. Auch wenn er eben erst einen intensiven Orgasmus erlebt hatte, begann er wieder hart zu werden. „Bitte", flüsterte er immer und immer wieder. „Bitte, berühr mich, liebe mich." Das Liebesspiel mit Ash hatte eine Quelle der Begierde in ihm freigelegt, die er fest verschlossen gehalten hatte, weil seine Schuldgefühle ihm untersagt hatten, jegliches Vergnügen zu genießen.

„Oh, Baby, ich werde dich so heftig lieben, dass sie dich noch im nächsten Gebäude hören werden", murmelte Ash mit dem leichten Südstaatenakzent, der ihn jedes Mal verrückt machte. Ein schamloses Wimmern entkam ihm, als diese kräftigen Finger ihn berührten und seine Arschbacken kneteten.

„Mehr, bitte, mehr." Es war ihm egal, ob er bettelte. Er musste Ash in sich haben. Als die kühlen, glitschigen Finger über sein Loch strichen und in ihn eindrangen, hätte Drew vor Erleichterung fast geweint. „Oh Gott, ja, bitte, jetzt. *Jetzt.*"

Aber Ash hörte nicht auf ihn, er zog nur eine Spur aus Küssen über seinen Rücken und fuhr fort, diese neckenden, gemeinen Finger in ihm zu bewegen, streifte seine Prostata einmal, zweimal, dreimal mittlerweile, bis Drew Sterne sah und er vor glühender Begierde und Frustration beinahe aufgeschrien hätte.

„Fick mich, verdammt noch mal."

Er hörte, wie die Kondomverpackung aufgerissen wurde, und innerhalb weniger Sekunden stupste Ashs große Eichel gegen seinen Eingang. Er wollte keinen Augenblick länger warten, schob sich nach hinten und zischte, als sie in sein eben erst geweitetes Loch eindrang.

„Baby, bist du okay?“ Ash hielt still, die Besorgnis in seiner Stimme war offensichtlich.

„Ja, mach schon.“ Er schnappte nach Luft, als sich Ash vorsichtig weiter in ihm versenkte. Drew hatte keine Ahnung, warum er so erregt war, aber Ash in sich zu spüren, war wie ein Rausch, seine Haut brannte regelrecht vor Begierde.

Hier gehörte er hin, und niemand würde Drew jemals davon abbringen können. Dann schob Ash sich mit langen, langsamen Bewegungen in ihn, hielt sich an Drews Hüften fest, während er in ihn stieß. „Ash, härter. Ich bin nicht zerbrechlich.“

Ash beugte sich über ihn und biss ihn ins Ohr. „Okay, Baby, du wolltest es so. Ich bin so verrückt nach dir. Ich kann nicht glauben, dass du tatsächlich hier in meinem Bett liegst.“ Er stieß hart zu, verteilte Küsse auf Drews Rücken. Ashs Hüften schnellten immer und immer wieder vor und Drew stöhnte, warf den Kopf hin und her, während sein Körper einem unvorstellbaren Höhepunkt entgegenstrebte.

Ash drang tief in ihn ein und wieder einmal brannte Drews Körper. Schweiß drang ihm aus jeder Pore, seine Sicht verschwamm. Sich diesem Mann hinzugeben, veränderte ihn für immer. Er konnte nie wieder zu dem werden, der er zuvor war, jetzt, da er wusste, welche Leidenschaft das Leben zu bieten hatte.

„Fuck, ja.“ Ash gab die Kontrolle ab und Drew konnte fühlen wie er kam, als er sich in das Kondom ergoss. Ash erschauerte und brach völlig erschöpft auf Drew zusammen. Drew liebte es, das Gewicht von Ashs kräftigem, schweren Körper auf sich zu spüren, Für ihn bedeutete das, dass Ash im vertraute, wusste, dass er sich so vollkommen hingeben und sich entspannen konnte.

Ash zog sich vorsichtig aus Drew zurück und entsorgte das Kondom, dann legte er sich auf den Rücken und Drew schmiegte sich an seine Seite. Als er Ashs Blick begegnete, stockte Drew fast der Atem wegen der Emotionen, die er in dessen Tiefen schimmern sah. „Was ist los? Du siehst beinahe traurig aus, während ich mich unglaublich fühle." Er ließ seinen Kopf auf diese wunderbare Stelle zwischen Ashs Hals und Schulter sinken, und als Ashs seinen Arm um ihn legte, um ihn noch näher an sich zu ziehen, erlaubter er sich ein Lächeln.

Sie lagen nebeneinander, hielten sich gegenseitig, während sich ihr Atem beruhigte und die Welt sich wieder zentrierte. Drew schwelgte in den Nachwehen seines neu gefundenen Körpergefühls, das bewies, dass er einmal so lebte, wie er es wollte.

Denn jetzt wusste er, bei Ash war er, wo er hingehörte, und daher gab es für ihn keine Wahl. Er schmiegte sich fester in Ashs Arme, fand Trost in deren Kraft.

Das Grollen von Ashs tiefer Stimme durchbrach die Stille. „Ich weiß nicht, was ich getan habe, um dich zu verdienen. Du bist alles, was gut ist auf dieser Welt, und wenn ich bei dir bin, lässt der Schmerz nach. Aber wenn ich allein bin, kann ich nur daran denken, wie ich alle im Stich gelassen habe."

„Meinst du Luke und Brandon?", fragte Drew.

„Ja. Sie müssen mich hassen. Deshalb haben sie nie versucht, mich zu finden."

Mit der unbewussten Bewegung, die Drew mittlerweile so gut kannte, rieb Ash über die zahlreichen Narben auf seinen Armen. Glücklicherweise schien es keine frischen Schnitte zu geben. Drew schob seine Finger in Ashs Haare, zwang ihn, seinem Blick zu begegnen. „Warum tust du es immer noch? Dich selbst verletzen?"

„Um mich daran zu erinnern, wie ich alle enttäuscht habe. Und um mir selbst zu sagen, dass ich kontrolliere, was ich mit meinem Körper mache, und niemand sonst mich jemals wieder berühren wird, es sei denn, ich möchte es." Seine Stimme klang merkwürdig leblos und flach, aber jünger und so furchtbar verletzlich. „Ich habe versucht, das alles hinter mir zu lassen, all die Schrecken und Schmerzen in meinem Inneren, aber sie sind wie Blutegel, die mich aussaugen, und ich werde sie nicht los. Ich dachte, wenn ich mich verletze, würde der Schmerz verschwinden, aber es hat nicht funktioniert. Der Schmerz wartet auf mich, wenn ich morgens aufwache und er ist immer noch da, wenn ich meine Augen schließe."

Ashs Ehrlichkeit schmerzte ihn und Drew küsste seinen Nacken. „Es ist in Ordnung, sich zu fürchten. Jeder hat vor irgendetwas Angst."

„Ich fürchte mich nicht, Drew. Ich habe verdammt noch mal Todesangst."

Und da waren sie. Zwei verlorene Seelen, die in den unruhigen Gewässern ihres Lebens dahintrieben und sich verzweifelt festklammerten, um nicht unterzugehen. Irgendwie hatten sie einander gefunden und versuchten zaghaft, dem anderen Schutz vor dem Sturm zu bieten.

„Lass mich dir helfen. Stütz dich auf mich. Rede mit mir. Ich laufe nicht weg." Drew rieb seine Wange an Ashs Schulter. Niemand würde je vermuten, dass all die Macht und das Selbstbewusstsein, die von Ash zur Schau gestellt wurden, nur Fassade waren, um seinen gebrochenen Geist und Körper zu verbergen. „Ich bin für dich da, was auch immer du brauchst."

„Warum, Drew? Warum ich? Ich bin nicht sicher, ob ich die Mühe wert bin."

The heart wants what it wants, or else it does not care. Drew erinnerte sich an diese Zeile aus einem Gedicht von Emily Dickinson, das er in der Highschool gelesen hatte. Er wollte Ash. Er war ihm wichtig. Hier neben Ash zu liegen, ihm zuzuhören, wie er ihm sein Herz ausschüttete, machte ihm deutlich, wie viel er sich aus Asher Davis machte und wie sehr er ihn wollte. Er strich Ash die Haare aus der Stirn und küsste ihn. „Ich denke, du könntest mir alles wert sein.“

Kapitel 25

Ash spazierte mit einer Kaffeetasse in der Hand und einem Lächeln auf dem Gesicht in sein Büro. „Guten Morgen, Laura. Wie geht es Ihnen heute?“ Er blieb neben ihrem Schreibtisch stehen, um seine Nachrichten mitzunehmen.

„Mir geht es gut, Mr. Davis, danke der Nachfrage.“ Sie musterte ihn von oben bis unten. „Sie sehen glücklich aus.“

Er hielt inne, um einen Moment nachzudenken. In den vergangenen Wochen hatten er und Drew fast jede Nacht zusammen verbracht, nach der Arbeit in der Klinik gemeinsam gegessen oder sich in einer ihrer beiden Wohnungen entspannt.

Die Nächte mit Sex mit Drew zu verbringen und seinen warmen, schlanken Körper jede Nacht an seinem zu spüren, wurde schnell zu einer extrem süchtig machenden Angewohnheit.

„Das bin ich, Laura. Tatsächlich bin ich sogar sehr glücklich.“ Er beugte sich vor und küsste sie auf die Wange. „Danke, dass Sie es all die Jahre mit mir ausgehalten haben.“

Er hätte nie gedacht, dass er Laura einmal sprachlos erleben würde, aber er grinste über ihre offensichtliche Überraschung. „Stimmt was nicht? Sie machen einen schockierten Eindruck.“

„Oh, alles gut, Mr. Davis. Es ist nur schön, Sie glücklich zu sehen.“

Er zwinkerte ihr zu. „Es ist auch schön, sich so zu fühlen.“

Er schlenderte in sein Büro und setzte sich an seinen Schreibtisch. Der erste Brief, den er öffnete, war ein großer Umschlag, der vom Gericht kam. Er grinste breit und nahm sofort das Handy in die Hand.

„Hallo?“ Obwohl er ihn erst vor einer Stunde verlassen hatte, spürte er beim Klang von Drews sexy, vom Schlaf rauer Stimme einen sehnsüchtigen Stich. Er wollte wieder im Bett liegen, mit den Händen durch Drews seidige Locken fahren und seine blasse Haut küssen.

„Hab ich dich geweckt, Schlafmütze?“

„Ja.“ Ash konnte hören wie er gähnte und sich streckte. „Irgendein verrückter Lustmolch hat mich die ganze Nacht wachgehalten und unaussprechliche Dinge mit mir gemacht.“

„Oh, tatsächlich? Beschwerst du dich?“ Ash lehnte sich auf seinem Stuhl zurück. Die Erinnerung an Drew – nackt und auf seinem harten Schwanz sitzend, während er ihn ritt, bis er kaum noch klar denken konnte – ließ ihn augenblicklich hart werden und nach mehr verlangen.

„Ja.“ Drew senkte seine Stimme, bis er ihm quasi ins Ohr schnurrte. „Ich liege hier allein in meinem kalten Bett und vermisse ihn.“

„Hört sich an, als wärst du der Sexbesessene.“ Ash lachte. „Ich habe Neuigkeiten.“

„Mhmm? Welche?“

„Ich habe die Papiere vom Gericht bekommen. Deine Scheidung ist durch, Baby. Du bist endlich ein freier Mann.“

Das Schweigen am anderen Ende der Leitung überraschte Ash. Er hatte gedacht, Drew würde sich freuen oder zumindest etwas sagen.

„Drew? Bist du noch da?“

„Ja. Es ist komisch, weißt du. Ich muss zugeben, als du das eben gesagt hast, hatte ich schon fast vergessen, wie sie aussah. Ich habe ganz sicher keine großartigen Erinnerungen an Jackie. Aber ich hab sie geheiratet. Sollte ich nicht irgendwas fühlen? Traurig sein, oder mir wünschen, dass die Dinge anders gelaufen wären?“

Ash wurde unbehaglich zumute. War Drew unzufrieden mit ihrer Beziehung? „Tust du das? Wünschst du dir, du wärst noch mit ihr verheiratet oder mit einer Frau zusammen, statt mit mir?“ Sein Herz schlug schwer in seiner Brust. Drews schnelle Antwort erleichterte Ash. Ein Teil von ihm glaubte immer noch nicht, dass Drew lieber mit ihm zusammen sein wollte als mit einer Frau.

„Nein, ich will nicht mit ihr oder einer anderen Frau zusammen sein. Und auch mit keinem anderen Mann. Ich bin genau da, wo ich sein will.“ Seine flüsternde Stimme verlangsamte Ashs rasenden Puls. „Ich war in meinem Leben noch nie glücklicher und das hab ich dir zu verdanken.“

Ash wünschte, er wäre bei Drew und könnte ihn umarmen und ihm für alles danken, was er getan hatte. Er erinnerte sich so gut an das erste Mal, als er Drew über den Konferenztisch hinweg gesehen hatte, so blass und traurig, und verglich ihn mit dem schlafenden Mann, den er erhitzt und befriedigt in seinem Bett zurückgelassen hatte. „Wer hätte an dem Tag, an dem wir uns zum ersten Mal trafen, je gedacht, dass wir sechs Monate später gemeinsam deine Scheidung feiern würden. Hey.“ Ihm kam eine Idee. „Lass uns alle einladen, am Samstag mit uns zu feiern. Esther geht es gut genug, dass sie zu dir kommen kann, oder?“

„Ja, und es ist nicht so, dass ich sie davon abhalten könnte. Das ist eine großartige Idee. Ich rufe die Jungs und Rachel an.“

„Denkst du, Jordan wird kommen?“ Ash hielt seinen Tonfall neutral. Jordan weigerte sich strikt, sie als Paar zu akzeptieren. Rachel hatte ihnen anvertraut, dass er immer noch glaubte, Ash hätte Drew irgendwie zu einer sexuellen Beziehung gezwungen. „Er behandelt mich, als wäre ich ein Raubtier, wie du weißt.“

„Wenn du nicht willst, dass ich ihn und Keith einlade, werde ich es nicht tun.“

Auch wenn Drew versuchte, es nicht zu zeigen, wusste Ash wie unglaublich Jordans Verhalten ihn verletzte. Er hatte sogar angeboten, den Kontakt zu seinem Freund seit Kindertagen abzubrechen, aber das ließ Ash nicht zu. Da er wusste, dass Drews größte Angst war, die Menschen, die ihm am nächsten standen, zu verlieren, achtete Ash darauf, Jordan nicht zu verprellen. Er äußerte sich nicht einmal negativ über ihn, ganz egal wie oft Jordan ihn beschimpfte. Ashs einzige Sorge galt Drew.

Aber wie gewohnt konzentrierten sich Drews Gedanken nicht auf ihn selbst, sondern auf Ashs Gefühle. „Ich hab ihm gesagt, dass ich es nicht toleriere, wie er dich behandelt. Nicht, wenn du mir so viel bedeutest."

„Gib ihm Zeit, Baby. Er wird sich dran gewöhnen."

„Ich will nicht drüber reden. Ich rufe Keith an und lasse es ihn Jordan sagen. Wenn er nicht kommen will, ist es sein Verlust." Sein ausdrucksloser Tonfall konnte Ash nicht täuschen.

„Okay, okay." Ash versuchte, ihn zu beruhigen. Das Letzte, was er wollte, war, Drew aufzuregen. „Lass uns nicht weiter darüber diskutieren. Ich kümmere mich um alles. Du musst nur kommen und so umwerfend aussehen, wie du es immer tust."

„Das ist mein Text. Weißt du, wie glücklich ich bin, dich zu haben? Ich denke darüber nach, wie leer mein Leben vor dir war. Ich weiß nicht, ob dir klar ist, wie viel du mir bedeutest, Ash."

Ash schluckte den riesigen Kloß hinunter, der plötzlich in seiner Kehle steckte. Er schaffte es, die Worte hervor zu würgen, als seine Augen anfingen zu brennen. „Ich weiß es. Ich denke, du hast mir vielleicht das Leben gerettet."

Eine überwältigende Woge der Emotionen rauschte durch ihn hindurch, wie ein reinigendes Bad. Es war Wochen her, seit er daran gedacht hatte, sich selbst zu verletzen. Das Bedürfnis nach Schmerz und Kontrolle beherrschte nicht mehr sein Leben, nicht mit Drew an seiner Seite.

Auf Drews Drängen hin hatte er eine Therapie begonnen. Auch wenn er erst eine Sitzung gehabt hatte, konnte Ash doch sagen, dass der Arzt ihm würde helfen können. Sie hatten über sein ständiges Verlangen gesprochen, sich für das zu bestrafen, was er für selbstsüchtiges im Stich lassen seiner Pflegebrüder hielt. Der Arzt hatte ihm gesagt, er sollte in sich gehen und sein angebliches Zurücklassen von Luke und Brandon hinterfragen. Spät in der Nacht, allein in seiner Wohnung, konnte Ash zugeben, dass er nie wirklich eine Wahl gehabt hatte. Er war bis an den Punkt getrieben worden, an dem er, wenn er geblieben wäre, entweder Munson oder sich selbst umgebracht hätte. Obwohl er sich entschieden hatte zu leben, bestrafte Ash sich weiterhin für diese Wahl. So langsam sein Fortschritt auch sein würde, hatte er doch Hoffnung, dass er irgendwann in der Lage sein würde, sich selbst zu vergeben.

„Ich muss auflegen, Baby. Ich …“ Ash hielt inne. „Ähm, hab einen schönen Tag, wir sehen uns heute Abend.“ Er legte auf und vergrub den Kopf in den Händen. Hatte er tatsächlich beinahe das *L*-Wort gesagt? Es wäre so natürlich und einfach gewesen. Wie würde es sich anfühlen, jeden Tag zu Drew nach Hause zu kommen und *Ich liebe dich* zu sagen? Kopfschüttelnd nahm er das Handy erneut in die Hand. Dieses Mal, um Esther anzurufen. Er liebte es, sich mit Drews Großmutter zu unterhalten. Sie war die Familie, die er nie hatte.

Er lächelte, als Esther das Gespräch annahm und bereits sprach. „Asher, Schätzchen, ich hab jetzt diese Anruferkennung. Die Kinder haben nach diesem kleinen Zwischenfall darauf bestanden.“

Er liebte diese Frau und würde jeden umbringen, der versuchte ihr wehzutun. „Es gab keine weiteren Probleme, oder?“

„Nein, gar keine. Mrs. Delaney und ich hatten hier eine sehr friedliche Zeit."

„Sehr gut." Plötzlich war er ungewöhnlich nervös. Was, wenn Esther nicht so glücklich über Drews Scheidung war, wie er dachte? „Ja, nun, ich rufe an, weil ich heute Drews endgültige Scheidungspapiere erhalten habe und wir dachten, eine kleine Familienfeier wäre angebracht." Er leckte sich über sie Lippen. „Das heißt, wenn du damit einverstanden bist."

„Weißt du, ich war nicht glücklich, als er diese Frau geheiratet hat. Ich wusste, dass es wahrscheinlich nicht von Dauer sein würde, weil sie offensichtlich nur die Frau eines Arztes sein wollte, nicht die Frau meines Enkels."

Ash hielt den Atem an und lauschte.

„Natürlich will niemand, dass sein Kind geschieden wird, aber Drew ist jetzt so viel glücklicher als zu der Zeit, als er sich verabredet hat oder verheiratet war."

„Tatsächlich?" Ash lächelte vor sich hin.

„Ich mag alt sein, aber ich bin nicht blind. Ich denke, du hast großen Anteil daran, dass Drew in letzter Zeit so glücklich ist. Habe ich recht?"

„Ja, wir sind gute Freunde geworden. Drew ist ein sehr besonderer Mensch." Er versuchte, so unverbindlich wie möglich zu klingen, da er keine Ahnung hatte, was sie denken mochte. Wäre es für sie in Ordnung, wenn Drew mit ihm zusammen war?

„Darf ich fragen, ein wie guter Freund?"

Er hatte Richtern gegenübergestanden, deren Gerichtssaal Männer weinend verlassen hatten, doch Esthers einfache Frage machte ihn wesentlich nervöser. Er wollte, dass Esther von seiner Beziehung mit Drew wusste, doch er dachte, dass Drew derjenige sein sollte, der seiner Großmutter etwas so Wichtiges erzählte.

„Esther, du versuchst mir hier Informationen zu entlocken. Was auch immer du wissen willst, ich denke, du solltest Drew danach fragen. Jetzt zum Grund meines Anrufs. Drew veranstaltet am Samstag eine kleine Party, um zu feiern, dass seine Scheidung rechtskräftig ist, und natürlich wollte er, dass du als Erste davon erfährst.“

„Gut. Ich bin so froh, dass er diese Episode hinter sich lassen und mit seinem Leben weitermachen kann. Bist du nicht auch dieser Meinung?“

Sie versuchte es immer noch. Diese Frau war unerbittlich. „Ja, Esther. Rachel und Mike holen dich Samstagabend ab.“

„Hmm. Okay.“ Er lachte über ihren enttäuschten Tonfall, als er auflegte.

Am Samstagabend sah Drews Wohnung völlig anders aus. Ash hatte von seiner Sekretärin alles vorbereiten lassen, vom Essen über die Getränke bis hin zu den Blumen. Er wollte, dass alles perfekt war. Durch den Tumult verstört, versteckte sich der Kater unter dem Bett, seine gelben Augen leuchteten im Dunkeln.

Domino unterließ es sogar, seiner Lieblingsbeschäftigung nachzugehen, und Ash damit zu quälen, dass er jedes Mal, wenn der an ihm vorbei ging, die Krallen in seine Knöchel schlug.

Ash trug lässige Kleidung, ein weißes Leinenhemd, dessen Ärmel er bis zu den Ellbogen hochgekrempelt hatte, und eine schwarze Hose. Letzte Nacht, als sie sich nach dem Sex in den Armen gehalten hatten, hatte Drew eine Bemerkung über Ashs Haare gemacht. *Es fühlt sich wie Seide an. Gibt mir etwas, um mich daran festzuhalten, wenn du in mir bist.*

Etwas Grünes erregte seine Aufmerksamkeit und er beobachtete Drew, der aus dem Schlafzimmer kam und in seinem blassgrünen Leinenhemd und der Khakihose zum Anbeißen aussah. Ashs hungriger Blick glitt über das perfekte Gesicht seines Liebsten, die schmalen Hüften und den schmalen Streifen blasser Haut, der an seinem Hals zu sehen war, wo sein Hemd nicht ganz zugeknöpft war. Er leckte sich die Lippen, als er sich daran erinnerte, wie süß all diese Haut schmeckte.

„Hi, Baby." Er zog Drew an sich und beugte sich zu ihm hinunter, um seine Lippen mit einem harten Kuss zu erobern. Drews Lippen öffneten sich seiner forschenden Zunge und wie üblich verlor sich Ash in dem wundersamen Gefühl ihrer sich vermischenden Atemzüge und dem Tanz ihrer Zungen. Drew zu küssen, stellte Ash fest, machte genauso süchtig wie jede Droge.

„Oh, entschuldigt, Jungs, aber könnt ihr euch das für später aufsparen?" Eine vertraute Stimme durchdrang den Nebel in Ashs Kopf, aber das war ihm egal und er drückte weiterhin sanfte Küsse auf Drews Lippen. Erst ein Räuspern und ein gemurmelter Fluch brachten ihn dazu, sich von Drews heißem Mund zu lösen und einen Blick zur Seite zu werfen.

Er sah Keiths amüsiertes Grinsen, aber sein Magen zog sich bei dem angewiderten Ausdruck auf Jordans Gesicht zusammen. Mit einem letzten Kuss zog Ash sich von Drew zurück, aber sein Arm lag weiterhin um Drews Schultern und er behielt ihn dicht an seiner Seite.

„Hallo, ihr beiden." Er streckte seine Hand zuerst Keith entgegen, der sie ergriff und kräftig drückte. Als Keith Drew die Hand schüttelte, hielt Ash die seine Jordan hin, der ihn einen Moment lang scharf ansah und ihm dann bewusst den Rücken zukehrte, zur Bar hinüberging und sich einen Drink eingoss. Ashs Gesicht lief bei der absichtlichen Beleidigung knallrot an, aber er sagte nichts. Das war Drews Nacht, und er würde sie ihm nicht ruinieren.

„Mach dir keine Sorgen, das wird schon", flüsterte Rachel ihm ins Ohr und drückte seinen Arm, als Drew Keith und Jordan folgte.

„Danke. Es ist mir egal, wenn er mich nicht mag, aber es tut Drew weh und das kann ich nicht mitansehen.“ Ash beugte sich zu ihr hinunter, um ihr einen Begrüßungskuss zu geben und Mike auf den Rücken zu klopfen.

Mike sah ihn neugierig an. „Seid du und D tatsächlich, ähm, zusammen? Also ein Paar?“

Ash machte sich auf weitere Kritik von Drews Freunden gefasst. „Ja. Ich hoffe, dass du damit kein so großes Problem hast wie Jordan.“

Mike zuckte die Schultern. „Ist mir egal. Solange du gut zu ihm bist, interessiert mich das nicht. Jordan wollte Drew und mich schon immer viel zu sehr beschützen, vielleicht weil er der Älteste von uns ist. Ich weiß es nicht.“ Er sah Rachel an. „Ich bin sicher, dass sich das Problem mit ihm irgendwann lösen wird. Er ist eine Nervensäge, aber er meint es gut.“ Er und Rachel entschuldigten sich, um sich etwas zu trinken zu holen, als Esther näherkam.

„Asher, mein lieber Junge. Gib mir einen Kuss.“

Ein aufrichtiges Lächeln breitete sich auf seinem Gesicht aus. „Hallo, Esther. Hübsch wie immer.“ Er küsste ihre Wange und ihre schlanken Finger. Dann legte er ihre Hand in seine Armbeuge und machte sich mit ihr quer durch den Raum auf den Weg zu Drew hinüber, der sich noch immer mit Keith und Jordan unterhielt.

„Ich liebe es, Arm in Arm mit einem großen, starken Mann zu gehen. Mein Sy war wie du, und ich habe mich bei ihm immer sicher gefühlt.“ Sie tätschelte seinen Arm.

„Es ehrt mich, dass du mich mit deinem verstorbenen Mann vergleichst. Drew sagt, er war ein wunderbarer Mensch.“

Sie nickte und drückte seinen Arm. „Ja, das war er. Und du bist wundervoll zu Drew und diesen Kindern in der Klinik.“ Sie hielt ihn auf und legte ihm die Hand auf den Arm.

Er verspannte sich, als ihr Blick auf seinen nackten Arm fiel. Sie wurde blass und er wusste, dass sie die vielen Narben gesehen und gespürt hatte, die seine entblößte Haut überzogen. Er hatte vergessen, seine Hemdsärmel wieder herunterzurollen, bevor die Gäste ankamen. Jetzt konnte Esther die demütigenden Spuren seiner Selbstzerstörung ungehindert sehen.

„Mein allerliebster Junge." Ihre Lippen zitterten und er bemerkte, wie bleich sie geworden war. Aus Angst um ihre Gesundheit führte er sie schnell zu einem Stuhl und setzte sich neben sie. „Warum?"

Er konnte es ihr niemals sagen. Es war genug, dass er mit den Erinnerungen lebte, aber eine Frau wie Esther hatte die Bürde seines selbstzerstörerischen Verhaltens nicht verdient.

„Das ist vor langer Zeit passiert, bevor ich nach New York kam. Bevor ich es geschafft habe, etwas aus meinem Leben zu machen." Er stieß den Atem aus, von dem ihm nicht bewusst gewesen war, dass er ihn angehalten hatte. „Ich habe viele Dinge getan, für die ich mich schäme und von denen ich wünschte, sie ungeschehen machen zu können. Ich habe Menschen wie Dreck behandelt, niemand konnte mich leiden. Drew zum Freund zu haben und in dir, Esther, jemanden zu haben, der sich etwas aus mir macht, hat mich unwiderruflich verändert."

Er hatte nie gewusst, wie es war, irgendwo dazuzugehören, jemanden zu haben, der sich um ihn sorgte oder kümmerte, und hatte nie an die Gefühle anderer gedacht, nur an seine eigenen. Mit Drew zusammen zu sein und in der Klinik zu arbeiten hatte ihm gezeigt, dass sein Leben einen Sinn haben konnte und dass er wichtig war. Nicht nur diesen Kindern, denen er zu helfen versuchte, sondern auch Drew und Esther. Er hätte nie geglaubt, dass es möglich wäre, von einem glücklichen Leben zu träumen, doch an jedem Tag, an dem er neben Drew aufwachte, wurde der Traum Wirklichkeit.

In Esthers Augen standen Tränen. „Ich liebe dich, Asher. Du bist mir so ans Herz gewachsen und wichtig geworden, als wärst du mein eigenes Fleisch und Blut. Versprich mir, dass du nie wieder etwas tun wirst, um dir selbst Schaden zuzufügen."

„Ich bin kein guter Mensch. Ich bin egoistisch, arrogant und aufbrausend. Ich weiß nicht, was du in mir siehst." Er nahm ihre Hände in seine. „Aber ich habe nicht mehr dieses drängende Bedürfnis, mich selbst zu verletzen. Ich denke, ich fange an zu glauben, dass ich vielleicht nicht die alleinige Schuld an der Vergangenheit trage. Ich lerne, mein Glück zu finden und es zu genießen." Während er es sagte, wurde ihm klar, dass er dies zum ersten Mal ausgesprochen hatte. Aber es stimmte. Er *war* glücklich, und als sein Blick über die Menschen im Raum glitt und an Drew hängenblieb, erfüllte Wärme seinen Körper und seine innere Anspannung verschwand. Mit dem verblüffenden sechsten Sinn, den sie immer hatten, wenn der jeweils andere in der Nähe war, fing Drew seinen Blick auf und zwinkerte ihm zu. Ein Lächeln huschte über Ashs Gesicht.

„Weiß es mein Enkel?"

„Was, Esther?" Seine Konzentration blieb auf Drew gerichtet.

„Dass du ihn liebst. Und so, wie er dich ansieht, würde ich sagen, das Gefühl beruht auf Gegenseitigkeit."

Ash rutschte das Herz in die Hose. Sein Mund wurde trocken und er glaubte Sägemehl zu schmecken. „Äh, ich …"

„Ist das der schneidige, redegewandte Anwalt, von dem ich so viel gehört habe?" Esther, die äußerst belustigt klang, verblüffte ihn mit ihrer Auffassungsgabe.

„Esther." Ash seufzte. „Ich weiß nicht, was ich sagen soll."

„Du musst nichts sagen, ich sehe es in deinen Augen. Nur du weißt, was du fühlst und wie es in deinem Herzen aussieht."

Was fühlte er? Er hatte keine Ahnung. Er wusste nur, dass ein Leben ohne Drew jetzt undenkbar schien.

Er beobachtete, wie ihr Blick auf Drew und Jordan fiel und ein liebevolles Lächeln ihre Lippen umspielte. „Wusstest du, dass ich, nachdem Jordan sich geoutet hatte, mit ihm in der ersten *Pride Parade* marschiert bin, an der er teilgenommen hat? Ich war so stolz auf ihn, wie er sich gegen alle Mobber zur Wehr gesetzt hat."

Ash schluckte seinen Schmerz hinunter. „Jordan hasst mich. Er erinnert sich an die Art und Weise, wie ich früher war, und an das verdorbene Leben, das ich gelebt habe. Daher vertraut er mir nicht und glaubt, ich werde Drew verletzen." Immer wieder hatte er Dinge in seinem Leben bereut, aber noch nie so viele wie heute Abend. Wenn er sich nur am Riemen gerissen hätte und in der Vergangenheit nicht so ein freizügiger, egoistischer Arsch gewesen wäre, hätte Drews bester Freund ihn vermutlich akzeptiert.

„Und, wirst du das?"

Wie immer kam Esther direkt zur Sache. Sie ließ ihn nie mit irgendetwas davonkommen und zwang ihn, sich seinen innersten Geheimnissen zu stellen. Der heutige Abend war nicht anders, außer, dass er nicht länger das drängende Bedürfnis hatte, seine Gefühle nicht nur vor ihr, sondern auch vor sich selbst zu verbergen.

„Ich würde eher wieder mich selbst verletzen, bevor ich Drew weh tun würde. Er ist mir wichtiger als es jemals ein anderer Mensch war."

„Worauf wartest du denn dann? Zeig es ihm und seinen Freunden! Ich hätte nie gedacht, dass du ein Feigling bist. Weißt du, ich habe so viele Menschen verloren, die ich geliebt habe. Ich warte nicht mehr auf den Zeitpunkt, den ich für richtig halte, oder lasse mir von anderen Leuten diktieren, was richtig oder falsch ist. Verschwende deine Zeit nicht mit Nachdenken.“

Ash beugte sich zu ihr und küsste sie auf die Wange. Als Kind hat er immer über seine wahre Mutter nachgedacht. Sich gefragt, wer sie war, ob sie Träume für ihn gehabt hatte, als sie mit ihm schwanger war und nachdem er geboren wurde. Aber jetzt, während er Esthers Liebe und Akzeptanz in sich aufsaugte, die zarte Berührung ihrer Hand auf seiner und den sanften, wissenden Ausdruck in ihren Augen genoss, war die Vergangenheit plötzlich weit genug entfernt, dass es nicht mehr darauf ankam, wie sein Leben begonnen hatte.

Wichtig war nur, wohin er ging und mit wem.

„Danke, Esther.“

Er machte sich auf den Weg zu Drew.

Kapitel 26

„Was zum Teufel machst du mit ihm?“ Jordans Wut traf ihn wie die Rauchgasexplosion eines Brandes. Drew konnte sich nicht erinnern, dass sein Freund jemals eine solche Feindseligkeit an den Tag gelegt hatte.

„Ich bin mir immer noch nicht sicher, warum du denkst, dass ich dir etwas erklären muss.“ Seine Stimme klang täuschend ruhig, aber Drews Augen verengten sich vor Zorn. „Seit wann hast du dich zu meinem Hüter ernannt?“

„Seit du angefangen hast, so verdammt dämliche Entscheidungen zu treffen, Mann! Was zur Hölle stimmt in letzter Zeit nicht mit dir? Zuerst heiratest du diese betrügerische Schlampe und jetzt fällst du auf ein egoistisches Arschloch herein.“ Jordan fuhr sich mit der Hand durch sein Haar und zerzauste damit seine normalerweise sorgfältig gestylte Frisur.

Drew platzte endgültig der Kragen. „Es reicht. Ich weiß nicht, warum du, Rachel oder Mike denkt, ihr hättet das Recht, euch derartig in mein Leben und meine Entscheidungen einzumischen. Ich bin kein verdammter Vierjähriger auf einem Spielplatz!“

„Dann hör auf dich wie einer zu benehmen und denke lieber mal mit deinem Kopf als mit deinem Schwanz“, schoss Jordan zurück, der Blick seiner blauen Augen war eisig. Seine übliche leichte Überheblichkeit war durch höhnische Arroganz ersetzt worden, die Drew von Herzen verabscheute. Seit seiner Kindheit hatte Jordan stets geglaubt, dass seine Entscheidungen immer die besten waren, und zwar aufgrund seiner festen Überzeugung als Ältester der Anführer ihrer Gruppe zu sein. Als Kind hatte Drew es immer einfacher empfunden, Jordan zu folgen, anstatt sich zu behaupten.

Bis jetzt war ihm das nie wichtig gewesen.

Beinahe verzweifelt legte Drew eine Hand auf Jordans Arm, in dem Versuch, das Gespräch und vielleicht ihre Freundschaft zu retten. Denn er wusste, ganz egal, wie wichtig ihm seine Freunde waren, wenn er gezwungen wäre, eine Wahl zu treffen, würde er Ash wählen.

„Verstehst du es denn nicht? Ich möchte diese Wahl nicht treffen, und ich sollte es nicht müssen. Warum zwingst du mich dazu? Wie würdest du dich fühlen, wenn ich dir sagen würde, dass ich Keith nicht mag? Würdest du mit ihm Schluss machen?" Drew sah, wie ein ungläubiger Ausdruck über Jordans Gesicht huschte.

„Du hast tatsächlich den Nerv, Keith mit diesem arroganten Stück Scheiße zu vergleichen? Ich wette, er hat dir nie gesagt, was er für dich empfindet. Und du bist wie immer zu vertrauensselig. Du wirst es nie lernen, oder?"

„Na sieh mal einer an, Jordan. Warum hältst du dich zurück?" Ash schlenderte zu ihnen herüber und Drew zuckte zusammen, als er Ashs grimmige Miene sah. Wo er Momente zuvor noch entspannt und sorglos gewesen war, blitzte jetzt etwas Stählernes in seinen Augen auf und die Züge um seinen Mund wirkten hart wie Granit. „Lass alle wissen, wie du wirklich über mich denkst." Er starrte ihn finster an und verschränkte die Arme. Drew wollte nicht, dass das zu einer verbalen Auseinandersetzung zwischen den beiden Männern ausartete.

Keith stand neben Jordan und versuchte wie immer, ihn zu beruhigen, seine Hand liebkoste Jordans Nacken. Diesmal wollte sich Jordan allerdings nicht davon abhalten lassen, seine Meinung zu sagen.

„Sag mir nicht, dass es mich nicht kümmern soll, wenn ich sehe, dass mein Freund einen Fehler macht. Erst recht nicht nach dem letzten, den er gemacht hat." Er sah sich im Raum um und schob Keiths Hand weg. „Sieht denn sonst niemand, wie falsch das ist?"

Drew erhob die Stimme, er wurde ungewohnt laut. „Ich hab dir gerade schon gesagt, dass es mein Leben ist und sich niemand einzumischen oder mich zu kontrollieren hat. Halt dich aus meinen Privatleben raus oder geh. Basta."

Im Raum wurde es still. Drew konnte hören, dass Mike Rachel fragte, was passiert war, aber sie brachte ihn zum Schweigen. Jordans Lachen klang unsicher. „Mach dich nicht lächerlich. Wir sind beste Freunde. Du würdest dreißig Jahre Freundschaft nicht für ihn wegwerfen."

Er liebte Jordan wie einen Bruder, aber Drew konnte seine ständige Manipulation nicht länger ertragen. „Es ist nicht so, dass ich wählen *will*. Du zwingst mich dazu. Aber du musst meine Kämpfe nicht mehr für mich ausfechten."

„Ich habe nichts gesagt, als du Jackie geheiratet hast, obwohl ich wusste, dass sie die Falsche für dich war, und jetzt schau, wo du bist. Nach nicht einmal einem Jahr geschieden. Vielleicht wärst du heute nicht hier und würdest eine Party veranstalten, um eine gescheiterte Ehe zu feiern, wenn ich es angesprochen hätte."

Rachels Keuchen hallte im Raum wider. Wenn ein Messer seine Brust aufgeschlitzt hätte, hätte Drew nicht so viel Schmerz empfunden. Er hatte immer gewusst, dass die Arroganz und das eigensinnige Wesen seines Freundes ihn keine Beliebtheitswettbewerbe gewinnen ließen, aber er hatte gedacht, dass er aus Liebe gehandelt hatte. Nachdem Drew diese verletzenden Worte gehört hatte, stellte er nun die wichtigste Grundlage ihrer dreißigjährigen Freundschaft in Frage.

„Ich schulde weder dir noch irgendjemandem hier Erklärungen dafür, was in meinem Leben passiert. Wie ich schon sagte. Wenn es dir nicht gefällt, weißt du, wo die Tür ist." Er stand Jordan gegenüber und sah, wie sich dessen Augen vor Schock weiteten.

Ashs Hand legte sich auf seine Schulter, schwer und doch tröstlich. „Fälle kein vorschnelles Urteil. Als Ältester der

Gruppe fühlt er sich als Beschützer." Ash drückte kurz zu. „Seltsamerweise kann ich das nachvollziehen."

Als der Älteste und selbsternannter Beschützer seiner Pflegebrüder konnte Ash Jordans Position bestens verstehen. Daher machte es Sinn, dass er die Situation verstand und versuchte, die Wogen zu glätten. Alles, was Drew wollte, war, dass seine Familie miteinander auskam, aber Ash war sein Liebhaber, und er würde ihn gegenüber seinen Freunden und seiner Familie verteidigen.

„Ist alles gut zwischen uns, Jordan? Bitte?" Drew wollte nicht kämpfen. Zum ersten Mal, seit er sich erinnern konnte, schien sein Leben reibungslos zu verlaufen. Er wollte nicht, dass etwas seinen anfälligen Frieden störte. „Komm schon, Mann."

Keith lehnte sich hinüber und flüsterte Jordan etwas ins Ohr. Was auch immer er sagte, wendete das Blatt, da Jordan sich in Keiths Umarmung entspannte. „Ich werde es akzeptieren, aber es muss mir nicht gefallen. Wie auch immer …" Er hob seine Hand. „Ich werde dich nicht sabotieren, Davis. Mir geht es um Drew. Wenn du ihm wehtust, hau ab, bevor ich dich finde." Er stolzierte davon.

In diesem Moment kamen Peter und seine Frau herein und die Anspannung im Raum ließ nach, als sie seine Großmutter begrüßten. Ash verließ ihre Gruppe, um seine Freunde willkommen zu heißen, und Drews Blick folgte ihm, während Ash den Raum durchquerte.

„Er ist dir wirklich wichtig, oder?"

Es war sinnlos, die Wahrheit zu verbergen. Bei Keiths Frage erschien ein Lächeln auf Drews Lippen.

„Ihr kennt ihn alle nicht, weil ihr nur seht, was er der Öffentlichkeit zeigt. An ihm ist so viel mehr, als ihr euch vorstellen könnt, aber es ist nicht an mir, euch davon zu erzählen."

„Du liebst ihn."

Drew versteifte sich bei Keiths Worten. „Hast du vor, es mir so schwer zu machen wie Jordan? Wenn ja, sprich bitte nicht weiter."

„Nein, aber lass mich dir einen Rat geben."

Drew sah ihn an. „Ja?"

„Warte nicht auf den richtigen Zeitpunkt oder einen besonderen Moment, wenn es das ist, was du tust. Glaub mir, als Cop weiß ich das besser als jeder andere. Ich könnte eines Morgens gehen und nie mehr nach Hause kommen." Für einen Moment schimmerten seine Augen feucht. „Die Reue, mit der manche Menschen leben, ist überwältigend. Es mag klischeehaft klingen, aber ich nehme nie für selbstverständlich, was ich mit Jordan habe, weil ich weiß, wie leicht man alles verlieren kann." Damit verließ Keith Drews Seite, schlang seine Arme um Jordans Taille und küsste ihn auf den Kopf.

Heute Nacht, dachte Drew.

In dem Moment gesellten sich Rachel und Mike zu ihm. „Ich weiß, dass du sagst, dass ihr jetzt zusammen seid, aber du warst vorher nie an Männern interessiert. Und deine Bereitschaft, eine lebenslange Freundschaft wegzuwerfen – das ist nicht der Bruder, den ich mein ganzes Leben lang gekannt habe. Seit du Ash getroffen hast, bist du wie ein anderer Mensch. Trotz unseres Gesprächs verstehe ich es immer noch nicht." Die Verwirrung und Besorgnis auf Rachels Gesicht trübte ihren Blick und eine Falte bildete sich auf ihrer normalerweise glatten Stirn. „Und glaube nicht, dass ich mir nicht immer noch Sorgen wegen Ashs Ruf mache. Ich verstehe Jordans Verhalten irgendwie."

„Entschuldigt ihr uns bitte?" Drew nahm den Arm seiner Schwester und dirigierte sie in Richtung seines Schlafzimmers, wo er sich auf das Bett setzte und ihr bedeutete, dass sie dasselbe tun sollte. Er rieb sich mit den Händen über die Schenkel, um sich auf dieses Gespräch vorzubereiten. Zu wissen, dass sie die dunklen Zeiten überstanden hatte, eine starke, sichere Frau geworden war, die so viel Liebe geben und empfangen konnte, war alles, was er wissen musste, um zu entscheiden, dass sein eigenes Leben lange genug auf Eis gelegen hatte.

„Schau, du weißt, wir waren nie diejenigen, die Menschen in Schubladen gesteckt haben. Als du am College experimentiert und mich deiner Freundin vorgestellt hast, war es mir egal. Solange du glücklich warst."

Rachels Mund verzog sich zu einem kleinen Lächeln. „Ja, es hat Spaß gemacht, mit Samantha zusammen zu sein, aber es war uns nie ernst. Es ging darum, unseren Weg zu finden, und Sex war ein Teil davon."

Etwas interessierte Drew dann doch. „Hast du Mike erzählt, dass du ein paar Monate mit einer Frau zusammen warst?"

Sie verdrehte die Augen. „Ja. Und, typisch Mann, war er total aufgeregt und wollte wissen, ob wir Bilder gemacht haben. Mal ehrlich, manchmal seid ihr Männer solche Schweine." Sie lachte, aber dass sie nervöse mit ihrer Halskette spielte, deutete darauf hin, dass sie immer noch Bedenken hatte.

„Gut, weil wir beide nie Geheimnisse voreinander hatten: Ash und ich haben auch keine Geheimnisse voreinander. Er kennt mich, Rach. Kennt mich wirklich. Ich glaube, er kennt mich besser als ich selbst mich kenne."

„Aber wann hast du gemerkt, dass du bisexuell bist?" Sie errötete. „Ihr schlaft offensichtlich miteinander, aber du hattest zuvor noch nie Sex mit einem Kerl. Richtig?" Ihre grünen Augen hielten seinen Blick fest, aber es war keine Ablehnung darin zu erkennen. Nur Neugier und Liebe.

„Schau, es gibt Dinge, über die ich noch nie gesprochen habe, weil sie zu persönlich für mich waren. Es ist also nicht so, dass ich noch nie mit einem anderen Mann zusammen war. Es geht hier nicht um Sex. Ich könnte mit niemand anderem als Ash zusammen sein. Er macht hier den Unterschied, nicht meine Sexualität. Irgendetwas an ihm bringt mir Frieden. Er hat mich aus meiner Einsamkeit geholt."

„War es so schlimm?"

„Ja." Er strich sich die Haare aus dem Gesicht. „Ich habe mir selbst die Schuld am Tod von Mom und Dad gegeben. Wenn ich nicht so ein Baby gewesen wäre und Angst gehabt hätte, allein zu sein, hätte ich sie an diesem Wochenende nicht gebraucht, um meine Hand zu halten und mir zu sagen, dass alles in Ordnung kommen würde. Sie starben, weil ich Angst hatte, mein Leben zu leben. Und danach ließ ich mich jahrelang von Jordan und euch in die Richtung schieben, die ihr für die richtige gehalten habt, ohne jemals zu fragen, was *ich* wollte. "

Tränen liefen ihr über die Wangen. „Das war nicht meine Absicht. Ich hab es nur getan, weil ich dich liebe und das Beste für dich will."

Mit dem Daumenballen wischte er über ihre Wangen. „Ich weiß. Und das eine Mal, als ich mich durchgesetzt habe, habe ich Jackie geheiratet, und schau, wo das hingeführt hat."

Sie schniefte, lächelte aber unter Tränen. „Ja. Aber du hast Ash dadurch gefunden. Du weißt, ich glaube fest an Schicksal. Vielleicht hast du diesen Fehler gebraucht, damit er dich in die Richtung führte, in die du immer gehen solltest."

Gott, er liebte sie. Jeder Tag war ein so kostbares Geschenk. Er konnte sich ein Leben ohne sie nicht vorstellen. „Ich liebe dich. Und vielleicht hast du recht, aber ich bin immer noch dabei, meinen Weg zu finden."

„Nun, wenn du meine Meinung hören willst…"

Er legte ihr eine Hand über den Mund. „Ich weiß, dass du es gut meinst, aber jetzt ist es Zeit für mich, es auf meine Weise zu tun, mit all den Beulen und blauen Flecken, die damit einhergehen könnten. Verstehst du das?"

Bevor sie antworten konnte, unterbrach ein Räuspern die erwartungsvolle Stille. Als er zur Tür schaute, breitete sich ein Lächeln auf seinem Gesicht aus. „Hallo."

Ash lehnte mit dem Oberkörper am Türrahmen, und obwohl er für den durchschnittlichen Beobachter entspannt zu sein schien, wusste Drew es besser. Die breiten Schultern unter seinem Hemd waren verspannt, und in seinen silbernen Augen funkelten unterdrückte Gefühle, die Drew mittlerweile nur zu vertraut geworden waren. Es tat weh, Ash in seiner Gegenwart so wachsam zu sehen. Besonders nach allem, was sie miteinander geteilt hatten.

„Ich habe dich eine Weile nicht gesehen und mich gefragt, ob alles in Ordnung ist." Ashs Blick richtete sich auf Rachel. „Ich lasse euch beide allein." Er wandte sich zum Gehen.

„Nein, bitte." Rachel sprang auf und umarmte Drew schnell. „Wir sind fertig und ich gehe." Als sie im Türrahmen an Ash vorbeikam, stellte sie sich auf die Zehenspitzen und strich mit den Lippen über seine Wange. „Er gehört ganz dir."

Rachel verschwand den Flur hinunter, aber Drew hatte nur Augen für Ash.

Die Erkenntnis kam ihm nicht wie der Urknall, die sprichwörtlichen Trompeten verkündeten es nicht. Ironischerweise machte die leise Intensität es so viel realer und potenter. Seine Brust schmerzte und sein Herz raste. Jedes Haar an seinem Körper hatte sich aufgerichtet und zitterte, seine Haut kribbelte bei dem bloßen Gedanken an Ashs Berührung. Er *sehnte* sich nach diesem Mann. Nicht in einer Million Jahren hätte er gedacht, dass eine andere Person sein Innerstes derart nach außen kehren könnte, sodass seine ungefilterten Gefühle direkt unter der Oberfläche lagen.

Und die Tatsache, dass er sich zu einem Mann hingezogen fühlte? Irrelevant. Die Stärke dieses harten Körpers, gepaart mit der Zärtlichkeit von Ashs Berührung, ließ ihn vor unterdrücktem Verlangen beinahe laut wimmern.

Er liebte ihn.

Heute Nacht würde er es ihm sagen. Diesem wunderbar komplexen Mann, der tapfer und dennoch ängstlich, ehrlich und doch so verletzt und hintergründig war. Aussprechen, dass er ihn von ganzem Herzen liebte.

Drew streckte die Hand aus. „Ich bin froh, dass du nach mir gesucht hast. Es ist schön, einen Moment zusammen zu verbringen, ohne all den negativen Meinungen ausgesetzt zu sein."

Ash zog Drew an seine Brust, und Drew versank in der Umarmung, legte das Kinn auf Ashs Schulter, während ihre Unterkörper sich in einer vertrauten Bewegung aneinanderschmiegten.

Nirgendwo fühlte er mehr Frieden und Zufriedenheit wie in Ashs Armen.

„Ist zwischen dir und Rachel alles in Ordnung? Kommt sie mit unserer Beziehung klar?" Ashs Hände rieben in einer beruhigenden Kreisbewegung über Drews Rücken.

Er lächelte an Ashs Schulter. „Ja, Es ist okay für sie. Ich denke, alles wird gut werden."

Ash küsste Drew kurz auf den Kopf, dann trat er zurück. „Wir sollten zurückgehen." Seine normalerweise ruhige Stimme klang abgehackt und schroff. „Die Leute wollen sich mit dir unterhalten."

Drew nickte verwirrt, schob aber seine Hand in Ashs und zog daran. „Wir gehen zusammen, oder?"

„Ja. Selbstverständlich."

Sie gingen zurück ins Wohnzimmer, wo er von seinen Freunden umringt wurde. Peter und seine Frau waren da, ebenso wie Ryder Daniels und sein Ehemann Jason Mallory. Sie hatten Connor Halstead mitgebracht, der als Rechtsberater für sie zu einer unschätzbaren Ressource geworden war, um durch das verwickelte Chaos der Kinderschutzgesetze zu navigieren. Connors Frau Emily hatte kürzlich ihr erstes Kind zur Welt gebracht und es vorgezogen, zu Hause zu bleiben.

Drew kehrte an die Seite seiner Großmutter zurück, die in ein ernstes Gespräch mit Jordan vertieft war.

Als er näherkam, verschloss sich Jordans Miene und ähnelte wieder einer undurchdringlichen Maske.

Rachel klopfte gegen ein mit perlendem Champagner gefülltes Glas. „Ruhe, bitte." Sie hob das Glas zu einem Trinkspruch. „Auf meinen Bruder Drew, den ich von ganzem Herzen liebe." Sie umarmte ihn fest. „Ich hoffe, dass deine Wünsche in Erfüllung gehen. Ich liebe dich so sehr."

Drew drückte sie fest an sich. „Ich liebe dich, Kleine", flüsterte er in ihr Haar, er liebte ihren sauberen, frischen Duft. Nachdem er eine Champagnerflöte mit dem goldenen Schaumwein gefüllt hatte, hob er sein Glas zu einem Toast.

„Danke an alle, die mir geholfen haben das durchzustehen, egal wie groß oder klein eure Rolle war. Ihr müsst wissen, wie wertvoll ihr für meine geistige Gesundheit wart. Was auch immer davon noch übrig ist."

Alle lachten und er fuhr fort. „Ein ganz besonderer Dank gilt meiner Familie, die immer zu mir gestanden hat, wie Familien es tun sollten, egal ob sie mit meinem Tun einverstanden war oder nicht." Er hob sein Glas. „Auf die Familie."

„Auf die Familie", riefen alle.

Drew hatte seinen Champagner ausgetrunken, als ein lauter Knall zu hören war, und dann das Geräusch splitternden Glases vom weiter entfernten Fenster des Wohnzimmers. Rachel und Lisa schrien, während sich seine Großmutter verwirrt umsah.

Auf dem Boden des Wohnzimmers lag ein großer Ziegelstein, an dem ein Blatt Papier befestigt war. Keith rannte zu der Stelle, an der der Ziegelstein gelandet war. „Drew, hast du Einweghandschuhe und einen durchsichtigen Plastikbeutel?“

Drew rannte in die Küche und öffnete die Schranktüren unter dem Waschbecken. Er hatte immer Handschuhe zur Reinigung der Katzentoilette vorrätig, also schnappte er sich ein Paar und eine Plastiktüte, rannte zurück ins Wohnzimmer und reichte sie Keith. Er streifte sie über und zog die Notiz unter der Schnur hervor.

Alle drängten sich um Keith, um über seine Schulter mitzulesen. Drew sah die fettgedruckten schwarzen Buchstaben und ihm gefror das Blut in den Adern.

Das nächste Mal hat die alte Dame nicht so viel Glück. Macht diese Schwuchtelklinik dicht.

Sie starrten einander an. Keith schob den Zettel in den Plastikbeutel und reichte ihn Drew. „Nimm das und ruf den Notruf an. Sag ihnen, was passiert ist und dass ich hier vor Ort bin, außer Dienst, aber bewaffnet.“ Dann zog er seinen Dienstrevolver heraus und bedeutete allen, vom Fenster wegzubleiben.

Drew erledigte den Anruf und kehrte ins Wohnzimmer zurück. Keith wies sie an, sich vom Fenster fernzuhalten, und ging anschließend die Treppe hinunter, um auf die Verstärkung zu warten. Rote Lichter blinkten auf der Straße vor Drews Fenstern auf und zeigten an, dass der Streifenwagen angekommen war. Nach ungefähr zwanzig Minuten kam Keith wieder nach oben, er hatte komplett in den Dienstmodus gewechselt.

„Drew, gab es zuvor schon Drohungen gegen die Klinik?“ Keith hatte sein kleines schwarzes Notizbuch in der Hand und sein scharfer Blick war fest auf Drews Gesicht gerichtet.

„Nein. Noch nie. Alle in der Nachbarschaft haben uns sehr unterstützt." Da musste es noch etwas anderes geben. Er erinnerte sich an die beiden jungen Männer, die vorgegeben hatten, seiner Großmutter bei der Gartenarbeit helfen zu wollen und sie dann drangsaliert hatten, bevor sie ins Krankenhaus eingeliefert worden war. „Was ist mit den beiden Jugendlichen, die Nana an dem Abend, als sie krank wurde, herumgeschubst haben? Du weißt, dass diese Kinder in Stevies Nachbarschaft ihn belästigt haben, weil er bei mir in der Klinik arbeitet."

Keith machte sich eine Notiz. „Und wir kennen ihre Vorliebe für Gewalt. Es ist ein guter Anfang. Ich werde morgen mit ihnen sprechen, außerdem nehme ich Esther mit aufs Revier und zeige ihr ein paar Bilder. Ich wollte warten, bis sie kräftiger ist, aber ich denke, wir müssen das zügig angehen."

Drews presste Lippen zusammen. „Lass sie nicht zu lange bleiben. Sie gibt es nicht zu, aber sie wird immer noch schnell müde."

Keith klopfte ihm auf die Schulter. „Mach dir keine Sorgen. Sie ist auch mir wichtig. Uns allen."

Drew lächelte knapp und ließ dann den Blick durchs Zimmer schweifen, bis er sah, dass seine Großmutter mit Ash und Rachel zusammensaß. Sein Herz zog sich zusammen.

Seine Familie. Er würde alles tun, um sie zu beschützen.

Kapitel 27

„Esther, geht es dir gut? Möchtest du ein Glas Wasser?“ Ash saß an ihrer Seite, ihm war schlecht vor Angst. Ihr durfte nichts passieren. Nichts.

„Mir geht es gut, Asher. Wirklich. Warum stehen alle um mich herum?“ Ihre Lippen wurden schmal, als sich ihre Augen vor Ärger verengten. „Ich bin sicher, es waren Kinder aus der Nachbarschaft. Sie machen diese Dinge die ganze Zeit. Was sie brauchen, sind Regeln und ein Ort, an dem sie spielen oder lesen können.“

Ihre Naivität war süß, aber Ash wusste es besser. Aus irgendeinem Grund wurde Drew ins Visier genommen. Wenn es nur der Ziegel wäre, hätten die Alarmglocken vielleicht nicht geläutet, aber die Tatsache, dass es eine Notiz gab, erschreckte ihn. Die Sache mit Esther war schon knapp genug gewesen.

„Ich bin sicher, dass du recht hast.“ Er stand auf, küsste ihre Wange und er und Rachel tauschten wissende Blicke aus. Mit einem kurzen Nicken schlängelte er sich zwischen den herumstehenden Personen hindurch. Die beiden Polizeibeamten nahmen die Aussagen aller Anwesenden auf und waren dabei, Drew zu befragen. Er gesellte sich zu Peter und seiner Frau Lisa, während sie darauf warteten, dass sie an die Reihe kamen.

„Hallo, ihr zwei.“ Er küsste Lisa auf die Wange. „Entschuldigt bitte die zusätzliche Unterhaltungseinlage am heutigen Abend.“

„Oh, Ash, was geht da vor? Ich hörte, dass in der Notiz die Klinik erwähnt wurde. Bist du irgendwie in Gefahr?“ Ihre grünen Augen trübten sich vor Sorge und sie packte seinen Arm.

Selbst nach all diesen Jahren konnte er es nicht ertragen berührt zu werden, nicht einmal, wenn er die Person so gut kannte wie Lisa. Er verkrampfte sich und schüttelte sie sanft ab, in der Hoffnung, dass er sie nicht beleidigte. „Ich weiß es nicht genau, aber ja, es ist eine Art Drohung gegen die Klinik.“ Seine Sorge galt nicht ihm selbst. Er verbrachte nicht so viel Zeit in der Klinik wie Drew oder Rachel, oder die Kids, die dort freiwillig mithalfen, was sie zu leichten Zielen für diese Art von Hassverbrechen machte. Beim Gedanken, dass Drew etwas zustoßen könnte, setzte sein Körper jede Menge Adrenalin frei. Flecken tanzten vor seinen Augen, seine Sicht verschwamm und es rauschte in seinen Ohren.

„Ash, Ash, bist du okay? Hier, setz dich hin.“ Peter packte ihn an der Schulter. Die Berührung war nicht richtig. Es war nicht Drew. Oh Gott, er wusste, wenn Drew etwas passieren sollte, würde er den Verlust nicht überleben. „Nein“, krächzte er. „Ich muss zu Drew. Ich muss ihm etwas sagen.“

Drew wurde immer noch von einem ernst aussehenden jungen Polizisten befragt, sodass Ash ihn nur von Weitem beobachten konnte, während die Gedanken in seinem Kopf drunter und drüber gingen. Wann war dieser Mann ihm so wichtig geworden, und warum? Wie immer hatte Mr. Frank die ganze Zeit recht gehabt. An irgendeinem Punkt war das Bedürfnis berührt zu werden, Wärme zu spüren, wieder zurückgekehrt.

„Ash, was ist hier los?“ Stevies Stimme unterbrach seine Überlegungen.

„Was macht ihr Jungs hier?“ Ash erblickte nicht nur Stevie, sondern auch Javier, der ihm mit grimmigem, beschützerischem Gesichtsausdruck nicht von der Seite wich. „Seid ihr beiden zusammen?“ Seine Mundwinkel hoben sich zu einem Lächeln.

Javier sah ihn finster an. „Mach dich nicht lustig, Mann. Es ist alles in Ordnung. Wir haben eine gute Zeit miteinander, stimmt’s?“

Javier nahm Stevies Hand und Stevie lief knallrot an.

Stevie war schon seit mehreren Monaten in den älteren Jungen verknallt, daher freute sich Ash, dass sie zusammengefunden hatten. Stevie brauchte einen starken männlichen Beschützer, der ihm beibrachte, wie man für sich selbst einsteht.

„Aber was ist hier los? Wir sind vorbeigeradelt und haben die Streifenwagen gesehen." Stevie ließ den Blick durch den Raum schweifen. „Wurde jemand verletzt? Geht es Dr. Drew gut?"

Ash klopfte ihm auf dem Rücken und war froh, zu bemerken, dass Stevie nicht mehr so knochig zu sein schien wie noch vor ein paar Monaten. „Es geht allen gut. Es wurde ein Ziegelstein mit einem daran befestigten Drohbrief durch das Fenster geworfen. Ihr erinnert euch an Keith, oder? Er hat alles in die Hand genommen."

Stevie sah nicht ängstlich aus, sondern nachdenklich. „Wird Dr. Drew die Klinik schließen müssen?"

„Warum fragst du das?" Es war eine seltsame Frage, zumal in dem Drohbrief genau das erwähnt wurde. „Hast du was gehört, vielleicht auf den Straßen?" Plötzlich schien Stevie extrem nervös zu werden. „Nein, ich weiß von nichts."

Ash schob ihn zum Sofa hinüber und setzte sich neben ihn. „Du musst keine Angst haben. Wenn du etwas gehört hast, irgendwas, lass es mich wissen. Du solltest noch mal mit Keith reden."

„Jetzt?" Stevie schluckte. Seine weit aufgerissenen Augen richteten sich auf Keith, der mit einem der Polizisten sprach.

„Mach dir keine Sorgen", beruhigte ihn Ash. „Ich bleibe bei dir, während du mit ihm sprichst."

„O-okay", stammelte Stevie.

Ash bedeutete Keith, zu ihnen herüber zu kommen und Drew folgte ihm.

„Keith, erinnerst du dich an Stevie?“ Ash legte dem Jungen die Hände auf die Schultern. „Er meinte, er hätte auf der Straße vielleicht etwas über die Klinik gehört.“

„Natürlich erinnere ich mich an ihn. Hi, Stevie.“ Keith lächelte und Ash begegnete Stevies Blick und nickte.

„Hab keine Angst. Du hast schon mal mit ihm gesprochen und es ist dir nichts passiert. Sag Keith, was du weißt.“

Javier trat neben Stevie und hielt seine Hand. „Erzähl ihnen alles, was du gehört hast.“

Stevie holte tief Luft. „Ähm, na ja, du kennst die beiden Typen, die mir immer Ärger machen, oder?“

Ash kannte diese Dreckskerle nur zu gut. „Ja.“

„Ich hörte sie darüber reden, dass sie es hassen, so viele Schwule in der Nachbarschaft zu haben. Dass Dr. Drew besser verschwinden sollte, bevor etwas Schlimmes passiert.“

Ash wurde die Brust eng, als Keith sprach. „Haben sie darüber gesprochen, jemanden zu verletzen oder der Klinik zu schaden?“

„Nein.“ Stevie schob sich eine Haarsträhne hinter sein Ohr. „Aber sie erzählen mir immer wieder, dass Dr. Drew nicht mehr lange in der Nähe sein wird. Wenn das passiert, werde ich keine Freunde mehr haben.“

Javier legte seinen Arm um Stevies schmale Schultern. „Mach dir keine Sorgen. Ich bin hier und Dr. Drew und Dr. Jordan schließen die Klinik nicht, oder?“

Ash nickte mitfühlend. „Auf gar keinen Fall. Mach dir keine Sorgen, Stevie. Holt euch etwas zu essen holen und fahrt dann vorsichtig nach Hause, okay?“

„Okay, wenn du es sagst.“ Stevie ließ sich von Javier wegführen, warf ihm aber weiterhin besorgte Blicke über die Schulter zu.

„Was denkst du?“ Ash wandte sich wieder an Keith, der einen Finger in der bekannten *Warte mal kurz*-Geste hob, während er seine Notizen vervollständigte.

„Ich denke“, sagte Keith grimmig, „Dass es an der Zeit ist, diesen Jungen einen kleinen Besuch abzustatten und ihnen klarzumachen, dass sie den falschen Weg eingeschlagen haben.“

„Ich komme mit.“ Ash sprang vom Sofa auf, begierig darauf die Mistkerle zu konfrontieren, die nicht nur Stevie terrorisiert hatten, sondern auch die Menschen hätten verletzen können, die er liebte.

Keith ging mit den Polizisten zur Haustür, und Rachel fegte das Glas auf dem Boden zusammen. Die meisten Gäste waren gegangen, nachdem sie bei der Polizei ihre Aussage gemacht hatten, und nur Drew und seine Freunde waren noch da, zusammen mit Esther und Rachel. Ash gesellte sich zu ihnen und bekam gerade noch das Ende eines Streits zwischen Esther und Drew mit.

„Nana, schau. Ich muss gehen. Ich bin mir sicher, dass diese beiden Mistkerle den Stein geworfen haben, die Stevie immer belästigen. Wenn sie diejenigen sind, die dich verletzt haben, und auch etwas gegen die Klinik planen, muss ich das wissen.“

„Lass die Polizei ihren Job machen. Du könntest verletzt werden.“ Sie durchbohrte Ash mit ihren Blicken. „Sag es ihm, Asher. Sag ihm, er soll nicht gehen.“

Er öffnete den Mund, nur um sofort von Drew unterbrochen zu werden. „Nicht du auch noch. Wirst du versuchen, mir zu sagen, was ich tun soll?“

Ash hatte Drew noch nie so verärgert gesehen. „Warte, lass mich was sagen.”

„Nein, Ash. Du bist so schlimm wie sie und versuchst mir zu sagen, was ich tun soll. Ich werde sie nicht zerstören lassen, wofür ich so hart gearbeitet habe. Sie sind nur ein paar kleine Dreckskerle. Ich werde mit ihnen fertig. Es ist meine Klinik und ich muss sie konfrontieren und ihnen zeigen, dass sie mich trotz ihrer Drohungen nicht vergraulen können."

Ohne darauf zu warten, dass jemand etwas sagte, rannte Drew aus der Wohnung und innerhalb von Minuten hörte Ash wie der Motor eines Autos angelassen wurde, das dann mit quietschenden Reifen die Straße hinunterraste. „Verdammt. Ich fahre ihm nach." Im selben Moment erinnerte er sich, dass er sein Auto nicht hier hatte. „Bitte, ich brauche eine Mitfahrgelegenheit", hörte er sich betteln, aber es war ihm egal. Drew war auf und davon, auf Krawall gebürstet, und so aufgeputscht und wütend er auch sein mochte, wusste Ash doch, dass er nicht in der Lage war, in einer körperlichen Auseinandersetzung mit zwei jugendlichen Dreckskerlen die Oberhand zu gewinnen.

Keith wartete an der Haustür. Er hatte das Handy am Ohr, telefonierte mit seinem Partner Jerry Allen, um ihn wissen zu lassen, was vor sich ging und ihm zu sagen, dass er sie bei Stevies Wohnblock treffen sollte. Jordan rief nach ihnen. „Kommt schon, lasst uns gehen."

Ash beugte sich hinunter und küsste Esther auf die Wange. „Mach dir keine Gedanken. Ich werde dafür sorgen, dass er gesund und munter nach Hause kommt."

Sie hielt ihn fest. „Bitte. Ihr Kinder seid alles, was ich habe."

Er umarmte sie, löste sich dann von ihr und rannte Keith und Jordan hinterher.

Kapitel 28

Drew kannte Stevies Adresse von den Formularen, die der Junge ausgefüllt hatte, bevor er anfing in der Klinik zu arbeiten. Er brauchte nicht länger als fünfzehn Minuten, um das Zuhause von Stevies Pflegeeltern in einem der riesigen Wohnblöcke im abstoßenden Viertel Red Hook zu erreichen. Er schob seine Nervosität beiseite und rannte den Fußweg entlang, der zur Vorderseite des Wohnblocks führte. Drew hatte sich gedacht, er würde bei Stevies Pflegeeltern anfangen, da sie vielleicht wissen würden, wo er mit seiner Suche nach den Jungs aus der Nachbarschaft anfangen sollte.

Nachdem er mehrere Minuten darauf gewartet hatte, dass sie die Gegensprechanlage bedienten, wurde offensichtlich, dass niemand zu Hause war, also beschloss er in seinem Auto zu warten. Es dauerte nur fünf Minuten, in denen er mehrere Textnachrichten und Anrufe ignorierte, bis die beiden Mistkerle die Straße entlang stolzierten.

Er stieg aus dem Auto und traf vor dem Wohnhaus mit ihnen zusammen. „Ihr seid Jimmy und Donny, stimmt's?“ Die beiden sahen sich überrascht an und Drew konnte sofort erkennen, dass Jimmy der Anführer war.

„Wer zum Teufel bist du?“ Die Hände des Jungen ballten sich zu Fäusten, als er auf Drew zuging.

„Ich bin Dr. Drew Klein. Stevie arbeitet für mich.“

Jimmys höhnischer Gesichtsausdruck wurde tatsächlich noch gemeiner. „Ach ja? Und was macht er für dich? Lutscht er deinen Schwanz? Bist du auch ein verfickter Schwuler?“ Der Junge war mehrere Zentimeter größer und ungefähr zehn Kilo schwerer als Drew und baute sich, im Versuch ihn einzuschüchtern, direkt vor ihm auf. „Wir brauchen hier nicht noch mehr Schwuchteln, also verpiss dich von hier.“

Drew betete, dass seine Stimme nicht zittern würde, wenn er sprach. „Ich schließe die Klinik nicht, und wir gehen nirgendwo hin. Also Pech gehabt, gewöhn dich dran, Mistkerl."

In der Ferne heulten Sirenen. Die beiden jungen Männer schoben sich dicht an Drew heran, drängten ihn zurück, bis sein Rücken unangenehm gegen den Treppenpfosten drückte.

„Hör zu, *Dr. Queer.* Verschwinde verdammt noch mal aus unserem Viertel, oder wir werden den Laden abfackeln, und vielleicht bist du dann ja noch drin." Jimmys Gelächter hallte durch die Dunkelheit wie das eines Horror-Clowns. „Vielleicht werden wir deine liebe, alte Oma noch mal besuchen."

Drew gefror das Blut in den Adern und ein roter Schleier der Wut senkte sich über ihn. „Ich wusste, dass ihr beide zu ihr nach Hause gegangen seid." Der Gedanke, dass Nana ihnen vertraut hatte und sie sie fast getötet hätten, ließ ihn mutig werden. „Ihr verdammten Mistkerle, ihr habt es gewagt, sie anzufassen? Ihr hättet sie beinahe umgebracht, ihr Hurensöhne."

Drew sah den Schlag nicht kommen. Eine harte Faust traf ihn an der Wange und er sah Sterne. Obwohl sich in seinem Kopf von dem Schlag noch alles drehte, stieg sein Adrenalinpegel durch das Wissen, dass diese Jungs seine Großmutter hätten töten können, und er ging auf die beiden jungen Männer los.

Sie zu schlagen war, als würde man auf eine Steinmauer einprügeln, aber Drew hatte Glück und überrumpelte sie, denn er riss Donny, den ruhigeren der beiden, von den Beinen und stieß ihn zu Boden. Mit Jimmy sah das allerdings anders aus. Er senkte seinen kugelförmigen Kopf und rammte Drew, der mit dem Schädel gegen das Treppengeländer knallte. Schmerz schoss durch Drews Kopf.

Benommen von dem Schlag hörte Drew ein Auto vorfahren, Türen knallen, dann Geschrei aus Richtung Straße.

Er glaubte, Ash zu hören, oder vielleicht Keith, aber er war sich nicht sicher.

Ihm war immer noch schwindlig, aber es schüttelte das Gefühl so gut es ging ab und begann blind auf den jungen Mann einzuschlagen. Ihm gelangen ein paar gute Treffer, aber als Jimmy ihn zweimal schnell nacheinander in den Magen schlug fiel Drew auf die Knie und schnappte nach Luft.

Wie in weiter Ferne hörte Drew Keith schreien: „Halt, Polizei!" Jimmy, der ihm am nächsten war, flüsterte Donny etwas zu. Drew lag auf dem Boden, hielt sich immer noch den Bauch, während ihm Blut aus der Platzwunde an seinem Hinterkopf über den Nacken lief. Über seinen eigenen schweren Atem hinweg hörte er, wie Donny Jimmy anflehte.

„Nein, Jimmy, das kannst du nicht machen. Steck ihn weg."

„Scheiß auf sie", murmelte Jimmy.

Drews Sicht klärte sich und voller Entsetzen sah er eine Waffe in Jimmys Hand. Er wuchtete sich in die Höhe und krächzte so laut er konnte: „Waffe. Er hat eine Waffe."

Er versuchte aufzustehen, aber die Welt drehte sich wie verrückt um ihn. Schüsse fielen und dann wurde alles schwarz.

Ein lautes Piepen füllte seinen Kopf und ein dumpfer Schmerz strahlte auf seinen ganzen Körper aus. Bei seinem ersten Versuch, die Augen zu öffnen, versagte er kläglich und er stöhnte laut auf.

„Drew, Drew, hörst du mich?"

Wo war er? „Ash? Bist du das?"

„Ja, Baby. Wie fühlst du dich?“ Eine große, warme Hand streichelte seine Wange. „Kannst du die Augen öffnen?“

Er versuchte es erneut, und diesmal mit Erfolg. Ashs besorgtes Gesicht schwebte über seinem. Drew blinzelte und seine Sicht wurde klarer. „Oh, Drew.“ Ash küsste ihn auf die Lippen und seufzte. „Du hast mir Angst gemacht.“

„Wo bin ich?“ Er spürte eine Bewegung unter sich.

„Auf dem Weg ins Krankenhaus, um deinen Kopf untersuchen zu lassen.“ Ash streichelte weiter Drews Wange. „Du hast eine hässliche Wunde am Hinterkopf und vielleicht eine Gehirnerschütterung.“

Wie um Ashs Aussage zu bestätigen, tauchte ein Rettungsassistent mit einem Blutdruckmessgerät hinter Drew auf. Ash rutschte an die Wand zurück und erlaubte dem Mann, Drews Blutdruck zu messen. Drew zuckte zusammen, als die Finger des Mannes auf seinem Kopf herumdrückten, aber weder sah er verschwommen, noch verspürte er Übelkeit, was, wie er wusste, Anzeichen einer möglichen Gehirnerschütterung wären.

„Legen Sie sich zurück, Herr Doktor. Sie müssen es ruhig angehen lassen. Wir werden in ein paar Minuten das Krankenhaus erreichen, dort werden Sie genauer untersucht werden.“

Drew schenkte dem Mann ein schwaches Lächeln. „Danke.“ Er wandte sich wieder Ash zu, der blass war und aussah als wäre ihm schlecht.

„Was ist passiert? Hat Keith Jimmy und Donny verhaftet? Sie waren es, die Nana herumgeschubst und den Ziegelstein durch meine Fensterscheibe geworfen haben.“

Ash nickte. „Ja, das wissen wir. Aber sie haben sie nicht festgenommen.“

Er versuchte sich aufzusetzen, da er wusste, dass er Ash nicht richtig verstanden haben konnte, aber der Schmerz, der durch seinen Kopf schoss, brachte ihn um ein Haar dazu, sich zu übergeben.

„Bitte legen Sie sich zurück, Herr Doktor. Sie müssen sich entspannen und stillliegen." Der Sanitäter legte Drew eine Hand auf die Schulter, aber er ignorierte ihn und streckte die Hand nach Ash aus.

Was zur Hölle? „Wieso hat Keith sie nicht verhaftet? Das sind Kriminelle." Drews Verwirrung wuchs beim Anblick von Ashs Gesicht, das so bleich geworden war, dass es nahezu unnatürlich weiß war. Ein Übelkeit erregendes Gefühl des Grauens breitete sich entlang seiner Wirbelsäule aus. „Was ist los? Es gibt etwas, das du mir nicht sagst, oder?"

Ash versuchte seine Hand zu nehmen, aber Drew schob ihn weg. „Was ist es? Sag's mir."

„Sie sind beide tot, die Polizisten haben sie erschossen. Aber Drew, es hat Keith erwischt. Er wurde angeschossen, und es sieht nicht gut aus."

Oh Gott. „Nein. Das kann nicht sein. Keith ist bei Jordan. Da waren andere Polizisten." Drew setzte sich so schnell auf, dass er vor Übelkeit und Schmerzen beinahe ohnmächtig wurde. „Du lügst."

„Baby, es tut mir so leid. Nachdem Jimmy dich geschlagen hat, hat er auf die Person direkt vor ihm geschossen. Keith war schon angekommen und hat nicht auf Unterstützung gewartet, als er sah, wie sie dich angriffen. Die Kugel hat Keith in den Hals getroffen."

„Nein." Drew beugte sich über den Rand der Trage und übergab sich, sein Magen krampfte sich zusammen und er erbrach sich in heftigen Schüben auf den Boden des Krankenwagens. Er verharrte zitternd und weinend in der zusammengekrümmten Haltung, als der Sanitäter den Boden aufwischte. Dann zwang der Rettungsassistent ihn dazu, sich wieder hinzulegen, drohte ihm, ihn mit einer Spritze ruhigzustellen, wenn er sich nicht fügte. Drew gab nach, aber der Schmerz in seinem Kopf und seinem Herzen blieb bestehen.

Nicht Keith. Warum? Bitte, Gott. Hilf ihm. Lass ihn nicht sterben. Die Gedanken wirbelten durch seinen Kopf als der Krankenwagen anhielt und er in die Notaufnahme gebracht wurde. Auf der Straße sah er mehrere Kastenwägen verschiedener Nachrichtensender, bevor er an den besorgten Gesichtern von Nana, Rachel und Mike vorbeigeschoben wurde.

Von Jordan war nichts zu sehen.

„Ash." Er streckte blindlings eine Hand aus und Ash ergriff sie, drückte sie fest.

„Ja, Baby, ich bin hier."

„Bitte. Finde heraus, wie es Keith geht. Ich muss es wissen."

„Aber ich will bei dir bleiben."

„Nein." Seine Stimme klang schärfer, als er es beabsichtigt hatte. „Es tut mir leid. Ich wollte dich nicht anschreien. Es ist nur, dass … Keith. Ich muss wissen, was passiert." Sein Blick heftete sich auf Ashs rotgeränderte Augen. „Bitte", flüsterte er. „Mach das für mich."

Ash schmiegte seine Wange gegen Drews. „Ich tue alles für dich, Baby." Nachdem er ihn auf die Wange geküsst hatte ging Ash, der Vorhang schloss sich hinter ihm.

Schwestern und Ärzte kamen, um zu sehen, wie es ihm ging und schickten ihn zur Kernspintomografie. Drew wusste, dass er eine Spezialbehandlung bekam, weil er selbst Arzt war, aber zum ersten Mal war ihm das egal. Sobald der behandelnde Arzt ihm sagte, dass er keine Gehirnerschütterung hatte und seine Kopfwunde genäht war, ignorierte er ihren Hinweis, dass er eine Nacht zur Beobachtung bleiben sollte, und machte sich auf den Weg zum Wartezimmer. Dort traf er auf Rachel, Ash, Mike und Nana. Ihre Gesichter waren bleich und angespannt.

„Nana."

„Oh, Drew. Mein kleiner Liebling." Sie brach in Tränen aus und er eilte an ihre Seite, um sie in die Arme zu nehmen und sie an sich zu drücken. „Ich dachte, wir hätten dich verloren."

Ihr vertrauter Geruch und die liebevolle Umarmung ließen ihn einen Moment lag zusammenbrechen. Er zog sich zurück und riss sich immer noch schwer schluckend zusammen. „Mir geht's gut. Wo ist Jordan? Auf welcher Etage liegt Keith?"

„Sie operieren ihn noch", sagte Ash. „Jordan ist im Wartebereich im siebten Stock."

„Gehen wir." Drew stand auf und alle taten es ihm gleich. Er hielt immer noch die Hand seiner Großmutter fest. „Nana, du solltest nach Hause gehen."

„Ich werde diesen Jungen nicht allein lassen. Ich habe seine Mutter angerufen, um ihr mitzuteilen, was passiert ist und sie hat mir gesagt, dass nur Jesus ihren Sohn retten kann und aufgelegt." Wieder quollen Tränen aus ihren Augen. „Er wird nicht sterben, ohne dass ich hier bin und bis zu seinem letzten Atemzug mit ihm kämpfe."

Sie war die großartigste Frau der Welt. „Ich liebe dich, Nana. Und Keith wird kämpfen. Ich weiß, dass er das tun wird." Er umarmte sie und drückte auf den Fahrstuhlknopf.

Innerhalb weniger Minuten waren sie im siebten Stock und fanden den Wartebereich. Jordan saß benommen da, umgeben von einem halben Dutzend Polizisten sowie Keiths Partner Jerry. Jordan nahm sie kaum zur Kenntnis, aber Nana setzte sich neben ihn und nahm ihn in die Arme.

„Jordys Eltern sind im Urlaub", flüsterte Mike Drew ins Ohr. „Sie sind irgendwo in der Schweiz und er hatte Probleme, sie zu erreichen."

Drew nickte nur. Wie konnte das nur passieren? Jordan und Keith wollten im nächsten Jahr heiraten. Sie hatten zusammen ein Haus gekauft. Die beiden hatten herausgefunden, worin das Geheimnis der Liebe und ein glückliches Leben bestand.

Er schluchzte auf und Ash schlang seine Arme um ihn und zog ihn an sich.

„Setz dich mit mir hin. Du stehst selbst immer noch unter Schock." Er erlaubte Ash, ihn zu einem Stuhl zu führen, auf dem er zusammensackte und den Kopf an Ashs Schulter lehnte. „Ruh dich ein bisschen aus, Baby. Es nützt niemandem etwas, wenn du auf dem Fußboden zusammenbrichst."

Sein Kopf dröhnte, und als die Zeit verging, schaffte er es, die Augen zu schließen, aber der Albtraum des Abends ließ ihn nicht zur Ruhe kommen und er konnte nicht schlafen. Soweit er es beurteilen konnte, hatte Jordan sich kein einziges Mal bewegt. Er saß auf dem Stuhl, trank unzählige Tassen Kaffee und starrte auf die Tür, als wollte er den Chirurgen dadurch zwingen, hereinzukommen.

Die Stunden vergingen.

Drew erwachte schlagartig, schaute auf die Uhr und stellte fest, dass es früher Morgen war. Er warf einen Blick zu Jordan hinüber und sah, dass er mit erstarrter, stoischer Miene auf die Tür starrte, er umklammerte noch immer einen Pappbecher mit Kaffee. Drew schlüpfte unter Ashs Arm hindurch und ging zu dem Stuhl neben seinem besten Freund.

„Jordy." Er legte seinem Freund eine Hand auf den Arm. Jordan zuckte zurück, seine Hand zitterte so sehr, dass kalter Kaffee aus dem Becher schwappte.

„Ich weiß, D. Aber ich kann es momentan nicht ertragen berührt zu werden." Sein gequältes Flüstern verstummte, als die Tür aufging und der Chirurg eintrat. Große Schweißflecken verdunkelten seine grüne OP-Kleidung, breiteten sich von den Achseln bis über die Brust aus. Drew warf einen Blick auf sein Gesicht und wusste, dass er keine guten Nachrichten brachte.

Er sah zu Ash hinüber und streckte die Hand nach ihm aus, stellte fest, dass er für die, wie er wusste, niederschmetternde Nachricht, seine starken Arme um sich fühlen musste.

Jordan stand auf. „Er hat es nicht geschafft, oder, David?"

Dr. David Cantor schüttelte den Kopf. „Es tut mir so leid, Jordan. Wir haben alles getan, was wir konnten, aber die Kugel hat enormen Schaden angerichtet und er hat so viel Blut verloren…"

Jordan hob die Hand und fiel auf die Knie. „Nicht. Erzähl mir keine Details. Ich kann es nicht ertragen daran zu denken, welche Schmerzen er am Ende erleiden musste und dass ich nicht da war, um ihm zu helfen oder seine Hand zu halten." Er warf den Pappbecher quer durch den Raum und schrie sein Leid hinaus. „Warum, Gott? Warum Keith?" Er stöhnte, schlang die Arme um sich selbst und wiegte sich hin und her. „Es hätte mich treffen sollen. Er war zu gut, um zu sterben. Bitte, nein, das kann nicht wahr sein. Ich will auch sterben. Lass mich mit ihm gehen."

Drew klammerte sich hilflos an Ash, konnte nichts tun, als zu fühlen, wie sein Herz beim Anblick des Nervenzusammenbruchs seines Freundes brach. „Lieber Gott, wie konnte das passieren?" Ashs tränennassen Gesicht ruhte an seinem eigenen. „Was jetzt? Keith war so ein guter Mensch."

„Ich weiß. Er war der Beste."

Ash hielt ihn, während er schluchzte. Im Hintergrund hörte er das leise Weinen Rachels und seiner Großmutter. Er löste sich aus Ashs Armen, winkte Mike zu sich, und die beiden knieten nieder und legten die Arme um ihren Freund seit Kindertagen. Jordan vergrub seinen Kopf an Drews Brust und heulte vor Schmerz auf, seine Tränen durchnässten Drews Hemd.

„Lass mich sterben, Drew. Ich bin nichts ohne ihn. Er ist der Einzige, der mich je lieben wird." Jordan legte seinen Kopf auf Drews Schoß. „Ich kann nicht weiterleben, wenn ich weiß, dass er allein ist und friert.“ Sein herzzerreißendes Weinen brach Drews bereits angeknackstes Herz. „Ich muss ihn festhalten, um ihn zu wärmen. Wer wird ihn jetzt warmhalten?“

„Shhh. Sag sowas nicht. Keith würde nicht wollen, dass du dich so fühlst.“ Mike wischte seine eigenen Tränen weg und Rachel setzte sich neben Jordan, um ihn zu trösten.

Drew küsste Jordan auf die Stirn. „Wir werden für dich da sein, wir alle, Jordy.“

„Das ist nicht fair. Nicht Keith, nicht mein Leben, meine Liebe. Bitte, Gott.“ Er packte Drews Hemd. „Es ist ein Traum, oder? Ich erlebe einen Albtraum und ihr alle spielt darin eine Rolle.“ Mir wildem Blick sah er sich im Warteraum um. „Sag mir, dass es ein Traum ist und weck mich jetzt auf.“

„Shhh, Jordy. Wir sind alle für dich da.“ Drew wusste nicht, was er sonst tun sollte, außer die gleichen, wirkungslosen Worte zu wiederholen.

„Es muss ein Traum sein. Er kann nicht tot sein. Kann er nicht. Wir wollten heiraten. Wir wollten ein Baby adoptieren.“ Jordan starrte Drew flehend an. „Bitte, bitte, sag mir, dass es nicht wahr ist.“

Drew konnte ihn nur festhalten und den Kopf schütteln, seine eigenen Tränen verschleierten seine Sicht. „Es tut mir so leid. Ich habe ihn geliebt, das haben wir alle.“

Jordan Schultern sackten nach unten. „Ich werde bestraft, weil ich ein schlechter Mensch bin. Ich war grausam zu dir und Ash. Es tut mir leid, Drew. Es tut mir so leid, dass ich diese Dinge über Ash gesagt habe. Ich weiß, wie sehr du ihn liebst.“

Drew erstarrte und hoffte, dass Ash es nicht gehört hatte, aber Ash stand auf der anderen Seite des Raums und starrte aus dem Fenster, in seiner eigenen Welt verloren. „Ich hab’s ihm nicht gesagt.“

Jordan setzte sich auf und packte ihn an den Schultern. Seine Augen waren weit aufgerissen und wirkten im hellen Licht fast fiebrig. „Sag es ihm, sag es ihm heute Nacht noch. Siehst du, wie das Leben ist? In der einen Minute bist du am Leben, in der nächsten nicht mehr da.“ Ein Schluchzen erstickte seine Stimme. „Ich habe Keith heute nicht gesagt, dass ich ihn liebe. Ich habe es ihm jeden Morgen gesagt, aber heute nicht. Jetzt wird er es nie erfahren.“

„Oh, er wusste es und er hat dich so sehr geliebt. Er hat es mir heute Abend gesagt“, beruhigte Drew seinen Freund und drückte ihn an sich.

„Hat er?“ Jordans hoffnungsvolle Miene brach Drew noch einmal das Herz.

„Hat er, und er wusste, wie sehr du ihn geliebt hast. Eure Liebe wird ewig bleiben.“

„Wie soll ich ohne seine Berührungen leben, ohne ihn nachts zu halten?“ Jordan brach erneut zusammen. „Ich vermisse ihn jetzt schon so sehr.“

Als ihm jemand auf die Schulter tippte, drehte Drew sich um und sah in das tieftraurige Gesicht von Keiths Partner, Jerry Allen.

„Lass mich eine Weile übernehmen. Meine Frau sagt, ich habe breite Schultern, um sich daran auszuweinen.“

Jerry ließ sich neben Jordan nieder, murmelte ihm etwas ins Ohr und legte einen Arm um ihn. Die anderen Polizisten, die herumgestanden waren und gewartet hatten, versammelten sich jetzt um Jordan, zeigten diese berühmte blaue Mauer der Unterstützung. Der Polizeipräsident kam herein, ebenso wie der Bürgermeister. Drew hatte gehört, dass die Polizei wie eine große Familie war, die in Zeiten der Not zusammenkam, und diese Welle der Unterstützung ließ keinen Zweifel daran aufkommen, dass sie sich um Jordan kümmern würden.

Drew stand auf und fand sich in einer festen Umarmung von Ash wieder. Er erlaubte sich, sich von der überwältigenden Stärke des Mannes einhüllen zu lassen, saugte die Wärme in sich auf, die Ashs Körper ausstrahlte. „Baby, ich hab Mike gesagt, er soll deine Großmutter nach Hause bringen. Ich habe Mrs. Delaney angerufen und sie gebeten, eine leichte Mahlzeit zuzubereiten und dann dafür zu sorgen, dass sie sich hinlegt."

„Du bist wundervoll." Die Ereignisse der Nacht holten ihn ein und Drew sackte in Ashs Armen zusammen und kuschelte sich an seinem kräftigen Hals. „Was für ein Glück, dass ich dich habe."

„Ich bin der Glückliche." Ashs heißer Atem kitzelte sein Ohr. „Und ich will dich nach Hause bringen."

„Ich habe dir so viel zu sagen." Drew legte seine Hand an Ashs Kiefer und küsste seine weichen, warmen Lippen. „So viel und es kann nicht warten. Ich will nicht länger warten."

„Lass uns nach Hause gehen, Baby. Aber zuerst vergewissern wir uns, dass Jordan okay ist." Ash nahm seine Hand und sie warteten darauf, dass die Menschen in Uniformen und Anzügen zur Seite traten. Jordan war jetzt ruhiger, resignierter, aber nicht weniger gebrochen. Der selbstbewusste, arrogante Mann war verschwunden und durch eine graue, ausgelaugte Hülle ersetzt worden.

„Jordy." Drew breitete die Arme aus und Jordan klammerte sich verzweifelt an ihm fest.

„Ich weiß, dass ich ein Mistkerl gewesen bin." Jordans Stimme zitterte. „Ich kann nicht glauben, dass er nicht mehr da ist, Drew. Ich werde ihn nie wiedersehen. Wie soll ich jetzt bloß weitermachen?"

Bevor Drew den Mund aufmachen konnte, sprach Ash. „Du wirst jeden Tag an ihn denken, Jordan, und deine Kraft aus seiner Güte und den Erinnerungen an ihn schöpfen. Und es wird für eine lange, lange Zeit höllisch wehtun." Ash legte seinen Arm um Jordan und Drew stand auf, geschockt darüber, wie leicht Jordan an Ashs Worten festhielt. „Aber wir sind alle für dich da, wenn immer du anrufst, um dir da durchzuhelfen."

Jordan griff nach Ash und zog an seinem Hemd. „Ich habe mich geirrt, Ash. Ich hatte kein Recht, überhaupt kein Recht, dich von Drew fernzuhalten. Ich war arrogant, egoistisch und grausam. Was ihr haben, ist genauso wertvoll wie das, was Keith und ich haben … hatten."

Der gequälte Ausdruck auf Jordans Gesicht, als er sich korrigierte, brachte Drew fast um. Es traf ihn wie eine Faust in den Magen, dass Keith wirklich für immer weg war und Jordan allein zurückblieb.

„Jordy, ich liebe dich." Drew warf seine Arme um seinen besten Freund. „Egal, was wir zueinander gesagt haben, du wirst immer mein Bruder sein."

„Geh nach Hause, Drew. Halte das Leben nie für selbstverständlich." Jordan schluckte und die Tränen liefen ihm über das Gesicht. „Ich werde ihn immer lieben, das weißt du, stimmt's? Er hat all meinen Mist und meine Arroganz durchschaut, und ich liebe ihn so sehr." Er schauderte und kämpfte darum, die Fassung zu bewahren. „Ich muss allein sein und mich von Keith verabschieden."

Drew konnte ihn nur fest umarmen und küssen und sich dann zu Ash umdrehen, der seine Arme um ihn legte. Mit einem letzten Blick über die Schulter zu seinem besten Freund, der allein in der Mitte des Warteraums stand, ging er. Ash hielt ihn fest und gab ihm Kraft.

Kapitel 29

Es war wahrscheinlich die schlimmste Nacht seines Lebens. Ash konnte nicht begreifen, dass ein Tag, der so schön und so glücklich begonnen hatte, in einer so schrecklichen Tragödie endete.

Drew war seltsam still während der Taxifahrt zu Ashs Wohnung. Ash hatte Marly angerufen und sie gebeten, bei Drew vorbeizuschauen und die Katze zu füttern. Auf gar keinen Fall würde er Drew heute Abend in diese Wohnung zurückkehren lassen. Die Erinnerung an Keith, der auf der Party so kraftvoll und lebendig gewesen war, wäre zu verheerend, um sich ihr jetzt zu stellen. Wenn es nach ihm ginge, würde Drew nie wieder dorthin zurückkehren.

Als sie Ashs Apartmentgebäude erreichten, half er Drew aus dem Taxi und führte ihn hinein. Den Arm immer noch um Drew gelegt, nickte Ash dem Portier zu.

„Guten Morgen, Mr. Davis."

„Guten Morgen, Lawrence. Ich bin heute für niemanden zu Hause, es sei denn, es ist Mr. Kleins Familie." Drew seufzte an seiner Schulter, die Wärme seines Atems strich über Ashs Hals.

„In Ordnung, Mr. Davis." Der Portier nickte. „Schreckliche Sache mit dem Polizisten, der letzte Nacht getötet wurde."

Drew versteifte sich, sagte aber nichts, auch wenn Ash sein Zittern spürte. Er musste noch immer unter Schock stehen, sowohl von den Auswirkungen des Schlags auf den Kopf wie auch vom Verlust seines Freundes.

„Er war ein Freund von mir und Dr. Klein. Ein wundervoller Mann." Ash drückte Drew fester an sich und spürte, wie er zitterte. „Danke, Lawrence."

„Nichts zu danken, Sir."

Keiner von ihnen sagte etwas, weder während sie mit dem Aufzug nach oben fuhren noch auf dem Flur, als Ash seine Tür aufschloss. Ash ging direkt zur Bar, schenkte Wodka ein und holte Eiswürfel aus der Küche . Drew stand an der Tür, genau dort, wo Ash ihn zurücklassen hatte. Seine Augen blieben geschlossen, sein Körper war gegen die Wand gesackt.

„Trink einen Schluck hiervon und komm mit." Drew nahm das Glas und Ash umfasste seine Hand und half ihm, es ruhig zu halten, um daraus zu trinken. „Immer langsam mit den jungen Pferden,", scherzte Ash, als Drew den Drink hinunterkippte und dann hustete.

„Das ist Wodka pur." Drew prustete und keuchte.

„Das ist, was ich trinke." Ash grinste zum ersten Mal. „Ich dachte, du könntest es brauchen, um dir dabei zu helfen, dich zu entspannen."

Ein erschöpftes Lächeln breitete sich auf Drews Gesicht aus. „Alles, was ich brauche, bist du."

Und du hast mich. Für immer, wenn du willst.

Obwohl es Morgen war, lag der Raum im Dunkeln. Er musste noch die Vorhänge öffnen, um das blasse Tageslicht hereinzulassen.

„Ich bin für dich da."

Drew verzog das Gesicht. „Wie wird Jordan mir jemals vergeben können?" Er ging von der Eingangstür weg in das große Wohnzimmer und setzte sich auf das Sofa vor dem Kamin. Ash folgte ihm, blieb aber auf Distanz, weil er sich hilflos fühlte. Verzweifelt suchte er nach etwas Tröstlichem, das er Drew sagen konnte, der in seiner eigenen privaten Hölle gefangen blieb.

„Er wird mich hassen und mich nie wieder sehen wollen und ich kann es hm nicht verdenken."

„Ich bin sicher, das wird er nicht tun. Es war nicht deine Schuld."

Drew begegnete unnachgiebig seinem Blick, Tränen liefen ihm über das Gesicht. „Natürlich war es das. Wenn ich nicht abgehauen wäre, wäre Keith in meiner Wohnung geblieben und er wäre noch am Leben. Von all den dummen, impulsiven Dingen, die ich jemals getan habe, ist dies das Schlimmste."

Auf keinen Fall würde er zulassen, dass Drew sich wegen Keiths Tod zerfleischte. Und während es töricht gewesen war, davonzulaufen, um die beiden Jugendlichen zu konfrontieren, würde Ash das Drew nie ins Gesicht sagen, vor allem nicht in der hochgradig angespannten Atmosphäre voller Trauer am heutigen Tag.

„Keith war ein erfahrener Polizist. Jeder Tag war ein Risiko für ihn. Er hat das verstanden und Jordan wird es letztendlich ebenfalls tun."

„Aber ich habe es verursacht. Es ist genau wie das, was mit meinen Eltern passiert ist. Wenn ich nicht gewesen wäre …"

„Hör auf, Drew." Ash unterbrach ihn. „Hör auf, es geht hier nicht um dich."

Drews Augen weiteten sich. „Das habe ich nie behauptet."

Schuld war ein schreckliches Monster und konnte einen von innen zerstören, wenn man es zuließ. Ash weigerte sich zu erlauben, dass Drew davon verzehrt wurde, bis er gebrochen und allein endete.

„Du setzt ein schreckliches Ereignis in deinem Leben mit einem anderen gleich. Beides waren fürchterliche Tragödien, die niemals hätten passieren dürfen. Aber du warst nur ein nebensächlicher Teil davon. Niemand kennt den Schmerz der Schuldgefühle besser als ich, aber ich lerne jetzt in der Therapie, dass du die Wahl hast: die Schuld entweder unter Kontrolle zu halten oder zuzulassen, dass sie dich verzehrt."

„Wie du es getan hast."

Ash setzte sich neben Drew, nahm ihm das Glas aus der Hand und stellte es auf den Couchtisch. „Ich sollte dir auch keinen Alkohol zu trinken geben. Das ist eine weitere Krücke."

„Seit wann bist du so weise?" Drew lehnte seinen Kopf zurück auf die Sofakissen, um an die Decke zu starren.

Jahrelang kam Ash in diese Wohnung, um mit Mr. Frank zu arbeiten und von ihm zu lernen. Aber am Ende des Abends war er gegangen, um seinen Schmerz mit sinnlosem Sex und Wodka zu betäuben, während Jacob Frank allein in seiner luxuriösen Wohnung saß. Ash war sich nicht sicher, wer einsamer war. Vielleicht verstand er jetzt, warum Mr. Frank ihn gewählt hatte. Beide kämpften gegen Dämonen, die einen geringeren Mann umgebracht hätten und jeder entschied sich dafür, dies auf ganz unterschiedliche Weise zu tun.

Ich wünsche dir Liebe und Frieden in deinem Herzen.

Er hatte endlich beides gefunden.

„Seit ich mich in dich verliebt habe."

Drew setzte sich auf, sein Gesicht war blass, die Augen weit aufgerissen und blutunterlaufen vom vielen Weinen.

„Du liebst mich?"

„Wie kannst du das bezweifeln? Du bist das Beste, was mir je passiert ist. Das einzig Gute." Ash zog ihn an sich und untermauerte, was er bereits vermutet hatte. Nur wenn er Drew in seinen Armen hielt, konnte er tief durchatmen. Dieser Mann war für ihn so notwendig geworden wie Luft und Wasser. Leben.

Drew vergrub sein Gesicht an Ashs Hals. „Ich dachte, heute Nacht wäre der perfekte Zeitpunkt, um dir zu sagen, dass ich dich liebe. Ich hatte alles geplant. Keith sagte mir, ich solle nicht warten. Er sagte, ich solle es dir so schnell wie möglich sagen. Es ist, als hätte er diese Vorahnung gehabt. Er sprach davon, nie zu wissen, ob er wieder zu Jordan nach Hause kommen würde oder nicht."

Drews Tränen sickerten durch Ashs Hemd und er hielt ihn fester. Nichts, was er tun oder sagen konnte, konnte Drew den Schmerz nehmen und es zerriss Ash innerlich, aber Drew musste wissen, wie in seinem Herzen aussah.

„Ich weiß nicht, warum du mich liebst, aber ich bin so verdammt dankbar. Du hast mir das Gefühl vermittelt, etwas wert zu sein. Lebenswillen. Ein Leben. Und etwas, wofür es sich zu leben lohnt."

„Es war immer in dir, Ash. Hat darauf gewartet darauf, dass du es erkennst und annimmst. Und dich zu lieben? Du hast mir deine Leidenschaft und dein Herz geschenkt, deine Geheimnisse mit mir geteilt. Du hast mir alles von dir gezeigt und mir den Atem verschlagen. Wie könnte ich mich nicht unsterblich in dich verlieben?"

Sie saßen im Wohnzimmer, hielten sich in den Armen und Ash war dankbar für das, was er hatte. Er dachte darüber nach, was Mr. Frank zu ihm gesagt hatte, bevor er starb – dass er seinen Schmerz loslassen und zu lieben lernen musste. Er hatte es damals nicht verstanden, aber jetzt tat er es. Es machte Ash nicht zu einem schlechten Menschen, Drew zu lieben, auch wenn er Luke noch nicht getroffen hatte und nicht wusste, wo Brandon war. Dadurch, dass er den Missbrauch auf sich genommen hatte, den sie hätten erleiden können, hatte er an Stärke gewonnen und damit das Wissen, dass niemand ihn jemals wieder benutzen würde. Drew zu lieben und von ihm geliebt zu werden war ein kostbares Geschenk, wie sie heute Abend gesehen hatten. Ein Geschenk, das einem in einem Sekundenbruchteil entrissen werden konnte und ein Trümmerfeld und unvorstellbaren Herzschmerz hinterließ.

Er küsste Drew, hart und hungrig, überschüttete ihn mit all der Liebe, die er sein ganzes Leben in sich verschlossen hatte. Drew drehte sich in seinen Armen und Ash eroberte seinen warmen Mund, ließ seine Zunge hineingleiten, vereinte sie mit Drews in einem sinnlichen Tanz, bis sie sich keuchend und zitternd voneinander lösten.

Drew drückte ihn auf das Sofa und setzte sich rittlings auf ihn. „Ich liebe dich so sehr, dass es wehtut. Es ist, als wäre ich aufgewacht und die ganze Welt hat sich um mich herum verändert, während ich geschlafen habe. Zum ersten Mal seit Jahren fühle ich mich lebendig. Du bist der Grund dafür.“ Er streckte sich auf Ash aus und verschränkte ihre Finger miteinander.

Während sie dort lagen, Brust an Brust, Bauch an Bauch, murmelte Ash in Drews Ohr: „Selbst, wenn ich heute Nacht gestorben wäre, wäre es das wert gewesen, dich für diese kurze Zeit zu haben.“

„Shh.“ Drew lag immer noch auf ihm, er wog nicht viel, ihre Hände waren ineinander verschlungen, wie ein Liebesknoten, der sie für immer verband. „Sag das nicht.“

Aber er sagte die Wahrheit. Er hatte die Hässlichkeit der Welt gesehen und durchlebt, aber das hatte ihn unwiderruflich verändert, ihm das Recht genommen, sorglos und hoffnungsvoll zu leben. Jetzt gab Drew ihm die Gelegenheit neu anzufangen, mit seiner Arbeit in der Klinik, über Esther zu wachen und Drew zu lieben. Und das Wichtigste von allem hatte er immer im Hinterkopf: Luke und Brandon zu finden.

„Du solltest dich hinlegen. Du hast einen Schlag auf den Kopf bekommen und musst dich ausruhen. Komm mit.“

Er nahm Drew bei der Hand und sie gingen zu Ashs Schlafzimmer.

„Ich rufe im Büro an und sage meinem Mitarbeiter, dass er alles übernehmen muss, bis ich zurück bin. Es wird ein langer Weg, und Jordan wird dich brauchen.“

Bei der Erwähnung von Jordan verfinsterte sich Drews Miene und Schatten vertrieben das Licht in seinen Augen. Er blieb an der Schlafzimmertür stehen. „Ich fürchte, er wird nicht mit mir reden wollen.“

Ash führte Drew ins Schlafzimmer und zog ihm schnell Hemd und Hose aus. Er schlug die Bettdecke zurück und zeigte darauf. „Hinlegen. Es hat keinen Sinn zu spekulieren, also kannst du dich für den Moment auch ausruhen."

„Legst du dich zu mir? Nur für eine Weile. Ich weiß, dass du Dinge zu erledigen hast, aber ich möchte jetzt nicht allein sein."

Und weil er Drew nichts verweigern konnte, legte sich Ash neben ihn, nahm ihn in die Arme und hörte ihm zu, während Drew ihm sein Herz ausschüttete.

„Ich sehe Jordan immer wieder ganz allein dastehen. Ich habe ihn noch nie so verloren gesehen." Drew legte seinen Kopf auf Ashs Schulter.

Es wäre unmöglich, Jordan nicht zu bemitleiden, aber Ash hoffte, dass dieser sich nach dem anfänglichen Schock und der Trauer nicht gegen Drew wenden würde.

„Es wird sehr schwierig für ihn werden. Er und Keith waren nicht nur so ein starkes Paar, Jordan ist auch niemand, der seine Gefühle offen zeigt. Ich habe schon früher Männer wie ihn gesehen. Sie neigen dazu, zu verbergen, wie sie sich wirklich fühlen. "

„Er war uns gegenüber immer offen."

Ash hielt Drew fester und wünschte, er könnte ihn vor den unvermeidlichen Folgen seiner impulsiven Handlungen schützen. In Wahrheit war er sich nicht sicher, ob Jordan und Drew mit intakter Freundschaft aus dieser Sache hervorgehen würden.

„Versuch nicht darüber nachzudenken. Wir werden alle für ihn da sein und genau das braucht er jetzt. "

Als Drew nicht antwortete, schaute Ash nach unten und sah, dass er eingeschlafen war. Zufrieden befreite er sich vorsichtig und zog die Bettdecke wieder nach oben, um Drew zuzudecken. Mit etwas Glück würde er mehrere Stunden schlafen. Ash ging ins Badezimmer, duschte und rasierte sich, schlich dann auf nackten Füßen in seinem

Schlafzimmer herum und zog sich Hemd und Hose an. Müdigkeit durchflutete ihn trotz der belebenden Dusche.

Mit einem letzten Blick auf Drew, der tief und fest schlief, verließ Ash das Schlafzimmer und schloss leise die Tür hinter sich. Als erstes, noch bevor er sich in seinem Büro meldete, rief er bei Esther an, um mit Mrs. Delaney zu sprechen.

Zu seiner Überraschung meldete sich Esther am anderen Ende der Leitung.

„Esther. Warum schläfst du nicht? Du hast letzte Nacht kaum Ruhe gehabt. Ich hätte gedacht, dass Mrs. Delaney darauf bestehen würde, dass du im Bett bleibst."

„Asher, schimpfst du gerade mit mir? Ich bin vielleicht alt, aber niemand kann mich dazu bringen, etwas zu tun, was ich nicht will."

Das war die reine Wahrheit. „Drew schläft und ich wollte mal nachfragen, wie du dich fühlst."

„Ich fühle mich, als hätte ich eines meiner Kinder verloren. Der arme Keith. Und mein armer Jordan. Er liebte diesen Mann von ganzem Herzen. Ich kenne ihn sein ganzes Leben lang und habe ihn noch nie so gelassen und glücklich gesehen wie in der Beziehung mit Keith."

Als sie schniefte, dachte Ash, ihm würde das Herz brechen. Vielleicht war Liebe doch nicht so gut. Er hatte noch nie so große Schmerzen empfunden wie in dem Moment, als er dachte, Drew wäre erschossen worden, und Esther jetzt weinen zu hören ... Dann dachte er an den Mann, der in seinem Bett schlief, und wie Drew ihn wieder ins Leben zurückgeholt hatte und verstand jetzt all diese kitschigen Liebeslieder, die er im Radio hörte, die versprachen, dass durch Liebe alles besser wurde.

„Irgendwann wird er lernen, mit seinem Schmerz zu leben. Leider können die meisten von uns das schöne Leben, das er bisher hatte, nicht führen. Egal, wie er mich behandelt hat, ich fühle mich schrecklich."

„Ich weiß, dass ihr zwei eure Differenzen hattet, aber bitte. Lass sie ruhen und hilf ihm das zu überstehen, Asher. Wenn nicht um Jordans willen, dann für Drew und mich. "

„Esther, das ist nicht fair. Du weißt, ich kann dir nichts abschlagen."

„Ist mir klar."

Ash unterdrückte sein erstes Lächeln der Nacht bei dem selbstgefälligen Ton in ihrer Stimme.

„Du bist ein guter Mann. Und weil du selbst schon so viele Schmerzen ausgestanden hast, wirst du Jordan in seiner Qual beistehen können."

„Ich werde tun, was ich kann, aber mir geht es primär um Drew. Ich werde nicht zulassen, dass Jordan ihn schikaniert oder ihm Schuldgefühle einredet."

„Mein Enkel hat großes Glück, jemanden wie dich in seinem Leben zu haben."

Diese Aussage brachte die Frage auf, die Ash Esther schon seit einiger Zeit stellen wollte, aber bisher vor sich hergeschoben hatte.

„Esther, darf ich dich was fragen?"

„Du kannst mich alles fragen."

Er warf zuerst einen Blick über die Schulter, um sicherzugehen, dass Drew noch im Schlafzimmer war, dann ging Ash ins Wohnzimmer und stellte sich vor das Panoramafenster mit Blick auf die Park Avenue. Wie immer staunte er darüber, wie weit er gekommen war und wie sehr er Jacob Frank noch vermisste. Er wünschte sich mehr als alles andere, dass sein Wohltäter den Mann hätte sehen können, zu dem er geworden war, und Drew hätte kennenlernen können. Den Mann, der das alles möglich gemacht hatte.

„Bist du wirklich glücklich mit der Wendung, die Drews Leben genommen hat? Ich weiß, dass du sagst, Liebe ist Liebe, und ich bezweifle nicht, dass du mich magst. Aber Drew und ich werden zusammenziehen, hoffentlich schon bald, was bedeutet, dass du uns die ganze Zeit zusammen sehen wirst …"

Esther unterbrach ihn.

„Ich sehe, ich muss es dir erneut versichern. Du weißt, ich bin in einem sehr kleinen Dorf aufgewachsen. Als ich in dieses Land kam, hatte ich zuvor nie jemanden getroffen, der anders war als ich. Das Leben hier und die Begegnung mit Menschen mit völlig unterschiedlichen kulturellen Hintergründen haben mich zu einem besseren Menschen gemacht. Ich habe das Schlimmste gesehen, was ein Mensch einem anderen antun kann, Asher, und habe deswegen meine ganze Familie verloren, meine Geschichte. Glaubst du auch nur eine Minute, ich würde es jemals wagen, den Menschen, die ich liebe – oder generell irgendjemandem – das Recht auf ihr Glück zu verweigern?"

„Ich wünschte, mehr Leute würden so denken wie du."

„Mit der Zeit werden sie das. Denk an das, was ich dir gesagt habe. Gib die Hoffnung nie auf." Ihre Stimme wurde leiser. „Du und ich, Asher, wir sind uns sehr ähnlich. Wir haben die schlimmste Seite der Menschheit gesehen, aber wir haben das Glück, durch das Feuer auf die andere Seite des Berges gelangt zu sein."

Es stimmte. Sein Leben war ein Gang durchs Feuer gewesen, bevor er Drew kennengelernt hatte. Es hatte ihn verbrannt, Narben und nichts als verbrannte Erde zurückgelassen. Erst als er Drew getroffen und sich in ihn verliebt hatte, hatte er gelernt, dass es ein Geschenk war, das man niemals für selbstverständlich halten durfte. Und auch wenn er seine Vergangenheit nie vergessen würde, zu lernen damit zu leben, war der Beweis, dass ein Mensch durch die Hölle und zurück gehen konnte, und hinterher manchmal stärker war als zuvor.

„Ich möchte ihn nicht enttäuschen. Oder dich. Ich könnte es nicht ertragen, wenn ich das täte."

„Der einzige Weg, wie du das tun könntest, wäre aufzuhören, ihn zu lieben. Seit dem Tod seiner Eltern ist er durch das Leben gegangen, hat es aber nicht gelebt. Das hat sich jetzt geändert. Gib ihm die Kraft, die er braucht, um diese Prüfung mit Jordan durchzustehen. Es wird für keinen der beiden einfach werden.“

„Drew hat große Schuldgefühle.”

„Das kann ich mir vorstellen. Den beiden stehen schwere Zeiten bevor. Ich habe Angst um ihre Freundschaft.“

„Ich werde tun was ich kann, um Drew zu helfen.“

„Du wirst beiden helfen, weil es das Beste für Drew ist und du ihn liebst.“

Seufzend, weil er wusste, dass sie Recht hatte, legte Ash auf, aber erst, nachdem er sie gewarnt hatte. „Wenn ich herausfinde, dass du dich heute nicht irgendwann ausgeruht hast, werde ich dir Rachel auf den Hals hetzen.“

„Na schön“, grummelte sie. „Auf Wiederhören.“

„Tschüss.“

Er legte auf und wirbelte herum, als er ein Räuspern hörte. Ein schläfriger Drew lehnte an der Wand.

„War das meine Großmutter?“

Ash ging zu ihm und führte ihn zum Sofa. „Setz dich, du siehst erschöpft aus. Warum schläfst du nicht?“

Drew zuckte die Schultern. „Keine Ahnung. Ich schätze, ich bin noch zu aufgedreht. War sie das?“

Ash verschränkte seine Finger mit Drews und nickte. „Ich wollte mich nach ihr erkundigen und sichergehen, dass sie sich ausruht, aber das hat sie natürlich nicht getan.“

Drew in den frühen Morgenstunden hier bei sich zu haben, ließ Ash erkennen, wie einsam er vorher gewesen war. Er war selten in der Lage gewesen, die Nacht durchzuschlafen, wachte oft vor Sonnenaufgang auf und starrte aus dem Fenster. Fragte sich, wo Luke und Brandon waren und ob er sie jemals finden würde.

Seit er Drew liebte, schlief er friedlich.

Sanft zeichnete Drew mit den Fingern die Narben nach, die sich über seine Handgelenke und Unterarme zogen. Seit er es Drew gestanden hatte, musste Ash seine lädierte Haut nicht mehr verstecken.

„Ich kann dir dabei helfen, weißt du? Wenn du willst, dass sie weniger auffällig sind."

Wollte er das? Ash sah seine Narben mittlerweile als Teil dessen, wer er war; sie zeigten ihm, dass er überlebt hatte.

„Stören sie dich?"

„Nur weil ich weiß, welche Qualen du durchgemacht hast und was dich dazu getrieben hat."

„Ich hab jetzt andere Dinge, an die ich denken kann."

„Hast du?" Drew lächelte und küsste ihn auf den Hals. „Was denn? Ich habe das Gefühl, dass es mir gefallen könnte."

„Ich muss noch einen Anruf tätigen und dann gehöre ich ganz dir, was hältst du davon?" Zur Hölle mit der Arbeit und dem Büro und allem anderen außer Drew. Esther hatte Recht, als sie davon sprach, dass Drews und Jordans Freundschaft am Scheideweg stand.

Drew legte sich auf das Sofa zurück und starrte an die Decke. „Ich möchte Jordan später anrufen. Er hat niemanden an seiner Seite; seine Eltern sitzen in Europa fest und Keiths Eltern haben ihn nie akzeptiert."

Ash konnte nur hoffen, dass Jordan Drews Anruf annehmen würde. In der Hitze des Moments, als die Emotionen hochgekocht waren, hatte Jordan Drew gebraucht, was Drew die falsche Hoffnung vermittelt hatte, dass sich zwischen ihnen nichts geändert hatte. Ash wusste es besser. Er wusste, wie Jordans Verstand funktionierte. Im Laufe der Zeit, befürchtete Ash, würde Jordan Drew für Keiths Tod verantwortlich machen. Und egal was passierte, Ash würde zu Drew stehen.

„Ich kann immer noch nicht glauben, dass das passiert ist. Ich fühle mich schuldig, dass Keith gestorben ist, weil er versuchte mich zu beschützen." In Drews Augen glänzten Tränen. „Ich hätte nicht allein dorthin gehen sollen. Keith wäre noch am Leben, wenn ich nicht abgehauen wäre, um diese verdammten Mistkerle zu stellen."

„Oh Baby, komm her." Ash zog Drew an seine Brust. „Keith kannte die Risiken. Er ging sie jeden Tag ein, wenn er dort raus ging. Im Leben dreht sich alles um die Entscheidungen, die wir treffen, und die Risiken, die wir eingehen." Er küsste Drew fest. „Ich werde dir dabei helfen, das durchzustehen, ich verspreche es. Aber zuerst brauchst du deine Ruhe. Lass uns ins Bett gehen. Telefonieren kann ich auch später."

Drew schlüpfte aus seinen Armen und küsste ihn. „Zu Befehl. Was immer du willst."

Ash folgte Drew zurück ins Schlafzimmer. „Dich, Baby. Ich will nur dich."

Kapitel 30

Der nächste Tag dämmerte grau und düster, als würde er die Verwüstung in Drews Herz verstehen. Er brauchte bis zum späten Nachmittag, um den Mut aufzubringen, zu Jordan zu gehen, und Drew verfluchte sich dafür, ein Feigling zu sein. Weder Ash noch Rachel konnten ihm Trost bieten oder weise Ratschläge geben. Diesen Weg musste er allein gehen.

Beklommen stieg er aus dem Taxi und dann die Treppe zu Jordans Stadthaus in Chelsea hinauf, wobei er übte, was er dem Mann sagen wollte, der Zeit seines Lebens sein bester Freund war. Scheiße, er war noch nie so nervös gewesen und auch wenn Ash ihm versichert hatte, dass es gut laufen würde, wusste Drew, wie unversöhnlich Jordan sein konnte, und war sich da nicht so sicher.

Er drückte auf die Türklingel und hörte das Glockenspiel im Inneren des Hauses. Er wippte auf den Zehenspitzen, verdrängte seine Nervosität und setzte ein Lächeln auf, als er Schritte näherkommen hörte. Die Tür klapperte und öffnete sich. Es war nicht Jordan, der ihn begrüßte, sondern Mike.

„Wie geht's Jordan?"

Mikes normalerweise fröhliche Miene verfinsterte sich. „Es ist schlimm. Wirklich schlimm. Er will weder reden noch essen. Komm rein."

Drew ging hinter Mike her, folgte ihm den langen Flur entlang, von dem er wusste, dass er zur großen Landhausküche im hinteren Teil des Hauses führte. Man hätte meinen können, es wäre ein normales Treffen, aber als sie die Küche betraten und Drew über Mikes Schulter zum Bauernhaustisch auf der anderen Seite des Raumes schaute, standen dort Unmengen von Blumensträußen und Kondolenzpräsentkörben.

Mike blieb stehen und trat zur Seite. „Jordan. Es ist Drew.“

„Hey, Jordan.“ Drew ging zu seinem Freund hinüber, der regungslos auf seinem Stuhl saß. Sein normalerweise tadellos gestyltes blondes Haar hing ihm strähnig in die Stirn und angesichts der Falten in seinem Hemd und seiner Hose wagte Drew zu vermuten, dass er darin geschlafen hatte. Als Jordan Drews Blick begegnete, schaffte er es gerade so, nicht laut zu keuchen. In all den Jahren, die er Jordan schon kannte, hatte er ihn nie so voller Qual gesehen. Der Blick seiner sonst stechenden, leuchtend blauen Augen war abwesend, alles Leben war daraus verschwunden.

„Jordan?“ Drew legte ihm eine Hand auf den Arm, doch Jordan zog ihn zurück, schreckte eindeutig vor dem Körperkontakt zurück.

„Ich kann das nicht. Es tut mir leid, Drew, aber du hättest nicht kommen sollen.“

Drew wich zurück, hätte Jordan ihm einen Faustschlag verpasst, würde es weniger schmerzen.

„Was redest du da? Natürlich sollte ich das – wo sollte ich denn sonst sein?“

„Es ist zu früh für mich.“

„Aber ich liebe dich und Keith. Ich möchte hier sein, um dir dabei zu helfen, das durchzustehen.“ Drew ging zaghaft einen Schritt auf seinen besten Freund zu.

Bei der Erwähnung von Keiths Namen schauderte Jordan und machte keine Anstalten, die Tränen wegzuwischen, die ihm aus den Augen strömten. Er stand so abrupt auf, dass sein Stuhl klappernd auf den Terrakottaboden fiel.

„Ich möchte dich nicht verletzen, Drew. Geh nach Hause.“ Er verließ die Küche.

Kälte durchströmte ihn bei Jordans distanziertem Verhalten. Benommen beobachtete er, wie Jordan sich zurückzog und bemerkte kaum, dass Mike den umgestürzten Stuhl aufstellte.

„Er hasst mich."

„Was?" Mike stand vor ihm. „Hast du was gesagt?"

„Hat er über mich gesprochen oder etwas über mich zu dir gesagt?" Drew lehnte sich an die Granitplatte und verschränkte seine zitternden Hände ineinander.

Der zurückhaltende Ausdruck auf Mikes Gesicht sagte Drew alles, was er wissen musste. „Ich verstehe. Ich wusste es. Ich habe Ash gesagt, Jordan würde mich für Keiths Tod verantwortlich machen."

„Gib ihm Zeit. Es ist erst einen Tag her. Er wird sich wieder einkriegen. Mach dir keine Vorwürfe. Niemand erwartete, dass diese Jungs eine Waffe haben würden; deshalb ist Keith das Risiko eingegangen, sie ohne Schutzweste zu verfolgen."

„Ich dachte, ich könnte allein damit fertig werden. Das verstehst du, nicht wahr? Sie haben meine Großmutter verletzt und sie erneut bedroht. Ich konnte nicht herumsitzen und nichts tun."

Jordan war im Flur neben der Treppe stehengeblieben und starrte auf die Fotos an der Wand. Er nahm eines herunter, von dem Drew wusste, dass es von ihm und Keith war, von dem Tag, an dem Keith seine Detective-Marke bekommen hatte. Jordan fuhr mit den Fingern über die Oberfläche des Glases und Drews Herz brach in tausend Stücke, bei der zusätzlichen Qual, die sich auf Jordans Gesicht abzeichnete.

Mike drückte seinen Arm. „Es wird weder Jordan noch dir helfen, jetzt darüber zu reden. Lass ihn die nächsten Tage und dann das Begräbnis überstehen. Er hatte noch nicht die Möglichkeit zu begreifen, dass Keith nicht mehr nach Hause kommen wird."

Bei Mikes Worten stiegen Drew Tränen in die Augen, aber was er sagte stimmte.

Keiths Anwesenheit war überall zu spüren und Drew erwartete beinahe, dass er mit einem Lächeln an der Haustür auftauchte. Das Ausmaß von Jordans Verlust wurde ihm klar und ließ ihn überwältigt und atemlos zurück. In einer Sekunde war Jordan seine ganze Welt entrissen worden. Seine gesamte Zukunft hatte sich unwiderruflich verändert. Drew konnte ihm seinen zombieähnlichen Zustand schlecht zum Vorwurf machen.

Drew dachte an sein Gespräch mit Ash zurück und traf eine Entscheidung. „Du hast recht. Ich werde ihn nicht drängen. Es geht nicht um mich, es geht darum, Jordan zu helfen. Ich werde Abstand halten und ihn unterstützen, so gut ich kann. Was im Moment bedeutet, dass ich da bin, wann immer er mich braucht."

Mike schlang einen Arm um seinen Hals. „Das ist das Beste, was jeder von uns kann."

Doch tief in seinem Herzen wusste Drew, dass es nicht so einfach sein würde, wie er und Mike es sich vorgestellt hatten. Drews Instinkt erwies sich als richtig, als er Jordan zum Abschied umarmte und der steif und starr dastand.

„Tschüss, Jordy. Wir sehen uns morgen, okay?"

Jordan wandte sich ab. „Meine Eltern kommen; sie konnten einen Flug buchen. Wir sehen uns bei der Beerdigung." Er ging hochaufgerichtet die Treppe hinauf.

Besiegt schloss Drew seine Jacke und eilte aus Jordans Haus, ohne sich von Mike zu verabschieden. Fast eine Stunde lang wanderte er blindlings durch die Straßen der Stadt, ignorierte Textnachrichten und Anrufe. Er hatte sich nicht mehr so verloren und allein gefühlt, seit seine Eltern gestorben waren. Und obwohl Ash ihm geholfen hatte zu sehen, dass ihr Tod nicht seine Schuld war, war es schwierig, diese beiden Ereignisse nicht miteinander in Verbindung zu bringen und ihm das Gefühl zu geben, dass er es wieder einmal versaut hatte. Vielleicht wären seine

Familie und Freunde besser dran, wenn er einfach verschwinden würde.

Ausgekühlt und mit gebrochenem Herzen stellte er fest, dass er sich in der Nähe von Ashs Büro befand und beschloss, ihm einen Besuch abzustatten. Ash und Jordan kamen vielleicht nicht miteinander aus, aber Ash verstand Verlust und Schmerz besser als jeder andere. Er schob sich durch die gläserne Drehtür und begrüßte die ihn umgebende Wärme. Der Fahrstuhl brachte ihn in den dreißigsten Stock und er betrat die Anwaltskanzlei. Ein Anflug von Stolz überkam ihn auf alles, was Ash aus sich gemacht hatte.

„Hallo, Dr. Klein. Mr. Davis ist in einer Besprechung. Erwartet er Sie?"

Ashs Sekretärin Laura lächelte ihn über ihre rosafarbene Katzenaugenbrille hinweg an. Trotz seiner düsteren Stimmung erwiderte Drew ihr Lächeln. „Nein. Ich war in der Nachbarschaft und hatte gehofft, er würde langsam Feierabend machen und wir könnten zusammen nach Hause gehen." Er setzte sich auf einen der bequemen Stühle im Empfangsraum. „Ich kann warten."

Lauras Miene wurde weicher. „Es tut mir so leid um Ihren Freund."

Wenn er etwas erwidern würde, könnte er in Tränen ausbrechen, also nickte Drew nur und griff nach einer Zeitschrift, um sich dahinter zu verstecken. Er konnte sich heute nicht weiter demütigen. Vielleicht spürte Laura sein Unbehagen, weil sie ihn in Ruhe ließ, während er vorgab zu lesen. Stimmen drangen aus dem Flur herein und er erkannte Ashs.

„Drew?"

Er sah auf und bemerkte, dass Ash ein Stück von ihm entfernt dastand, die Stirn fragend gerunzelt.

„Hallo. Ich war in der Nähe …" Die Ausrede klang selbst für ihn schwach.

Ash sah ihn skeptisch an, aber er sagte nichts. Er schüttelte den beiden Männern, die neben ihm standen, die Hand und begleitete sie hinaus. Drew nahm sich die Zeit, ein paar Mal tief durchzuatmen, er war unerklärlich nervös und blieb neben seinem Stuhl stehen. Vielleicht sollte er gehen. Es war eine blöde Idee gewesen, einfach so hier aufzutauchen.

Die Tür ging auf und Ash erschien wieder. „Komm mit in mein Büro. Laura, ich habe keine anderen Termine, oder?“

„Nein.“

„Gut. Stellen Sie bitte keine Anrufe durch.“ Er wandte sich an Drew. „Komm mit.“ Er ging los.

„Es tut mir leid. Vielleicht sollte ich gehen. Dies ist dein Büro und ich dränge mich auf.“

Ash blieb stehen und drehte sich mit einem ungläubigen Gesichtsausdruck um. „Du drängst dich auf? Ist das dein Ernst?“ Besorgt runzelte er die Stirn. „Warte. Du bist zu Jordan gegangen.“

Diese einfache Aussage ging Drew durch und durch. Ash verstand es.

„Ja.“

„Komm her.“ Ash winkte ihn zu sich und Drew fügte sich. Er wurde herumgedreht und festgehalten. „War es schlimm?“

Drew nickte an Ashs Schulter. „Er hasst mich.“

Ash schob ihn von sich und sah ihm ins Gesicht. „Hat er das gesagt? Selbst ich kann mir nicht vorstellen, dass Jordan das zu dir sagt.“

„Das musste er nicht.“

„Komm, lass uns reingehen.“ Den Arm noch immer um seine Schultern gelegt, führte Ash ihn in sein Büro und schloss die Tür hinter ihm. „Setz dich.“ Er zeigte auf das bequeme Ledersofa und Drew gehorchte. Kurz darauf gesellte sich Ash zu ihm und reichte ihm einen Becher mit kaltem Wasser.

„Jetzt erzähl mir alles, was er gesagt hat."

„Das ist es ja, er hat nichts gesagt. Er wollte nicht mit mir reden. Ich kenne Jordan. Das ist sein Versuch nett zu sein, denn wenn er mit mir reden würde, würde er mir sagen, wie sehr er mich dafür hasst, dass Keith meinetwegen getötet wurde." Drew stürzte das Wasser hinunter und hielt den leeren Becher in der Hand. „Du kannst es beschönigen, wie du willst, aber er hat recht. Ich wünschte, ich wäre es gewesen, der erschossen wurde." Er knüllte brutal den Becher zusammen.

„Ich verstehe", sagte Ash und starrte ihn an. „Glaubst du, das würde es besser machen?"

Drew zuckte die Schultern. „Schlimmer könnte es nicht sein."

Ash zog sein Handy heraus und nachdem er darauf herumgetippt hatte, stand er auf und holte seinen Mantel aus dem Schrank. „Lass uns gehen."

„Wohin?"

„Wirst du schon sehen."

Er hatte nicht die Kraft zu streiten und es war ihm auch ziemlich egal. Drew kannte die Wahrheit. Er folgte Ash aus dem Büro und in den Fahrstuhl, mit dem sie schweigend nach unten fuhren. Als sie das Gebäude verließen, wartete ein schwarzes Auto am Straßenrand auf sie.

„Steig ein."

Drew kletterte auf den Rücksitz, Ash glitt neben ihn, dann knallte er die Tür zu und sie fuhren los. Ashs versteinerte Miene erinnerte Drew an jene frühen Tage, als sie kaum miteinander sprachen und seine Brust schmerzte, als er an ein Leben ohne Ash dachte. Es wäre überhaupt kein Leben.

Aber manchmal mussten Opfer gebracht werden, damit andere frei leben konnten. Rachel hatte jetzt Mike und sie würden höchstwahrscheinlich heiraten. Und Ash? Drew liebte ihn mehr, als er es für möglich gehalten hatte, aber Ash verdiente jemanden, der stark war, einen Mann, der ihm ein wahrer Partner und Liebhaber sein konnte. Er brauchte niemanden, der ständig alle um sich herum verletzte.

Bevor er es bemerkte, waren sie in Brooklyn und er erkannte die Route, die sie fuhren. Er wollte jetzt nicht hier sein.

„Warum sind wir hier?"

Das Auto hielt vor dem Haus seiner Großmutter. Ash öffnete die Tür, stieg aus und wartete darauf, dass er ihm folgte. Die Haustür wurde geöffnet und Drew wurde das Herz schwer, da ihm bewusst war, dass er hineingehen musste, jetzt, wo seine Großmutter wusste, dass sie da waren. Besiegt stieg er aus dem Auto und ging an Ash vorbei.

„Du Mistkerl."

Er setzte ein Lächeln auf und begrüßte seine Großmutter.

„Nana, lass uns reingehen, es wird kalt; es ist fast November."

„Ist mir bewusst, und ich bin keine Treibhausblume, weißt du." Sie küsste seine Wange und musterte sein Gesicht. „Ja, Asher hatte recht, komm mit."

Er warf Ash, der sich zu ihm auf die Veranda gesellt hatte, einen finsteren Blick zu, folgte seiner Großmutter aber dennoch in das warme Haus und in die Küche im hinteren Bereich.

„Setz dich."

Auf dem Tisch standen eine Kaffeekanne, Tassen und Milch sowie ein Teller mit Keksen.

„Ich fürchte, ich bin nicht in Stimmung für einen Vortrag oder Kekse. Ich weiß nicht, was Ash dir gesagt hat, aber …"

„Er muss mir nichts sagen. Ich kenne dich seit dem Tag, an dem du geboren wurdest und habe dich aufwachsen sehen und immer hast du den Schmerz aller um dich herum auf dich genommen."

„Das ist was anderes."

„Wirklich?" Ash ließ sich auf den Stuhl neben ihm fallen und goss sich eine Tasse schwarzen Kaffee ein. „Es ist keine halbe Stunde her, da hast du gesagt, du wünschtest, du wärst erschossen worden und nicht Keith."

Ein Löffel klapperte auf den Tisch und er sah, wie sich die Augen seiner Großmutter mit Tränen füllten.

„Nein, das hast du nicht getan."

„Warum hast du das gesagt?" Er funkelte Ash an. „Du wusstest, wie sie das aufregen würde."

„Genau aus diesem Grund. Weil du wissen musst, dass dein Wunsch, tot zu sein, auch deine Großmutter umbringen würde. Es würde Rachel und mich und alle anderen, die dich lieben, zerstören."

„Ich kann es nicht ändern. Die Schuld bringt mich um. Es ist wie eine Schlange, die sich um mich windet und ich kann mich nicht mehr bewegen. Ich kann nicht atmen. Es erstickt mich."

„Baby, komm her." Ash nahm ihn in die Arme und hielt ihn fest. „Sprich es aus. Lass dich nicht davon auffressen."

Der einzige Ort, an dem er seinen Frieden gefunden hatte, war bei Ash gewesen, doch selbst jetzt war der Schmerz seiner Schuld so grell und scharf wie damals, als seine Eltern starben.

„Liebling, du musst damit aufhören." Seine Großmutter legte ihre weiche Hand auf seine. „Sich selbst die Schuld zu geben, lässt den Schmerz nicht verschwinden. Jordans Trauer ist so frisch und roh, dass er sich noch nicht mit seinen Gefühlen für dich auseinandersetzen kann. Lass ihn zuerst den armen Keith begraben."

Darüber zu sprechen Keith zu begraben, schien surreal, wenn Drew doch in seinem Kopf ganz klar seine Stimme hören und sein lächelndes Gesicht sehen konnte.

„Ich weiß nie, was ich tun soll."

„Wer weiß das schon, wenn jemand stirbt?" Ash rieb in tröstenden Kreisen über seine Hand. „Ich könnte mir selbst die Schuld geben, dass ich die Party überhaupt vorgeschlagen habe. Jeder von uns könnte einen Grund finden, sich selbst die Schuld zu geben. Willst du wissen, was wirklich daran schuld ist?"

Drew schaute Ash in die Augen, überrascht vom leidenschaftlichen Tonfall seiner Stimme. „Was?"

„Illegale Waffen. Die Jungs, die Keith getötet haben, hätten es nicht tun können, ohne Zugang zu einer illegalen Pistole zu haben. Waffen können viel zu einfach gekauft werden. Sie werden über Staatsgrenzen transportiert und landen in den Händen von Kleinkriminellen und Menschen mit psychischen Störungen. Leumundsüberprüfungen sind die Hälfte der Zeit bestenfalls lückenhaft. Aber wenn die Waffengesetze geändert und die Waffen von den Straßen verschwinden würden, würde die Sterblichkeitsrate sinken, vor allem in armen Gemeinden."

„Intellektuell weiß ich, dass du recht hast. Aber wenn ich Jordan von Angesicht zu Angesicht begegne, möchte ich ihn nur bitten, mir zu vergeben."

„Lass es jetzt gut sein. Aber sei für ihn da. Liebe ihn und zeig ihm, dass du dich um ihn sorgst." Seine Großmutter wischte sich über die Augen. „Dieser Junge wird all unsere Hilfe brauchen, um diese schreckliche Zeit zu überstehen." Sie fixierte ihn mit einem direkten Blick, ihr Gesichtsausdruck war angespannt. „Und denk du niemals, *niemals*, dass du eine Last für uns bist oder dass wir ohne dich besser dran wären! Ich habe in meinem Leben mehr als genug verloren." Tränen liefen ihr über die Wangen. „Mehr halte ich nicht aus."

Betroffen löste er sich aus Ashs Armen und kniete sich neben den Stuhl seiner Großmutter. „Nana, bitte weine nicht. Es tut mir leid. Ich wollte dich nicht aufregen."

„Ich will nicht hören, dass du mich nicht aufregen wolltest. Ich möchte, dass du versprichst, aufzuhören, so zu denken. Nichts auf der Welt bedeutet mir mehr als du und Rachel und Asher. Euch Kinder zu verlieren, würde mir ein Stück von meinem Herzen rauben." Sie nahm seine Hand und hielt sie fest.

„Ich habe es nicht so gemeint. Ich habe mich selbst bemitleidet und nicht an die Konsequenzen gedacht."

Er kehrte zu seinem Stuhl zurück und Ash nahm seine Hand. „Ich habe mich jahrelang bewusst selbst verletzt, ohne mich um mich selbst oder andere zu scheren. Wen hätte es interessiert, wenn ich gestorben wäre? Ich musste nur an mich selbst denken. Aber ich konnte diesen letzten Schritt nicht gehen, weil ich nicht sterben wollte, ohne alles zu tun, um Luke und Brandon zu finden."

„Wir werden sie finden. Du weißt, wo Luke wohnt. Es ist jetzt nur noch eine Frage der Zeit."

Ash lächelte und Drew erinnerte sich daran, wie leer seine Augen bei ihrem ersten Treffen gewesen waren. Jetzt funkelten Leben und Entschlossenheit darin.

„Und wenn ich gestorben wäre, ohne dich zu finden, wäre nichts davon von Bedeutung gewesen. Ich werde dich nicht in die Dunkelheit versinken lassen, in der ich einst gelebt habe."

Er küsste Ash auf die Wange und schlang seine Arme um ihn. Mit Ash an seiner Seite war das Leben jetzt so viel kostbarer. Er durfte nie all das aus den Augen verlieren, was er hatte, und sich nicht auf das konzentrieren, was er verloren hatte.

„Ich liebe dich", murmelte er an Ashs Hals und atmete seinen wunderbaren, so vertrauten Geruch ein. „So sehr es mir wehgetan hat, darüber nachzudenken, was ich getan habe; allein zu sein, ohne dich jetzt an meiner Seite zu haben, wäre viel, viel schlimmer.“

Reue war nur Erinnerung an eine Vergangenheit, die er nicht ändern konnte – eine Vergangenheit, in der er ständig gegen den Teufel gekämpft hatte, um sie zu überwinden. Aber mit Ash an seiner Seite, um ihn zu lieben und von ihm geliebt zu werden, war Drew bereit, jede notwendige Schlacht zu schlagen.

Epilog

Ein Monat später

„Asher, Liebling, kommst du mal bitte mit?"

Ash folgte Drews Großmutter in die Küche, wo ihn das wundervolle Aroma von Bratzwiebeln und Brathähnchen einhüllte, und anschließend in das geräumige Esszimmer, wo ein großer Tisch mit wunderschönem Porzellan und Kristall gedeckt war.

„Brauchst du Hilfe, Esther?" Er lächelte auf die kleine Frau hinunter, die vor ihm stand. Er würde ihr den Mond vom Himmel holen, sollte sie danach fragen. Und selbst wenn sie nicht fragte, gab es nichts, was Ash nicht für sie tun würde. Niemand auf der Welt bedeutete ihm mehr als Esther. Außer vielleicht Drew.

Beim Gedanken an Drew und die Art und Weise, wie sie heute Morgen aufgewacht waren, überlief ihn ein Hitzeschauer. Ihr Liebesspiel war besonders süß gewesen; Drew war offiziell bei ihm eingezogen und es fühlte sich endlich wie zu Hause an. Manchmal wachte Ash mitten in der Nacht auf und fragte sich, ob das alles ein Traum war und musste Drew berühren, um sich zu vergewissern, dass er neben ihm lag und es keine Ausgeburt seiner Fantasie war. Menschen wie ihm, die in ihrem Leben so viel falsch gemacht hatten, passierten keine guten Dinge. Aber er würde es annehmen. Er stellte sein Recht darauf, so glücklich zu sein, nicht mehr in Frage.

„Ich wollte, dass du mir hilfst, die Menora für das Anzünden der Kerzen heute Abend vorzubereiten." Sie deutete auf den großen bronzenen Chanukkaleuchter in der Mitte des Esstisches.

Ash wurde unruhig und zog an den Manschetten seines Hemdes. „Äh, so etwas habe ich noch nie gemacht. Ich weiß nicht viel über den Feiertag, wenn überhaupt irgendwas. Wir haben, als wir aufwuchsen, nichts über andere Religionen gelernt. Nur, dass wir zur Hölle fahren würden, wenn wir nicht daran glauben würden, was uns die Lehrer und Prediger erzählten."

Esther drückte seinen Arm. „Deshalb wollte ich, dass du das mit mir machst. Du bist jetzt ein Teil unserer Familie, Asher. Das heißt, du begehst unsere Feiertage mit uns. Ich bitte dich nicht, aufzugeben, woran du glaubst, sondern nur, unsere Traditionen mit deinen zu verbinden."

Die einzige Tradition, die er kannte, war, sich zu verstecken, wenn sein Pflegevater in der Nähe war. „Ich freue mich sehr darauf, Chanukka zu feiern. Glaub mir, wie ich bereits sagte, der Weihnachtsmann ist nie bei unserem Haus vorbeigekommen als wir Kinder waren."

„Nana, was hast du vor?" Drew schlenderte herein, und ein Lächeln erstrahlte auf seinem Gesicht, als er Ash sah. „Schleichst du dich mit meinem Kerl weg?" Er legte seinen Arm um Ashs Taille und Ash zog ihn näher an sich. Wann war die bloße Berührung dieses Mannes für ihn so wichtig geworden, dass er ohne ihn an seiner Seite nicht vollständig war?

Ash lehnte sich an Drew und genoss seine Wärme. „Wenn ich dich jemals verlassen sollte, wäre dies der einzige Ort, an den ich gehen würde. Das hier ist für mich Zuhause. Ich kann es nicht erklären, aber …"

„Shh." Esther stand da und wischte sich mit einem Zipfel ihrer geblümten Schürze über die Augen. „Du musst nichts erklären. Was du eben gesagt hast, dass dies dein Zuhause ist, bedeutet mir alles. Du bedeutest mir alles, mein Schatz. Ich liebe dich, als hätte ich dich geboren."

Er löste seinen Arm von Drews Taille, um Esther zu umarmen. „Ich liebe dich auch."

Hoffentlich würde es für sie noch viele weitere Jahre der Umarmungen und Freude mit dieser bemerkenswerten

Frau geben. Er ließ sie los und sah zu, wie sie Drew liebevoll auf die Wange küsste.

„Drew weiß, was zu tun ist, also musst du es lernen, damit ihr das zu Hause gemeinsam machen könnt. Hol bitte die Kerzen von der Anrichte, Drew."

„Ich bin dir voraus. Ich hab sie schon hier."

Drew zog zwei Kerzen und eine Streichholzschachtel aus der Hosentasche und reichte sie Esther. „Warten wir nicht auf Rachel und Mike?"

Esther schüttelte den Kopf, als sie die Schachtel öffnete. „Sie kommen zum Abendessen her, zünden aber heute Abend die Kerzen im Haus seiner Eltern an." Sie reichte Ash die beiden Kerzen.

„Was mache ich damit?" Er rollte die dünnen, gedrehten Kerzen zwischen seinen Fingern, das Wachs fühlte sich glatt an.

„Komm." Esther nahm ihn bei der Hand und führte ihn zum Tisch. „Positioniere eine ganz rechts und zünde dann die zweite an."

Drew riss das Streichholz an und entzündete den Docht der Kerze, die Ash in der Hand hielt. Ihre Blicke begegneten sich über der Flamme und er lächelte. „Vielen Dank."

„Zünde die an, die sich bereits in der Menora befindet, und stecke diese dann in die Mitte."

Ash folgte gehorsam ihren Befehlen und bald tanzten beide Kerzenflammen, warfen flackernde Schatten an die Wände, als Esther ein Gebet auf Hebräisch vortrug. Als sie fertig war, waren ihre Augen feucht, aber ein Lächeln erstrahlte auf ihrem Gesicht.

„Nana, du weinst jedes Mal, wenn du die Kerzen anzündest." Drew umarmte sie und reichte ihr ein Papiertaschentuch.

Sie schniefte. „Ich habe immer dafür gebetet, dass ihr Kinder euer Glück findet. Jetzt bete ich, dass ich lange genug lebe, um euch alle verheiratet und mit Kindern zu sehen. Ich hab ein zusätzliches Gebet gesprochen, dass der arme Jordan Frieden findet. Keiths Trauerfeier hat so schön zum Ausdruck gebracht, was für ein wunderbarer Mann er war." Nachdem sie das Taschentuch in ihren Ärmel gesteckt hatte, schob sie ihren Arm durch Ashs Ellenbeuge und sie standen für einen Moment da und schauten auf die Kerzen.

Ein Gefühl des Friedens überkam Ash. Er hatte es wirklich so gemeint, als er sagte, dieser Ort sei sein Zuhause. Auch wenn er seine Wohnung liebte – noch mehr, seit Drew dort lebte –, verfolgten ihn dort Erinnerungen an sein früheres Leben, den Schmerz und die Einsamkeit, die er jahrelang ertragen hatte. Drew dort zu haben, half, die Schatten in seiner Seele zu vertreiben. Langsam waren die Narben auf seinem Herzen verheilt.

Aber hier gab es nichts als Liebe und Akzeptanz. Diese Mauern schützten ihn und hielten die Dämonen seiner Vergangenheit in Schach. Wenn er in Esthers Haus kam, konnte er atmen, so einfach war das.

Esther führte sie zurück in die heimelige Küche, wo sie erneut von den köstlichen Aromen ihres bevorstehenden Abendessens umgeben waren. Sie nahm eine Schüssel aus dem Kühlschrank, rührte den Inhalt um und stellte sie auf die Theke neben dem Herd. „Ash, komm und hilf mir, während wir uns unterhalten."

Drew zwinkerte. „Du kannst alles probieren, während es gekocht wird. Der beste Platz im Haus."

Bevor er sich zu Esther an den Herd gesellte, beugte sich Ash vor und küsste Drew. „Ich liebe dich, Baby. Habe ich dir das heute schon gesagt?"

„Vielleicht hast du das heute Morgen. Danach." Die blasse Haut an Drews Nacken errötete, als Ash einen kurzen Kuss auf den Puls drückte, der an seiner Kehle rasend schnell schlug.

„Ich werde darauf achten, es dir heute Abend noch einmal sagen. Danach.“ Er schaute lächelnd in Drews blassgrüne Augen und liebte es, wie sie vor Begierde glänzten.

„Ich nehme dich beim Wort."

Esther war am Herd beschäftigt gewesen und hatte gehäufte Löffel eines Teiges aus einer Kartoffel-Zwiebel-Mischung in das heiße Öl gleiten lassen. Es roch himmlisch.

„Nimm die Platte, Schatz, und leg ein paar Papiertücher darauf, um das Öl aufzusaugen.“

Ash folgte ihren Anweisungen und sah zu, wie sie geschickt die Puffer wendete. Als sie fertig waren, schob sie diese auf die Platte und löffelte mehr Teig in das heiße Öl. Es brutzelte und spritzte in der gusseisernen Pfanne.

Ash konnte nicht widerstehen, einen Bissen von den gebratenen Puffern zu probieren. Sie waren außen knusprig, innen weich und genau richtig gesalzen.

„Oh, Esther, das ist großartig.“ Er stibitzte einen weiteren und aß die Köstlichkeit mit zwei Bissen auf.

„Hier, jetzt versuchst du es.“ Sie reichte ihm den Spatel und trat zurück. „Weißt du, wofür die Geschichte von Chanukka steht, Asher?“

„Nicht wirklich. Ich weiß nur, dass es acht Tage dauert.“ Beschämt von seiner Unwissenheit konzentrierte sich Ash auf die Pfanne und achtete darauf, dass er die Puffer nicht verbrennen ließ.

„Du musst dich nicht schämen. Es ist kein großer religiöser Feiertag. Aber wir lieben es, es zu feiern, weil es Hoffnung und ein Wunder symbolisiert.“

Er schob die knusprigen Puffer auf die zweite Schicht Papiertücher, die Esther über die erste Ladung gelegt hatte, streute Salz auf die Art und Weise darüber, wie er es bei ihr gesehen hatte, und wartete darauf, dass sie sie probierte.

„Lecker", verkündete sie. Sie nahm die Platte in eine Hand, legte die andere auf seinen Arm, ging zurück zum Tisch und setzte sich neben Drew. „Ich bringe es zur Sprache, Asher, weil der Feiertag mich an dich erinnert."

„An mich?" Er lachte verlegen. „Wie das?"

„Weil ich im letzten Jahr Zeuge deiner Kämpfe war und gesehen habe, wie du, mit Hilfe meines Drew, die Hoffnung nie aufgegeben hast. Hoffnung für dich und die Kinder in der Klinik. Aber vor allem hast du die Hoffnung nie aufgegeben, deine Brüder zu finden, und jetzt, so Gott will, wirst du es tun." Ihre weiche Hand, voller Altersflecken, ruhte auf seiner. „Und wie das Öl ein Wunder war, das die Makkabäer fanden, das diese acht Nächte lang brannte, ist auch die Liebe, die du mit meinem Enkel gefunden hast, ein Wunder."

Vor einem Jahr wäre es Ash unmöglich gewesen, sich vorzustellen, hier zu sitzen, als Teil einer Familie, verliebt in einen Mann, der seine Liebe nicht nur erwiderte, sondern auch seine Sicht auf das Leben verändert hatte. Obwohl ihn die Schuld immer noch heimsuchte und in die Dunkelheit schickte, waren diese Zeiten jetzt seltener und er fand die Kraft, mit Drew und seinem Therapeuten darüber zu sprechen. Drew nachts festzuhalten und jemanden zu haben, dem er seine Ängste zuflüstern konnte, der ihn verstand und bedingungslos liebte, war sein Wunder.

„Da könntest du recht haben. So habe ich das nie gesehen."

Mit einem selbstzufriedenen Lächeln tätschelte Esther seine Hand. Die Haustür wurde geöffnet, was die Ankunft von Rachel und Mike ankündigte. Als Esther aufstand, um sie zu begrüßen flüsterte sie Ash zu: „Ich weiß, dass ich recht habe."

Sie kehrten mit genügend Resten nach Hause zurück, um eine Woche davon leben zu können. Seine Großmutter hatte darauf geachtet, ihnen extra Kartoffelpuffer für Ash mitzugeben und den Apfelkuchen, den er liebte.

„Hast du mal mit Jordan gesprochen?" Ash zog seine Krawatte aus und öffnete seinen Kragenknopf.

„Ich habe ihn mehrmals angerufen, aber er hat mich abgewimmelt und gesagt, er wäre beschäftigt." Drew erinnerte sich, wie Jordan ihn während der gesamten Dauer von Keiths Beerdigung gemieden hatte. Sie hatten alle beisammengesessen, aber zwischen ihnen beiden hatte eine gähnende Kluft bestanden. Jordan mochte gelächelt und die richtigen Dinge zu ihm gesagt haben, aber Drew war kein Dummkopf. Es war alles nur gespielt. Dreißig Jahre Freundschaft ließen ihn Jordan Peterson so gut kennen, wie es nur wenige Menschen taten und Drew hatte keine Ahnung mehr, was er tun konnte, um ihre Freundschaft wieder auf Kurs zu bringen.

„Willst du meinen Rat?" Ash reichte ihm ein Bier, ging dann zur Bar, um sich Wodka auf Eis einzugießen.

Domino schlängelte sich um Drews Beine und suchte nach Aufmerksamkeit. Drew gab ihm ein Leckerchen und gesellte sich dann zu Ash ins Wohnzimmer. „Die Beerdigung ist jetzt einen Monat her und die Dinge sind nicht besser geworden. Natürlich möchte ich deinen Rat. Ich weiß nicht mehr weiter. Jeder sagt, ich solle warten und ihm Zeit geben, und ich verstehe das, aber ich fürchte, je länger ich warte, desto geringer ist die Chance, dass wir uns wieder versöhnen."

„Sei da, aber sei nicht für ihn da."

Verwirrt stellte Drew sein Bier unberührt ab und ließ sich auf das Sofa fallen. „Jetzt redest du Anwaltskauderwelsch. Das musst du für mich Normalsterblichen übersetzen."

Ash grinste und setzte sich zu ihm aufs Sofa. „Jordan ist der Typ, der, wenn er denkt, dass du ihn beobachtest, sich zurückzieht und untertaucht. Er ist einer der stolzesten Männer, die ich je getroffen habe und der arroganteste. Er glaubt nicht nur, alles zu wissen, sondern hasst es auch, wenn die Leute versuchen, ihn mit zu viel Aufmerksamkeit zu ersticken."

„Wow", sagte Drew beeindruckt von seiner Analyse. „Du bist gut."

„Nicht wirklich", gab Ash zu. „Er ist mir sehr ähnlich. Deshalb geraten wir ständig aneinander. Wir erkennen einander. Also gib ihm Raum, aber ruf weiter an, um Hallo zu sagen, und wir werden mindestens einmal pro Woche vorbeischauen."

„Du bist ziemlich schlau, hm?" Drew küsste ihn auf die Wange und legte seinen Kopf auf Ashs Schulter. „Ich denke, du hast recht."

„Ich stimme dir in beiden Punkten zu." Ash stellte sein Glas auf den Tisch. „Und da ist noch eine Sache, bei der ich recht habe."

„Hmm?" Drew rutschte nach unten, um seinen Kopf in Ashs Schoß zu legen. „Das wäre?"

„Dass ich dich liebe."

Ash dies sagen zu hören, jagte Drew immer noch einen Schauer über den Rücken. „Mmh. Ich stimme zu, Herr Anwalt. Und ich bin, wenn ich das so sagen darf, sehr an Ihren anwaltlichen Auslegungen interessiert." Drew rieb seine Wange an der dicken Ausbuchtung in Ashs Hose und als er Ashs genüsslichen Seufzer hörte, fuhr er mit dem Finger über den Reißverschluss. „Vielleicht sollten wir das an einen bequemeren Ort verlegen und ich kann sie mir genauer ansehen."

Ashs Lachen dröhnte tief in seiner Brust. „Gerne öffne ich meine persönlichen Dateien für Sie."

Drew stand auf, zog Ash in ihr Schlafzimmer und schloss die Tür vor der Nase eines sehr unglücklichen Katers. „Ich hab mich den ganzen Abend nach dir gesehnt." Er zog sein

Sweatshirt über den Kopf, streifte Hose und Boxershorts ab, kletterte dann auf das Bett und setzte sich im Schneidersitz in die Mitte der Matratze.

„Hast du Dominos Gesicht gesehen? Wenn Blicke töten könnten, wäre ich tot." Ash lachte, als er sich auszog. „Ich hoffe, er lässt es nicht an meinen Möbeln aus."

„Ist das alles, woran du jetzt denken kannst? Die Möbel?" Drew zog eine Braue hoch und streichelte seinen Schwanz. „Vielleicht bist du ja doch nicht so interessiert …"

Bevor er die Chance hatte, seinen Satz zu beenden, warf ihn Ash aufs Bett und hielt ihn fest. „Sag oder denk das niemals." Ash presste seine Lippen auf Drews und als sich ihre Zungen in einem eifrigen Tanz trafen, ließ sich Drew in die Süße ihres Kusses fallen. Ashs Mund bewegte sich heiß und hungrig über seinen eigenen und setzte Drews Blut in Flammen. „Du bedeutest mir alles. Es könnte nie einen anderen geben."

Heute Nacht fühlte sich Ashs Berührung anders an. Stärker und sicherer, jeder Druck und jedes Streicheln seiner Finger ließ Drew fliegen und nach Erlösung rufen. Ashs Liebeserklärung und ihr Zusammenziehen festigten ihre Beziehung und hoben sie auf ein anderes Niveau.

Er löste sich von Ash und begegnete seinem fragenden Blick.

„Ich will Liebe mit dir machen."

Ash hielt inne und setzte sich auf die Fersen zurück. „Liebe mit mir machen … auf welche Art?"

„Vertraust du mir?" Er streckte die Hand aus und atmete kaum.

„Mit meinem Leben." Ohne zu zögern legte Ash eine Hand in seine und Drew drückte ihn sanft auf das Bett, sodass er flach auf dem Rücken lag. Sein Herz zog sich zusammen, als er die Verletzlichkeit in Ashs Augen sah und die leichten, aber wahrnehmbaren Schauer, die ihn überliefen.

„Du hast mir in den letzten Monaten so viel gegeben. Ich möchte dir alles und noch mehr zurückgeben. Ich liebe dich.“ Er setzte sich rittlings auf Ash und zog eine Spur aus Küssen über seine Brust. Leckte über die winzigen braunen Brustwarzen, die in den Löckchen seiner seidigen schwarzen Brusthaare versteckt waren.

„Baby, ich – ich weiß nicht.“ Er streichelte über Drews Kopf.

„Shh.“ Drew bewegte sich nach unten, ignorierte Ashs Erektion und den berauschenden Geruch seines Verlangens. Stattdessen setzte er sich zurück und nahm Ashs Hand, küsste jede Fingerspitze und fuhr dann mit seiner Zunge über die Narben, die sich um Ashs Handgelenk und Arm wanden. „Lass mich deinen Schmerz wegküssen.“ Er war mit dem einen Arm fertig machte am anderen weiter und küsste auch dort die Narben. Ash lag reglos da, die Augen halb geschlossen, ein schläfriges Lächeln der Begierde auf den Lippen.

„Mit dir habe ich keine Schmerzen. Nicht mehr.“

Wenn es nach Drew ging, würde Ash niemals wieder welche haben. Als er zusah, wie seine Großmutter Ash die Geschichte von Chanukka erzählte, schwor er, diese Nacht zu einer Nacht zu machen, die keiner von ihnen jemals vergessen würde.

„Lass mich dich lieben“, flüsterte er und küsste die glatte, feste Spitze von Ashs Schwanz und ließ seine Zunge über den dicken Schaft gleiten. Er spreizte Ashs Beine weit und fühlte, wie er sich verspannte und nervös herumrutschte. „Shh. Es wird gut.“

Ash sagte nichts, aber seine Hände umklammerten die Bettdecke und Drews Herz flog ihm zu. Er senkte seinen Kopf und leckte über Ashs Hoden, inhalierte seinen Geruch, er liebte seinen Duft und seinen Geschmack. In der Stille ihres Schlafzimmers tat es Drew im Herzen weh, Ashs raue, ungleichmäßige Atemzüge zu hören. Drew kannte Ashs anhaltende Angst und seinen Schmerz und schwor sich, dies für Ash so besonders zu machen, wie es für ihn selbst sein würde. Ein weiteres erstes Mal, das sie miteinander teilten.

Er leckte an Ashs Eingang und fuhr mit seiner Zunge über die Spalte zwischen seinen Pobacken. Ash stöhnte, er warf seinen Kopf auf dem Kissen hin und her, und Drew, der dies als Zeichen dafür nahm fortzufahren, zog Ashs Arschbacken weit auseinander und küsste fast ehrfürchtig sein Loch, leckte darüber und befeuchtete es gründlich, bevor er seine Zunge hineinschob.

„Ahh, verdammt." Ash schrie auf und grub seine Fersen in die Matratze.

Drew liebkoste weiterhin Ashs Öffnung, wobei er abwechselnd mit der flachen Zunge darüberstrich und sie dann in ihn bohrte. Schauer überliefen Ashs Körper und Drew setzte sich schwer atmend zurück.

„Wie fühlst du dich?"

Aus ihren Gesprächen wusste er, dass Ash seit jenen entsetzlichen Tagen als Teenager nie mehr einem anderen Mann erlaubt hatte, ihn zu nehmen. Drews einziger Wunsch war es, Ash das gleiche Vergnügen zu bereiten, das er Drew selbstlos schenkte, wenn sie sich liebten.

„Als müsste ich schon längst in dir sein. Komm her." Er streckte seine Hand aus und Drew legte sich neben ihn. Schmiegte sich an Ashs Seite. Drew stockte der Atem, nur einen Moment, bevor Ash sich über ihn rollte und ihn unter seinem Körper festhielt.

„Was für ein unglaubliches Geschenk du mir heute Abend gegeben hast. Ich hätte nicht geglaubt, dass ich es jemals wieder genießen könnte, dort berührt zu werden. Ich dachte, er hätte mir die Fähigkeit geraubt zu lieben, zu fühlen. Du hast mich erkennen lassen, dass es nur in meinem Kopf war." Sie küssten sich und Drew konnte seinen glücklichen Seufzer nicht unterdrücken, als das Verlangen ihn überrollte. Er schlang die Arme um Ash.

„Küss mich noch mal. Küss meinen Nacken, meinen Mund, jeder Teil von mir gehört dir."

Funken der Lust prickelten entlang Drews Wirbelsäule, als Ash an seinem Hals leckte und knabberte, nur um zu seinem Mund zurückzukehren und ihre Lippen aufeinanderzupressen, ihre Zungen miteinander spielen zu lassen. Ihre Körper nahmen einen natürlichen Rhythmus auf und Drew spürte Ashs harte Erektion an seinem Bauch und Oberschenkel, als Ash seine Hüften bewegte.

„Jetzt, bitte."

Ash überschüttete sein Gesicht weiterhin mit Küssen, seine Arme hatte er rechts und links neben Drews Gesicht abgestützt. „Du willst mich, Baby?"

„Ja. Ich will dich. Bare. Alles von dir, in mir."

Er und Ash hatten noch nie darüber gesprochen, aber sie waren monogam, verliebt und einander treu. Soweit es Drew betraf, brauchten sie keine Kondome mehr. Er wusste auch, dass Ash noch nie ohne Kondom mit jemandem Sex gehabt hatte.

Ash musterte ihn, mit einem ernsten Ausdruck auf dem auf düstere Weise attraktiven Gesicht. „Ich hatte gehofft, du würdest es eines Tages wollen. Dieser Abend war in vielerlei Hinsicht so perfekt, ich habe mich dir nie näher gefühlt, und ich glaube, es ist der richtige Zeitpunkt für uns." Er nahm die Flasche Gleitgel, verteilte es auf seiner Erektion und Drew öffnete sich weit, schob dann seine Beine über Ashs Hüften und spürte, wie sich Ashs Schwanz in ihn drückte.

Das Bett knarrte in einem langsamen, gleichmäßigen Rhythmus, als Ash in ihn stieß und Drews Lust weckte, seinen Körper wie jedes Mal lebendig werden ließ.

„Oh Gott." Jede Unebenheit, jede Ader auf Ashs Körper berührte unverhüllt Drews Haut, rau und heiß. Er hatte noch nie ohne Kondom mit jemandem geschlafen, aber es konnte nur mit Ash geschehen, der zuerst ein Fremder gewesen war, aber einen Weg gefunden hatte, Drews zerbrochene Seele wieder zusammenzusetzen und dem nun sein Herz gehörte. An diesen Moment würde er sich bis in alle Ewigkeit erinnern. Ein neuer Anfang für sie beide, der die Sünden und den Kummer ihrer Vergangenheit auslöschte.

Ein feiner Schweißfilm vergoldete ihre nackten Körper, als sie sich gemeinsam bewegten, bis Drew sich nicht mehr zurückhalten konnte und mit einem lauten Schrei kam. Ash folgte ihm einen Moment später und füllte Drews Inneres mit seiner Wärme. Sie lagen eng aneinandergeschmiegt da, rangen nach Luft und ihre Atemzüge vermischten sich in der kühler werdenden Luft. Drew liebte diese ruhigen Momente, nachdem sie beide ihren Höhepunkt erreicht hatten, keiner von ihnen sich bewegen und den Hautkontakt unterbrechen wollte. Jetzt hatten sie etwas miteinander geteilt, was sie noch nie mit einem anderen Partner erlebt hatten, und damit ihre bereits solide Beziehung weiter gefestigt.

Er presste seine Lippen auf Ashs Schulter und dachte über den Abend und den Feiertag nach. So viele Jahre hatte er allein oder in Kneipen verbracht, wo er sich mit Leuten unterhalten hatte – Fremden, die er nie wiedersehen wollte. Es waren keine verschwendeten Jahre, zumindest glaubte er das nicht. Wie Rachel einmal sagte: Es geschieht alles aus einem Grund. Selbst die Fehler, die man machte, waren ein Weg zum endgültigen Ziel.

Ash küsste seinen Kopf und streckte sich, nachdem er sich aus ihm zurückgezogen hatte, neben ihm aus, Brust an Brust, und schob sein Bein unter dem Laken zwischen Drews. Es schien, als ob auch er heute Nacht ein besonderes Bedürfnis zu kuscheln und einander zu halten hatte. „Woran denkst du, Baby?“

„Ich denke an dich und mich.“ Drew strich Ash die Haare aus der Stirn, um ihm in die funkelnden, wie Diamanten strahlenden Augen zu blicken. „Und Wunder.“

Weitere Titel von Felice Stevens in unserem Programm:

Die Breakfast-Club Reihe:
Dicht unter der Oberfläche
Ich wette … für immer
Unvergleichlich
Zwischen uns

Aus der Man-Up-Reihe Band 1:
Austin & Rhoades – Unbestreitbar

Leseprobe:
Bianca Nias
W.A.R. – Worldwide Alliance of Renegades

Sam.

Madre de Dios.

Das konnte nicht sein. Und doch war er es. Kein Zweifel.

Cruz ließ sich Zeit und schlenderte scheinbar unbeeindruckt näher, obwohl seine Knie mit einem Mal seltsam weich waren. Der Sand unter seinen bloßen Füßen wurde immer wärmer, sobald er den wasserüberspülten Bereich verlassen hatte, im gleichen Maße stieg glühender Zorn in ihm auf.

Zum Teufel, wo kam Sam so plötzlich her? Und was wollte er hier? Nach fünf Jahren? Fünf Jahre, in denen er nicht ein einziges Sterbenswörtchen von sich hatte hören lassen?

Wütend warf Cruz sein Board in den Sand, stemmte die Hände in die Hüften und baute sich vor seinem ehemaligen Captain auf, der sich soeben umständlich hochrappelte und aufstand. Aus schmalen Augen musterte Cruz ihn.

Das war doch echt zum Kotzen, der Kerl hatte nichts von seiner Anziehungskraft eingebüßt. Nicht ein winziges bisschen.

Vor ihm stand der Mann, der ihm vor fünf Jahren das Herz gebrochen hatte – und er sah noch immer so verflucht gut aus wie damals. Oder sogar besser. Er trug die Haare wie früher kurz, unter dem braunen T-Shirt zeichneten sich breite Schultern ab und die kurzen Ärmel gaben den Blick frei auf riesige, wohldefinierte Bizepse, die er nicht einmal mit beiden Händen umspannen könnte.

Mierda. Wie hatte er bloß glauben können, endlich darüber hinweg zu sein? Die Enttäuschung, die er damals fühlte, brannte nach wie vor lichterloh in ihm.

»Bist du vor einen Bus gelaufen?«, schnauzte er Sam barsch an, ohne sich mit einer Begrüßung aufzuhalten. Die Schwellung und die Schürfwunden in dessen markantem Gesicht waren ihm sofort aufgefallen.

Wortlos schüttelte Sam den Kopf, dann öffnete er den Mund, um etwas zu sagen, aber Cruz funkte ihm aufgebracht dazwischen.

»Du hast echt Nerven, hier aufzutauchen. *Hijo de puta!* Du elender Scheißkerl! Was fällt dir ein!« Wütend rang Cruz die Hände und ignorierte, dass Sam erneut dazu ansetzte, irgendetwas zu sagen. Jetzt kam er erst so richtig in Fahrt.

»Nach fünf Jahren! Du hast nicht ein einziges Mal in den gesamten fünf Jahren angerufen. Nicht ein einziges Mal! Aber reden war ja noch nie deine große Stärke. Oder auch, irgendwelche Dinge zu erzählen, die anderen Leuten vielleicht wichtig sein könnten. Wie zum Beispiel, dass du verheiratet bist. Das klitzekleine Detail hast du mir hübsch verschwiegen!« Seine Stimme wurde lauter, bis er letztendlich vor Wut brüllte und unwillkürlich die Hände zu Fäusten ballte.

»Cruz …«, begann Sam, aber er war noch lange nicht mit ihm fertig.

»Weißt du, das wäre *mir* vielleicht wichtig gewesen! Und so hast du mich ahnungslos über deine hysterische Frau stolpern lassen, als ich dich im Krankenhaus besuchen wollte! Du bist so ein Arsch, Sam Cromwell! *Qué pendejo*! Lass mich bloß in Ruhe, zum Donnerwetter noch mal! Verschwinde! *Vete a la mierda*!«

Damit drehte er sich ruckartig um, klaubte sein Board vom Boden und wollte zornentbrannt davonstapfen, aber ein leiser Ruf hinter seinem Rücken hielt ihn schlagartig zurück.

»Thiago!«

Wie vom Blitz getroffen blieb Cruz stehen, seine Beine ließen sich beim besten Willen nicht mehr bewegen. Sams weiche Stimme brannte sich in ihn ein, löste ein warmes Gefühl in ihm aus, das sich schnell verdichtete und eine Glut entfachte, die sein Herz qualvoll brennend umschloss. Er schluckte hart.

Für alle anderen war er immer bloß Cruz gewesen, Sam war der einzige, der ihn jemals beim Vornamen genannt hatte. Und auch nur dann, wenn sie sich nahe gewesen waren. Niemals würde er das Glücksgefühl vergessen, das ihn durchflutet hatte, als er Sams harten Körper an seinem fühlte, seinen warmen Atem auf der Haut spürte und das tiefe, raue Stöhnen hörte, das im selben Atemzug mit seinem Namen erklang.

»Thiago, bitte … ich brauche deine Hilfe.« Das unablässige Wellenrauschen übertönte fast Sams Stimme, die sich ungewohnt zurückhaltend und belegt anhörte.

Langsam drehte sich Cruz wieder um. Sams rechtes Auge war fast komplett zugeschwollen, in dem anderen konnte er jedoch die Verzweiflung sehen, die seinen ehemaligen Freund und Captain anscheinend hierher geführt hatte.

»Wobei?«, fragte er schlicht.